本书为教育部人文社会科学研究青年基金项目“批判理论在中国：新时期效果历史研究”（项目号：12YJC751071）项目成果

本书得到首都师范大学“211”项目、首都文化中心建设协同创新中心资助

首都师范大学文艺学学术文库

批判诗学的批判：问题与视界

法兰克福学派与中国现代诗学论集

A Critique of Poetics of Critique: Questions and Horizons

Essays on Frankfurt School and Modern Chinese Poetics

孙士聪◎著

中国社会科学出版社

图书在版编目(CIP)数据

批判诗学的批判：问题与视界：法兰克福学派与中国现代诗学论集/孙士聪著．—北京：中国社会科学出版社，2015.10

（首都师范大学文艺学学术文库）

ISBN 978-7-5161-6987-2

Ⅰ．①批…　Ⅱ．①孙…　Ⅲ．①诗学—中国—现代—文集　Ⅳ．①I207.22-53

中国版本图书馆CIP数据核字(2015)第251162号

出 版 人　赵剑英
责任编辑　史慕鸿
责任校对　周　昊
责任印制　戴　宽

出　　版　中国社会科学出版社
社　　址　北京鼓楼西大街甲158号
邮　　编　100720
网　　址　http://www.csspw.cn
发 行 部　010-84083685
门 市 部　010-84029450
经　　销　新华书店及其他书店

印　　刷　北京明恒达印务有限公司
装　　订　廊坊市广阳区广增装订厂
版　　次　2015年10月第1版
印　　次　2015年10月第1次印刷

开　　本　710×1000　1/16
印　　张　20.75
插　　页　2
字　　数　303千字
定　　价　76.00元

凡购买中国社会科学出版社图书，如有质量问题请与本社营销中心联系调换
电话：010-84083683

目　录

导论　反思西方马克思主义诗学在中国的历史效果

将包括法兰克福学派在内的西方马克思主义文论纳入中国本土文学理论研究语境中，纳入对于文学理论当下建构的反思性视野之中，诚然是摆在我们面前的一个重要课题，然而在此之前，如何在本土视野中辩证地而非僵化地、复杂地而非简单地、历史地而非静止地认识和阐释被纳入所谓对象及其“异质性”，却是一个更为根本的前提性课题。否则，思维方式的僵化将指斥西方马克思主义文论的“异质性”为“非马克思主义性”，简单化将流于西方马克思主义文论的伪同一性的障目一叶，静止化将对于西方马克思主义文论的具体性和历史性选择性失明，由此带来理论上的削足适履与批评上的话语暴力的危险自不待言。

如果可以将西方马克思主义理论家对于经典马克思主义的当下性、历史性思考和阐释视为一种“异质性”，那么恰恰是“异质性”构成其理论自身存在的合法性和意义性根基，构成其在中国语境中阐释并且与中国语境具有相似结构因素和动力条件的基础；彻底地、有效地将“异质性”分离出去，视之为更有效地对西方马克思主义文论思想加以创造性转化的一个根本性理论前提，或者赋之以拯救西方马克思主义文论自身的理论效果和理论普适性的使命，既背离了反思对象本身，也远离了理论反思本身，与曾经的“西马非马”之类的命题可谓异曲同工。就此而言，反思西方马克思主义文论在中国的历史效果具有现实必要性。

一 时间性与异质性

西方马克思主义的巨大的历史效果构成了其于20世纪深远影响的重要根源，反思西方马克思主义的历史效果，所指向的是其理论有效性问题，这既可以看作思潮本身的自我回顾，也可以视为对于其理论历史效果的批判性审视，对于伪同一性的警惕即为其中之一。哈贝马斯早在1984年“法兰克福学派及其后果”研讨会上就对“法兰克福学派”这一指称的虚假同一性提出批评，认为除了短暂的美国流亡期之外，它并不指向一个抽象的同一的所指，拒绝法兰克福学派研究中的伪同一性并非否定其理论上的亲和性，而是要对学派的深度复杂性保持足够的警惕，对此国内学者也有清晰的思考。比如曹卫东指出：“随着社会的全面快速转型，各种各样的大众文化现象在我们周围如雨后春笋般纷纷亮相，真让人有些眼花缭乱。与此同时，形形色色的大众文化批判也相继登场，一派热闹非凡的景象，更叫人目不暇接。但是，必须承认，这些批判大多都是应景应时式的，多少有些走马灯的味道。于是，人们开始对它们进行反思。追根究底到了一定的地步，似乎又得出了这样一个共识，认为造成时下大众文化批判走调的罪魁祸首是法兰克福学派。其实，这不能不说是一场天大的误会。过于强调法兰克福学派当中的个别人物所从事的文化批评实践，简单地把法兰克福学派的批判理论称为大众文化批判，实在是有悖于其精神和原旨。纵观法兰克福学派的发展史，我们不难看到，他们只是在某个具体时刻集中对大众文化作了较为深入的解析和批判，而且还是个别人为之，最典型的大概就是阿道尔诺在流亡美国期间对文化工业所作的论述了。”① 将法兰克福学派狭隘化地等同于文化研究，进一步等同于大众文化批判，只是20世纪80年代为了本土文化批判而仓促找到的一个中国化了的理论武器，换言之，大众文化批判的法兰克福学派仅仅

① 曹卫东：《权力的他者》，上海教育出版社2004年版，第14页。

是特定时代本土接受中的一个现实镜像，从中显现的与其说是法兰克福学派，毋宁说是接受实践本身。

应该说，哈贝马斯与曹卫东的反思无论对于当下西方马克思主义思潮和流派研究还是理论家个案研究中来说都具有某种程度上的启示性，学界对此已有所警醒，但未达成共识。比如大众文化批判这一术语就不再简单套用于法兰克福学派大众文化理论[①]，而关于卢卡奇的认识却还停留于“黑格尔主义的马克思主义”或者“黑格尔主义与马克思主义相结合”的套子中，仿佛卢卡奇既不存在青年、中年和老年之分，也不存在西方马克思主义者的青年卢卡奇与作为资产阶级理论家的青年卢卡奇之分，不存在意识形态强制语境的策略性话语与自我批评的真实性话语之分。一个抹去历史性和内在差异性的卢卡奇，其人被阐释为同一性对象，其书被阐释为一系列同质性文本，其思面临着“改写马克思文本”、“泛化马克思意识形态”等简单化指控。揭开伪同一性的表象，露出的将是“总是错误的卢卡奇身后屹立着一位总是正确的马克思”[②] 这一传统教科书僵化思维模式的不散阴魂，时不时游荡在对于西方马克思主义及其文论话语的研究与评价中。不仅对于卢卡奇，而且对于整个法兰克福学派乃是整个西方马克思主义文论来说，永远正确的马克思永远站在永远片面的西方马克思主义理论家对面，而且更为严重的是，所谓永远正确的马克思却难以跳出那种僵化机械马克思主义思维模式的马克思。

如果说可以姑且将西方马克思主义视为一个整体，那么这无疑是一个内在差异性、多元性远大于同一性和统一性的整体；如果说作为一个整体的西方马克思主义具有其内在的亲和性，那么与其大而化之地概括为同一的“非马克思主义”“异质性”，倒不如更准确地指认其重新阐释马克思以及批判资产阶级意识形态

① 具体分析可参看赵勇《整合与颠覆：大众文化的辩证法——法兰克福学派的大众文化理论》第一章第二、三节，北京大学出版社 2005 年版，第 18—32 页。

② 张一兵：《启蒙的自反与幽灵式的在场》，黑龙江大学出版社 2001 年版，第 124 页。

与资本主义社会这一基本逻辑架构；进一步说，这一逻辑架构建基于对第二国际的马克思阐释模式以及资本主义观察模式的双重反思和批判的理论起点和现实意向之中。笼统批评将卢卡奇与阿多诺共同背离了马克思实践主体论，实为无视具体性和历史性而追求伪同一性的具体表现。事实上，阿多诺怀疑理性、抛弃主体之说早在哈贝马斯那里就可以寻到蛛丝马迹，但否定辩证法对于客体优先性的强调并非以对于主体范畴的抛弃为前提，而是通过建立主客体之间平等的星丛式关系以打破理性同一性的辖制，“它是对主体还原的纠正，而非对主体维度的否定”[①]，由此阿多诺批评卢卡奇总体性辩证法对于客体维度的遗忘，其实质是以客体维度以及主客体的平等批判经由《历史与阶级意识》物化意识走向历史辩证法主体维度以及主体之间的平等，而对于作为西方马克思主义者的青年卢卡奇来说，将马克思黑格尔化并非无的放矢，而是在一定程度上指向康德式的韦伯。但无论如何，一个强调星丛式主客体关系，一个强调作为主客体统一体的无产阶级主体，那么批评他们的理论话语抛弃了马克思主义实践主体范畴又是从哪里来的呢？除了某种预设的批评立场之外很难找到别的解释，否则，又怎么可能对于青年卢卡奇明确批判的“类似对圣经进行训诂的学究式研究来注释经典著作”[②] 视而不见？

脱离了“正确的时间性”[③] 的客观性只能是客观化了的主观性，同样，无视历史性的“异质性”也不得不成为理论暴力下的虚假普遍性。与哈贝马斯对于伪同一性的警惕不同，霍耐特对于学派历史效果的反思着眼于跨文化的异质性问题，他认为法兰克福学派作为欧洲中心主义理论话语，其思考指向欧洲的历史进程，仅以欧洲思想家为理论依托，且将欧洲视为世界的全部，因

① Adorno, “Subject and Object”, Andrew and Eike Cebhardt, edt., *The Essential Frankfurt School Reader*, New York: Urizen Books, 2005, p. 502.

② ［匈］卢卡奇：《历史与阶级意识：关于马克思主义辩证法的研究》，杜智章译，商务印书馆 1995 年版，第 48 页。

③ ［匈］卢卡奇：《卢卡奇自传》，杜智章编，李渚青等译，社会科学文献出版社 1986 年版，第 11 页。

而是包括中国在内的其他文化的异质性存在，由此霍耐特进一步质疑批判理论在亚洲尤其是在中国接受的有效性①。

虽然霍耐特的质疑依然难逃某种中心主义的阴影，但相隔二十余年的历史效果反思强调理论内部的复杂性和开放性，强调理论本身的历史性和具体性，对于现代性批判的有效性与局限性以及对于批判理论自身的文化异质性的反思清醒而理性。霍耐特反思的意义并不在于法兰克福学派以至西方马克思主义的理论普适性如何获致，而在于它既事实性地明确自己理论的现实土壤和现实所指，又价值论地看到理论内在的致思路径和逻辑行程。异质性是具体的历史的异质性，抽象的异质性只不过是某种永远正确的观念和尺度的牺牲品，而将“异质性”事实判断直接等价于价值判断更不是对于事实本身的澄清，而毋宁说是在某种隐蔽的价值论基座之上给事实判断摆出非事实性的姿态而已。强调这一点，只是为了提醒对于诸如将西方马克思主义之理论的异质性等同于非马克思主义逻辑的警惕，而这一逻辑就曾以“西马非马”的命题较早出现在西方马克思主义文论在中国的历史效果中。

二　作为事件的效果历史

毋庸置疑，西方马克思主义作为影响巨大的哲学、社会、政治和文学思想流派和思潮在整个20世纪乃至今天享有巨大的声誉，其诗学话语在中国新时期以来的文学研究、美学研究和文化研究中产生了重要影响，甚至可以说，其作为具有强大生命力的学派和思潮绵延至今，正是源于其巨大的历史效果，西方马克思主义文论之于中国同样如此。我国西方马克思主义美学与诗学的接受和研究所走过的历程大体可以划分为五个阶段：

第一阶段（1935年—50年代中期），西方马克思主义美学接受和研究主要集中于卢卡奇现实主义文论的译介，包括《左

① ［德］狄安涅：《“批判的向度：法兰克福学派在中国的影响”国际学术讨论会综述》，《哲学动态》2009年第2期。

拉与现实主义》、《小说的本质》、《论现实主义》、《叙述和描写》等，在胡风关于文艺主客观关系的论述中也包含了对西方马克思主义美学的理解。

第二阶段（50 年代中期—70 年代中期），随着胡风被批判，卢卡奇也被批判为“老牌修正主义理论家”[①]，萨特、布洛赫、梅洛－庞蒂等西方马克思主义理论家的著作被作为批判资产阶级文艺思想的反面教材进行翻译和内部发行，我国西方马克思主义美学的接受完全搁浅。其中，对于作为反面教材的西方马克思主义美学著作，“少数好学深思之士愿意抱着同情态度理解那些对马克思主义的新阐释”[②]，为新时期的接受和研究播下了种子。

第三阶段（70 年代末—80 年代后期），哲学界西方马克思主义研究日趋活跃，10 年间发表研究论文 250 多篇，出版著、译作 40 余部，相比之下，学界对于作为西方马克思主义学术成就集中体现的美学、文论的研究则显得较为沉寂，尽管有学者在人道主义、人性以及现代主义文艺讨论中某种程度上受到西方马克思主义美学、文论的影响，个别著作如《“西方马克思主义”》也部分涉及西方马克思主义美学、文论思想，但整体看系统的研究并没有展开。造成这种沉寂的原因是多方面的，处于批判和反思中的新时期文艺学忙于将文学拖回自身并重新清理文艺研究的基地以及进行文艺研究方法和文艺观念变革而无暇将西方马克思主义美学纳入研究视野是其中重要原因之一。

第四阶段（90 年代—20 世纪末），西方马克思主义哲学探讨的活跃为西方马克思主义原著以及西方学者的西方马克思主义研究著作的翻译提供了动力，而走出批判反思期的新时期文艺学开始其自身的创新和建设的路向也使借鉴、吸收西方理论资源成为必然，这一切推动着西方马克思主义美学研究的沉寂局面被彻底打破，并逐步成长为理论热点。1988 年底四川成都首次西方

---

① 周扬：《我国社会主义文学艺术的道路》，人民文学出版社 1960 年版，第 49 页。

② 徐友渔：《西方马克思主义在中国》，《读书》1998 年第 1 期。

马克思主义文论与美学研讨会的召开可以视为西方马克思主义美学研究开始系统展开的标志，早期研究成果《西方马克思主义美学文选》、《“西方马克思主义”文艺美学思想》出版。这一阶段初期，西方马克思主义美学研究基本是从马克思主义的某种传统观念出发，将西方马克思主义美学定性为资产阶级或修正主义美学思潮，批判其对马克思主义美学、文论的挑战和歪曲，在对其总体否定的前提下，发掘西方马克思主义美学思潮合理之处。

第五阶段（21 世纪以来）随着对西方马克思主义理论家原著以及西方当代学者西方马克思主义美学研究著作的译介和阅读，90 年代中期以来，西方马克思主义美学研究发生某种程度的转向：研究范围从西方马克思主义早期理论家扩展并集中到法兰克福学派和英美马克思主义，研究方式从对西方马克思主义美学思想的译介和述评转向深度阐释和批判地吸收，研究内容上则质疑和批判早期研究中对西方马克思主义美学简单定性的做法，西方马克思主义理论家美学、文艺思想的个案研究全面深入进行，研究路向上初步与中国现实语境结合而显露出走向文化研究的趋势。随着研究的深入，《法兰克福学派美学思想论稿》、《“西方马克思主义”美学研究》、《否定的美学》以及关于阿多诺、马尔库塞等理论家个案研究等一批代表性的成果出版。

整体来看，西方马克思主义美学与诗学的接受和研究走过了一个从无到有、逐步系统化的风雨历程，这一历程在某种程度上折射出我国社会状况的深刻变迁和美学、文论发展实践的历史轨迹。当然，我国社会实践的现实需要与美学、文艺传统也规范了切入对象的视域选择，从而使敞开的论域具有了本土化的色彩，择其要者有三：接受背景、动力因素、结构因素[①]。

从接受背景看，我国早期马克思主义文论首先是作为马克思主义、作为救亡图存的民族革命的一部分而接受的，其发育成长也主要是在译介、阐发和论战中进行，而接受主体虽然受到古典

① 冯宪光：《“西马”文论与中国当代文论建设》，《文学评论》1999 年第 1 期。

文论传统的熏陶，但他们主观上却保持与传统文论某种程度的“断裂”，因此早期马克思主义文论的接受尽管无法完全脱离一定的文艺现实和传统，但其本身并非文艺创作实践的理论升华，而更像是一种横向移植，在某种程度上，现实背景的浓重和理论背景的单薄为一定时期内马克思主义文论的急进功利和庸俗化播下了不祥的种子。西方马克思主义美学的大规模接受和研究则直接面临着推动新时期美学、文艺学建设和发展的现实背景，而其理论背景则更为深厚、扎实。马克思主义美学在我国的主导性地位以及西方马克思主义美学本身的马克思主义倾向使西方马克思主义美学获得接受的优先权，而新时期文艺学的批判与反思以及人学基础的确立、文艺自身的回归则为非本土文化的接受清理出了必需的基地，文艺研究方法和文艺观念的拓展和革新又准备了更为理想的接受和研究主体，这一切都为西方马克思主义美学的接受和研究做好了较充分的理论准备，因而也使接受更具理性。

从接受路径看，与马克思主义文论相比，西方马克思主义美学的接受更为直接。我国最早接受的马克思主义美学、文论主要转译自日本，到50年代苏联文艺理论才占据我们的接受视野并在后来相当长时期内对我国文论建构产生了决定性影响[①]，而等到后来重译马克思主义经典原著时，我们马克思主义文论早已定型，因此总体看早期马克思主义文论的接受具有间接性。相比之下，随着改革开放和现代化建设的展开和深化，可以接触和能够阅读西马原著的接受和研究主体群迅速成长，西方马克思主义美学、文论原著的译介更为直接和便捷，比如徐崇温主编的“国外马克思主义和社会主义研究丛书”多译自西方马克思主义原著。这种接受的直接性使研究直面对象本身，从而抹去了对话与交流的诸多遮蔽，当然这也顺手为研究的浮泛倾向打开了边门。

从接受的动机和效果来看，如果说马克思主义美学在中国大体经历了一个由功利性他律向理论性自律转变的过程并在这一转

---

① 代迅：《马克思主义文艺理论中国化的内在逻辑》，《文学评论》1997年第4期。

变之前就确立了自身的权威地位的话，那么，对于西方马克思主义美学的接受则更像是萨义德所言的“理论旅行”的一个标本：如果说前者的中国接受首先源于民族革命的需要，则后者则首先出于新时期人道主义大讨论的现实和学术的双重背景；如果说马克思主义美学以中国传统美学为参照，那么西方马克思主义美学的接受则以马克思主义美学为主导，从而使理论表现出更大的选择性和变异性，比如作为西方马克思主义美学基本出发点的对于文艺和审美的革命意义及其功能的强调被淡化了，而其对于现代性的反思以及将这种反思与人的解放的关联却在接受中变异为将生产力的解放与人的解放的关联，针对启蒙工具理性的异化批判转变为对于官僚异化的批判，这些都在某种程度上遮蔽了对于现代性反思这一极其重要的维度。

三　安德森的“西马”

从 1935 年《左拉与现实主义》一文的发表到 50 年代中期，西方马克思主义文论研究主要集中于卢卡奇现实主义文论的译介，这首先根源于其现实主义指向契合了革命实践和政治实践对于文艺的现实需要以及以现实主义为主导的文艺发展方向，然而随着胡风被批判，卢卡奇也就沦为“老牌修正主义理论家”①，萨特、布洛赫、梅洛－庞蒂等西方马克思主义理论家的著作被作为批判资产阶级文艺思想的反面教材。新时期伊始，国内西方马克思主义哲学研究日趋活跃，而美学、文论的研究则相对沉寂，至 80 年代中期，西方马克思主义哲学探讨的活跃为西方马克思主义原著以及西方学者西方马克思主义研究著作的翻译提供了动力，而走出批判反思期的新时期文艺学开始其自身的创新和建设的路向也使借鉴、吸收西方理论资源成为必然，这一切推动着西方马克思主义文论研究的沉寂局面被彻底打破，而正是在这一时

① 周扬：《我国社会主义文学艺术的道路》，人民文学出版社 1960 年版，第 49 页。

期，出现了哲学上的“西马非马”的命题与论争，在诗学研究领域则是从经典马克思主义某一观念出发，批判西方马克思主义对于马克思主义的挑战和歪曲，主张在“西马非马”的前提下展开研究。

如何认识和评价西方马克思主义美学的基本性质及其特征，实质上与对于马克思主义美学、文论的认识密切相关。众所周知，马克思主义经典作家由于种种原因并没有在美学上作出系统、全面的论述，而西方马克思主义理论和学术贡献恰恰主要体现在美学、文论中，因此用马克思主义美学的基本观点来认识和评价自许“补充”和“发展”马克思主义的西方马克思主义美学，这本身就在一定程度上蕴含着否定性倾向的因子。部分学者指出，西方马克思主义美学抛弃了经济基础/社会存在决定上层建筑/社会意识的历史唯物主义基本出发点，对马克思主义进行了黑格尔主义的歪曲，将马克思主义美学观、文论观同西方现代非马克思主义美学观、文艺观混为一体，因而不是对马克思主义美学、文论的发展。然而，仅仅局限于西方马克思主义美学与马克思土义美学或与非马克思主义美学思潮相区别的狭隘视域，势必一方面将二者对立起来，另一方面又将其混同于非马克思主义美学思潮或夸大其马克思主义的向度；同样地，单单局限于它们之间联系、继承的视域而无视区别、发展，则有可能导致遮蔽其对马克思主义美学的“补充”和“发展”或对马克思主义立场的坚守：结果都是使西方马克思主义美学的基本特征湮没不彰了。

需要指出的是，关于西方马克思主义背离马克思主义的定性判断的观点，早在安德森的《西方马克思主义探讨》一书中就已明确提出，而且这一观点的被接受也与安德森关系很深。安德森认为西方马克思主义不仅脱离工人运动，而且在理论上转向脱离实际的诗学领域：“首先，认识论的著作占显著优势，基本集中在方法问题上。其次，美学成了将方法实际加以运用的实质性领域——或者更广义地说，成了文化领域的上层建筑。最后，理论上主要的离经叛道，提出了古典马克思主义所没有的新主题——大多数是以一种探索的方式——并流露出一种一贯的悲观主义。谈方法是因为软弱无能，讲艺术是聊以自慰，悲观主义是因为沉寂无为；所有这一切都不难在西方马克思主义的著作中找到。”[1] 由此，西方马克思主义在安德森这里就成为左翼知识分子对马克思主义革命学说丧失信心的失败的产物，但是这一观点，即便在欧美学者那里也受到质疑，比如波林·琼斯就认为现代资本主义特点和工人阶级状况决定了西方马克思主义理论重心从政治经济向意识和诗学迁移的现实性，因而指责他们放弃政治斗争、脱离工人阶级运动实属文化偏见，并不公正。

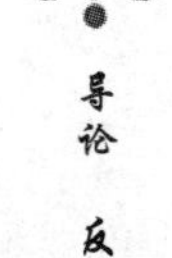

事实上，安德森关于西方马克思主义的思考立足于建构英国马克思主义的努力之中，并且由此决定了他对于西方马克思主义尤其是欧洲大陆马克思主义基本判断。在他看来，英国马克思主义微不足道，与之相对，马克思主义在欧洲大陆的发展却令人兴奋[2]。显然，安德森对于欧洲大陆马克思主义的认识立足于他对于英国马克思主义发展现实的基本判断之上的。当然，讨论安德森关于西方马克思主义的两本大作《西方马克思主义探讨》与《当代西方马克思主义》不能不涉及英国第一代新左派与第二代新左派之间复杂的关系以及涉及英国文化研究的兴起——英国新左派运动的深远影响之一就是“它对英国马克思主义的产生起了重要作用”[3]，但这里无意对此论题展开讨论，而只消指出，在围绕以《新左派评论》为中心而展开的关于新左派路线的分歧中，安德森的基本认识是，对于第二代新左派，或者说对于英国马克思主义者来说，当务之急是进行理论的建构工作，而不是将为英国社会主义运动而去干涉当下英国政治生活。问题在于，安德森作出这一判断的基础何在呢？

---

① ［英］佩里·安德森：《西方马克思主义探讨》，高铦等译，人民出版社1981年版，第118页。

② ［英］迈克尔·肯尼：《第一代英国新左派》，李永新等译，江苏人民出版社2010年版，第9页。

③ ［美］丹尼斯·德沃金：《文化马克思主义在战后英国》，李丹凤译，人民出版社2008年版，第111页。

《西方马克思主义探讨》原本是安德森为《新左派评论》编辑的《西方马克思主义：关键读本》这一文选所写的导论，后来被视为对西方马克思主义最全面的论述和考察。沃德金认为，“安德森为西方马克思主义完成了某种目标，这种目标是雷蒙德·威廉斯为文化与社会传统所完成的”①。安德森关于西方马克思主义的理解，实质上是将西方马克思主义视为“依据英国新左派内部的某个特殊观点而产生的结构”②。这一结构的核心就是：依据英国马克思主义的文化化和理论化的最终诉求来审视欧洲大陆的马克思主义。具言之，安德森并非要对于以法兰克福学派为代表的欧洲马克思主义理论给予客观、全面的译介，而是要引介一个文化化的马克思主义，这就是《当代西方马克思主义》与《西方马克思主义探讨》所展开的工作，对于中国本土接受来说，西方马克思主义的影响就是来自这里。比如，在安德森看来，资产阶级不仅仅是作为阶级，而且是作为霸权/领导权而存在的，被视为既定社会意识生产与再生产的决定性因素；而与之相对的工人阶级，则仅仅停留于合作的角色中，结果，无产阶级自己的阶级意识非但不是确证自身历史使命的因素，相反成为一种影响阶级合作的障碍。对此，安德森认为，作为左派的知识分子，他们有必要“创造革命意识，从而挑战统治阶级的统治意识形态”，进而打破“合作意识”的局限③。正是基于这种对于社会阶级情势的基本判断，安德森的“西方马克思主义”才以“在资产阶级脂肪上瘙痒”的面目而出现的。安德森的结论就是：西方马克思主义除了葛兰西还保持着“理智的悲观主义，意志的乐观主义”的精神气质，包括霍克海默、阿多诺、马尔库塞、本雅明在内的其他人都丧失了历史唯物主义奠基人及其之后继承者的革命信心和乐观主义，著作充满了悲观主义的基调，因此，西方马克思主义是第一次世界大战后欧洲资本主义先

① ［美］丹尼斯·德沃金：《文化马克思主义在战后英国》，第189页。

② 同上书，第190页。

③ 同上书，第153页。

进地区无产阶级革命失败的产物。

事实上，国内学界关于西方马克思主义的最初的接受，就与安德森，尤其是与其中译本著作关系密切。安德森在《西方马克思主义探讨》中对西方马克思主义发展的历史和特点作了宏观的透视和考察，他的西方马克思主义观对我国的西方马克思主义研究产生了很大的影响。这从以下三个方面可以看出：第一，在国内的西方马克思主义美学与文艺学研究中，关于西方马克思主义命名的考察无不将安德森的论述作为重要依据；第二，关于西方马克思主义理论性质以及与经典马克思主义之间的关系的研究，基本也不会忽视安德森的探讨，尤其是他关于西方马克思主义将马克思的经济政治学扭转为文化政治学的讨论；第三，关于西方马克思主义文化理论的讨论也往往会借助于安德森。比如国内西方马克思主义研究的奠基人徐崇温先生较早给出了西方马克思主义的基本界定，就是借鉴吸收了安德森的说法："我所使用的'西方马克思主义'概念，与柯尔施、梅洛-庞蒂、安德森使用的这一概念的关系，我曾做过明确的说明：一方面，它虽然吸收了安德森'西方马克思主义'概念在范围上有所扩大的特点……"① 当然，这并非空穴来风。相对比柯尔施、梅洛-庞蒂，安德森从马克思主义的世代性、地域性以及理论主题的转移三个角度来界定西方马克思主义，"避免了先入为主的臆断"②，具有相当的科学性。

总之，安德森关于西方马克思主义的讨论本身应该得到谨慎的审理，他关于西方马克思主义的思考原本服从于英国新左派面对英国现实、分析英国文化的具体需要，正如他本人坦言："英国文化明显缺乏当代'西方马克思主义'的任何传统——这种情况具有肯定的消极色彩。《新左派评论》在这个时期的大部分工作，在某种意义上是有意识地致力于着手弥补本国的这种不足

① 徐崇温：《"西方马克思主义"论丛》，重庆出版社1989年版，第120页。

② 王雨辰：《西方马克思主义概念的再清理与再认识》，载李惠斌主编《当代西方马克思主义研究》（第三卷），社会科学文献出版社2006年版，第72页。

之处，其方式是：出版和讨论德国、法国和意大利最杰出的西方马克思主义理论家的著作。”① 无论如何，安德森关于西方马克思主义的考察作为我们接受西方马克思主义的早期评述性文本，起到了非常重要的作用。安德森关于西方马克思主义的非马克思主义的判断在本土接受中所产生的影响越是巨大，这一影响就越需得到谨慎的反思与清理，而绝不能被视为本土得出“西马非马”论断的自明性理论支撑。

与安德森的“西马非马”论断相关，本土关于西方马克思主义的“非马克思主义性”表现被概括为：在革命策略上反对列宁主义，在哲学思想上改写马克思主义，在文学理论上抛弃了马克思主义文艺反映论，其人本主义一脉偏离了唯物主义，而科学主义一脉则偏离了辩证法。“西马非马”命题的提出是 20 世纪 80 年代语境的产物，凸显的是社会文化语境、意识形态话语以及某种僵化思维模式的先在浸润性、规导性和思维惯性，这也使其与欧美学者侧重于从西方马克思主义理论进路的现实可能性来讨论该问题有所区别。历史地看，从机械反映论到反映论再到审美反映论和审美意识形态论的提出，从意识形态属性到生产属性的讨论，以及从文学工具论批判到文学是人学以及向内转，新时期意识形态与文学自身的张力关系建构了任何异质性理论在中国的历史效果的浸润性背景，正是在这一背景下，关于西方马克思主义文论研究中诸命题的提出才是可以理解的，然而这已经显然远不是纯粹学术论域所能包容的了。

四 旧事重提

随着对西方马克思主义理论家原著以及西方当代学者西方马克思主义文论研究著作的译介和阅读，西方马克思主义文论研究发生某种程度的转向：研究范围从西方马克思主义早期理论家扩展并集中到法兰克福学派和英美马克思主义，研究方式从对西方

① ［英］佩里·安德森：《西方马克思主义探讨》，第 4 页。

马克思主义文论思想的译介和述评转向深度阐释和批判地吸收，研究内容上则质疑和批判早期研究中对西方马克思主义文论简单定性的做法，西方马克思主义文艺思想个案研究全面展开，研究路向上初步与中国现实语境结合并显露出走向文化研究的趋势。而在世纪之交，“西马非马”命题又一次在思想界被提了出来，并引发了激烈论争①。如果说20世纪80年代末期“西马非马”命题的提出源自世界范围国际政治文化情势与反思西方马克思主义地位之间的对话，那么90年代末期的提出则很大程度上源自由国内学术环境极大改善而来的关于西方马克思主义认识的推进与对这一认识的反思之间的对话，然而，这一命题的两次提出却贯穿着一个大体相同的逻辑结构，即事实性层面和价值论层面的交叉和越位，具体表现为要么以价值性判断竭力否定事实性判断，或者以事实性判断直接取代价值性判断：前者以对西方马克思主义是马克思主义的肯定来否认二者的不同，后者以二者的不同来断言西方马克思主义远离了马克思主义。结果，西方马克思主义之不同于马克思主义的异质性存在要么被彻底否定，要么被视为反/非马克思主义的“非马克思主义性”。

毋庸讳言，西方马克思主义致力于将马克思主义置于当下具体社会情势之下展开思考和阐述，在某种意义上将回归马克思与推进马克思结合在一起，他们从来不否认也无意回避这一点，对此，真正马克思主义的立场也无需回避或否认。问题的关键在于，承认西方马克思之不尽同于马克思主义这一事实性判断与推定其反马克思主义、非马克思主义这样的价值性判断之间绝非可以等同，对此中国当代国外马克思主义哲学研究领域早已进行了澄清，西方马克思主义基本被置于马克思主义哲学发展的理论谱

① 资料来源：王雨辰：《当代西方马克思主义研究之我见》，《江汉论坛》1997年第9期；王雨辰：《再论我们应当如何对待当代西方马克思主义》，《江汉论坛》1999年第9期；王雨辰：《当代西方马克思主义研究中若干问题的辨析》，《马克思主义研究》2000年第1期。徐崇温：《关于西方马克思主义研究中若干问题的辨析》，《江汉论坛》1999年第1期；徐崇温：《评“西方马克思主义”就是马克思主义论》，《马克思主义研究》2000年第5期。

系中来规定。如果我们可以将马克思主义的理论谱系视为以马克思主义经典理论家的唯物史观为源、不同社会历史条件中多流派发展的话，那么苏俄马克思主义、中国马克思主义都是在本土实践中形成的发展主潮，而西方马克思主义则是在西方当代资本主义社会中的不断探索。一般认为，法兰克福学派批判理论代表了马克思主义立场上的现代性批判的当代水平，实际上也只有在马克思主义传统中，从卢卡奇的物化理论到霍克海默和阿多诺的启蒙辩证法乃至哈贝马斯的生活世界殖民化和霍耐特的承认理论，这一现代性批判线索才能够得到全面的统筹性理解，而无论是社会批判还是理性重建，其最为深厚的根基依然在于对当代资本主义的当下性的正视、深刻的思考和不倦的批判之中——从批判第二国际的教条主义到反思纳粹主义一直到当代消费文化的崛起和蔓延。不是拘泥于死的知识，而是坚持活的精神；不是从教义中走向实践，而是从实践中推进理论：如果这样的理论呈现出某种异质性，那么这样的异质性不仅不是“非马克思主义性”的，而恰是马克思主义实现自身的方式之一。随着中国现代化进程的推进和展开，理性及其自反性问题逐渐浮出历史地表，这正构成了法兰克福学派的现代性批判的哲学和诗学话语之于中国历史效果的深厚土壤。

众所周知，西方马克思主义诗学中最有代表性、最富创意、成就最高的当属法兰克福学派。作为批判理论在文学、美学、文化等领域的实现，法兰克福学派批判诗学构成了现代性批判的一个环节，而且也只有在这样的逻辑链条中，那些看似“异质性”的话语才是可以把握的。否则，抛弃了卢卡奇基于拯救无产阶级意识而建构的总体性辩证法，便会滋生对于卢卡奇批评恩格斯艺术反映论的简单化批评；抛弃了霍克海默与阿多诺启蒙辩证法的逻辑，就看不到艺术形式自律的现实根基和理论指向；当资本逻辑之蔓延进无意识飞地以及科学技术与消费主义文化之承载意识形态等当下社会现实被遮蔽，意识形态批判的合理性就沦为“泛化意识形态”的“非马克思主义性”。所谓只有前提性地分离出西马文论的“异质性”话语，才能有效地对其进行创造性转化，正是分享了与“西马非马”命题相同的逻辑。可喜的是，新时期以来，随着某些传统的僵化机械的思维模式被打破和清理，国内学界关于西方马克思主义文论的认识已经极大深化了，正如有学者指出的，“在中国，西方马克思主义研究已经变成了中国化马克思主义当代性‘自我理解’的一种基本方式和组成部分”①，然而可疑的是，滋生“西马非马”之类命题的僵化思维模式的幽灵却并没有因此远去，而这恰是我国当下西方马克思文论研究应该充分警惕的。

“西马非马”命题中预设了中国/东方与西方的逻辑前提，然而，在法兰克福学派那里，这一看起来自明且重要的逻辑前提，却根本不是一个问题，他们也不屑于在其论著中费心论述，因为西方自身的现代性及其后果才是他们关注的唯一焦点所在。看起来，法兰克福学派在中国的接受引起如此巨大影响，实在出乎他们的预料之外，但从中国的现代性及其批判的维度来看，却又委实在意料之中。就此而言，法兰克福学派“忽视了关键一点，即现代性从来都不只是西方自身范围内的事情。或者说，西方的现代性建构从来就没有离开过非西方，其中当然包括中国。对此，哈贝马斯似有所觉悟，他认识到，现代性问题单纯局限于西方内部是无法得到彻底解决的。其实，现代性之所以会出问题，其中一个重要的原因恰恰在于忽视了非西方。我们不想就这一思路继续深究下去，而想反过来扪心自问，既然现代性的建构从来都是全球范围内的事情，那么，中国的现代性能离得开西方而闭门造车吗？回答当然是否定的，这点看来已没有疑义。因为历史和现实已经充分说明了这一点。现在的问题是，在中西方纠缠不清的关系当中，我们究竟应当持有怎样一种态度”②。就法兰克福学派历史哲学而言，理性批判、诗学意义、社会批判，三者相辅相成，共同构成法兰克福学派现代性批判的整体，其中，

① 刘怀玉等：《苏联化、西马化与中国化——我国马克思主义哲学史研究30年的简要回顾与反思》，《教学与研究》2010年第1期。

② 曹卫东：《权力的他者》，第48页。

理性批判是哲学基础，诗学批判是个体目标，社会批判则在社会层面。需要明确的是，说法兰克福学派的共同兴趣在于现代性批判，丝毫并不意味着，它们仅仅具有作为学派的统一性与同一性，而无视其自身之中巨大的差异性；还需指出，此现代性也非彼现代性，德国的现代性不是美国的现代性（阿多诺在美国的遭际就是一个典型的例子），而美国的现代性也不是中国的现代性，所谓法兰克福学派本土接受的“错位说”与此相关。错位说在坚持中国经验的同时，人为地放大批判理论与中国大众文化之间的距离。现代性批判突出指向文化工业批判所指向的美国好莱坞大众文化与中国当代大众文化所具有的同质性：一方面，大众文化推动了世俗化进程，解构了一元化的文化专制主义；另一方面，大众文化形式及其实践中也同时进行着形形色色的意识形态斗争与实践[①]。质言之，法兰克福学派批判理论首先是一种对待现代性的哲学、社会学、诗学立场，一种现代性批判的态度，即便他们的理论焦点原本是设置在西方发达资本主义社会，这也不足以抹杀它们理论的有效性及其限度，因而在法兰克福学派批判理论的本土接受中将东方与西方截然对立起来并不具有必然性与必要性。

综上所述，将西方马克思主义及其文论“异质于”马克思主义视为“非马克思主义性”，既抛弃西马理论家在西方社会的政治哲学实践的具体性和历史性，又堕入将经典马克思主义理解为苏俄马克思主义尤其是列宁主义的僵化思维的泥淖，这种阐释马克思主义及其文论的思维模式不仅早已被西方马克思主义理论家在20世纪二三十年代所批判，也已被当下中国学界所抛弃。如何看待西方马克思主义文论在具体的历史的社会实践中理解、阐释、推进马克思主义文论，可以现实地视为我们当下文学理论研究的病理学，通过它能够从中测度我们在多大程度上还停留于以僵化机械的思维模式对待马克思主义文论。于西方马克思主义

① 赵勇：《法兰克福学派的中国之旅——从一篇被人遗忘的“序言”说起》，《书屋》2004年第3期。

理论家而言，反对和批判僵化机械的教条主义马克思主义的使命早已成为历史，但于我们，恐怕还是一个艰巨的任务。

近半个世纪之前，具体说是阿多诺1969年去世近一个半月以后，《纽约时报》为此刊登过一则简短讣告，却因此把自己搞得声名狼藉[①]，当然在此之后阿多诺在阿伦特等人的努力下，早已进入20世纪大理论家之列，批判理论的影响也早已不可同日而语。然而这里仍然必须指出，西方马克思主义美学与居于意识形态主导地位的马克思主义美学、文论存在着质的区别，但这种区别不应当成为屏蔽平等对话和交流的合法性允诺。如何在接受和研究中尽量摆脱先入为主的偏见和卡冈式的傲慢[②]，保持一种开放的对话的姿态直面对象，则是一个值得长久深思的问题。西方马克思主义美学接受和研究的70年历程告诉我们，什么时候正视这一问题，什么时候就能真正切入研究对象本身并获得较为公允的认识，正如詹姆逊所言，“钻进去对它进行深入透彻的研究，以便从另一头钻出来的时候，得出一种全然不同的、在理论上较为令人满意的哲学观点”[③]；否则，我们便如卡夫卡笔下的土地测量员，叠加的脚印环绕在城堡之外，而城堡之内的真实却停留于幻象之中。

五　本书结构

本书属于效果历史研究，意在通过揭橥并审视批判理论在跨语境对话中镜像建构与意义再生产研究，以期为思考当下社会文化张力和诗学话语及理论范式变化敞开一个视角，推动批判理论之“中国意义”问题的反思进一步深入。批判理论的效果历史内在于批判理论被接受、阐释和反思的历史性之中，指向跨语境

① Martin Jay, “Adorno in America”, *New German Critipue*, No. 31, 1984.

② ［苏］M. C. 卡冈：《马克思主义美学史》，汤侠生译，北京大学出版社1987年版，第1页。

③ ［美］F. 詹姆逊：《语言的牢笼　马克思主义与形式》，钱佼汝译，百花洲文艺出版社1997年版，第3页。

的镜像建构与意义再生产，本书拟在新时期以来的具体话语场域与特定问题结构中，对批判理论在跨语境对话中所发生的理论变异、镜像建构与意义再生产诸层面展开深入研究。显然，这是一个极具挑战性的繁重任务，这一方面是因为所要考察的法兰克福学派批判理论仍然处于发展过程之中，而且其理论本身的阐释与研究也尚在进行中；另一方面则是因为本土接受语境的复杂性，事实上，中国近30年的经济与社会发展奇迹都难以被当下任何既有经济学与社会学理论完全阐释，而文化、诗学研究自然也无法脱离这一基本语境，如何把握新时期以来30年间的本土接受语境，同样是无法回避的挑战。为此，本书缩小了基本论域：一是将批判理论收缩为批判诗学，具体来说是批判理论中的文化理论和美学理论；二是将批判理论家群体具体为阿多诺、本雅明与马尔库塞，只是在必要的时候涉及霍克海默；三是在时间上侧重于20世纪80年代，同时涉及90年代，而基本不触及21世纪以来。

本书包含导论在内共计十章，约略分为三部分。第一部分包括导论与第一章，为本书确立基本研究视域，其中导论部分将批判诗学置于西方马克思主义视野中，立足于中国马克思主义语境来反思本土接受语境的规定性问题，提出以开放、对话的姿态直面异域理论，这也是本书的基本立场；第一章是个案考察，以霍克海默与阿多诺等合著的《权威主义人格》为个案，具体考察该著在中国本土的具体接受，追究接受背后的根源，强调漂流瓶的当下性意义。第二部分是本土阐释，包括第二、三、四章，主要集中于阿多诺、马尔库塞、本雅明等诗学文本，同时反思相关理论与观点本土接受问题。第三部分是本书重点所在，包括第五、六、七、八、九章，其中第五章集中于80年代的接受，主要是考察阿多诺、本雅明、马尔库塞在本土学界的最初上场及其意味；第六章则从马克思主义主导规范转移到媒介与公共空间的考察，关注的焦点是本雅明；第七章则是从美学知识生产的维度考察批判诗学的接受；第八章是立足于信息时代的文化社会学的考察，讨论经典化问题与批判诗学的重建；第九章以文化工业理论的社会学问题切入讨论批判诗学的理论遗产问题。

第一章　尚未抵岸的漂流瓶

中国学界对德国法兰克福学派第一、第二代掌门人霍克海默和阿多诺早已耳熟能详①，批判理论、文化工业理论以及《启蒙辩证法》早在20世纪80年代就引起文艺理论与大众文化研究的注意，而如今《理性之蚀》、《美学理论》、《否定辩证法》、《音乐哲学》等著作也已不同程度地进入哲学、美学、文艺学以及文化研究视野。即便他们之受关注程度还难以与20世纪90年代以来出现的“本雅明工业”② 比肩，当年关于“漂流瓶”的比喻也过于悲观了。但有一本却属例外，此即霍克海默主编、阿多诺与R. 桑福德、E. 布伦斯维克、D. 莱文森合著的《权威主义人格》③。该书初版于1950年，中译本出版于2002年，从到目前为止可以收集到的资料来看，除了仅

① 相对于社会研究所成员阿多诺、本雅明，霍克海默研究在中国学界尚显落寞，至今包括哲学、美学、文学与文化研究等在内诸领域尚无相关研究专著问世。

② “Benjamin Industry”较早出现于George Steiner在1998年的一次题为“To Speak of Walter Benjamin”的讲演中，Noah Isenberg在2001年在本雅明研究论文中延用该范畴，以之描述90年代本雅明研究的复兴与繁荣，也意指其被本雅明接受已溢出学术研究边界进入文化产业链条中。参阅：Noah Isenberg. “The Work of Walter Benjamin in the Age of Information”, *New German Critique*, No. 83 (Spring-Summer), 2001, p. 120。

③ ［德］西奥多·W. 阿道诺 等：《权力主义人格》，李维译，浙江教育出版社2002年版；Adorno et al, *The Authoritarian Personality*, New York: Harper, 1950。此外还有1960年、1982年两个英文本，本文关于该著作引文来自Adorno et al., *The Authoritarian Personality*, New York: Norton, 1982，并按照学界一般认识，统一译为“权威主义人格”。

有的几篇心理学研究文章[①]有所涉猎之外，该书基本没有引起中国学界的注意[②]，这倒是在某种程度上印证了那个“漂流瓶”的悲观比喻。

与中国学界的无视完全不同的是，美国人对于阿多诺的认识，直到阿多诺去世时，却基于他作为第一作者的《权威主义人格》（其次还有《棱镜》），而且颇具讽刺性的是，美国人对该书的好感似乎要远大于对阿多诺本人的好感[③]。这似乎不难理解，该著作作为社会研究所流亡美国时期、并以美国问题为研究对象的著作，它受到美国学界的关注并不意外，但事实上，阿多诺自己对此研究也颇为在意，尤其对他主持的法西斯主义量表问卷模式，以及既无书斋气也异于实证主义的研究方法更是如此，而且他自信通过此研究，人们能够知道权威主义人格是什么样子；与阿多诺相同，霍克海默也津津乐道于该研究“从实验上证明了反犹主义对民主文明的威胁”所具有的重要价值。

看起来，虽然法兰克福学派第三代学者霍耐特等人已经开始反思其批判理论在亚洲的接受史问题[④]，但《权威主义人格》却尚未抵达中国文化研究的海岸。是这一漂流瓶因其本身的问题而早已沉没海底，或者其距我们海岸之遥远而无法抵达，抑或海岸并向其没有敞开胸怀？

---

① 即便局限于心理学领域，也仅流于对于对权威主义人格研究史、偏见研究史等讨论时涉及该著作，并非专门讨论。参见李琼等《作为偏见影响因素的权威主义人格》，《心理科学进展》2007 年第 6 期；张中学等《偏见研究的进展》，《心理与行为研究》2007 年第 5 期；孙连荣等《社会偏见的人格因素研究综述》，《心理科学》2009 年第 3 期。

② 本雅明针对阿多诺的社会学写过一篇有名的文章，题为《内在化的终结：阿多诺的社会心理学》；德国学者哈伯对阿多诺运用精神分析方法考察法西斯主义问题作过较为深刻的批判性讨论，其论文于 2007 年被译为中文发表，但未见到该文的任何反响，“中国知网”检索该论文被引频次与下载频次均为零。参见斯蒂芬·哈伯《适应于资本主义的心理学条件》，孙斌译，《当代国外马克思主义评论》2007 年卷。

③ Martin Jay, “Adorno in America”, *New German Critique*, No. 31, 1984.

④ “法兰克福学派在中国”国际学术研讨会于 2008 年 9 月 25 日在法兰克福大学召开，其会议论文结集为《法兰克福学派在中国》，阿梅龙、狄安涅、刘森林主编，社会科学文献出版社 2011 年版。

一　反犹主义偏见与人格心理学

《权威主义人格》是社会研究所流亡期的“偏见的研究”丛书之一，其余分别是《偏见动力学》（贝特海姆等合著）、《反犹主义与情感障碍》（阿克曼等合著）、《说谎的先知》（洛文塔尔等合著）、《毁灭的预演》（马辛著）。“偏见的研究”分为两期：第一期从1943年4月至1944年4月，按照学术合同，该计划集中于“极权主义类型及其政治作用”研究与“心理学研究”两个领域，后一领域在霍克海默主导、阿多诺协助下在美国西海岸实施；第二期延续至1945年5月，分两个阶段先后完成了“反犹主义和工人研究计划”及其继续和深化。“偏见的研究”计划受美国犹太人委员会资助（后期同时接受美国犹太人劳动委员会资助），服务于犹太人融入美国社会的现实诉求。

1．偏见的研究

作为最终的书名，《权威主义人格》实际上并非名副其实。结合该书主要内容——法西斯主义、潜在法西斯主义、偏见人格以及法西斯主义量表，以及预设研究目标（发现反犹主义的性格结构、测量反犹主义的易发性），真正切题的书名应该是“权威主义人格与法西斯主义倾向测定”。而正是在这一主题中，联结权威主义性格与法西斯主义倾向之间的“与”字，标示出了该研究的入思路径，依霍克海默的说法，就是“从社会心理学角度”研究反犹主义问题[①]，而对此研究的忽视甚至被他归结为德国抵御反犹主义失败的原因之一。对此，阿多诺写道，“思想的非理性像人类行为的非理性一样伴随着无意识的心理冲突”，虽然思想与人格之间的联系未必简单说“心理学是原因而思想是结果”，经验研究的结果与预设是完全一致的：“人格可以被

① ［德］西奥多·W. 阿道诺等：《权力主义人格》，“序言”第1页；译文据该书1982年英文本有所修改。

视作思想的一种决定因素。"①

众所周知，将心理分析引入批判理论正是社会研究所的理论探索之一，这被马丁·杰伊视为"是勇敢而又有挑战性的一步，也是它力图摆脱传统马克思主义紧身衣的标志"，"对心理学的不同态度"是批判理论家不同于前此以往学者的重要区别之一②。对于心理学的倚重在社会研究各成员中并非孤例，霍克海默对心理分析的兴趣可以追溯到20世纪20年代，而阿多诺也批判对弗洛伊德经典精神分析的修正主义阐释，但一般认为真正实践融合精神分析与马克思主义的第一个批判理论家是弗洛姆，他留给反犹主义研究的理论贡献之一就是施虐—受虐范式，这在他参著的《权威与家庭研究》中有较为详尽的阐发。比较《权威与家庭研究》与《权威主义人格》可以发现，二者虽然目标不同，却共同分享了相同的问题结构：前者追问——被工人阶级接受了的社会主义观念在多大程度上反映在本能结构之中，并在危机环境中能够在多大程度上使工人支持左翼观点？后者则试图回答——反犹主义偏见在多大程度上反映在人格结构中，并在危机环境中能够在多大程度上使他们接受民主观点？《权威主义人格》解决此问题的基本思路是：如果极端反犹主义在人格系统具有深厚的基础，那么可以推测存在一种被压抑的、无意识的、非理性的人格力量，并在日常实践中具体化，因此通过对日常陈述中的思想观念的测量，就可以揭示出内在于无意识中的人格类型。这一测量包括反犹主义量表（Anti-Sentimism Scale）、民族中心主义量表（Ethnocentrism Scale）、法西斯主义量表（Fascist Scale）三个量表，其中法西斯主义量表所测量的便是权威主义人格，但该量表并没有单独使用，而是表现在前两个量表之中，以便测量反犹主义与民族中心主义在何种程度上是根植在人格深层结构中的。

---

① ［德］西奥多·W. 阿道诺等：《权力主义人格》，第883—884页；译文据该书1982年英文本有所修改。

② ［美］马丁·杰伊：《法兰克福学派史》，单世联译，广东人民出版社1996年版，第103页。

需要注意的是，上述思路虽然着眼于发掘反犹主义模式与人格心理学之间的关系，但他们却一直谨慎地避免将反犹主义心理学与犹太心理学相关联。原因并不复杂，因为对于犹太心理学的关注极易沦为对于反犹主义的事实性证明。应该说，这一谨慎并非杞人忧天，德国犹太人的思想僵化、态度傲慢以及惯于服从严格纪律等人类学意义上的民族心理特性，事实上往往被认为是形成“恐犹”的重要原因之一，而这在漫长的德国反犹史上屡见不鲜，甚至在“二战”后关于纳粹主义的反思中也不鲜见。然而，这不仅是地地道道的偏见，而且也并不具备阐释20世纪奥斯维辛问题的真正有效性。依德国学者费舍尔关于德国反犹史的考察，即便“恐犹”达到泛滥的程度，也不是发生奥斯维辛的充分必要条件——在漫长的犹太生活史上，曾经发生过数不清的不同程度的恐犹，却从未发生过类似奥斯维辛的大屠杀，真正的原因在于：“只有当这种对犹太人的憎恨超越歧视而到了一个病态的心理层次，只有当对个别犹太人的敌意和对整个犹太民族抽象的极端非理性憎恶融合到一起时，我们才可以建立其与大屠杀的因果关系。”[①] 这一病态的程度与德国“一战”后的政治极端主义有关，更与抽象的民族非理性极端主义有关，将大屠杀追究至极端非理性，追查到某种共性的“人类行为模式”而导致可以重复和预见的后果这一普适性逻辑，而不是自慰性地“认定这只是德国才有的状况”[②]，其致思路径与阿多诺关于反犹主义主体深层无意识的思路异曲同工，而旨趣却不同于利奥塔关于“奥斯维辛是意义终结”的判断。

2. 反犹主义人格心理学

认为人格结构与思维模式、信仰模式、行为模式有关，而且渗透并支配深层的无意识领域，而反犹主义可以从内部和外部要素之间的相互影响中得到解释，并通过问卷、访谈以及心理学测

① ［德］克劳斯·费舍尔：《德国反犹史》，钱坤译，江苏人民出版社2007年版，“引言”第4页。

② 同上书，“引言”第7、8页。

验的方式得以研究，这是统领《权威主义人格》的基本方法论。阿多诺的工作集中在权威主义人格类型学部分，同时承担关于访谈部分的思想分析，基本范式都是经典精神分析。依弗洛伊德，童年恋母情结与恋父情结不仅是个体压抑性存在的根源，也是艺术实践的基本动力，即所谓艺术不过是被压抑性欲的想象性的、替代性的满足和升华，而不幸者则沦为精神或心理疾患的受难者。正如被压抑的力比多冲动除了转移与升华之外无法消除，偏见作为无意识敌意的表现同样如此，“源自于挫折和压抑的无意识敌意，在其社会性转换中需要一个替代客体，以之避免对现实的激烈反应”①。反犹主义作为一种无意识敌意的具体化，它与犹太种族及其人格特点并非本质相关，对此，费舍尔的《德国反犹史》已做出考察，然而犹太人之被选择为偏见客体却与客体自身的某些特性不无关系，但，需要强调的是，这一对于偏见客体的选择行为本身却受制于行为主体的“深层的意识或无意识”，即反对反犹主义偏见所必须考虑的“偏见的整体结构”，这与阿多诺将“解释无意识的现实”视为哲学基本规定完全一致。反犹主义前意识决定了偏见敌意的指向性，却又不能摆脱具体指向行为的“偶然性”，表现在访谈中的被试者身上，则是随时将敌意地对待犹太人的逻辑复制在对待其他种族上。究其实质，这一逻辑是对客体的想象性的敌意建构，属于所谓的“定型化思维”一种，当然，依弗洛伊德，阿多诺也将它们归结为“童年模式的重复”②。

《权威主义人格》整体上是对于权威主义人格的类型学研究，阿多诺更倾向于社会心理结构分析，当然，这也并不意味着他游离于整体之外。事实上，阿多诺曾于 1945 年提交了一个类型学研究提纲，霍克海默对此给予评论，概其要者有三：第一，类型学研究要注意个体反犹主义日常表现的模糊性。第二，反犹

---

① ［德］西奥多·W. 阿道诺等：《权力主义人格》，第 822 页；译文据该书 1982 年英文本有所修改。

② 同上书，第 895 页。

主义本身“只是我们文明为了屈从于深层冲动所提供的一种合理化过程”，但它最终指向奥斯维辛，因此“最好的类型学，应该根据现代生活里人们普遍认同的反犹主义特征，来对与之相应的个体进行类别划分”。第三，霍克海默所理解的反犹主义类型包括冷漠的家长、迷人的少女、勇敢的男人、小伙、绝望的妇女和老人、基督教实业家等，它们从不同的立场走向了相同的反犹主义道路。[①] 显而易见，霍克海默对类型学研究在“偏见的研究”中的重要性有充分认识，并且与阿多诺保持基本一致的思路。定型作为偏见的形式，它以貌似公正的形式表现出来，并通过二元对立思维来确证自身：“丑化外在团体，美化内在团体，这样反犹主义倾向为之提供了感情的满足和自恋的满足，其结果是理性的自我批判能力荡然无存。”[②] 显然，这里运用的无疑是弗洛伊德的本我、自我和超我的人格理论，阿多诺阐发道：“定型逻辑不仅满足某些偏见的要求，而且其本身也表现为一种心理特质。而这种心理特质只有在与偏执狂理论和偏执狂体系相联系时，它才能被充分理解。极端的偏见者倾向于心理权威主义，后者正是他客观上追求极权主义的主观状态。”[③] 如果心理权威主义的主观性外在表现为极权主义的客观性，那么，这就意味着权威主义及其要素是可以客观测量的，其重要的测量工具就是法西斯主义量表。研究小组建构了法西斯主义量表中的三个子量表，认为这三个量表构成了权威主义人格相对稳定的核心成分，即保守主义、权威主义服从和权威主义攻击。保守主义是指刻板地固执于主流价值观，权威主义服从是指把屈从于现实、无批判地将内在团体理想化，权威主义攻击是指谴责、惩罚那些违背传统价值观念的个人或群体。概言之，权威主义人格是受虐与施虐的结合体：一方面是权威主义的非理性的服从，另一方面，又通过投射将敌意转移到外在团体并进行指责和攻击。

---

① ［德］霍克海默：《霍克海默集》，曹卫东等编选，上海远东出版社 1997 年版，第 378—384 页。

② 同上书，第 838 页；译文据该书 1982 年英文本有所修改。

③ 同上书，第 855 页；译文据该书 1982 年英文本有所修改。

按照阿多诺精神分析的逻辑，家庭结构中父亲权威性的崩坍带来权威的暂时性空场与缺失，这将导致对于其他替代性权威的呼唤与寻找，此时如果家庭中的另一成员母亲不能现实地承担这一角色，那么某些极端主义的政治领袖就将出现在去权威之后的空场中——此外一些明星也具有这样的功能。“简而言之，在丧失了任何理性的权威之后，大众以他们所缺失的理想化的、古老的父亲意象为基础把他们自己组织起来。然后，它变成令人愉悦的同一化的客体，同时它又激起自恋的加剧——这种自恋将大众安置于总体的非理性之中。最后，权威不再像它在父权制中那样得到尊敬，而且，一种新的模棱两可得到了发展，这种模棱两可使得人们在对它的极度的爱和恐惧之间犹豫不决，在崇拜和蔑视之间犹豫不决。针对社会上的少数民族或无特权团体的憎恨和暴力发生了。”[①] 弗洛伊德的问题结构被拖入权威主义人格的视野中，在这里，本我被阐释为狂躁的、退化的，自我仅仅是在对于权威的服从和自恋以及在对于缺失后的寻找之间不断平衡，而超我则不断面对本我的冲击：“本我不断冲击超我，个体由此产生潜在的罪过感，但为了把‘文化歧视’转化为以破坏性冲动为动力的敌意，罪过感必须不计代价地被压制。”[②] 需要指出的是，潜在的法西斯主义主要在保守主义的观念中表现出来，其政治本能靠无意识的人格力量来培育，但不论在公开的表达层面还是在人格的构成要素上，潜在的法西斯主义都是一种伪保守主义，而不是真正的保守主义；相对应地，潜在的法西斯主义的心理结构，在自我层面上则表现为对权威主义的顺从与无意识的破坏性冲动。

3. 民主与偏见

《权威主义人格》揭示了一个基本事实，即美国民主制下潜藏着法西斯主义的要素。霍克海默在写给阿多诺的信中指出：

---

① ［德］斯蒂芬·哈伯：《适应于资本主义的心理学条件》，孙斌译，《当代国外马克思主义评论》2007 年卷，第 65—80 页。

② ［德］西奥多·W. 阿道诺等：《权力主义人格》，第 851 页；译文据该书 1982 年英文本有所修改。

"在一个民主社会里，人们在正常的情况下并没有明确表现出反犹主义倾向。……我们也许可以发现，反对文明的倾向是一直贯穿于资产阶级时代的。"[①] 反犹主义作为现代社会的一种文化形式，它与反民主之间存在特定联系，"由于潜在的法西斯主义倾向是以一种伪民主的形式强加于人们头上的，因此不知内情的人们还满怀希望带着它走向未来"。他提醒人们，虽然不应推论大多数人都具有极端民族主义模式，但是"希望读者不要低估本书（《权威主义人格》——引者注）所关注的法西斯主义的潜在力量，忽视这样的事实是不明智的"[②]。需要注意的是，阿多诺在此发出警告的语境是20世纪上半叶的资本主义世界，他对法西斯主义的反思与对资本主义的批判是紧密结合在一起的，就此而言，阿多诺与霍克海默是完全一致的，这在那句广为流传的断言——"一个不愿意批评资本主义的人，就应当对法西斯主义保持沉默"——中得到具体体现，而实际上，这也是社会研究所的理论基本出发点。另一方面，阿多诺也十分清醒地认识到，社会心理学并不能承担对潜在的法西斯主义的预防和矫治，因为它们是"社会的产物，只有当社会得以变革时，它们才会改变。至于社会如何变革，不是由心理学家说了算"[③]，而霍克海默也将其根源归结为"客观因素，而不是主观因素"[④]。所谓客观的因素，在马克思的视野中显然是生产方式以及以此为基础的生产关系，而这显然不是对于权威主义人格的揭示与分析能够解决的问题。但是，既然外在的客观因素远远超出了社会研究所的理论实践之外，那么，对于内在的主观因素的讨论也就成为唯一的选择。

不论社会研究所抱有怎样的社会学雄心，《权威主义人格》自出版以来，围绕它的评价似乎一直是毁誉参半。法兰克福学派史权威专家马丁·杰伊断言，该研究"完成后立即成为社会科

---

① ［德］霍克海默：《霍克海默集》，曹卫东等编选，第378—379页。

② ［德］西奥多·W. 阿道诺 等：《权力主义人格》，第1264页。

③ 同上书，第1263页。

④ ［德］霍克海默：《霍克海默集》，曹卫东等编选，第379页。

学的经典"[1]；而作为阿多诺的同代人的布莱希特则对此项研究冷嘲热讽，相关传记似乎也对该研究中的政治和经济因素部分地津津乐道[2]。杰伊的赞誉难免言过其实，而布莱希特的嘲讽也当不得全真，尤其是考虑到布莱希特与法兰克福学派多数成员之间素来不睦的关系——前者视后者为"不懂政治的马克思主义者"[3]，后者则斥前者为"庸俗的马克思主义者"，阿多诺甚至说布莱希特每天花几个小时把灰尘弄进指甲里以装扮为工人[4]——他的批评更应打些折扣。此外，Nathan Glanzer 批评阿多诺的研究质疑错了对象："偏见应该予以打击，但不是以伯克利（偏见研究中的伯克利小组，即《权威主义人格》一书的署名者——引者注）的这种方式，因为这种方式质疑的不仅是偏见，而且是美国的生活方式了。"而爱德华·希尔斯则质疑阿多诺的偏袒，对于上述批评，魏格豪斯将其视为观察彼时社会政治风云动荡的晴雨表[5]，倒是从另一个角度指出了《权威主义人格》复杂的时代性问题。

毋庸讳言，《权威主义人格》在方法和调查技术等诸方面存在着无可否认的弊端和缺陷，甚至有学者将其视为政治心理学中最具缺陷的著作之一，追根溯源，其间既有弗洛伊德精神分析理论应用以及调查"量表"设计的问题，有阿多诺"类型学"本身的问题，也有令他们跋前踬后的现实处境，等等。正如曹卫东在 1997 年编选《霍克海默集》时指出，霍克海默关于权威和专制的心理分析的《权威与家庭》与《专制国家》等著作在编选中被"有意忽略"了，"这样做，不是因为它们不重要，而是由

① ［美］马丁·杰伊：《法兰克福学派史》，单世联译，第 256 页。

② ［德］洛伦茨·耶格尔：《阿多诺：一部政治传记》，陈晓春译，上海人民出版社 2007 年版，第 189—191 页。

③ ［德］克劳斯·弗尔克尔：《布莱希特传》，李健鸣译，中国戏剧出版社 1986 年版，第 394 页。

④ ［英］保罗·约翰逊：《知识分子》，杨正润等译，江苏人民出版社 2003 年版，第 223—224 页。

⑤ ［德］罗尔夫·魏格豪斯：《法兰克福学派：历史、理论及政治影响》，孟登迎等译，上海人民出版社 2010 年版，第 652—654 页。

于它们比较复杂”[①]。由此看来，复杂性不仅在于霍克海默与阿多诺思想演变本身的历史性，也不仅在于研究所从德国到流亡美国再到返回德国的这样一种与世界历史激烈变动相联系的颠沛流离，还在于研究本身处身其中的政治文化的复杂缠绕。因此，在回答本文开头所提出的问题——《权威主义人格》尚未抵达中国文化研究的海岸，是这一漂流瓶因其本身的问题而早已沉没海底吗？——之前，我们还需进一步理清批判理论的德国特质与反犹主义的美国语境之间的关系问题。

二　在美国问题与德国理论之间

不论关于《权威主义人格》的评价存在怎样巨大的差异，可以肯定的是，这项研究并未丧失其存在的独特意义，即便在心理学之外也是如此。面对“奥斯维辛”人性灾难，全方位反思人类文明及其人性根基成为批判知识分子那个时代的最重要社会担当，社会研究所自不例外。霍克海默追问：我们离开奥斯维辛并由此走出了多远？《权威主义人格》的回答是：其实并未走远。霍克海默固然将《权威主义人格》定位为一部研究社会偏见的著作，但“它的目的不在于简单地对一些业已广泛传播的信息再补充些更加经验主义的研究结果。这部著作的中心主题是一种相对来说新的概念——‘人类学物种’的崛起，我们将该物种的人称为权威主义者。这类权威主义者并非单纯意义上的固执者，他们将高度工业化的社会中典型的思想、技能以及非理性的或反理性的信念结合起来。这类人既是开明的又是迷信的；他们因自己身为工业家而自豪，却又常常害怕自己不像普通人；他们猜忌自己的独立性，并倾向于盲从于权力和权威”[②]。事实上，在“奥斯维辛集中营”灾难之后，人类如何生存、如何过上一

① 曹卫东：《〈霍克海默集〉编选者序》，载《霍克海默集》，第 3 页。

② ［德］霍克海默：《〈偏见的研究〉序言》，见西奥多 · W. 阿道诺等《权力主义人格》，第 1 页。

种“正确生活”也是阿多诺在“二战”后反复思考的主题。在他看来，现代资本主义社会及其文化为奥斯维辛集中营的出现创造了“客观条件”，如果不加以克服，那么相同的灾难还会再次发生。

阿多诺在回归德国后出版的《最低限度的道德》中，提出“错误的生活无法过得正确”，因为在一个错误的社会中，主体的自决与自由不过是一种意识形态矫饰，即便自由地做出选择，但实际上行为主体是无法承担这一道德责任的，因而他的生活仍然无法过得正确；相应地，“正确生活”则只能期待真正自由的、未被发达资本主义社会制度所奴役整合的个人来实现。可见，关于权威主义人格的思考并未局限于反犹主义和纳粹主义，而是在现代资本主义普遍背景下的现代性批判企图：“在一个具有法律、秩序和理性的文化中，何以可能出现原始民族和宗教仇恨的非理性残余？它们应该如何揭示广大人民曾忍受过的自己同胞被集体屠杀这一事件？现代生活中还有哪些组织仍具有‘癌变’的可能性，尽管我们不断予以启迪，仍可能出现原始人类的返祖现象？”[①] 这就不难理解霍克海默与阿多诺给予《权威主义人格》以很高的期许和自我评价。而依马丁·杰伊的判断，《权威主义人格》并非单纯“社会科学的经典”，而且也是“运用美国的技术来研究大众文化”的作品[②]，若此，对于文化研究热情高涨的中国学界而言，该书在中国遭受冷遇就无疑是颇显奇怪的了：是因为它距我们海岸之遥远而无法抵达，抑或海岸并没有向其敞开胸怀？在进入该问题之前，我们有必要澄清《权威主义人格》所特有的时空背景，具言之，该著作在中国与美国之间的冷热之别，不仅有时代的和现实的原因，也有社会研究所自身的原因。

就时代背景而论，对于开始参加“二战”、并与苏联结成世界反法西斯主义同盟的美国来说，对于黑人的种族歧视这一污点

① ［德］霍克海默：《〈偏见的研究〉序言》，见西奥多·W. 阿道诺等《权力主义人格》，第1页。

② ［美］马丁·杰伊：《法兰克福学派史》，单世联译，第254页。

固然扎眼且棘手，但反犹主义偏见及其非理性主义问题同样不可漠然视之。美国犹太人委员会在“二战”期间就曾专门制作了关于犹太人参战情况以及牺牲与受伤情况的详尽的阶段报告，目的就是要反驳存在于美国普通民众之中的反犹主义偏见。因此，社会研究所考察并测定反犹主义偏见与法西斯主义倾向之间的关系可谓适逢其时。然而，至该研究完成、成果出版，已是“二战”结束，时过境迁，美国开始考虑全球经济政治战略布局，曾经浓厚的左倾氛围随之迅速扭转为反共产主义的民主冲动。由左倾到右转，时代的烙印清晰地反映在《权威主义人格》的书名拟定上。从最早名之为“法西斯主义性格”，到 1947 年被建议更改为“性格与偏见”，再到 1948 年又拟为“潜在的法西斯主义”，直至最后出版时的现名，其拟名简直就是美国 40 年代文化政治断代史的一个文化缩影。书名拟定上的谨慎、犹豫、彷徨甚至不安，某种程度上成为现实生活中社会研究所无奈与妥协处境的写照，一种霍克海默式（实际上也是霍克海默主导）的小心翼翼、如履薄冰，既不愿放弃研究所的理论追求，同时又不得不向屡屡陷入窘困的经济现实低头。这也难怪社会研究所的老对头布莱希特给予冷嘲热讽（比如嘲笑通过犹太人委员会，社会研究所终于巩固住了它的摇摇欲坠的经济状况，等等），但如若脱离上述背景而流于对立面的嘲讽快意，那恐怕难免陷于根深蒂固的偏见（比如水火不容的阿多诺—布莱希特之争）泥淖之中。

除了诡谲复杂的时代背景，家庭结构的历史性变化也是“权威主义人格”研究的另一现实土壤。众所周知，社会研究所关于德国反犹主义的研究早在 20 世纪 30 年代初的“权威与家庭”研究中就已展开，但如若没有“偏见的研究”的实施，流亡时期的社会研究所能够继续该研究的可能性值得怀疑，更遑论出现“霍克海默与阿多诺之间合作的顶峰”了①。然而对于刚踏上美国的社会研究所来说，它所面对的不仅有迥异于德国的社会

① ［德］罗尔夫·魏格豪斯：《法兰克福学派：历史、理论及政治影响》，第 468 页。

文化现实，还有美国20年代以来经济大萧条的严重后果，其中之一就是家庭结构的变化。随着经济萧条而来的高失业率造成了传统家庭父权制核心的坍塌，失业的父亲同时失去了作为家庭的经济支柱地位，同时失去的还有父亲文化和意识上的权威地位："如果儿子有工作而父亲没有，那么儿子就开始成为权威人士，至少在家庭发生纠纷时他的意见是决定性的。总之，儿子成了自己的主人，而父亲的概念以及传统的对父母权威的尊重和害怕早已被抛到九霄云外去了。"① 此前社会研究所"权威与家庭研究"已有所探讨，"偏见的研究"在此意义上是其继续。但依批判理论，家庭结构中父权制权威解体并不意味着母权制权威或者其他权威的必然确立，尤其是缺乏牢固的经济基础时更是如此。考虑到经济萧条时的妇女与青年人同样艰难的就业现实，对于家庭而言，失去父亲经济支柱并进而坍塌了父亲的权威之后，实际上并没有确立起新的同等可靠的经济支柱和家庭权威，真正从中受益的是"权威主义的社会形式"（比如德国国家社会主义这样的极权主义），显然这既是社会研究所对于德国问题的念念不忘，也是对于美丽新世界的某种隐忧。

需要指出的是，"偏见的研究"并非纯然出于对美国"二战"时期反犹主义社会现实的直接面对而没有任何私心，对于社会研究所而言，那毕竟只是流亡地而已。事实上，霍克海默对"偏见的研究"计划一开始还有所疑虑，他担心经验研究会淡化社会研究所对于理论研究的重视，最终在流亡中丧失研究所的理论特色和追求，为此他甚至一度设想将此研究定位于理论研究与经验研究的灰色地带，以便在经验研究中更多地塞入批判理论的"私货"。然而，这一担心慢慢被淡化了，促使霍克海默转变的动力因素很多，比如有社会研究所经济上的考量、在新世界中从理论的孤独走向开放实践的自觉、作为犹太学者融入美国社会的要求，等等，而同时开展的启蒙辩证法研究关注反犹主义毁灭性

① ［美］R. F. 贝茨：《1933—1973美国史》（上卷），南京大学历史系英美对外关系研究室译，人民出版社1984年版，第233页。

倾向的逻辑以及美国犹太人委员会解析反犹主义现实的企图等，无疑也是其中的重要因素。可以说该研究的正式开展是多重因素合力作用结果，但批判理论对于跨学科研究的理论追求无疑是其中隐性却具有支配性的因素。虽然早在《权威与家庭研究》中融汇理论建构和经验研究、文化哲学与社会学的跨学科研究就被视为一个基本方向，但这并没有得到真正贯彻，而“偏见的研究”则提供了将美国社会学的经验研究与德国批判理论的理论研究传统相结合的一次实践。在霍克海默看来，这（反犹主义研究）将导向对于启蒙理性辩证法研究的关注（甚至直接就是对后者的经验性证实[①]），最终助益社会研究所。这就不难理解，当1943年负责与美国犹太人委员会事务谈判的负责人波洛克向霍克海默通告学术合同的签订，并强烈建议研究所马上实施时，霍克海默立即给予了高度重视。而事实上，《权威主义人格》真正关注的并非对于反犹主义程度的事实性厘清，而是对反犹主义的性质研究，这显然与美国犹太人委员会的规划目标不同，其原因盖与此相关。

可以说，《权威主义人格》是社会研究所特定理论追求与既定时代、家庭结构变化等因素共同作用的产物，其意义和价值也只有在批判理论的逻辑行程与现实关注中才能得到清晰理解。因此，结合德国思辨传统与美国实用主义的理论企图固然随着流亡期的结束而被放弃[②]，但其痕迹依然可在《权威主义人格》中找到，而该书中一些颇为奇怪之处也可由此得到理解。比如，依该研究的结论和逻辑，相同心理基础之上的社会反犹主义将表现出普遍的法西斯主义倾向，甚至可能被推进到奥斯维辛的程度，然而，斯大林主义却没有在该研究中被预告，而可以原本预告却没有预告的还有美国（更大自由度、更体系化的社会结构都有利于反犹主义的蔓延），这些“选择性失明”显然都离不开“短暂

---

① ［德］洛伦茨·耶格尔：《阿多诺：一部政治传记》，第188—189页。

② ［德］H. 贡尼、R. 林古特：《霍克海默传》，任立译，商务印书馆1999年版，第78—80页。

而又烦躁"[1] 的罗斯福时代氛围：前者植根于"二战"美苏同盟，以及对于苏联第一个对社会主义进行试验和实践的认同；后者则根植于研究所的流亡现实，即便按照"偏见的研究"计划的逻辑，美国将面临着甚至不亚于德国的法西斯主义可能性，但这一观点又如何能够被现实地公布呢？

无论如何，《权威主义人格》融合经验研究与批判理论的努力对美国来说无疑具亲和性，即便他们对于德国理论批判范式不尽认同甚至还心存反感，但是，那种对于反犹主义的经验研究还是合乎美国人的现实诉求，并在黑人与妇女歧视之外又增加了关于的新的认知维度，而事实上这也可以视为一种历史的自然过程，按照美国学者韦克特的看法，"（20 世纪）20 年代的精神满足，像去年的败叶一样被大萧条的寒风吹得七零八落，紧接着是新政的春潮，充满希望，活力充沛，丰饶肥沃，在 1936 年罗斯福以压倒性的优势再次当选的时候达到了繁花盛开的高峰；接下来，几乎在不知不觉之间，开始显露出枯黄的色调"，"到 40 年代的时候，民族精神已经显露出了一种理想、动机和情感的复合体"[2]。随着"二战"的被迫卷入，这一复杂的民族精神则在个一个更为清晰的层面上得以显示，而反犹主义及其法西斯主义的被揭示、被阐发则有可能成为反观这一民族精神的很好触点，虽然在此之前已有规模较小的相关研究。相对于美国特定语境的制约性和基础性，《权威主义人格》在中国的冷遇及其根源则完全不同，这里主要讨论阿多诺本土接受的定型化、精神分析的中国接受背景、批判维度的语境性等问题。

三　先在的弗洛伊德

国内可以检索到的阿多诺最早文本是 1982 年引入的英文

---

① ［德］洛伦茨·耶格尔：《阿多诺：一部政治传记》，第 196 页。

② ［美］狄克逊·韦克特：《大萧条时代》，秦传伟译，新世界出版社 2008 年版，第 298 页。

本①，而中译本则迟至2002年才出版，而且后者也并非从文艺学、美学或者哲学学科，而是从心理学学科视角译介的。浙江教育出版社将《权威主义人格》规划为“20世纪心理学通览”，明言其目的在于“回顾一下心理科学在这百年间所取得的成果，不仅有助于人们认识心理科学自身的地位和作用，为今天的研究提供比较的范本，而且可以为21世纪心理科学的基本走向提供历史的经验和教训，促使心理科学更加健康的发展”，而“通览”的原则是“以20世纪心理学中具有重大影响的一派、一家、一人、一说为选题原则”，涉及林林总总的心理学流派②。由此可知，《权威主义人格》是作为心理学研究某一流派的经典著作译介进来的，但这并不意味着它仅仅局限于心理学研究领域，在今天以及社会研究所的跨学科路向的情况下尤其如此。事实上，无论是英文本还是中译本，在目前可以检索到的中文文献中，都鲜见文艺学、美学或文化研究对此的援引和倚重，可资对比的是，同时期关于阿多诺（尤其是与霍克海默合著的《启蒙辩证法》）在美学与文艺学领域的接受与援引却较为常见。考虑到其他著作进入中国语境的时间远远早于《权威主义人格》，这似乎可以理解，毕竟文本的可得性也是影响理论可接受性及其接受程度的重要因素之一，然而，这并不能解释这样的基本事实：为何在中译本以后的10年间该文本依然得不到关注更不用说认同呢？或许，其中的重要原因之一就在于我们已经形成的关于阿多诺的定型化认识。

1. 定型的阿多诺

按照亚里士多德关于定义的基本观念，定义的对象是种，定义的结构表现为属加种差，用种和属差来定义就可以认识本质。毋庸讳言，亚里士多德的定义范式存在着逻辑学的漏洞，但其中包含的类以及分类的意识是十分明确的，类以及分类的模式首先

① Adorno et al., *The Authoritarian Personality*, New York: Norton, 1982.

② ［德］西奥多·W. 阿道诺 等：《权力主义人格》，“‘20世纪心理学通览’序”第1页。

意味着认识对象的区分，这无疑有助于关于对象的本质的把握，当归属知识生产的重要环节之一，然而这种类型化的抽象把握同时也面临着从类型滑向定型的危险。定型一般被认为是一种普遍的人类认知方式，在某种程度上与人类对于确定性的寻求冲动有关，作为一个历史的和自然的过程，定型往往处于旧的类型认识被挑战、新的类型认识在形成这样一种动态过程之中。以此来看，在《权威主义人格》被认知之前，阿多诺就已经被标上了大众文化批判和现代性批判的标签，即便21世纪之初，在这样的标签之外同时被贴上了关于大众文化消费同一性批判以及后现代性亲和性的新标签，但关于阿多诺的定型化认识依然没有根本性改变，唯一的不同仅仅是对于定型化认识的修正或者从一种定型向另一种定型的转变。这就不难发现，在这一定型化框架中，《权威主义人格》只能沦落为被遮蔽的命运，游离于这样的阿多诺标签之外，对于已经被验明正身、定型化的中国的阿多诺而言，《权威主义人格》是不存在的。关于阿多诺的定型化认识本身阻碍了关于《权威主义人格》的接受，而后者也在这样的定型化中被视为一种非典型，被视为异类。事实上，一种定型化观念的形成往往具有传播势能，并以此进一步强化了自身，一个与此有关的例子就是关于法兰克福学派的大众文化理论的认识。从最早将其定位为由大众文化“整合”功能而来的“大众文化批判”，到“整合”与“颠覆”功能共存的“大众文化理论”①，关于法兰克福学派文化理论之批判性的定型化认识才逐步得到改变，并由此逐步形成关于其大众文化理论和现代性批判的新的定型化认识——即便在修正后的关于法兰克福学派的认知中，《权威主义人格》也是沉默于无形之中的。所谓定型化思维就是指此前关于阿多诺（与霍克海默）的基本认知很大程度上将《权威主义人格》视为一种非经典性或非典型性文本，这阻碍了对于该文本的接受。

如果说定型化的思想肖像本身将《权威主义人格》视为非

① 赵勇：《整合与颠覆：大众文化的辩证法》。

典型，从而导致了接受上的被拒绝，那么，需要进一步追问的是，《权威主义人格》是在何种意义上偏离典型的阿多诺的呢？具言之，是否由于在批判理论与经验研究的融汇过程中，批判理论自身被遮蔽于经验研究之下湮没无闻，从而与批判理论的阿多诺拉开了距离？或者说，《权威主义人格》之未被接受是否因为它已经偏离了经典阿多诺思想形象甚或偏离了批判理论的思想肖像？

按照魏格豪斯的看法，《权威与家庭研究》是社会研究所"涉及经验研究的集体劳动的唯一成果，而且也一直是研究所30年代期间就经验研究成果所发表的唯一出版物"，研究所不愿意出版经验研究成果，其原因既不是财政困难影响了研究开展与成果发表，也不是来自美国社会学研究标准的束缚，其深刻的原因在于研究所对于理论研究与经验研究之间关系的理解。在经验研究与探讨社会整体运作的理论研究的统一中，后者更被视为具有全局性作用，因此二者之间的曾经被追求的所谓"融汇"关系必然只能是松散的，因为只有"这样，理论才不会受到牵制"[1]。但如前所述，不论融汇德国思辨传统与美国实用主义的理论企图是否随着流亡期的结束而被放弃[2]，也不论霍克海默如何意图在经验研究中塞入批判理论的私货，但可以肯定的是，《权威主义人格》依然存留了其上述"融汇"的努力和意图，而事实上，经验研究始终被置于批判理论的眼光之下。

那么，是不是《权威主义人格》由于其弗洛伊德主义而导致了精神分析对于批判理论的遮蔽？这一疑问并非空穴来风。比如在斯蒂芬·哈伯看来，《权威主义人格》完全依赖于弗洛伊德的假设，并认为所有可用来理解资本主义的心理学知识都是由精神分析提出来的；从历史的观点来看，阿多诺的分析建立在不那

① ［德］罗尔夫·魏格豪斯：《法兰克福学派：历史、理论及政治影响》，第239—240页。

② ［德］H. 贡尼、R. 林古特：《霍克海默传》，第78—80页。

么可信的决定论前提之上的。法西斯的暴行、独裁和全面发动的战争对于阿多诺来说，构成了由垄断资本主义和享乐的消费主义所导致的心理学事态的逻辑结果，这一事实不仅暴露了他对那离我们非常遥远的历史环境的依靠，而且暴露了一般方法论上的缺陷①。的确，心理学尤其是对于弗洛伊德精神分析甚至在40年代社会研究所的理论资源中占据基础性地位，对于社会研究所来说，这并非不可告人的秘密。在一封关于回答研究所对弗洛伊德的态度的书信中，霍克海姆明确写道："我们确实深深地受惠于弗洛伊德及其第一批合作者。他的思想是我们的基石之一，没有它，我们的哲学就不会是这样。"② 阿多诺自不例外，以日本学者细见和之的看法，《权威主义人格》作为"实证性的个别科学与解释性的哲学相互联系"的"具体化"，体现了阿多诺对于哲学任务的规定："不是去探究隐藏在现实中的意图，而是'解释无意识的现实'。"③

可以说，弗洛伊德精神分析在"偏见的研究"中得到远比以往更大程度的强调，但这远未达到使批判理论弗洛伊德化的地步。比如，阿多诺式的精神分析将恋母情结视为个人化和社会化的关键契机，其关键之处在于童年的权威性的压抑阶段，并由此推论，治愈潜在的法西斯主义病变的可能性就在于"改变人格的技术"，在于"童年的训练"④。然而，阿多诺也十分明确地指出，揭示和阐释偏见的目的在于消灭偏见，而这却远不是个体心理学甚至也不是社会心理学⑤能够解决的，"单凭心理学的措施是无法实现对潜在的法西斯主义者的矫治的"，它们是"社会的

① ［德］斯蒂芬·哈伯：《适应于资本主义的心理学条件》，孙斌译，载《当代国外马克思主义评论》2007年卷，第65—80页。

② ［美］马丁·杰伊：《法兰克福学派史》，第120页。

③ ［日］细见和之：《阿多诺：非同一性哲学》，谢海静等译，河北教育出版社2002年版，第53—54页。

④ ［德］西奥多·W. 阿道诺等：《权力主义人格》，第1262页。

⑤ "通篇不断出现这样的提示——尤其是阿多诺撰写的那一部分——偏见在根本上还是被理解为社会的而非个体的。"参见［美］马丁·杰伊《法兰克福学派史》，第262页。

产物，只有当社会得以变革时，它们才会改变。至于社会如何变革，不是由心理学家说了算”①。职是之故，《权威主义人格》集中关注的的确是权威主义人格类型学，而不是权威主义社会本身，然而即便如此，它所指向的却依然是批判理论所一直关注的既定现实中的人的生存及其现状和解决，否则，阿多诺就不会在《权威主义人格》的结论部分反复申明：人们对于自我认知和现实认知的真实性的抗拒具有共同的心理学根源，然而归根结底源于一个社会及其“控制”②。

因此，定型化思维在阿多诺与《权威主义人格》之间给出了典型与非典型的区分，但这并不意味着后者远离了社会研究所批判理论自身，或者说《权威主义人格》并没有游离于批判理论的射程之外，方法论上的经典精神分析并没有导致批判理论自身的弗洛伊德化，更不存在批判理论的解体之说。然而若是，问题依然存在：既然《权威主义人格》依然处于批判理论的射程之内，那它为什么却无法走入接受并且反思大众文化批判理论的本土化视野之中呢？也许我们应该换一个视角，以便在新的阐释视野中获得某种新的可能性的呈现。

2. 弗洛伊德：作为理解前结构

众所周知，关于阿多诺大众文化批判理论之在20世纪80年代被发现和接受，学界回顾性的反思存在不同认识，但无论哪一种反思结果，都没有脱离理论本土建构与异域接受的既定社会时代语境和理论追求这两个基本视域，这对于批判理论自身而言自在情理之中，然而其方法论问题却往往从研究视域中溜了出去，对于致力于融汇批判理论与经验研究的《权威主义人格》来说尤其如此，我们可以精神分析范式为例做一简要分析，以揭示这一方法论对于该著作被接受所产生的影响及其程度。不论社会研究所是否“是德国第一个向心理分析（即精神分析方法——引

① ［德］西奥多·W. 阿道诺等：《权力主义人格》，第1263页。

② 同上。

者注）打开大门的学术机构”[①]，可以肯定的是，《权威主义人格》对此进行过研究实践，并在一定程度上成为社会研究所特定理论探索的重要文本证据，因此，当文本的异域接受的问题被提出时，这一理论探索就不得不面临着新的语境的冲撞和制约，面临着新的语境所建构起来的关于弗洛伊德精神分析的历史性态度。依照萨义德的看法，这是旅行的理论所必须承受的宿命，质言之，在中国的弗洛伊德或者弗洛伊德的中国阐释，在某种程度上成为《权威主义人格》接受的理解前结构。

众所周知，弗洛伊德理论在中国，旅程漫长、充满起伏，经历五四时期以及80年代两次弗洛伊德热，也有紧随其后的不同程度的冷。一般认为弗洛伊德著作最早作为心理学理论和文学理论于20世纪20年代通过间接了解和直接译介的途径进入中国，并迅速引起关注，直到30年代，一直保持了较为强烈的关注度，这从周作人、鲁迅、郭沫若等现代文学创作中可以清楚看到其不同程度的影响所在，是为第一次弗洛伊德热。而随着社会危机、民族危机而来的抗日战争直至解放战争，左翼文学、革命文学以至抗战文学等很快成为文艺生活的主流，弗洛伊德在中国的接受失去了立足的现实土壤，弗洛伊德热随之降温，精神分析理论长期隐而不彰[②]。直至80年代，随着社会政治经济文化情势的改变，精神分析同其他蜂拥而至的新方法、新观念一起，开始重新受到关注，这在弗洛伊德重新译介以及文艺心理学研究中可以看到其影响所在。一方面，弗洛伊德的著作《少女杜拉的故事》、《精神分析引论》、《梦的解析》、《爱情心理学》以相同或不同的书名在不同出版社大量出版。另一方面，80年代以来，先是金开成《文艺心理学概论》开风气之先，后有“心理美学丛书”（童庆炳主编）、“文艺心理学著译丛书”（鲁枢元主编）、“文艺心理学丛书”（陆一帆主编）等继其后，文艺心理学研究成为新

① ［德］H. 贡尼、R. 林古特：《霍克海默传》，第23页。

② 资料来源：吴立昌《五四文坛的弗洛伊德热》，《中外文化交流》1993年第4期；吴立昌《鲁迅如何看待精神分析》，《复旦学报》1986年第1期；吴立昌《弗洛伊德在中国现代文坛》，《复旦学报》1986年第6期。

的学术热点，一直延续到90年代中后期，才由于拉康和齐泽克等理论家著作的先后译介而逐渐发生关注点的转移，但弗洛伊德也没有因之而丧失吸引力①。以《少女杜拉的故事》为例，从1986年出版中文版开始直到2012年，先后有中国民间文艺出版社、台湾志文出版社、西安太白出版社、中国文史出版社、陕西师范大学出版社、九州出版社、台北信实文化行销有限公司七家出版社出版过六个中文译本②，当然这些中译本有些属于大众文化读物，具有知识普及的性质，并非都是作为严肃学术著作出版的。

从以上挂一漏万的简要梳理可以看到，弗洛伊德在中国的接受虽然有所起伏，但整体来看却无疑具有相当的受众面和关注度，这似乎完全可以成为接受融汇弗洛伊德方法论的《权威主义人格》的理解前结构，但事实为什么与之相反呢？回到上述弗洛伊德接受的简要梳理可以发现，"热"的弗洛伊德都是相似的，而"冷"的弗洛伊德却各有各的冷度和根源。就80年代以来的弗洛伊德热的"热"点而言，可以概括为四个方面：第一，从研究领域来看，虽然弗洛伊德主要成名于精神病学和心理学，在中国的接受也基本限于在心理学、医学、文学等研究领域，但其中影响最大、研究成果最多的却是在文学研究领域；第二，从所接受的理论点来看，对于弗洛伊德的接受主要集中于其无意识理论以及人格理论，并且主要是在个体的意义上使用和展开的；

① 笔者2012年11月7日在首都师范大学图书馆"中国知网"以"弗洛伊德"为"篇名"进行检索，检索结果如下：1980—1989年的10年间有122篇研究论文，1990—1999年为51篇，2000—2009年为414篇。

② 资料来源：《少女杜拉的故事：一个歇斯底里少女的精神分析》，荣文光译，中国民间文艺出版社1986年版（此版本的全译本同年在台湾志文出版社同名出版，2004年西安太白出版社又重版台湾全译本，书名为《少女杜拉的故事：对一个歇斯底里少女的精神分析》）；《少女杜拉的故事：一个歇斯底里少女的精神分析》，茂华译，中国文史出版社1997年版；《少女杜拉的故事》，钱华梁译，九州出版社2004年版；《少女杜拉的故事》，丁伟译，陕西师范大学出版社2004年版（2005年该出版社重版全彩珍藏本）；《少女杜拉的故事：一个癔症案例分析的片段》，杨绍刚译，九州出版社2008年彩色插图珍藏版；《佛洛依德谈恋父情结：少女杜拉的故事》，丁伟译，台北信实文化行销有限公司2012年版。

第三，从接受的目的来看，由于特定的社会语境的限制，弗洛伊德理论主要是作为阐释方法来被接受的，而作为批评方法的经典精神分析又由于对依然健在的作者的忌讳而其将其阐释范围的范围进一步主动压缩了；第四，从阐释的有效性来看，原本作为理论核心的性压抑理论并没有在中国接受和阐释中发挥出其应有的阐释效力。

概言之，弗洛伊德精神分析理论在接受语境的现实制约以及其自身的自我调整中建构出中国式的思想肖像，这其中当然也难免精神分析理论自身的限定，而后者在中国语境中尤为敏感。一般认为，弗洛伊德精神分析理论最大的忤逆点有二：一是无意识理论冲击了理性崇拜，二是性欲理论冲击了道德习俗。前者指向正在途中的现代主义规划及其实施，后者指向厚重的道德传统，二者都在一定程度上参与了弗洛伊德中国肖像的建构。

如果说上述弗洛伊德精神分析理论的中国接受在某种程度上成为《权威主义人格》接受的理解前结构，那么，这一前理解本身就已经为后者的命运做出了决断。这首先是因为，《权威主义人格》中的精神分析并不局限于对个体的剖析，或者说，它的主要目的在于从人的现实来思考社会，立足社会现实来思考人，因而，其次，它指向社会的方式与基本立场是批判性的，以期望并建构一个更为理想的社会。"偏见的研究"希望在大屠杀之后能够通过科学的分析寻求避免其再次发生的途径，显然，不论是将其根源归结为极权主义还是归结人的特定行为模式，大屠杀都没有被简单视为德国历史的偶然性，而是视为人类历史的某种必然性。正是在此意义上，杰伊断言，"研究所的研究主要是对反犹主义和偏见做社会学的解释，把它们视之为'客观精神'的一部分而不仅仅是个体的、主观的幻觉"[①]。即便在1950年夏天，研究所部分骨干重返法兰克福，开始他们重建研究所的第一项大规模研究（即对个体的政治意识研究，该研究的成果后来以《组群实验》为名出版，也因此重建中的社会研究所被魏格

① ［美］马丁·杰伊：《法兰克福学派史》，第230页。

豪斯称为“将自身看做是半美国化的研究机构”[1]），固然是与研究所对于重建资金的需求有关，也与当时的西德对于舆论研究的重视有关，但《组群研究》仍然可以视为“偏见的研究”的一个延续。比如在后者研究中所提出的“文化气候”的问题，在前者那里被作为“客观精神”而重新讨论，并以之作为考察个体政治意识的文化政治土壤。可以说，《权威主义人格》对于弗洛伊德精神分析的理解从个体切入——主体与心理之为考察反犹主义偏见的最好切入口，既契合了美国社会学经验研究传统，也契合了美国社会思考黑人种族歧视的现实诉求——却从来没有局限于这个切入点，而是将理论的视线牢牢地盯在社会的方向上，盯在“正确的生活何以可能”的逻辑上，而这恰是中国语境中的理解前结构所必然摒弃的。

四　批判及其语境：他山之石

如果说关于阿多诺与批判理论的定型化思维以及先在的弗洛伊德或者弗洛伊德的中国阐释作为理解的前结构，在一定程度上决定了《权威主义人格》无法进入本土文学与文化研究的视野，那么，这一研究内在的批判维度本身也成为影响其现实接受的重要因素，《权威主义人格》研究的结论之一就是证明了反犹主义正与民主相对立。此外，批判理论在东亚韩国与中国台湾地区的接受也具有重要参考意义，本节将对于以上三个方面试做考察。

1. 批判理论与霍克海默在美国

《权威主义人格》试图穿透和超越观念的表面，从中识别出民众当中存在的法西斯主义的、反民主的潜能。事实上，一个合乎逻辑的但没有被明说的推论则是，美国当时社会体系性、制度性的歧视犹太人的社会现实，更大自由度、更为体系化的社会结构都有利于反犹主义的蔓延，这已经孕育着不亚于德国法西斯主

① ［德］罗尔夫·魏格豪斯：《法兰克福学派：历史、理论及政治影响》，第578页。

义的更大规模的极权主义的可能，但对于流亡美国的社会研究所来说，以及对于正在对抗德国法西斯主义的美国来说，都不存在一个可以言说的现实土壤，这反过来正表明了研究所对于社会现实的批判意识。这一思路并非偶然，对于霍克海默来说，“当曾经为法国大革命注入希望的乌托邦，若隐若现地进入德国音乐和哲学的时候，业已确立的资产阶级制度便已经全面地使理性功能化了，这样，理性变成了一种无目的的合目的性，正因如此，它可以统率一切目的。在这个意义上，理性被看成是筹划的筹划。极权国家操纵着国民”①。理性的工具化是理性主义的表现形式，后者并不能产生反思大屠杀的可能，因而这一判断并不必然指向理性本身。

依马丁·杰伊之见，“批判理论的兴起部分是马克思主义无法解释无产阶级没有实现其作用的反应，霍克海默早期对心理分析的兴趣，主要原因就在于它可以帮助解释社会的心理‘凝聚力’。1930 年开始执掌研究所时，他就提出研究所的主要任务之一是对于魏玛共和国工人阶级的精神状态做经验研究。虽然霍克海默从未满意，但这却是把批判理论运用到具体的、经验的、可证实的问题上的第一次尝试”②。但是，这一尝试无论是否成功，其所带来的问题在于：流亡时期的美国在罗斯福总统时期，工人阶级在社会中的地位是不可怀疑的，这就意味着对于无产阶级的反犹主义的经验研究失去了在美国存在的土壤，恐怕这也是 40 年代中期以来的“偏见的研究”中一个不可忽视的阴影。

十分有趣的是，1934 年 9 月，以霍克海默尔为首的法兰克福社会研究所的主要成员先后到达美国，在纽约的哥伦比亚大学建立“国际社会研究所”，而哥伦比亚大学当时最著名教授、美国实用主义的最重要代表——约翰·杜威，五年前正是从这里退休的。看起来，法兰克福学派一开始就面临着处理自己与美国实

① ［德］霍克海默：《朱莉埃特或启蒙与道德》，载《霍克海默集》，曹卫东等编选，第 87 页。

② ［美］马丁·杰伊：《法兰克福学派史》，第 137 页。

用主义之间关系问题，“社会研究实践的哲学基础和美国社会科学中严格的反思辨倾向的冲突”，成为困扰社会研究所的最大困难；此外，在英语世界中是否使用德语写作以保持自己的德国性，在纳粹主义德国背景下也成为一个艰难的选择。在知识与语言调整的双重夹击下（此外还有经济问题），流亡时期的法兰克福学派并没有急于“放弃过去而完全美国化”，当然他们必须为此承担结果——“成为美国学术界的孤立部分”①。虽然没有资料表明，流亡时期的社会研究所与当时的美国实用主义理论家有什么直接的密切接触，但这并不意味着他们对于美国的经验主义传统充耳不闻。比如，霍克海默在寄给洛文塔尔的信中写道：“从我的引文中可以看出我读了不少他们本土的书，我觉得我成了这方面的专家了。主要的东西明显属于第一次世界大战以前的阶段，基本方法属于经验主义传统”，虽然将哲学与人类活动统一起来具有真理性，但它们失之于简单化和缺乏辩证②。这表现出霍克海默对于美国实用主义传统的学习与认知，而在《理性的毁灭》中，霍克海默着意批判了理性的工具化和主观化：“理性由于放弃了它的自律性而成为一种工具。在实证主义所强调的主观理性的形式方面，所重视的是理性与客观内容的无关性，而在实用主义所强调的主观理性的工具性方面，所重视的是理性对诸多他律性的臣服。理性被与社会过程捆绑在一起，它的操作性价值，它在对人和自然的统治中的作用，被当作了唯一的标准。”③ 究其实质，在霍克海默看来，实用主义的最大问题在于它自身内在的缺乏对于社会现实的批判维度。

而另一方面，霍克海默也清醒地注意到，正确的理论未必一定在现实中得到成功实践，甚至如阿多诺所云，正是因为不能在现实中得以实现才获得了继续存在的根基。就批判理论而言，它

① ［美］马丁·杰伊：《法兰克福学派史》，第49—50页。

② 转引自［美］马丁·杰伊《法兰克福学派史》，第98—99页。

③ ［德］霍克海默：《理性的毁灭》，王玖兴等译，江苏教育出版社2005年版，第37页。

对于资本主义现实的批判以及关于人的独立自由生存的目标设定，无疑是建基于经典马克思的生产力与生产关系的辩证运动及其客观规律基础之上的，然而，在霍克海默等第一代法兰克福学派理论家看来，无产阶级及其历史担当的现实性已经逐渐被淡化，因而作为批判理论的规范性基础已经不能牢固地立足于马克思主义历史哲学的客观规律中，同样也不能依赖于它所批判的理性的否定性和主观性形式之中。霍克海默认为，源自马克思的批判性的社会理论必须以唯物主义为根基和参照点，要想使唯物主义发展出诊断当前社会潮流的能力，就必须克服对马克思主义的教条式的运用，也必须克服各个专门化的学科所造成的碎片化现象。他的目标就是要建设一种新型的跨学科研究，要求将具体的经验科学所发展的一切相关的概念、定义和命题，都作为理解社会历史事件所必要的材料；而批判理论的任务就是要通过反思与批判，仔细调查社会发展的每一个阶段，从而将社会本身的表现与使其合法化的意识形态之间的矛盾全盘暴露来。与霍克海默不同的是，在可能的选择中，建基于《否定辩证法》中的否定的辩证逻辑被视为具有某种共同的可能的选择，或许正是在此意义上，哈贝马斯说批判理论是一种具有实践意向的社会理论，当然，哈贝马斯并不认同以否定的逻辑实践作为批判理论的规范性基础，而是将其扭转为一种言语交往实践，这自然是针对阿多诺，而不是离开霍克海默。将经验研究与理论反思整合在一起，成为霍克海默所宣告的社会研究所纲领，构成了 1930—1937 年间社会研究所工作的基本特征。如前所述，不论融汇德国思辨传统与美国实用主义的理论企图是否随着流亡期的结束而被放弃[①]，也不论霍克海默如何意图在经验研究中塞入批判理论的私货，但可以肯定的是，《权威主义人格》依然存留了其上述“融汇”的努力和意图。

在学术界，批判一般被认为与争鸣、怀疑、民主等科学精神有关。波普尔认为，批判就是力图找出理论的弱点，批判的态度

① ［德］H. 贡尼、R. 林古特：《霍克海默传》，第 78—80 页。

也就是自由讨论理论以发现其弱点并加以改善的传统，是合理的和理性的态度①。另一方面，波普尔也认为，批判的方法要求采取怀疑的和虚心的态度，是一种民主的方法，也是一种广义的科学方法，要使批判顺利展开就需要很大程度的宽容，但宽容不是对不容异说、暴力或残酷的宽容②。波普尔将这种批判的态度视为科学传统的最重要的东西，但在霍克海默看来，批判更是一种反思，作为对生活现状的反省、引导、超越，批判"倡导一种以反思和质疑为本质特征的批判意识，其目标在于把人从奴役中解放出来"，以求社会和谐和个人幸福③。概言之，霍克海默建基于马克思主义规范性基础之上的批判，以及阿多诺建基于否定辩证法规范性基础上的批判，基本特点可约略归纳为四个方面：第一，批判是否定，但并非纯粹的否定；第二，它包括意识形态批判，但不等于意识形态批判；第三，批判的本质在于通过反思与质疑而做出重新判断与理解；第四，批判本身不是目的，而是以人本身为目的。

可以认为，贯穿于《权威主义人格》中的批判维度并没有离开马克思关于此岸世界的历史哲学的基本规定："真理的彼岸世界消逝以后，历史的任务就是确立此岸世界的真理。人的自我异化的神圣形象被揭穿以后，揭露具有非神圣形象的自我异化，就成了为历史服务的哲学的迫切任务。"④ 具体到偏见的研究计划，如果反犹主义是不可避免的——依费舍尔的考证，反犹主义一词虽然直到1879年才被杜撰出来，但反犹主义实践却拥有长达3000年的进化史⑤——那么，这是一个自然的历史过程吗？是否存在一个自然的进行矫正的有效途径？他们提出的一个可以

---

① ［英］波普尔：《猜想与反驳——科学知识的增长》，傅季重译，上海译文出版社1996年版，第72页。

② 同上书，第224页。

③ ［德］霍克海默：《批判理论》，重庆出版社1989年版，第232页。

④ ［德］马克思：《黑格尔法哲学批判导言》，载《马克思恩格斯选集》第1卷，人民出版社1995年版，第2页。

⑤ ［德］克劳斯·费舍尔：《德国反犹史》，第12—15页。

矫正和预防的基本措施则在于反偏见运动，“潜在的法西斯主义者因为不断深入的反偏见运动而有所收敛，或者，随着少数民族团体得到保护而变得强大，潜在的法西斯主义者也会有所节制”[①]。虽然阿多诺也坦承反犹主义研究的现实效用的限度，但其中所贯穿的精神却是与批判理论完全一致的。由此我们可以进一步来讨论《权威主义人格》批判维度的接受问题。由于诸多的现实因素的考量，本节将从批判理论在中国台湾与韩国的接受来做一个参照。

2. 批判理论在中国台湾

依台湾学者曾庆豹的考察，批判理论在台湾的接受从一开始，“社会学界、政治学界、甚至是新闻学界、教育学界，对于批判理论的兴趣明显地比哲学学界更浓”，“从台湾学界对于批判理论的接受史来看，哲学界和社会政治学界的距离还是相当远的，哲学界对于现象学的研究兴趣较高，然而，对于带有社会批判或马克思思想背景的批判理论，则相对冷淡”。比如哲学系所指导的研究生论文，选题为批判理论的多是政治系或社会系的学生[②]。至于形成这一现象的原因，可简要概括曾庆豹的思考为三：首先，接受的途径是借诸马克思与韦伯，“前者是在一种‘反共教育’之下形成反面的‘好奇’，后者则是在‘经济起飞’的背景下形成社会‘反思’的力量”[③]；前者强调政治立场，后者强调现代性批判。其次，现实的接受激发点是哈贝马斯的公共领域理论，而作为批判理论核心的现代性批判并不具有现实性。最后，曾庆豹认为也与中国传统哲学过于“封闭于‘心性’的探讨有关，不管是政治哲学或社会哲学，在中国哲学传统中一直都是边缘性的”[④]。概言之，台湾学界与社会之公共性意识的现实觉醒以及公共性的现实诉求是批判理论之被接受的最

① ［德］西奥多·W. 阿道诺等：《权力主义人格》，第1261页。

② 曾庆豹：《批判理论的效果历史——法兰克福学派在中国台湾的接受史》，载《法兰克福学派在中国》，阿梅龙、狄安涅、刘森林主编，第40、40—41页注4。

③ 同上书，第40页。

④ 同上书，第40—41页注4。

有实践性的语境，由此不难理解，何以教育学界也成为积极接受批判理论的重要领域。在此有必要引述台湾学者彭坚汶关于台湾地区权威主义政体转型中的国小教育的考察①。

一般来说，权威主义下的学校教育会伴随着国家机器的强力介入，它全面掌控教育对象、教育目标、教育内容以及教学体系等，同时也左右教师教育等专业，那么，权威主义转型期中的台湾地区②在教育上呈现出怎样的特点呢？依彭坚汶的调查，台湾教育"在党禁与戒严令解除之前，几乎是笼罩在国民党维权统治的党国体系之中……台湾的教育环境，即由硬性权威趋向软性权威的过程中，口号上对民主宪政理念的称颂，并没有在实际的民主教育上进行完全一致的步调，乃是一项无可回避的事实"；而在党禁与戒严令解除之后，"惟由政治环境大的变迁，间接即促使学校民主教育的内环境有了基本的冲击，尤其是以威权体系的种种政策作为及教育活动，开始往民主化的方向松绑，不论理念、教学方式、行政运作、教材内容，甚或与政治社会的相互关系均面临转变及创新的挑战"③。通过对于台南县市的小学校长、主任、教师以及学生的随机抽样调查与数据分析，彭坚汶勾勒出校园教育环境内在动力结构及其与社会环境的关系，就权威主义转型中的台湾教育而言，教育经济、教育理念以及教育制度等诸层面民主化都呈现出转型与过渡时期的特点，其建设是一个漫长过程。与此相类似的研究集中于大学校园，台湾学者陈文俊通过对于台湾大专学生的政治社会化与公民社会培育之关系的研究，提出在个人获取政治态度与政治价值的发展过程中，现代社会的

① 彭坚汶：《威权政体转型中国小民主教育环境之探讨——台南地区之个案》，载《台湾的民主化：回顾·检讨·展望》，陈文俊主编，台湾中山大学政治学研究所1996年版，第95—142页。

② 也有学者将转型之前的台湾威权体制称为"党国威权政体"或"党国权威主义政权"。见孙代尧《台湾维权体制及其转型研究》，中国社会科学出版社2003年版，第92页。

③ 彭坚汶：《威权政体转型中国小民主教育环境之探讨——台南地区之个案》，载《台湾的民主化：回顾·检讨·展望》，陈文俊主编，第96—97页。

公民的培育仍然是一个重要课题①。

彭、陈对于教育问题的研究都基于一个极为特殊的社会背景，它既不属于典型的权威主义，也不属于典型的非权威主义，而是处于二者之间的转型过渡状态——一种软权威主义状态："权威主义软化是国民党戒严体制衰退的结果，再也无法面对新兴的社会局势。软化并不意味着政治自由化、被禁制的政治权利的恢复，更不代表着执政者愿意支持朝民主转型的结构变迁。一直到1990年中期，随着社会压力的兴起与挑战，国民党当局才被迫同意这个方向的转变。因此，权威控制的减弱促成了社会运动的兴起，80年代初期的台湾开始出现各种新兴的社会力"②，而其中知识分子起到了不容忽视的"催化"作用，批判理论的接受成为社会批判意识的酝酿、萌生、张扬的一个标志。上述这一背景下赋予此类研究以特殊的启示意义：其一，它证实了即便是转型中的权威主义也会对个体人格或人格心理结构产生权威主义维度的影响；其二，现代社会的公民培育对既定权威主义具有某种能动的反作用；其三，权威主义的存在及其转型本身都对批判理论的接受产生影响。

概言之，如果说对于批判理论的接受于权威主义台湾而言代表着一种"效果历史事件"，那么这一接受的事件化的根源还是扎根于台湾地区社会现实实践之中，其中既有权威主义及其转型的背景，也有批判维度及其社会期待的因素③，等等。在这一点上，东亚国家韩国对于批判理论的接受与台湾地区具有相似性。

---

① 陈文俊：《台湾大专学生的政治社会化与政治民主化》，载《台湾的民主化：回顾·检讨·展望》，陈文俊主编，第166页。

② 何明修、萧新煌：《台湾全志》卷九 社会志·社会运动篇，（台湾）"国史馆"台湾文献馆2006年版，第55页。

③ 有学者指出，自50年代以来，国民党台湾就存在重建政治权威与维持民主化两种对政治文化发展方向之间的内在矛盾与冲突，而台湾党国威权政体之不同于极权主义政体的方面也内在地保留了突破其自身并向民主转型的内在依据和可能性。参见彭怀恩《台湾政治变迁40年》，（台湾）自立晚报社1987年版，第71—72页；孙代尧《台湾威权体制及其转型研究》，第5—9页。

3. 批判理论在韩国

韩国同样具有40年的权威主义历史，而在20世纪80年代中后期“进入政治急剧变动的时期”①，来自社会大众层面的政治诉求和政治意识与根植于权力和统治之间对抗与博弈，在经过卢泰愚政府的过渡至金泳三“文民政府”的政治民主化改革，以及金大中政府的“民国政治”时代，最终在韩国社会形态上表现为成熟的市民社会，并在90年代中期后期确立起一个前市民社会与市民社会的分水岭。在这一过程中，批判理论的接受与否都成为诊断韩国当代社会关系的病理学②。

霍克海默与阿多诺、马尔库塞等所代表的第一代批判理论，在20世纪90年代中期以前，除韩国首尔大学韩相震、朴英渡等极少数学者之外，并没有受到多少关注。而即便在这极少数学者中，关注的焦点也主要集中在社会学领域，而且正是在这个领域，从90年代中期以后，批判理论迅速升温为“社会学者集中研究的热点”，而接受的具体对象也逐渐转到了哈贝马斯以及更为晚近的霍耐特身上。在韩国学者全圣佑看来，“批判理论在韩国被接受以及不被接受的过程集中体现了它与（重要的）社会特定发展水平相关的密切程度，虽然其规定性针对社会、个人解放以及相类似的‘交往性自我实现’的大方向需要得到普遍的认可。在批判理论设置的社会发展阶段的前提中，最重要的是要逐渐形成批判的市民社会，而不是富有交际调节行为的和社会关系的非国有非经济的空间。这种市民社会需承受基于‘统治自由探讨’的公共领域，并要以此建立对抗政治行政以及经济强势的平衡力量”③。显然，全圣佑对于批判理论韩国接受的思考基本限制在社会学领域，入思路径是社会政治学的，并且主要是哈贝马斯的理论观照下的韩国市民社会的自然历史。

① 曹中屏、张琏瑰等：《当代韩国史（1945—2000）》，南开大学出版社2005年版，第404页。

② 全圣佑：《市民社会讨论和批判主义理论在韩国的现况》，载《法兰克福学派在中国》，阿梅龙、狄安涅、刘森林主编，第70页。

③ 同上书，第67页。

韩国现代社会政治历史发轫于从1945年的大韩民国建国，在经过40年的以权威主义政治为主导的发展演变后，“到80年代末、90年代初时，韩国开始进入政治急剧变动的时期。经济的长足发展促使韩国社会结构日益多元化、复杂化，社会各阶层的自主意识普遍提高，民主运动和工农运动空前高涨”①。其标志性事件则是1987年6月10日的光州起义，来自社会大众层面的政治诉求和政治意识与根植于权力和统治之间对抗与博弈，在经过卢泰愚政府的过渡至金泳三“文民政府”的政治民主化改革，以及金大中政府的“民国政治”时代，最终在韩国社会形态上表现为成熟的市民社会，并在90年代中期后期确立起一个前市民社会与市民社会的分水岭。一方面，从批判理论接受的社会政治文化语境来说，非成熟的市民社会情势决定了批判理论（尤其是哈贝马斯）尚不具备被接受的现实土壤，没有民主与市民社会的成熟，自不会存在可以承担接受与探讨批判理论的公共领域，反之亦然；另一方面，从批判理论本身来说，其阐释的有效性必须有待于市民社会成熟，来为之提供呈现其有效性的可能性，以及有效性的范围与限度。因此，成熟了韩国的市民社会接受与认同哈贝马斯的公共领域理论很大程度上根植于韩国公众的社会政治经验的积累与成熟，正是在这一意义上，全圣佑将其接受视为“对于韩国当代社会关系的诊断，也是韩国长远发展方向的预测”②。

基于韩国的社会历史进程的考察，全圣佑自是对于批判理论的未来潜在力量深信不疑，当然，这里指的是哈贝马斯，而不是阿多诺或者霍克海默。不能设想，如若没有80年代中后期以来的韩国现代市民化社会进程，批判理论的哈贝马斯能够进入韩国文化接受视野；也不能设想，没有20世纪末的成熟市民社会，批判理论能够实现从经典批判理论向哈贝马斯的扭转；同样不能设想，以现代性批判为己任的经典批判理论代表人物的阿多诺、

① 曹中屏、张琏瑰等：《当代韩国史（1945—2000）》，第404页。

② 全圣佑：《市民社会讨论和批判主义理论在韩国的现况》，载《法兰克福学派在中国》，阿梅龙、狄安涅、刘森林主编，第70页。

霍克海默等，在韩国实现社会政治文化现代化之前能够被发现和接受，并能够挣得与哈贝马斯相同的待遇。在这里，虽然关于批判理论的接受表现为对于理论本身的实际应用，表现为理论的普适性与地域性之间矛盾的一种解决，但其实质却与理论自身的特质紧密相关，换句话说，理论应用的普适性诉求与理论的指向性实属一枚钱币的两面。

五　漂流瓶的当下性

通过对于权威主义韩国以及软权威主义台湾地区接受批判理论的简要梳理可以看出，批判维度不仅需要找到进入本土语境的现实入口，还需将自己的实现凭依于本土文化传统与当下语境的现实话语。经过一番迂回，现在我们大约可以回到本章开头提出的问题，即《权威主义人格》中的批判维度不能被接受的问题。如果依上述关于韩国和台湾地区参照性阐述，那么这一问题将被转换为新的提问形式：自 80 年代开始，学界在面对大众文化时就早已开启了大众文化批判的领域，但何以于 21 世纪译介进来的《权威主义人格》中的批判维度得不到呈现呢？其间涉及原因很多，这里试推测为以下三个方面。

首先，自 80 年代开始的批判维度的接受并非一个简单的线性过程。80 年代的大众文化批判所使用的理论资源固然部分来自法兰克福学派的批判理论，并且在法兰克福学派的逻辑上对于大众文化的价值属性给予了否定性评价，然而，在经过 90 年代中后期的反思之后——这包括批判理论的理论有效性限度问题、普适性问题以及理论阐释问题等，尤其是在经过了本土大众文化的产业化逻辑成为国家意志之后，批判维度的有效性适用空间开始受到极大打压，这一过程甚至一直延续到 21 世纪前 10 年之中，呼吁重新审视文化产业的去文化性就是一个典型的例子[①]。

① 参见贾磊磊《确立文化产业评价的文化维度》，《电影艺术》2010 年第 5 期；孙士聪《大众文化价值论的人学根基》，《探索与争鸣》2012 年第 3 期。

正是在90年代中期以后的近20年中，作为国家意志层面主导的文化产业得到迅速产业化发展并繁荣，而另一方面文化产业研究领域出现了产业包装遮蔽文化内容、经济价值遮蔽文化价值的倾向，在所谓文化搭台经济唱戏的文化产业化逻辑中，唱戏的经济逐渐将文化挤兑为纯粹的搭台和工具的身份，一旦唱戏的戏台搭好，文化就沦为可有可无的装饰，文化及其价值迅速被边缘化。如此一来，文化产业的研究面临着滑向无文化的文化产业研究的单向度方向去的危险；忽视了文化产业产品内在的精神属性，也就遗忘了文化产品的最终目的：人。近几年来，法兰克福学派的大众文化理论，尤其是阿多诺的文化工业理论被一些学者重新阐释，并再一次赋予其面对并阐释当下大众文化现实的期望①，这恰证明了文化的批判维度在中国接受的复杂性和曲折性。

其次，批判的指向性不同。整体来看，从20世纪80年代至90年代中前期的文化批判所指向的对象②，基本没有超出文化的范围。比如80年代初期主要表现为对于港台流行文化的局部批判，像邓丽君的歌曲，《霍元甲》、《上海滩》等电视连续剧等，这些文化以迥异于那些耳熟能详的革命性“群众文化”的形式突然展现在人们面前。依托法兰克福学派批判理论这一理论资源所展开的批判，仅仅停留于文学、审美与文化的范围中，质言之，它并不涉及文化之外的其他领域。这就与《权威主义人格》的批判之维所指完全不同，这从上文关于韩国和中国台湾地区的批判理论接受的参照性阐述中可以清楚看出二者的区别。这一语

① 参见赵勇《法兰克福学派的中国之旅——从一篇被人遗忘的“序言”谈起》，《书屋》2004年第3期；《未结硕果的思想之花——文化工业理论在中国的兴盛与衰落》，《文艺争鸣》2009年第11期；《文学活动的转型与文学公共性的消失——中国当代文学公共领域的反思》，《文艺研究》2009年第1期；《从韩寒的角色扮演说起》，《南方都市报》2009年11月30日；《法兰克福学派的“理论旅行”：读〈法兰克福学派在中国〉》，《新闻学研究》2011年第111期。

② 参见陶东风《批判理论与中国大众文化批评——兼论批判理论的本土化问题》，《东方文化》2000年第5期；《批判理论与中国大众文化》，载刘军宁等主编《公共论丛：经济民主与经济自由》，生活·读书·新知三联书店1997年版，第288页；《批判理论的语境化与中国大众文化批评》，《中国社会科学》2000年第6期。

境的特殊性决定了即便在21世纪，扎根于《权威主义人格》中的批判之维也不能现实地呈现并实现其自身，更遑论在此批判维度下关于权威主义人格的分析了。

最后，《权威主义人格》通过将德国法西斯主义群众心理学的分析应用在对于美国民主制下的群众心理学分析，揭示出在自由主义和民主下面潜藏着的法西斯主义要素，这即便在流亡时期的社会研究所的“偏见的研究”，也不是一个可以明说的结论。而另一方面，霍克海默与阿多诺对于这种人格心理学上的冲突追溯至人类学上的起源，以及日后在《启蒙辩证法》中对于理性工具主义的人类学的返祖现象，都指明了作为解决之道的启蒙之路。但如果从弗洛伊德的逻辑上来说，文明与本能的对立意味着本能压抑与现代社会文明之间的因果关系，这一逻辑在《权威主义人格》中却遇到了挑战：即作为管理与压制毁灭本能欲望的民主与自由本身却具有了可怕的毁灭性力量，并潜行于意志甚至意识之外。这当然不仅是《权威主义人格》的逻辑，甚至可以归结为整个启蒙主义与理性批判的基本逻辑，显然，这对于《权威主义人格》的本土接受来说，找不到可以落地生根的基本土壤。

让我们回到本章开头提出的问题。《权威主义人格》作为阿多诺所提供的对于纳粹极权主义起源的一种阐释，在社会研究所中并非唯一一种，赖希在《法西斯主义群众心理学》中所提供的精神分析的思路，以及纽曼在《巨兽》中所提供的经济学分析的途径，都是公认的非常有见地的思考。《权威主义人格》对于阿多诺而言，无疑是其经验性研究倾向的重要文本证据，虽然在黑格尔主义时期的马尔库塞看来，这种看似价值中立的研究既回避了问题，又抛弃了批判立场而走向对于既定现实的认可。对于阿多诺的中国接受而言，《权威主义人格》的漂流瓶并没有到达遥远的东方海岸，而且看起来有待跨越的距离还相当的遥远，尽管法兰克福学派第三代学者霍耐特等人已经开始反思其批判理论在亚洲的接受问题。相对于美国特定语境的制约性和基础性，《权威主义人格》在中国的冷遇与阿多诺本土接受的定型化、精神分析的中国接受背景、批判维度的语境性等诸多问题相关。如果“理论在一个国家的实现程度，取决于理论满足这个国家需要的程度”[1]，那么对于现实需要的满足程度，也不能不取决于人对于现实的理解和把握程度，由此看来，漂流瓶本身也许不会沉没海底，它只是有待于海岸的胸怀进一步敞开而已。

当然，这也是阿多诺乃至整个学派的希冀。事实上，对于阿多诺而言，他也并不真正想将自己的理论塞进漂流瓶，而是渴望着被接受、被承认。所谓漂流瓶之说，除了阿多诺所明言的对于自己读者的绝望，恐怕其中也难免有某种矫情。事实上，他盼望着自己的读者不仅仅是一小群懂德语的英语读者以及有限的德国移民，而是更多的德语读者，所谓“想象中的见证人”无疑是一个多多益善的群体。因而在社会研究所返归德国问题上，阿多诺将语言问题归于客观原因，而更多的否认了主观方面原因抑或“思乡病”，但他并没有讲出更为真实的原因，那就是由于读者群而带来的自己理论的被接受问题，否则，就难以理解何以60年代声名鹊起的马尔库塞在与霍克海默和阿多诺的交往中，阿多诺的那些颇为微妙的不快之意。以此看来，阿多诺当然也希望自己的理论在中国获得更多的读者，虽然今天对于阿多诺的接受可能使阿多诺感到匪夷所思，或者如他的继承者在“法兰克福学派在中国国际学术研讨会上开幕致辞”中所言：“阿多诺如泉下有知，也会茫然而不知所云。不仅会议的主题，就连与会的组成人员或许都让他大为困惑：与会者来自一个自成一体的文化地域，而这个地域又是阿多诺在其哲学与美学思考中从未涉及过的。”[2] 当然应该补充的是，令阿多诺感到茫然和困惑的，不仅仅是他的理论何以会在他完全没曾预想过的文化语境中出现，而且更在于，在这样的语境中他的理论获得新的表现形式和理论效力。

---

① 《马克思恩格斯选集》第1卷，人民出版社1972年版，第10页。

② 阿梅龙、狄安涅、刘森林主编：《法兰克福学派在中国》，第1页。

第二章 启蒙理性与现代性批判

现代性批判被视为法兰克福学派批判理论的核心线索，然而在不同理论家那里，现代性批判呈现出不尽相同的面目，这里将对阿多诺的现代性批判问题试做探讨。阿多诺涉猎广泛，在哲学、社会学、音乐、文学等领域都有深刻思考和重要贡献，被誉为“法兰克福学派跨学科研究的化身”①；历经两次世界大战、纳粹法西斯主义、奥斯维辛大屠杀、斯大林主义以及西方发达资本主义尤其是美国的文化工业，阿多诺终其一生不曾钝弱其激烈的社会批判锋芒，被称为20世纪独立批判思想家的代表、“我们自己这个时代的分析家”②，实为名至实归，而其诸如“奥斯维辛之后写诗是野蛮的”之类格言也为后世流传。阿多诺生前即为法兰克福学派一代宗师，其去世被认为标志西方马克思主义的终结、“代表了批判理论的终点”③，身后又因其批判的激进、文风的奇诡以及理论话语的深刻和复杂而陷于阐释性争议之中，以至于被认为“20世纪晚期很少有知识分子像阿多诺那样受到如此大的批判性关注”④。在阿多诺著作阐释中，美国新左派发现了政治批评，文化研究阐释出后现代主义，反对哈贝马斯的看

---

① Stephen Eric Bronner, *Of Critical Theory and Its Theorists*, Oxford: Blackwell Publisher, 1994, p. 180.

② F. Jameson, *Late Marxism: Adorno, or, The Persistence of the Dialectic*, London: Verso, 1990, p. 5.

③ Rolf Wiggershaul, *The Frankurt School, Its History, Theories and Political Significance*, trans. Michael Robertson, Cambridge: MIT Press, 1994, p. 654.

④ Nigel Gibson and Andrew Rubin, edt., *Adorno: A Critical Reader*, Oxford: Blackwell Publisher, 2002, p. 1.

到了后结构主义，阿多诺的支持者则呼吁回到阿多诺的回归①。阿多诺是现代主义者，还是后现代主义者，抑或后现代主义的先驱，这成为一个颇有争议的问题。

一　现代性批判，抑或后现代主义

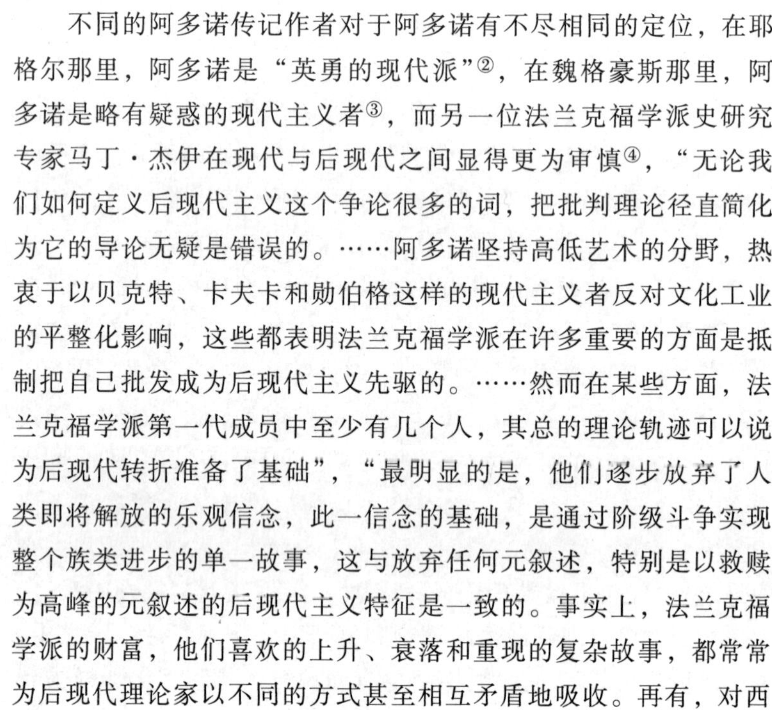

不同的阿多诺传记作者对于阿多诺有不尽相同的定位，在耶格尔那里，阿多诺是“英勇的现代派”②，在魏格豪斯那里，阿多诺是略有疑惑的现代主义者③，而另一位法兰克福学派史研究专家马丁·杰伊在现代与后现代之间显得更为审慎④，“无论我们如何定义后现代主义这个争论很多的词，把批判理论径直简化为它的导论无疑是错误的。……阿多诺坚持高低艺术的分野，热衷于以贝克特、卡夫卡和勋伯格这样的现代主义者反对文化工业的平整化影响，这些都表明法兰克福学派在许多重要的方面是抵制把自己批发成为后现代主义先驱的。……然而在某些方面，法兰克福学派第一代成员中至少有几个人，其总的理论轨迹可以说为后现代转折准备了基础”，“最明显的是，他们逐步放弃了人类即将解放的乐观信念，此一信念的基础，是通过阶级斗争实现整个族类进步的单一故事，这与放弃任何元叙述，特别是以救赎为高峰的元叙述的后现代主义特征是一致的。事实上，法兰克福学派的财富，他们喜欢的上升、衰落和重现的复杂故事，都常常为后现代理论家以不同的方式甚至相互矛盾地吸收。再有，对西

---

① Peter U. Hohendahl, “Adorno Criticism Today”, *New German Critique*, No. 56, Special Issue on Theodor W Adorno (Spring-Summer), 1992.

② ［德］洛伦茨·耶格尔：《阿多诺：一部政治传记》，第 278 页。

③ Rolf Wiggershaul, *The Frankurt School*, *Its History*, *Theories and Political Significance*, trans. Michael Robertson, Cambridge: MIT Press, 1994, pp. 645 - 646.

④ 相对而言，尽管马丁·杰伊对于批判理论的剖析“缺乏文本学的直接解码”，但毕竟他曾直接造访过彼时仍在世的学派成员，因而其传记所言应有其一定的可信度。参见张一兵《无调式的辩证想象》，生活·读书·新知三联书店 2001 年版，第 2 页注［1］；［美］马丁·杰伊《法兰克福学派史》，“第二版序言”第 3—5 页；赵一凡《西方文论讲稿续编》，生活·读书·新知三联书店 2009 年版，第 505 页。

方传统的工具理性、技术理性的激进批判，《启蒙辩证法》以其对神话和理性交织的灰暗沉思对此作了广泛的详细论证，这和后现代主义对各种理性的怀疑是潜在的一致的。”① 利奥塔自己承认：“人们现在带着这些名字（德里达、赛尔斯、福柯、列维纳和德勒兹）来阅读阿多诺——像《美学理论》、《否定辩证法》、《最低限度的道德》等——时，会感到这些著作预示了后现代的一些要素，尽管它大部分仍处于缄默或被拒绝之中。”②

杰伊的审慎与利奥塔的坦诚都自有各自学理上的根据，不容否认的是，阿多诺与后现代主义存在诸多相似性，正如杰伊所指出的，放弃人类解放宏大叙述、批判工具理性，另外还有关注概念的语言性、强调他者的意义、反对同一性哲学等等不一而足，就此而言，说阿多诺与德里达具有一定的可比性③是可信的。而另一方面，阿多诺与后现代主义之间的区别同样十分的明显，比如对待乌托邦的立场、形而上学的批判、和解哲学的存弃等等。对于许多人来说，《否定辩证法》“似乎也提供了与德里达和解构公认的家族相似性”，然而，二者之间的“‘对话’并不能期望通过去除基本差别而建立十分牢固的基础”，“阿多诺的基础问题式在某些方面”并非更接近德里达④，这一左右兼顾的态度与马丁·杰伊的审慎是一致的，恰说明阿多诺之与后现代问题的复杂。

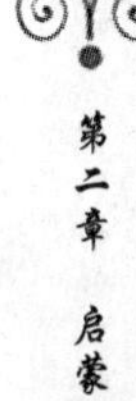

与阿多诺的后现代主义问题相关的另一问题是所谓“后现代中的阿多诺”。这一提法来自美国学者詹姆逊，他将阿多诺及其辩证法置于晚期马克思主义语境中进行了讨论，并用“后现代中的阿多诺”为结论部分的标题强调了阿多诺之于后现代的

① ［美］马丁·杰伊：《法兰克福学派史》，“第二版序言”第 11 页。

② Lyotard, “A Svelte Appendix to the Postmodern Questio”, in *Political Writings*, trans. Bill Reading and Kevin Paul, London: UCL Press, 1993, p. 28.

③ Bernstein, *The Fate of Art*: *Aesthetic Alienation from Kant to Derrida and Adorno*, Pennsylvania: Pennsylvania State University Press, 1992. Rainer Nagele. The Scence of Other. Literature, vol. 2, 1 - 3, 1982Winter, pp. 59 - 79.

④ F. Jameson, *Late Marxism*: *Adorno*, *or*, *The Persistence of the Dialectic*, London: Verso, 1990, pp. 9 - 10.

现实意义："当强有力的和对立的政治潮流仍然存在，阿多诺变化无常和刚愎自用的消极无为会使局外的读者偏离这些潮流，所以阿多诺是一个可疑的同盟。既然那个潮流本身目前处于休眠中，那么他的愤怒是一个使人感到高兴的以毒攻毒，适用于'所是之物'的表面。甚至他陈旧的经济学于今似乎切题和及时；特别是在他自己的时间建构精神上，完全过时的垄断资本原则或许由于我们缺乏自己的设想，从而成为我们需要的设想，因为它激起那不带偏执地把体系追溯进最微小的隐蔽之处和缝隙中，并且以这种有效性仍能给因当前某种去中心化而泄气的人们树立一个榜样，这个榜样提供了成排的同一产品。"① 詹姆逊的话讲得晦涩，同样的意思远不如马·J. 杰伊的话言简意赅：阿多诺在新的现实背景下充当了后现代主义中的虚无主义、相对主义、反启蒙等极端性的解毒剂②。

需要明确的是，强调阿多诺与后现代主义之间关系的复杂性并非否定以下事实：阿多诺诚然在法兰克福学派中更为接近后现代主义，其作为现代性批判的否定辩证法与后现代主义具有某种程度上的相似性，或者如凯尔纳所概括的，否定辩证法是一种"原始形态的后现代思想"③，但这些并不足以构成阿多诺之为后现代主义者的充要条件，争辩二者之间的相似性无助于厘清它们的亲缘性，更不用说阿多诺理论自身的特质了。后现代主义赞同、采纳阿多诺关于启蒙、理性以及消费社会批判的诸多观点早已是罗斯诺所正确指出的事实④，对于后现代出现的可能，詹姆逊认为阿多诺毫无疑问"拥有一个地位"⑤，国内学者则将《启

① F. Jameson, *Late Marxism: Adorno, or, The Persistence of the Dialectic*, London: Verso, 1990, p. 249.

② ［美］马丁·杰伊：《法兰克福学派史》，"第二版序言"第13页。

③ ［美］凯尔纳：《后现代理论：批判性质疑》，张志斌译，中央编译局1999年版，第291—292页。

④ ［美］罗斯诺：《后现代主义与社会科学》，上海译文出版社1998年版，第15—16页。

⑤ F. Jameson, *Late Marxism: Adorno, or, The Persistence of the Dialectic*, London: Verso, 1990, p. 247.

蒙辩证法》视为其理论逻辑上转向“准后现代与后马克思话语”的标志[1]。质言之，阿多诺对于后现代主义产生了极为重要的影响，乃至在后者看来，前者某种程度上具有后现代主义自身的诸种倾向或特质。本文对此的考察主要集中于《启蒙辩证法》、《否定辩证法》以及《美学理论》等三本著作，同时也部分涉及《最低限度的道德》等著作。当然，这绝不是因为诸如卷帙可观的音乐社会学[2]等其他著作不重要，乃是因为：第一，阿多诺的《否定辩证法》在某种程度上可以视为《启蒙辩证法》的继续[3]；第二，按照阿多诺自己的说法，《否定辩证法》、《美学理论》以及计划中讨论道德哲学的著作构成一个三部曲，“代表了我思想的精髓（quintessence）”[4]；第三，阿多诺的理论被共时性地进入考察视野之中，其历时性的发展和差别将不再是重点考量的对象，这就意味着，正如詹姆逊所指出的，“把他的这些作品视为同步完整展现的体系的各个部分，仿佛青年的和衰老的不同阶段的阿多诺们都一起‘围绕在大英博物馆的一张桌子旁’”[5]。

阿多诺的理论话语可以整体概括为现代性的否定辩证法。前面提到阿多诺为法兰克福学派第一代宗师，这实际一方面是说，他曾经担任过社会研究所所长，而研究所正是该学派存在的必要的制度性保障，而另一方面则是说，阿多诺对于确立该学派批判理论的基本轨迹具有主导性贡献。法兰克福学派自己在后来的回顾与反思（“法兰克福学派及其后果”研讨会，德国路德维希堡，1984 年）中曾将学派的研究概括为哲学、社会理论和美学

① 张一兵：《无调式的辩证想象》，第 12 页。

② 《阿多诺全集》23 卷中相关音乐著作有 12 卷，参见罗尔夫·泰德曼《阿多诺全集》，休坎普·维格威公司 1970—1980 年版，转引自张一兵《无调式的辩证想象》，第 3—4 页。

③ Rolf Wiggershaul, *The Frankurt School, Its History, Theories and Political Significance*, trans. Michael Robertson, Cambridge: MIT Press, 1994, p. 597.

④ T. W. Adorno, *Aesthetic Theory*, trans. C. Lenhardt, London, Boston & Melbourne: Routledge & Kegan Paul, 1984, p. 493.

⑤ F. Jameson, *Late Marxism: Adorno, or, The Persistence of the Dialectic*, London: Verso, 1990, p. 3.

三大主题，三大主题可进一步归结为现代性批判，而所谓法兰克福学派批判理论就是“汇聚在一种奠基于反资产阶级冲动和社会批判的使命感之中的发现欲望中”①。在这一逻辑中，阿多诺的主要贡献在于，他继霍克海默区分传统理论与批判理论之后进一步将批判理论的主导进路奠定为现代性的内在批判，一种对待现代性的哲学立场，此即从霍克海姆主导范式向阿多诺主导范式的转变。

阿多诺从马克思政治经济学批判、卢卡奇的物化理论和总体性思想中汲取理论资源，以否定的总体性来批判同一性思维和工具理性，而本雅明关于“任何文明的历史同时都是野蛮的历史”的论述则成为他反思启蒙和理性的出发点。在阿多诺看来，对启蒙理性自反性的批判成为哲学之现实化的唯一途径。启蒙原本作为对于神话的批判原本是人的主体化过程，然而当启蒙的工具理性成为主宰自然、精神和社会的统治原则时，启蒙收获的却是自然的压抑和人的异化，当资本主义商品交换原则普遍扩展“使整个世界成为同一的、总体的”，总体性的牢笼就罩在了整个世界之上。质言之，现代性批判并非反启蒙的非理性主义批判，而是克服启蒙的片面性的拯救性批判；审美并非最终的归宿，而是非同一性的理想模型，艺术的真理在于为理性祛魅；现代性的否定辩证法通过理性的内在批判挽救总体性辩证法认识真理实践功能，最终走向人与自然全面解放。

二　启蒙现代性问题

如果可以将理性批判/主体批判区分为心理学批判、社会学批判、语言学批判三种形式，那么，以阿多诺（和霍克海默）为代表的批判模式可以归结为哲学—心理学—社会学批判，这一批判模式被维尔默在对阿多诺及其批判理论进行批判性回顾和诊

---

① Rolf Wiggershaul, *The Frankurt School, Its History, Theories and Political Significance*, trans. Michael Robertson, Cambridge: MIT Press, 1994, p. 655.

治中判断为心理学批判的“极端化”[①]。在维尔默的思考中，以弗洛伊德为代表心理学批判在动摇人们主体性信仰的同时又保留和强化理性和主体自我的力量，而阿多诺关于批判并没有走出这一模式，只是更为极端化而已。维尔默的判断的有效性边界自待斟酌，但就其揪出批判理论与弗洛伊德批判的内在相似性来说则无疑是准确的，现代性批判需要一种新的批判范式，而阿多诺关于启蒙理性的内在批判在某种程度上具有主导性作用。

《启蒙辩证法》[②] 是讨论阿多诺启蒙理性批判的基本文献，该书与《最低限度的道德》以及霍克海默的《理性之蚀》一起被认为是对西方社会和思想深刻而全面的批判，以至于其后而来的工作都只是《启蒙辩证法》的进一步阐发或附注[③]。《启蒙辩证法》有两大论题：神话已是启蒙；启蒙蜕化为神话。两大论题指向一个追问：启蒙后的人类为何并没有进入真正的人性状态，反而深深陷入新的野蛮状态之中？围绕这一问题，阿多诺展开启蒙理性批判。

从哥白尼时代开始的大发现时代颠覆了欧洲哲学古典主义的根基，人类理性的力量开始在曾由上帝支配的地方崛起，人类开始走出康德意义上的“未成年的状态”。然而，对阿多诺来说，20 世纪上半叶的一系列灾难却不得不将启蒙哲学推到反思与批

---

① ［德］阿尔布莱希特·维尔默：《论现代与后现代的辩证法》，钦文译，商务印书馆 2003 年版，第 77—84 页。

② 《启蒙辩证法》作为合著，一般认为霍克海默主导完成了“启蒙的概念”、“附论 2：朱埃利特或启蒙与道德”，阿多诺主导完成“附论 1：奥德修斯或神话与启蒙”、“文化工业：作为大众欺骗的启蒙”、“反犹主义要素：启蒙的界限”（霍克海默、洛文塔尔都参与过此部分写作），而“笔记与札记”部分则来自二人初期的笔记；对于写作《启蒙辩证法》，阿多诺 20 年代在维也纳卡尔·克劳斯那里时就有了这一念头，而在 40 年代能够完成该书合作的一个重要原因，则是霍克海姆的思想正向本雅明的方向转变。参见［日］细见和之《阿多诺：非同一性哲学》，谢静海等译，第 101—105 页；［德］洛伦茨·耶格尔《阿多诺：一部政治传记》，陈晓春译，第 164 页；［德］格尔哈特·施威蓬豪依塞尔《阿多诺》，鲁路译，中国人民大学出版社 2008 年版，第 49 页。

③ 参见［美］马丁·杰伊《法兰克福学派史》，第 291 页；［德］格尔哈特·施威蓬豪依塞尔《阿多诺》，第 50 页。

判的前台：在德国是希特勒纳粹主义的蔓延，在苏联是斯大林主义的极权暴政，在美国则是文化产业的高度繁荣。本土欧洲与流亡地美国，文化的法西斯主义与文化工业的兴盛共同见证了理性的失败，启蒙之后的新的野蛮状态成为阿多诺以及其他批判理论家的反思和批判的直接冲动，而启蒙的反思则意味着直面启蒙本身的失败，追溯理性自反性的根源："铁蹄法西斯主义者虚伪颂扬的，以及狡猾的人文专家幼稚贯彻的，就是：启蒙的不断自我毁灭，迫使思想向习俗和时代精神贡献出最后一点天真。一旦公众进入了下述状态：思想难免会成为商品，而语言则成了对商品的颂扬，那么，揭示这一堕落过程的尝试在被其世界历史后果彻底毁灭之前，就必须拒绝有关的语言要求和思想要求。"① 就此而言，《启蒙辩证法》实际是对于斯宾格勒《西方的没落》的一个左派回答：从人类对于自然的统治、男人对于女人的统治到宗主国对于殖民地的统治，统治的背后都有启蒙理性的深刻根源。

然而，启蒙就其本身而言，无论在社会政治的层面还是科学技术的层面，都与人与社会的自由紧密相关，没有启蒙，没有对自然的控制，也就谈不上主体性建构以及自我持存，《启蒙辩证法》开宗明义："启蒙的根本目标就是要使人们摆脱恐惧，树立自主"，"启蒙的纲领是要唤醒世界，祛除神话，并用知识替代幻想"②。摆脱恐惧意味着理性与神话的建构，而唤醒世界就是要祛除神话泛灵论，这显然是以马克斯·韦伯的合理化理论为底色的。主体凭借概念来把握客体，也就是通过理性祛除神话，通过控制自然建构主体，这就是启蒙的本质和内在的秘密。但是启蒙既是一个主体化和自我持存的过程，同时也是一个异化和自我压抑的过程，启蒙精神本身已经蕴含着新的野蛮状态的种子，因此，"启蒙倒退成神话，其原因不能到本身已成为目的的民族主义神话、异教主义神话以及其他现代神话中去寻找，而只能到畏

① ［德］霍克海默、阿道尔诺：《启蒙辩证法——哲学断片》，渠敬东、曹卫东译，上海人民出版社 2006 年版，"前言"（1944/1947）第 1 页。

② 同上书，第 1 页。

惧真理的启蒙自身去寻找。我们必须从思想史和现实的角度去理解启蒙和神话这两个概念”[①]。在思想史的层面上启蒙精神本身就蕴含着致命性的弱点，而现实中启蒙又与各种非理性的统治以及作为其后果的灾难联系在一起，因而启蒙辩证法是扬弃启蒙理性自身片面性的启蒙的内在批判，是为启蒙提供拯救的新的道路，“以便把它从与盲目统治的纠结之中解脱出来”[②]，当然对阿多诺来说，这一批判冲动最终导向否定辩证法。

神话的祛魅意味着人对于自然的统治，而统治自然与统治社会之间有着内在的联系。“从奥林匹亚宗教、文艺复兴、宗教改革，一直到资产阶级无神论这些西方文明的转折关头，如果新生民族和新生阶级更加坚决地压制神话，那么人们对无法企及且又充满威胁的自然，以及自然极端物质化和对象化的结果的恐惧，都会沦落为泛灵论的迷信，对内在自然和外部自然的征服就会成为人类生活的绝对目的。”[③] 神话中所有魑魅魍魉都被逻各斯所浸淫、并理性化为存在本质的纯粹形式，一切都归于理性原则之下，而任何不符合算计和实用规则的东西都被质疑，神话昏暗的地平线被计算理性的阳光照亮，自然变成纯粹的客观性。正像古希腊英雄奥德修斯经历过塞壬海妖的诱惑才最终锤炼出一种“生活的统一性和个性的同一性”，通过对于自然（塞壬女妖）统治，人类实现了自我持存，又用统治外在自然的逻辑统治内在的自然，自我持存的同时必然忍受了自我压抑，主体的自我否定作为主体理性的代价在启蒙根源处已经扎下根基：一方面，“奥德修斯式的狡诈实际上就是一种被救赎了的工具精神，他让自己臣服于自然，把自然转换成为自然的东西，并在把自己奉献给自然的过程中出卖了自然”；另一方面，同时展开的自我压抑过程，“成为自我并与动物区分开来的过程，也是压抑在毫无希望的、封闭的自然循环之中所展开的内化过程”——主体化与自

① ［德］霍克海默、阿道尔诺：《启蒙辩证法——哲学断片》，“前言”（1944/1947）第3页。

② 同上书，“前言”（1944/1947）第4页。

③ 同上书，第25页。

我异化相互缠缚的历史就成为《奥德赛》所呈现的“主体性的历史”[①]。

人对于自然的支配成为普遍支配的现实基础，人与人的关系在人与自然的关系中生长出来，自然对象化在人的社会关系中投射出相似结构。“由推理逻辑发展而来的一般思想及其在概念领域内的支配作用，都是在支配现实世界的基础上得以提升起来的。通过概念统一性来实现对巫术传统以及旧的松散观念的摒弃，表现出一种由自由民通过命令所确立的生活等级体系。在征服世界的进程中，自我学会了遵守现行秩序和接受从属地位，但他很快就把真理与管理思想等同起来。”[②] 神话泛灵论将自然客体精神化，而理性则将精神客体化、对象化，在前者，主客体能够相互沟通，而在后者，这一关系以被对立和统治的关系所取代，客体被抽象化、符号化，自我意识由此成为概念的产物，理性的强制就此植根于其中，其自反性开始显现，自然的强制成为思想的强制：“随着支配自然的力量一步步地增长，制度支配人的权力也在同步增长。这种荒谬的处境揭示出理性社会中的合理性已经不合时宜。社会必然性只是一个幻象，就像企业家的自由一样，最终在无法逃避的争斗和合同中暴露出它们的强制本性。在这样一种幻象中，被彻底启蒙了的人类丧失了自我，这种幻象是无法用一种作为统治机构的思想来澄清的，因为思想本身也只能被迫在命令与服从之间做出选择。……自然在思想的强制机制中反映出来，并保存下来。而思想本身也不可避免地表现为自我遗忘了的自然，表现为强制机制，这是思想的必然结果。……人们在思想中远离自然，目的是要以想象的方式把自然呈现在自己面前，以便按照他们设定的支配方式来控制自然。……概念也是一样，它作为思想工具，适用于人所能及的一切事物。”[③] 当启蒙理性工具化并上升为普遍的原则和主宰的精神，启蒙也就走向

---

① ［德］霍克海默、阿道尔诺：《启蒙辩证法——哲学断片》，第 47、59、65 页。

② 同上书，第 10 页。

③ 同上书，第 31 页。

了神话。

启蒙向神话的蜕变不仅是自我压抑的忘却，也是理性自负的进一步膨胀。对于自然的统治以及主体化的自由作为启蒙的早期形式，已然被20世纪的科学技术和现代工业所取代，线性的和进步的历史哲学早已颠覆了现实世界的神话模式，人成为世界的新的最终的统治者，理性成为唯一的统治原则。然而，奥斯维辛却证明，照亮神话的昏暗的地平线的理性，同样可以成为大屠杀的程序理性和技术理性，而其强暴性则直接来自启蒙本身，奥德修斯归乡记即是启蒙辩证法充满预见的隐喻，阿多诺写道："从特洛伊到伊萨卡这段多灾多难的远行，便成了自我的发展路程：面对自然力，自我的身体永远都显得软弱无力，而只有通过神话，自我才能在自我意识中树立起来。就这样，史前史的世界被世俗化了，变成了必须通过自我来度量的空间。"[①] 面对塞壬海妖的诱惑，奥德修斯将自己绑在桅杆上而使诱惑成为纯粹的形式，但主体的持存却是以内在自然的压抑为代价，可以说支配了自然的确定性的自我是一个虚空的自我，而强暴则是填补这一虚空的内容。在荷马的叙事中，奥德修斯毫不理会求婚者乞求饶命的哀求，将他们赶尽杀绝，他浑身沾满鲜血，就像吃牛的狮子一样站在那里；甚至那些帮助求婚者的侍女们，也先被集中起来，打扫尸体、整理大厅，然后像陷入笼中的鸟一样被奥德修斯用船上的大网全部绞杀[②]。主体性的历史证明了人之于自然的统治只不过是自然暴力的内在化，而奥德修斯的隐喻则直接成为20世纪大屠杀的预演，神话已经是启蒙，而启蒙蜕化为神话，神话与启蒙的交织揭示出理性的史前史。

与本土欧洲的纳粹主义蔓延不同，理性的失败在流亡地美国以文化工业繁荣的形式表现出来，留给阿多诺与欧洲完全不同的印象："文化给一切事物都贴上了同样的标签。电影、广播和杂志制造了一个系统。不仅各个部分之间能够取得一致，各个部分

① ［德］霍克海默、阿道尔诺：《启蒙辩证法——哲学断片》，第39页。

② ［日］细见和之：《阿多诺：非同一性哲学》，第108—110页。

在整体上也能够取得一致。甚至对那些政治上针锋相对的人来说，他们的审美活动也总是满怀热情，对钢铁机器的节奏韵律充满褒扬和赞颂。不管是在权威国家，还是在其他地方，装潢精美的工业管理建筑和展览中心到处都是一模一样。”文化模式的一致性设计推出的是资本主义的绝对权力，一种为思想的贫乏负责的技术合理性原则，它将神话祛魅之后，又在历史中将自身施魅，成为20世纪现代生活的主宰精神和唯一原则，以至于“技术合理性已经变成了支配合理性本身，具有了社会异化于自身的强制本性”，“文化工业的技术，通过祛除掉社会劳动和社会系统这两种逻辑之间的区别，实现了标准化和大众生产”[①]。表现在风格上就是整一化，与伟大的作品追求风格上的自我否定不同，文化工业的拙劣的作品“常常要依赖于与其他作品的相似性，依赖于一种具有替代性特性的一致性。在文化工业中，这种模仿最终变成了绝对的模仿。一切业已消失，仅仅剩下风格，于是，文化工业戳穿了风格的秘密：即对社会等级秩序的遵从”。最终文化工业顺利取得了双重的胜利，“它从外部祛除了真理，同时又在内部用谎言把真理重建起来”[②]。通过文化工业的过滤，资本主义世界的统治被建构起来，文化工业成为极权主义的真正的美国形式，成为当下社会关系的稳固剂和社会体制的补充物。

对于阿多诺文化工业理论的理解必须置于其启蒙理性批判的逻辑链条中，即置于阿多诺对于启蒙理性及其自反性的最新表现形式中。阿多诺在《启蒙辩证法》首先使用“文化工业”（Cultur Industry）范畴十余年后解释了使用这一范畴的动机：“文化工业把古老的东西与熟悉的东西熔铸成一种新质。在其所有的分支中，那些特意为大众消费生产出来并在很大程度上决定了那种消费性质的产品，或多或少是按照计划炮制出来的。文化工业的各个分支在结构上是相似的，或至少能彼此适应，它们将自己组合成了一个天衣无缝的系统。这种局面之所以可能，是因为当代

① ［德］霍克海默、阿道尔诺：《启蒙辩证法——哲学断片》，第107—108页。
② 同上书，第117—118、121—122页。

科技的力量以及经济和行政上的集中。文化工业别有用心的自上而下整合它的消费者，他把分离而来数千年的高雅艺术与低俗艺术的领域强行聚合在一起，结果双方都深受其害。”[①] 文化工业作为资本主义进入垄断资本主义以后的大众文化的特殊形式，是商品拜物教意识形态的体现。在大众媒介的中介下，文化工业一方面创造出自己的意识形态，同时又与统治的意识形态合谋，完成自上而下的整合，在其中，文化意识形态帮助统治意识形态维护统治的权威，同时又在后者的帮助下建立起一套思想体系，以传达后者的意识形态话语[②]。对于阿多诺来说，科学思维和现代技术已经成为工具理性的基本形式，作为文化工业内核的依然是工具理性的同一性的强制，因而对文化工业的批判实质就不能不是启蒙理性批判向文化工业领域的逻辑延伸和理论实践。主体性的觉醒在资本主义的合理化过程中已经消解了自我同一性的经验基础，在文化工业中，大众成为被算计的对象，成为消费的客体，不断地对于自然的控制与对于大众的算计有意识地遏止了自主个体的形成，启蒙后的大众成为原子式的个体，而问题的严重性正在于，“正是这种原子形成了法西斯主义的集体性”[③]。文化工业蜕变为启蒙的直接的反效果，成为是理性的自我矛盾的最新表现形式，成为理性的自反性。虽然解放的目标依然是“实现人类的可能性与生活的丰富性。那种相信增加生产是毫无疑义的发展的幼稚观点，本身就是只允许朝一个方向发展的资产阶级世界观的一部分，因为被整合为整体，受量化统治，敌视异质性”[④]，因而真正的解放就必然是从这种总体性中得到解脱，阿多诺把异化等同于总体性对于主体性的压抑，实际上已经将总

---

① T. W. Adorno, *The Culture Industry*: *Selected Essays on Mass Culture*, London: Routledge, 1991, p. 85.

② 赵勇：《整合与颠覆：大众文化的辩证法》，第 42—52 页。

③ T. W. Adorno, *The Culture Industry*: *Selected Essays on Mass Culture*, London: Routledge, 1991, p. 131.

④ T. W. Adorno, *Minima Morality*: *Reflection from Damaged Life*, London: Verso, 1974, p. 157.

体性视为一种超越于具体意识形态之上的元意识形态，这种意识形态内在于启蒙的理性结构之中。概念对事物特殊性的排斥和理性追求的体系化的欲望，最终必然形成一个封闭的工具理性世界。对于同一性的批判就是对于一切异化和非理性统治的思想和现实的批判，而它的道德动机最终是为了拯救被毁掉的生活[①]。

理性原本是使人获得解放的力量，但是它在摧毁了旧的神话的不平等以后，又在其自身中消除了客体的属性而将其抽象化、同一化，从而将其自身树立为新的强权，结果，宣称自己超越了神话的理性落入同一性幻觉之中，其自身也成为新的神话的牺牲品，这就是《启蒙辩证法》关于理性批判的逻辑。尽管“合理性不仅包含着观念中的自我毁灭趋势，也包含着实际上的自我毁灭趋势，而且从一开始就这样，而不是在自我毁灭趋势出现之后才是如此”，但是启蒙理性批判不是对于理性的非理性主义的批判，而是理性的自我扬弃，因为“掌握着自身并发挥着力量的启蒙本身，是有能力突破启蒙的界限的”[②]。

三　否定的艺术

在与《启蒙辩证法》几乎同时写作的《最低限度的道德》中，阿多诺阐述了一个主题：“总体即虚假。”[③]在一个虚假的社会中，无法存在个人真实的生活，在一个连生活本身都已经无法真实实现的异化现实中，否定辩证法作为理论自身的实践，除了保持自身的力量，在幸存中等待现实性的到来，还能做些什么呢？对于阿多诺来说，“除了瞻望恐怖、抗拒恐怖、用不打折扣

① 俞吾金等：《现代性现象学——与西方马克思主义者的对话》，上海社会科学出版社 2002 年版，第 51—53 页。

② ［德］霍克海默、阿道尔诺：《启蒙辩证法——哲学断片》，“前言”（1944/1947）第 5 页、第 192 页。

③ T. W. Adorno, *Minima Morlia*: *Reflection from Damaged Life*, London: Verso, 1974, p. 50.

的否定意识牢牢把握更为美好事物的可能性，就再也没有什么美好前景了”，这被认为是“阿多诺所有理论著述和审美著述奠定基础的核心动机”[①]，也是阿多诺否定辩证法的出发点。

1. 否定辩证法

阿多诺的否定辩证法在黑格尔、卢卡奇和马克思那里都可以找到理论根源。在黑格尔那里，作为基本哲学范畴的否定是一个方法论原则，但方法论的展开并非独立于而是否定性关联于对象，因而辩证法就成为对象本身的当下性运动，但在阿多诺看来，黑格尔总体的优先性却将个体淹没了，于是他将黑格尔“总体即真实”置换为“总体即虚假”，而同时如若离开总体，那么对于社会把握的也将流于虚妄，在此，否定辩证法转向既批判性阐释黑格尔，又作为黑格尔的解毒剂要求对实践给予先行认识和把握，这就使阿多诺转向马克思关于解放和革命的逻辑，同时却又抛弃了马克思关于乌托邦的基本判断，因为这样的时机已然逝去。《否定辩证法》开篇劈头断言：“一度显得过时的哲学，由于实现它的契机未被人们所把握而得以幸存。人们对它的概括性判断——它仅仅解释了世界，在现实面前屈从并严重削弱了自身——在改变世界的企图失败之后就变成了一种理性的失败主义。”[②] 格言般的哲学话语背后是对于哲学现实性的考量，其意并不在说哲学失去了现实性，而是说哲学不得不等待实现其自身的现实性的到来，只要自由的个体性还未与社会取得和解，按阿多诺的说法，人类就仍然处于“史前时期”，于此，现代艺术就成了哲学汲取异质性经验、保持自身批判精神的唯一源泉，这基本就是贯穿阿多诺从哲学、社会学到美学和艺术的简要逻辑链条，而在这一逻辑链条中，对于卢卡奇的批判也构成了重要一环。

阿多诺对于卢卡奇的批判是否定辩证法对于总体性辩证法的

---

① ［德］格尔哈特·施威蓬豪依塞尔：《阿多诺》，第32页。

② T. W. Adorno, *Negative Dialectics*, trans. frans. E. B. Ashton, New York: Seabury Press, 1973, p. xix.

批判，实质是对于卢卡奇革命战略的反思和批判。总体性在卢卡奇那里有三层含义是：第一，指社会历史本体论的建构过程，即资本的抽象统治，它构成了无产阶级的整体现实；第二，指乌托邦理想，它一方面是对于现实的一种批判，同时也是一种指向未来的历史目标；第三，指作为总体性的观念，即总体性辩证法[①]。于此还可指出，不仅在卢卡奇那里，而且同样在阿多诺这里，总体性辩证法与总体性都是两个相关但相当不同的范畴，前者属于方法论，而后者具有描述性质，卢卡奇以总体性辩证法批判实证主义认识论正是在这一意义上来讲的。在总体性辩证法看来，实证主义不能揭示作为总体性现实的资本统治，因而实质上成为资本意识形态的维护意识。但在阿多诺看来，总体性辩证法依然需要辩证的批判。卢卡奇的总体性辩证法源于束缚于资产阶级意识形态之中的无产阶级解放的现实革命需要，以此来推动无产阶级阶级意识的觉醒和成熟，通过认识到具体的总体性真理，最终承担自己的掘墓人的历史使命。然而，在经历两次世界大战、纳粹法西斯主义、奥斯维辛大屠杀的阿多诺看来，卢卡奇的理论规划已经被现实所抛弃，并非仅仅因为它所批判的实证主义不能揭示作为总体性现实的资本统治，因而实质上成为资本意识形态的维护意识，而更是因为它没有看到实证主义下面的东西——理性主义。卢卡奇没有认识到，统治不仅仅是以人以及被人统治的自然的异化为代价的，而且随着精神的对象化，人与人之间的关系，甚至人与人自身的关系也被施魅了，人在统治自然的过程中形成了人对人的统治。质言之，阿多诺的批判意在表明，总体性辩证法揭示出了实证主义的意识形态性，却没有意识到其自身依然处于意识形态之中。

在阿多诺看来，世界历史的灾难根源于自满精神对于外在自然和内在自然的控制，主体的罪恶源于自由的匮乏："否定意志自由将完全意味着把人毫无保留地还原于成熟资本主义中劳动的商品性规范。同样的错误是先验决定论，即那种在商品社会中并

① 张亮：《辩证法的争论》，《江海学刊》2001 年第 5 期。

从社会中抽象出来的意志自由学说。个人本身构成了商品社会的一个要素，归于他的纯粹自发性就是社会征用的自发性。对主体来说，他需要全身心投入的一切只是一种不可避免的抉择：意志自由还是不自由。”[①] 这里涉及的显然是对于康德哲学的批判，而阿多诺则将康德关于自由的先验讨论拉回到历史和社会的时代土壤之中，指出真正的自由只能是主体与他者的和解。按照康德的模式，“就其意识自身并与自身同一而言，主体是自由的，但是就主体从属于并永久保持同一性的强制而言，主体在同一性之中又是不自由的。自然是模糊的、非同一性的，是不自由的，然而，作为这种自然，它们又是自由的，因为它们的不可抗拒的冲动将使它们摆脱同一性强制，尽管这一冲动不过是主体与自身的非同一性”[②]。在这里，主体与自然成为阿多诺道德哲学思考的一个层面。这些思考“被证明是通过概念去理解超概念之物但又绝不将其化约为概念的一种努力，更确切地说，这种努力试图认可已毁于抽象之物，认可前自我冲动、身体冲动及其附加物，但又不抛弃同一性、同一化思维以及体现于社会共同体中的统一性。正如阿多诺的新音乐哲学所捍卫的观点，野蛮之物可以提供支配其自身的某种精神力量，以反抗已完全异于其自身的野蛮行为的客观化”[③]。

另一方面，阿多诺又以马克思的物化理论武装自己。阿多诺始终明确地将物化视为现代资本主义社会制度的产物，并在这一制度范围之内寻求物化的根源，即马克思意义上的交换原则，它“作为把人类劳动还原为平均劳动时间这一抽象普遍概念，从根本上讲是与同一化原则相类似的。交换是这一原则的社会模式，没有这一原则就没有任何社会交换。正是通过交换，非同一的个体和劳动成果变成可以通约和同一的。这一原则的扩展则将同一

① T. W. Adorno, *Negative Dialectics*, trans. E. B. Ashton, New York: Seabury Press, 1973, p. 264.

② Ibid., p. 299.

③ Rolf Wiggershaul, *The Frankurt School*, *Its History*, *Theories and Political Significance*, trans. Michael Robertson, Cambridge: MIT Press, 1994, p. 608.

化、总体化作为义务强加在整个世界上面”[1]。因此，在阿多诺看来，物化的实质是在资本主义制度下，交换价值高高凌驾于使用价值之上而成为事物的本质，而事物本身的存在反而消失了。因而在马克思指认人与人的异化的地方，阿多诺要求客体的平等性。事实上，早在博士论文《祁克果：审美建构》[2] 中，阿多诺就已经表现出对于客体、他者以及历史辩证法的深切关注，对于理性主义的不能释怀，坚信历史的发展在于对于历史的形成的现实的改造，即使后来对于启蒙理性自反性的拯救抱有浓厚的悲观情怀，但那也从来不是一种消极主义的逃避，而是相反，在他看来，即便启蒙是一场悲剧，也不能以一种非理性主义的态度来逃避，正确的选择是进行理性的祛魅和扬弃。由此也可以理解詹姆逊何以令人费解地将阿多诺称为“十分特殊意义上的同一性哲学家”：“《启蒙辩证法》和《否定辩证法》都同样是从同一性开始：因为这个词完全能像包容‘启蒙’和‘可选’那样包容‘概念’和‘体系’。”[3] 关于同一性，在《否定辩证法》的一个注释里面，阿多诺区分了三种：第一种是个人意识的统一性；第二种是社会意识的统一性；第三种是认识论的主客体统一性。在这三者之中，心理意义上和思维意义上的同一性并非阿多诺批判的目标。阿多诺说，同一性是意识的首要形式，其本质是对存在物的强暴，这其实是指作为主客体统一性的同一性，即现代资本主义的同一性思维和逻辑，按照阿多诺的思路，这其实质是交换原则[4]。对同一性的否定不是仅仅是一种理论姿态，而首先是一种政治姿态，即对于资本主义交换体制的反对和批判，因而，否定与批判是等值的，即否定本身就是一种批判的现实性，由此，

① T. W. Adorno, *Negative Dialectics*, trans. E. B. Ashton, New York: Seabury Press, 1973, pp. 140 – 147.

② T. W. A dorno, *Kierkegaard*: *Construction of the Hesthefic*. trans, Robert Hullot-Kentor, Mineapolis: University of Minesota Press, 1989.

③ F. Jameson, *Late Marxism*: *Adorno*, *or*; *The Persistence of the Dialectic*, London: Verso, 1990, p. 15.

④ T. W. Adorno, *Negative Dialectics*, trans. E. B. Ashton, New York: Seabury Press, 1973, p. 143.

否定辩证法本身就是批判理论的实践。因而对于否定辩证法来说，对于理性的批判本身并非目的，而是理性的扬弃，既然启蒙理性的神话本身就是历史的产物，那么启蒙神话也必须历史性地在理性自身的扬弃中得以解决，这就是理性自身的扬弃，否定辩证法不仅是对于启蒙辩证法的阐释，而且是进一步的深化。

要从那根本不能摆脱自身的同一性思维中解放非同一性，辩证法就不能建构自身为完满的体系，唯一的解决之道在于认识并接受客体、他者，因为在阿多诺看来，如果人们“把一切实存推动为纯粹现实性，那么他将倾向于敌视他者，敌视那些并非毫无意义的异己之物”[①]。在黑格尔以来的唯心主义体系中，客体与主体、非同一性与同一性之间，前者之于后者的抵抗关系一直被压制着，而在阿多诺看来，这正是非同一性辩证法存在的必要性所在。“辩证法是始终如一的对非同一性的意识”，“矛盾是从同一性方面来看的非同一性；辩证法中矛盾原理的第一性是统一性思想成为衡量异质性的尺度”[②]。从主体的强制性中解脱出来，保持客体自身的本然性，又超越之于主体的异质性，他者就能够由此实现自己的幸福。

非同一性并非彻底排斥同一性，因为“通过同一性批判，同一性并未消失，而是在质上彻底改变了自身。对象与它的思想的亲和性要素存在于这种同一性之中”。“非同一性的意识也包含着同一性。”[③] 阿多诺和解的观念就是寻求一种非同一性中的同一性。“和解的状况不是吞噬他者的哲学帝国主义。相反，它的幸福在于，他者就其被赋予亲近性来说，依然是疏远的和异质的东西，它既超越了异质性，又超越了它本身之所是”[④]。然而，在实现这样的理想之前，目前所能做以及应该做的却是首先将客体优势凸显出来，因为在存在着积极意义上的客体优势的地方，

① T. W. Adorno, *Negative Dialectics*, trans. E. B. Ashton, New York: Seabury Press, 1973, p. 191.

② Ibid., p. 5.

③ Ibid., p. 153.

④ Ibid., p. 191.

"辩证认识的客观性对于主体的需要来说，不是更少了而是更多了"[①]。这样一来，对同一性的批判就意味着对客体优势的探索。"不管同一性思维如何否认，它也是主观主义的。把同一性视为谎言作为对这种思维的修正，并没有使主体和客体达到一种平衡，也没有把功能概念提高到在认识中独占统治地位的角色，甚至在我们仅仅限制主体时，我们也被剥夺了主体的权力。主体自身的绝对性是一种尺度，根据这种尺度，非同一性最微不足道的残余在主体看来也像是一种绝对的威胁，最低限度也会把主体全盘弄糟，因为主体自称是整体。主体性在不能独立发展自身的环境下会改变自己的性质。由于中介概念内在的不平等性，主体以完全不同于客体的方式进入客体。客体虽然只能依靠主体来思考，但仍是某种不同于主体的东西；而主体在本性上从一开始就是一种客体。即使作为一种观念，我们也不能想象一个不是客体的主体，但我们可以想象一个不是主体的客体。成为一个客体也就是成为主体性意义的一部分，但成为一个主体却不会同样成为客体性的意义的一部分。"[②] 在那里，主体既不把客体视为必然之物或特许之物去关注，也不将其视为欺骗和操控的对象去关注，主体感受到了客体的差异性和开放性。

作为反体系的思想家，阿多诺在否定辩证法中力图拯救体系之外的反体系的力量，"辩证法作为对体系的批判要求有处在体系之外的东西，而使认识中的辩证运动获得解放的、同时也是反体系的力量"[③]，而否定辩证法就是"一个背弃传统的用词"[④]。将体系作为否定辩证法批判的对象，阿多诺说这一"瓦解的逻辑"自其中学时代起就已经萌芽[⑤]，而其批判的锋芒指向的正是

① T. W. Adorno, *Negative Dialectics*, trans. E. B. Ashton, New York: Seabury Press, 1973, p. 374.

② Ibid., p. 183.

③ Ibid., p. 31.

④ Ibid., p. 1.

⑤ ［德］阿多诺：《否定辩证法》德文版附录，法兰克福，1982 年版，转引自张一兵《无调式的辩证想象》，第 6、75 页。

传统形而上学，这也就是否定辩证法所背弃的传统之所在。传统形而上学将事物所由之出的基础的普遍性视为第一原则，同时又通过主体观念建构起等级制的概念体系，这一传统如此根深蒂固，以至于在海德格尔反形而上学的基础存在论中，阿多诺也看到了所谓存在的神学，看到了传统形而上学逻辑架构的同一性原则的宰制。

《否定辩证法》第一部分即是对于海德格尔的批判。在阿多诺看来，海德格尔颠覆传统形而上学的实质，只不过是在一种更加隐秘的逻辑座架中赋予本体论以内在性，从而成为资本主义制度、成为物化世界的同谋。早于阿多诺之前 10 年，体现海德格尔背叛的“裂痕在 1916 年胡塞尔到弗莱堡任教之前就已然出现”，海德格尔将现象学“最本源、最终极的根本问题”归结为“现象学自身的问题”，现象学应对自身的哲学意义进行自我澄清，而历史以及历史性应被视为规定性要素建构性地包容其中，而不是将历史的实际性抛到一边。在 1923/1924 年的马堡讲座中，海德格尔更是直接批评胡塞尔将现象学视为严格意义的科学的想法是“无视操心中对历史的实际的生活的缠绕”，因而“将确定性理念当作现象学方法的理想，以及由此必然得出的无前提性要求，把现象学入口放错了地方”[①]。海德格尔此在存在论正是从此在的历史性在世中追问存在，使一种历史的第一性成了“存在”绝对的本体论的在先性。阿多诺对此评论道，“人类中心说的生活意识已经动摇了”[②]。众所周知，在阿多诺的否定辩证法中，作为非同一性对立面的同一性被视为一切意识形态的基始形式，逻辑功能上则体现为奴役本质，并与人类中心主义分享相同的思想根源：“同一性的圆圈——它最终只是自身同一——是一种不宽容的自身之外的任何东西的思维画出的。监禁思维是

① ［法］阿尔弗雷德·登克尔等：《海德格尔与其思想的开端》，靳希平译，商务印书馆 2009 年版，第 323、334 页。

② T. W. Adorno, *Negative Dialectics*, trans. E. B. Ashton, New York: Seabury Press, 1973, p. 62.

它的作品。"[①] 质言之，在人对自然的统治中反映着同一性逻辑的奴役本性，非同一性的自觉逻辑地拒斥人类中心主义。

对于阿多诺来说，否定辩证法始终是自觉的非同一性意识，证伪同一性逻辑的哲学批判一直追溯到作为西方哲学基座的"一"，此即为"形而上学的西洋镜"。这一追溯揭示出贯穿于从理念论到绝对精神乃至权力意志之中的相同的"唯心主义的狂怒"，质言之主体性对于对象的吞噬，而在社会现实层面上，又将这一"唯心主义狂怒"追查为资本主义商品交换原则，正是它的"扩展使整个世界成为同一的"。在阿多诺这里，不可更易的原则是将社会批判与认识批判彼此联系在一起：批判文化工业，必须追溯到唯心主义的认识论根源；而批判唯心主义，也必须抓住其隐秘不宣的社会基础。因为"批判思想的目的不在于把客体放在一度被主体占据的现已空出的皇位上"，而是"主张思想形式不再把它的对象变成为不可改变的东西，变成始终如一的对象"[②]。虽然批判传统本体论已成海德格尔此在存在论思想徽标，然阿多诺却从中发现了隐性的"本体论需要"，"哥白尼式的单命"批判实体性的基始本体论，却又通过"存在论上的发问"使本体论成为隐秘的内在需要，结果对于第一哲学的重建最终通向了存在神学的真理性论证。阿多诺对于海德格尔之批判传统形而上学的批判揭橥海氏重建隐性本体性论的非法性，作为否定性的理论工程为阐述否定辩证法之拒斥任何本体论奠基。因而，否定辩证法作为自觉的非同一性意识，正与作为意识形态的基始形式的同一性奴役逻辑相对立，从而在对于人类中心主义的批判中彰显出与海德格尔在真理与自由指向上的不同路径。

然而，思维本身就意味着同一，同一性是思想、思维所内在固有的，任何概念都不得不是从多到一的抽绎，而这也正是人类

---

① T. W. Adorno, *Negative Dialectics*, trans. E. B. Ashton, New York: Seabury Press, 1973, p. 142.

② Ibid., pp. 146 – 150.

文明的基础，福柯在批判的意义上所言哲学即为同一性思想发展的结果，从另一个意义上来说也表明同一性之于概念的毋庸置疑性。在《启蒙辩证法》中，启蒙的前提必然是主体与客体的二分、“观念与事物相互分离”[①]。显然，这不仅是启蒙的前提，也是人类思想与知识的前提，它固然也同样存在主体对于客体的压制和强暴，但这却是认识论必须承担之重。可见，阿多诺并非反对一般同一性，即并非反对同一性的普遍的抽象表述体系，而是反对同一性概念专制下的等级帝国。在阿多诺看来，作为思想之思想的形而上学之哲学本身，自柏拉图开始就在建构一个同一性的概念等级森严的专制王国，在第一性的本原概念的统领下形成了不同属类的下级概念以及整个体系等级，而作为思想专制出现的同一性，正是阿多诺攻击的目标[②]。任何体系都是同一性逻辑架构的整体性结果，但是体系并非直接起源于第一本原或基础，而是“实在性强制状态在精神和主体中投射的结果”[③]。观念体系虽然表现为逻辑体系，但它又是现实的精神镜像，体系的秘密就隐藏在这样的镜像之中，阿多诺说“一个客观上被总体性设置的世界不会有人类解放意识”，“对同一性的哲学批判就是要超越哲学”[④]，其根源也在这里。就资产阶级而言，其“意识的自主性在理论上扩展为一种类似于它自身的强制性的体系”，扩展为源自其自身而又外在形式化了的一整套秩序，“但是这一秩序一旦产生，就不再仅仅是一套秩序，而是变成贪得无厌之物”，“理性作为体系而盛行，最终消除它所涉及的一切质的规定”，而体系则“反对思想的每一内容，并在思想中蒸发掉这些内容”[⑤]。体系将一切归置于自己的意识的射程之内，资本主义的“管制的世界”与同一性原则的管制实为一个问题的两

① ［德］霍克海默、阿道尔诺：《启蒙辩证法——哲学断片》，第 11 页。

② 张一兵：《无调式的辩证想象》，第 79 页。

③ T. W. Adorno, *Negative Dialectic*, trans. E. B. Ashton, New York: Seabury Press, 1973, p. 9.

④ Ibid., pp. 9, 15.

⑤ Ibid., p. 20.

个方面，前者为世俗化形式，后者为逻辑化程式："体系的形式对于世界是合适的，世界的实质是逃避思维的统治，统一和一致同时是被平息的顺从的状态向统治的压抑的思维坐标的纯粹投射。"[①] 被管制的世界与同一性原则互为表里，不仅为启蒙反思和否定批判努力破解，而且使艺术的批判具有哲学的批判的内涵，"美学走上了一条爱智慧的道路。……爱智慧与爱美的活动正是在社会历史中展开的，它们的落实之处乃是人的生活，人的历史"[②]。

2. 艺术：作为否定

在阿多诺的批判话语中，如果说文化工业是工具理性的肯定意象，那么，艺术则是其否定意象；如果说，否定辩证法通过概念而实现对于概念的超越，那么，《美学理论》则"以更加详细的方式把人类对于自然的支配的批判以及对于被管控的社会的批判结合起来，以期形成一种对社会的批判，通过物化结构，这样的社会拒绝赋予自然以社会协调的成果——宁静，而这正是自然所渴慕的。正是这两种主题的联合赋予了阿多诺美学哲学——和他的社会哲学、历史哲学、认识论一样——一种伤感的情调。也正是从这种连接出发，阿多诺得出了他的这样的主张：他要投身于——或者说支持——被启蒙了的启蒙。阿多诺的艺术哲学所秉持的道德就是：艺术作品是主体的全部史前人类学，它正以一种给人启迪的方式在完成着启蒙运动"[③]。被启蒙的启蒙是对于启蒙的反思，是启蒙的辩证法，而艺术作为史前人类学，就成为这一反思的入口，正是如此，才有所谓阿多诺美学理论最深奥处的秘密在于"将被毁坏之物仔细描绘，正是美的升华作用的秘密

① T. W. Adorno, *Negative Dialectic*, trans. E. B. Ashton, New York: Seabury Press, 1973, p. 23.

② 孙斌：《守护夜空的星座——美学问题史中的阿多诺》，复旦大学出版社2004年版，第15页。

③ Rolf Wiggershaul, *The Frankurt School*, *Its History*, *Theories and Political Significance*, trans. Michael Robertson, Cambridge: MIT Press, 1994, p. 651.

所在"[①] 的判断。然而对于这一"秘密所在"的理解却应该从艺术/美学理论之为"哲学的批判"[②] 入手，对于阿多诺来说，哲学的批判实为社会的历史的内在批判，启蒙辩证法以及作为进一步阐发的否定辩证法无疑都是这样的批判。神话已是启蒙，而启蒙蜕化为神话，启蒙在对神话的祛魅中建构起与客体对立的主体，后者却展现出"唯心主义的狂怒"，阿多诺探讨了主体/理性的原史，而否定的辩证批判则将对于客体优先性的强调作为讨论主客体辩证法的一个重要切入点，这正是贯穿于阿多诺艺术思考之中的一条线索："对于艺术作品以及美学来说，主体与客体均为契机。主客体关系是辩证的，这就意味着艺术诸成分——材料、表现形式或者其他任何什么东西——都各自同时既是主观的又是客观的。"[③] 由此，关于客体优先性的讨论就从对于唯心主义认识论的批判转向对于艺术"非总体的星丛"的讨论。

《美学理论》劈头写道："在今天，任何涉及艺术的东西都不再是不言而喻的，更非无需思考，这自不待言。一切关乎艺术的东西，诸如艺术的内在生命，艺术与社会的关系，甚至艺术的存在权利，都已经成了问题。"[④] 艺术的确定性（自明性）的丧失意味着同一性的允诺已不再被信守，因此，艺术必须从对于概念的迷梦中惊醒，"对于艺术的哲学阐释并不为了将艺术作品与概念同一，并非将艺术作品吸纳进概念之中，而是通过哲学阐释将艺术作品的真理展现出来"[⑤]，这显然是《否定辩证法》中概念拜物教批判的美学话语。概念拜物教并非马克思经济学意义的商品拜物教，而是意指强调概念同一性强制，它将一切差异性、他者非同一性强制同一化，因而阿多诺说，概念总是"和非真

① ［日］细见和之：《阿多诺：非同一性哲学》，第 130 页。

② Lambert Zuidervaart, *Adorno's Asthetic Theory*: *The Redemption of Illusion*, Cambridge: MIT, 1991, p. xvi.

③ T. W. Adorno, *Aesthetic Theory*, trans. C. Lenhardt, London: Routledge & Kegan Paul, 1984, p. 287.

④ Ibid., p. 1

⑤ Ibid.

理以及压迫的原则融合在一起"[①]。艺术对其所遭受的确定性的丧失作出了两方面的反应，"一方面是具体改变其感知和程序的模式，另一方面是缚于自身的概念之上，以便设法摆脱其作为艺术的实体"。艺术的去实体化有两种极端的形式：一是物化，二是心理主义。前者将艺术视为"物中之物"，后者视为"观众心理传达的手段"[②]；前者成为商品，后者称为观众自己的回声。这都不是阿多诺所设想的真正的艺术。可以肯定的是，在阿多诺的逻辑行程中，艺术的真理在于理性祛魅，以便使其回归自身，彻底摆脱其理性的幻象，但这并不意味着艺术可以由此走向非理性主义。事实上，艺术作品与艺术的理念并不吻合，不仅不吻合，而且恰恰是对立的，"艺术作品越是一心一意追求浮现出的艺术理念，就越是失去与其对立者的他者的接触，因而也就破坏了一种对于艺术概念来说不可或缺的关系"[③]。在阿多诺看来，解决此问题的方向是揭开被遮蔽的他者，艺术作品与他者的关系原本就是不可或缺的，这一关系"就如同一块磁铁与铁屑之间的关系。艺术的诸要素以及它的星座，或者一般被认为的艺术的精神本质的东西，反映出真正的他者"[④]。由此我们从阿多诺对于史诗与神话的讨论切入。

首要的问题是，艺术既是理性的，又是对于理性的排斥，这是一个困境。"艺术对巫术实践——艺术自身的祖先——的拒绝意味着艺术分享理性"，一方面，巫术是艺术的祖先。另一方面，艺术又因其分享理性而拒绝了巫术，正如启蒙与神话的关系。启蒙摧毁了神话之后，艺术就成为"模仿行为的庇护所"[⑤]。"随着启蒙的进步，只有真正的艺术作品才能避免对那些已经存

---

① T. W. Adorno, *Aesthetic Theory*, trans. C. Lenhardt, London: Routledge & Kegan Paul, 1984, p. 48.

② Ibid., p. 24.

③ Ibid., p. 260.

④ Ibid., p. 10.

⑤ Ibid., p. 79.

在的东西的模仿。”[①] 问题在于，艺术一方面庇护源自巫术的东西，另一方面又凭借理性来拒绝巫术，因而艺术面临着这样一个困境：“退回到真正的巫术，或者使模仿冲动听命于物似理性。这一困境有助于阐明艺术的运动法则；这一困境不应该被废除。”[②] 而困境正是艺术的生命的源泉，从神话到史诗乃至到现代艺术，思想的反思探照出困境中的实质。

就史诗与神话的关系，阿多诺指出：“由于荷马史诗的精神采纳了神话的元素，并对神话本身进行了‘整理’，因此它在叙事过程中与神话产生了矛盾。哲学的批判表明，人们通常所说的史诗与神话的同一性（无论如何，现代古典语文学会驳斥这种说法）完全是一种幻想。史诗与神话是截然不同的两个概念，它们指的是同一历史过程中的两个阶段，即便荷马史诗将各种完全不同的素材调和了起来，我们也仍旧可以从中见到这个历史过程。如果没有现成的普遍语言可供使用，那么，荷马史诗就会在叙事过程中创造出这样一种语言；它通过一种人所共知的表现形式，解析了它极力颂扬的社会等级秩序。……史诗不仅从历史哲学的角度说相当于小说，而且说到底它已经具有了非常类似于小说的特点。意义深远的荷马世界是一个神圣的宇宙，它显现了规范理性的成就，这种理性借助其自身所反映的合理秩序彻底砸碎了神话。”[③] 阿多诺对神话与史诗的关系的上述讨论含义丰富，可约略概括为四：首先，荷马史诗与神话之间存在紧密关联，即所谓“整部史诗都是启蒙辩证法的见证”；其次，荷马史诗之作为小说具有艺术的特点，换句话说，史诗无非也是艺术作品；再次，史诗作为艺术作品，意味着对于神话的“整理”，史诗对于神话的整理实质是展开了的理性之网，诸神自身的谱系化以及那些富有逻辑的神话故事本身无疑就是理性之网打捞的收获，神话正是在史诗中的演绎时，其自身成为史诗解放的产物；最后，从

① ［德］霍克海默、阿道尔诺：《启蒙辩证法——哲学断片》，第 15 页。

② T. W. Adorno, *Aesthetic Theory*, trans. C. Lenhardt, London: Routledge & Kegan Paul, 1984, pp. 80 – 81.

③ ［德］霍克海默、阿道尔诺：《启蒙辩证法——哲学断片》，第 36 页。

历史哲学或者现代古典语文学的角度来说，神话与史诗是历史的不同阶段，但其实质却是理性的产物，即所谓神话已是启蒙。质言之，就启蒙本身来说，它一方面打开神话的昏暗的地平线，同时又将这一地平线重新遮蔽起来；而就艺术来说，它一方面开启并保存了某些东西，同时又驱逐了某些东西。阿多诺写道：“正是通过与经验性的关系，艺术作品通过中立化的方式救助了一些东西，而后者原本属人类共享的经验，只是后来启蒙将其驱逐了。艺术参与启蒙，但以不同的方式；艺术作品不撒谎，其所言均为真实。事实上，艺术的真实性来自于对置于其面前的、外部世界的问题的回答。因而，只有与外部世界发生张力关系时，艺术中的张力才有意义。艺术经验的基本层次与艺术想要回避的客观世界有着极为密切的关系。”[①] 在此需要澄清一点的是，艺术的张力源自与外部世界的关系只是表明了艺术现实批判的指向，这与阿多诺所言“艺术是隔绝世界的”并不矛盾，后者是在反艺术的语境中展开的。概言之，艺术既是对于神话的祛魅，又是对于神话的救赎，由此，艺术中的自然的问题被提了出来，而否定辩证法就是要通过恢复对自然的记忆来重建主体和客体的平等的伙伴式星丛关系，打破理性的同一性强制。

主体对于客体的同一性强暴首先是主体对于自然的征服，在审美话语中则是对于自然的贬低和自然美的忽略，在此，黑格尔关于艺术美与自然美之间的判断首先被摆出来：“艺术美高于自然美。因为艺术美是由心灵产生和再生的美，心灵与它的产品比自然和它的现象高多少，艺术美就比自然美高多少。”[②] 阿多诺对此针锋相对地评论道，黑格尔的辩证法“看起来并没有出现在他对于艺术作品本身的见解中，至少是根本不够的。通过争辩自然中的美低于依据精神而来的界说，黑格尔不正当地贬低

---

① T. W. Adorno, *Aesthetic Theory*, trans. C. Lenhardt, London: Routledge & Kegan Paul, 1984, p. 8.

② ［德］黑格尔：《美学》（第一卷），朱光潜译，商务印书馆 1996 年版，第 4 页。

了自然美的重要性”[1]。实际上，自从谢林将其美学论著命名为《艺术哲学》以来，美学就几乎只关注艺术作品，而对于自然美的系统研究就被中止了。自然美为何被从美学的议程中被拿掉？阿多诺认为，“原因并非如黑格尔所要我们相信的那样，是因为自然美在一个更高领域中得到了扬弃。恰恰相反，自然美概念根本就是受到压制的。它的继续在场可能会触到一个隐痛之处，使人们油然想起，每件艺术品作为人工制品与自然之物对立，并对后者犯下暴行。艺术作品全为人为，与非人工制品的自然截然对立。然而，恰在截然相反的对立中，二者也相互依赖。自然有赖于中介性和客观化了的世界的经验，而艺术则有赖于自然，在这里，自然是对直接性进行中介的全权代表。所以，对于自然美的思考，是任何艺术学说不可分割的组成部分。”[2]自然以及自然美并非在更高的层面上得到了扬弃，而是在理性的同一性逻辑暴行下遭受压制，这一暴行的实质是：不确定的、非整一的自然如果不能被同一进理性的领域，那么就干脆将其彻底抹掉。然而问题在于，自然能否以理性的方式来加以把握，或者说能否通过概念和逻辑加以界定？阿多诺的回答是否定的，他认为将自然美确定概念化做法荒谬可笑，自然美“在概念化的普遍意义上来说是不可界说的，因为自然美的实质正在于其不可概括化和不可概念化。自然美本质上的不确定性表现在以下事实中：自然的任何片段，正如人造的以及凝结于自然之中的所有东西一样，是可以成为优美之物，可以获得一种内在的美的光辉的”[3]。自然美敌视一切界定，更加明确地说，自然美正是通过其不可界定性来成就其自身的，其不可界定性正是对其自身的最好界定，若此，自然则有可能处于永久的沉默之中，但幸运的是，自然的沉默成为艺术的言说，“艺术打开了自然的眼睛”，于是也打开了对于神话

① T. W. Adorno, *Aesthetic Theory*, trans. C. Lenhardt, London: Routledge & Kegan Paul, 1984, p. 385.

② Ibid., p. 91.

③ Ibid., p. 104.

的拯救之路。被启蒙祛魅的神话，在史诗中被理性之手整理的神话，还是留下蛛丝马迹，阿多诺说，自然美的不确定就是这些痕迹的表达，是神话的含混性的某种形式的遗留，由此，在自然美中就保留住了追溯和救赎的道路，而在这一过程中艺术就成为启蒙和神话的场域，即艺术作品通过自己的方式救助了被“启蒙驱逐”的“原本属人类共享的经验”。因而，表面看，在史诗对于神话的祛魅中似乎透露出艺术的理性化和异化的路向，但是艺术以自己非确定性、非概念性的方式论证了其与理性和启蒙的和解，这就是启蒙辩证法在艺术辩证法中实现：艺术是启蒙，正像史诗是神话的启蒙一样，但艺术又超越了“唯心主义的狂怒”：“在理性的轨道上并且通过理性的轨道，人类通过艺术意识被理性从记忆中抹去的东西。”[①] 要之，艺术理性意欲“修正工具理性所带来的损失”[②]，并寻求回归的道路。

艺术召唤的并不是人类的主宰精神或者理性之光，而被理性之光所驱逐的东西，是仍旧在自然中驻留的东西，非必然的、非确定的，甚至片段的东西，只是因为这些东西既要逃避理性同一性的训诫又要呈现于人类意识之中，艺术才成了最后的“避难所”。而眼下，“艺术的幻想或尚未实存之物，被笼罩在黑暗之中。对于现实而言，艺术依然是对可能之物的回忆或者追想，是对灾难或世界历史的一种想象性补救，是在必然性的魔力感召下不曾出现的，或许从来就不会出现的自由。艺术与持续性灾难所保持的敌对关系是以否定性为前提的，而否定性反过来成为艺术与模糊事物关系的特征。没有一件现存的非艺术品可以宣称把非存在物掌握在自己手中。……审美经验既是经验到某种精神本身所不能提供的东西，它不在外部，也不在自身。它是可能的、由非可能性所允诺的东西。艺术是幸福的允诺，一种经常被打破却

---

① T. W. Adorno, *Aesthetic Theory*, trans. C. Lenhardt, London: Routledge & Kegan Paul, 1984, p. 99.

② 李弢：《非总体性的星丛：对阿多诺〈美学理论〉的一种文本解读》，上海世纪出版集团 2008 年版，第 123 页。

不能实现的允诺"[①]。这里，阿多诺将否定视为了艺术的本质要素，否定并非仅仅指向社会或工具理性，而且也指向其自身，是艺术的自我否定。此外，所谓不能实现的允诺实为一种应然性，而非必然性，否则就又落入工具理性的陷阱，意味着将非存在物把握于工具理性掌握之中。

需要指出的是，阿多诺的自然并非自在的，而是有其历史的维度，而是"在看起来最深刻的坚持为自然的地方，把自然把握为一种历史的存在"[②]，但又不是可以通约的，否则，二者就都失去了自身。对于自然与历史的辩证法，阿多诺写道："自然与历史的传统的对立既是真实的，又是虚假的——其所以真实，乃是因为它表达了自然要素所涉及的东西；其所以虚假，则是因为它凭借概念重构，辩解性地通过历史本身来隐藏历史的自然成长。"[③]人掌控自然的历史是工具理性浸润为自然的无意识史，但如若将此简约化为从"野蛮到人道主义"的直线进步史，那显然仍是停留于理性的普遍精神的幻象之中，是用概念之网隐藏了自然的无意识史，存在的便只有"从弹弓走向百万吨炸弹的历史"[④]。

然而，在当下的现实中，艺术也走向沉默，一个沉默的时代已降临艺术，"它使艺术作品变得陈腐荒废，然而，尽管艺术闭口不言，但其沉默却在高声言说"[⑤]。艺术将自己与世界隔离了开来，以防因为自己的开口而被纳入既定现实的合谋之中，于是它以谜的形式呈现自身，艺术走向了反艺术。

艺术走向反艺术是艺术辩证法的必然逻辑，就如同否定的辩证法一定会指向自身一样："辩证法不得不走出最后的一步：

---

① T. W. Adorno, *Aesthetic Theory*, trans. C. Lenhardt, London: Routledge & Kegan Paul, 1984, p. 196.

② T. W. Adorno, *Negative Dialectics*, trans. E. B. Ashton, New York: Seabury Press, 1973, p. 359.

③ Ibid., p. 358.

④ Ibid., p. 320.

⑤ T. W. Adorno, *Aesthetic Theory*, trans. C. Lenhardt, London: Routledge & Kegan Paul, 1984, p. 400.

辩证法既是普遍的欺骗语境的印记，又是它的批判，因此，辩证法就必须甚至转向反对其自身。”[①] 而现在轮到艺术辩证法反对、批判其自身了。在阿多诺看来，在一个被管制的世界中，思想如果要实现自己，那么它就必须同时是一种自我反思和批判的思想，否则它就会身不由己地卷入对于现实的认同之中，所谓的奥斯维辛之后写诗是野蛮的，正是在这个意义上来谈的[②]，艺术的自我批判也同样如此。既然一切艺术都参与了启蒙辩证法，那么，“艺术凭借反艺术的审美概念的发展来应对这种辩证法的挑战。从现在起，如若没有反艺术的契机，一切艺术都是无法想象的。这正意味着，艺术要保持对于自身的忠诚，就需超越艺术自身的概念了，所以，连那取消艺术的思想也是对于艺术的尊重，因为它体现了对于艺术真理性要求的重视”[③]。对于这段话的理解必须置于否定辩证法的逻辑链条中进行，否则就滑向了艺术取消主义，阿多诺明确指出，反艺术不是对于艺术的抛弃或取消，艺术走向反艺术，可从两个方面来理解。

一方面，艺术作为“社会的反题”，自从独立于神话获得自己的自律性以后，到如今已经丧失了其人性的力量：艺术的自律性有赖于人性的力量，而“由于社会日益缺乏人性，艺术也开始丧失自律性。艺术的那些充满人性理想的构成要素已经失去了它们的力量”[④]。用席勒的话来说，就是人丧失了尊严，艺术来将其拯救。阿多诺理论深层中潜隐着的是马克思历史哲学的延伸，因此马克思关于人的解放同样是阿多诺的理想，而艺术则显然是这一过程的环节之一。在阿多诺看来，哲学重要的不是解释

① T. W. Adorno, *Negative Dialectics*, trans. E. B. Ashton, New York: Seabury Press, 1973, p. 406.

② Ibid., pp. 362 – 365.

③ T. W. Adorno, *Aesthetic Theory*, trans. C. Lenhardt, London: Routledge & Kegan Paul, 1984, p. 43.

④ Ibid., p. 337.

世界，而现实地改造世界，推动哲学的现实化[①]，这里体现的正是阿多诺对于马克思政治经济学的继承。启蒙哲学及其理性同样是历史性的产物，因而也必须历史性地扬弃，艺术自不待言。艺术既是自律的，也是社会事实，这种双重特征在艺术的自律层面上不断地被再生产，如若唯心主义哲学对于非同一性和他者的强制与前工业文明的独裁专制相联系，那么，关于艺术的概念也就必须"拒绝定义"。

另一方面，艺术走向反艺术，乃是基于对艺术之批判性的坚守，它不吝将自身他者化，以期在这一个自由的他者中忠于自己："马克思称之为艺术的对抗性状况对于现代艺术的形成有强大的潜移默化的影响，但是，现代艺术并非对此状态的简单复制，而是毫不含糊的公开指责，并将其转换为以一种意象。当现代艺术这样做的时候，它就变成了与一种异化状况相对立的他者，而这个他者是自由的，正如异化状况不自由一样。"[②]批判作为艺术的真理，既指向社会也指向自身。应该指出，艺术对于自身的批判是理性的体现，但这理性与工具理性无关，因为艺术对于艺术的批判不是征服式的批判，而恰是指向工具理性同一性原则的批判，如此一来，现代艺术采取了谜的形式，而对谜的回答就成为艺术真理性的一部分："由于要求回答，艺术作品指向了真理性内容，反过来，真理性内容只能被哲学反思所明确，正是这一点，使美学成为合法的。"[③]

如果艺术是模仿行为的庇护所，那么必须追问的必然是：艺术模仿什么？阿多诺将其判定为资本主义社会[④]。显然，阿多诺对于当代资本主义社会的认识与马克思的经典论述相关，在马克思那里，资本的本质上就在于使抽象成为统治，而抽象或观念，

---

① T. W. Adorno, *Negative Dialectics*, trans. E. B. Ashton, New York: Seabury Press, 1973, p. 3.

② T. W. Adorno, *Aesthetic Theory*, trans. C. Lenhardt, London: Routledge & Kegan Paul, 1984, p. 369.

③ Ibid., p. 186.

④ Ibid., pp. 19 - 23.

无非就是统治个人的物质关系的理论呈现。抽象性正是现代艺术自身的密码，也是现代艺术不断结构自身传统的根源所在。真正的艺术是对于处身其中的现实世界的抵抗，现代艺术的本质不是肯定而是否定，以破碎的形式实现自己乌托邦的承诺。换句话说，资本的谜一般的性质决定了现代艺术的谜的性质，而这一新的历史情境成为艺术批判本质的现实土壤。与之相对的文化工业则以非谜的形式，即以外在形式的逻辑性、直观性等成为资本的合谋，正如阿多诺所一再强调的，文化工业“享受着双重的胜利成果：它在外部扑灭了真理，又是又在内部随意用谎言再生出真理”①。

作为阿多诺的遗著，《美学理论》事实上是真正的片段性。这里的片段性不仅是说因阿多诺的突然去世而造成的著作的未完成性、残缺性，也不仅是说这体现了阿多诺对于体系性的持之以恒的反抗，而更是说艺术本身的本质性的片段性，因此当阿多诺说“残篇是死亡对作品的入侵”② 的时候，关于艺术的反艺术性想来已经映入了他的眼帘。

“更为根本地讲，可以断言，审美经验从其客体方面来说是有生命的，也就是说，在这个时刻，艺术作品本身在审美经验的凝视下苏醒了过来。……入迷状态使得作品的内在过程获得自由。由于作品开始言说，因而成为有生命之物。意义的整一性——加入该词可以适用于人工制品的话——并非静态性的，而是过程性的。由于同样的原因，艺术的分析除非从过程上把握住了艺术作品诸契机之间的关系，否则会失之妥当，毫不足取。将作品分解为基本的单元是不够的。事实上，艺术作品并非存在，而是生成。”③ 艺术作为生命开始于主体的审美审视，但又不是这一审视的结果，艺术作品只存在于动态过程之中。“艺术并非自古以来的样子，而是它现已生成的样子。正如追问艺术的个别

---

① T. W. Adorno, *Aesthetic Theory*, trans. C. Lenhardt, London: Routledge & Kegan Paul, 1984, p. 135.

② Ibid., p. 361.

③ Ibid., p. 252.

起源一样为何没有意义一样，追溯艺术的本质起源也不会有什么效果。艺术自身获得自由并非是由于某个偶然的事件，而是艺术的原理。艺术所获得的那些概念性的属性一方面仍然是不完整的，另一方面由艺术感知起来也是拘束的。”① 对于主体而言，审美主体是无可描述的，它被社会性所中介，但又不是经验的主体，也不是非哲学的先验主体，那么这样的主体到底是什么呢？阿多诺的回答是：语言。无论是作者，还是读者，都只是虚假的主体，语言才是艺术的真正的主体。它对于客体而言，“艺术中的客体与经验现实中的客体是完全不同的。艺术中的客体是人工制造的产品，它包含着经验现实的要素，但同时又改变着这些要素的星座，成为一种分解和重构的双重过程。……在艺术中，客体的首要作用被理解为一种从支配下摆脱出来的生命的潜在自由，这种作用在摆脱诸客体的自由中显现自身”②。由此，则产生了关于艺术作品的两个悖论。艺术作品的悖论之一是，艺术作品如何既是动态又是物化的？阿多诺说，“不管它们的动态本性如何，它们是固定的。想必正是这一固定化过程使得它们对象化为艺术作品”。也就是说，艺术作品是一个过程，也是一个瞬间，艺术作品总是既是自己，又是自己之外的其他东西，这正是艺术作品为了摆脱理性的陷阱所必须付出的代价之一。“艺术作品更深一层的悖论在于，一方面，它们是辩证的，另一方面它们又不同于历史辩证方式，但历史是作品的秘密模式。”③ 这个秘密在于历史本身就是作品的内容，“艺术作品的历史性要比历史主义让我们相信的东西更为广泛”④。

艺术作品不仅是生成的、瞬间的，还是持续的。每件艺术作品都是一个瞬间，每件伟大的艺术作品都是过程中的一个中断，

---

① T. W. Adorno, *Aesthetic Theory*, trans. C. Lenhardt, London: Routledge & Kegan Paul, 1984, p. 482.

② Ibid., pp. 366 - 367.

③ Ibid., p. 319.

④ Ibid., p. 153.

刹那间的一个停留，然而坚执的眼睛看到的只是过程。过程何以能够得以持续，原因在于作品"本身是通常不完整的，不合逻辑的。艺术作品能够依靠其所是而转化为它自身的他者。由于被嵌入持续性之中，它们在继续生存的同时，通过自身的死亡而超越自己。尽管使自己黯然失色，它们仍然决定着其后来者。因而，艺术的内在动力表现了一种更高秩序的存在要素"①。持续性是生成性和过程性的证言，也是其片段性、非逻辑性的体现，这就意味着对于作品来说，仅仅分解作品为基本单元是不够的，而是要把握诸契机之间动态的生成的关系。艺术概念拒绝界定，本身已是诸瞬间的星座的守护。"艺术的本质也不能确定，即便通过追溯艺术的起源以期寻觅支撑其他一切东西的根基。"② 诸瞬间的星座意味着关系、历史与生成。因此"美学不应该像猎雁那样去捕捉艺术最初的本质，这些所谓的本质必须在它们历史背景中得到观察。没有哪一个孤立的范畴能够捕获艺术的理念。艺术乃是运动中的综合物"③。

非同一性是"否定辩证法的关键"④，而艺术是非同一性的理想模型，却不是阿多诺思考的最终归宿。艺术是讨论主体与客体关系的理想模型，但这一关系并非仅仅在艺术中才存在。艺术实现了辩证法一直努力实现的力量，即通过主观努力揭示出某种客观事物，而付出的代价则是自己的虚幻性。如果说，正如阿多诺曾给《美学理论》准备的题词所言，"被称为艺术哲学的东西往往是二缺一：不是缺少哲学，就是缺少艺术"⑤，那么，对于真正的艺术而言，哲学的批判就应该同时也是艺术的批判。但无论如何，艺术对于其自身的超越，"并不凭借自身向艺术作出任

① T. W. Adorno, *Aesthetic Theory*, trans. C. Lenhardt, London: Routledge & Kegan Paul, 1984, p. 252.

② Ibid., p. 3.

③ T. W. Adorno, *Negative Dialectics*, trans. E. B. Ashton, New York: Seabury Press, 1973, p. 482.

④ Ibid., p. 11.

⑤ T. W. Adorno, *Aesthetic Theory*, trans. C. Lenhardt, Routledge & Kegan Paul, 1984, p. 366.

何形而上学的内容的保证”①；而对阿多诺而言，“和解哲学的前景代表着在非理性主义面前捍卫理性，代表着某种努力不懈的辩证尝试：在蹩脚的理性中彰显某种略胜一筹的理性的微弱印记”②，就此而言，即便阿多诺并非西方马克思主义思想家中唯一一个能够合情合理地被称为现代主义作者的思想家③，作为人类解放和自由的真正追求者和一个不理想现实的不倦的批判者，这也已超出了关于其自身与后代主义关系问题的讨论了。

四　反思现象学批判及其意蕴

在中国当代语境中，作为理论资源的阿多诺大体有两副面孔：一副是作为大众文化的批判者，一副是作为海德格尔现象学的批判者。相比较而言，前者影响更为广泛。不过，随着在西方学界阿多诺的回归④带来的对于阿多诺研究的反思，以及在中国学界对阿多诺大众文化理论语境性的反思，通过历史地把握阿多诺的历史性而将其融入中国当代美学建设之中也必然成为一个亟待探索的话题，就此而言，重新审视阿多诺对德格尔现象学批判的美学意蕴，正为此提供了一个适宜的契机。事实上，包括海德格尔在内的现象学美学正逐渐对中国当代美学产生越来越广泛的影响，而质疑这一影响合法性的声音也正是通过阿多诺对海德格尔现象学的批判⑤这一事实而不断被提出的。

① T. W. Adorno, *Aesthetic Theory*, trans. C. Lenhardt, Routledge & Kegan Paul, 1984, p. 116.

② ［德］阿尔布莱希特·维尔默：《论现代与后现代的辩证法》，第 108 页。

③ ［美］马丁·杰伊：《阿多诺》，瞿铁鹏等译，中国社会科学出版社 1992 年版，第 12 页。

④ Peter U. Hohendahl, "Introduction Adorno Criticism Today", *New German Critique*, No. 56, Special Issue on Theodor W. Adorno (Spring-Summer), 1992.

⑤ 关于阿多诺与海德格尔之间的理论关系，德国学者赫尔曼·穆什恩有专著研究：Hermann Morchen, *Adorno und Heidegger: Untersunchung Einer Philosophischen Kommunikationsver-Weigerung*, Stuttgart: Klett-Cotta, 1981。本文对此书的了解来自弗雷·德迈尔的书评：Fred Dallmayr, "Review: Adorno and Heidegger", *Diacritics*, Vol. 19, No. 3/4, Heidegger: Art and Politics (Autumn-Winter, 1989), pp. 82 – 100。

在20世纪影响广泛的现象学与法兰克福学派之间的关系对立冲突而又复杂纠缠。马丁·杰伊就强调过法兰克福学派著作中的海德格尔传统，而国内学者也指出法兰克福学派诸理论家的现象学训练或现象学研究的背景[①]，阿多诺大约可以算作其中的代表。阿多诺的博士论文《胡塞尔现象学中的事物与意向对象的超越》就是研究胡塞尔的现象学思想的专论，《认识论的元批判》则是对于胡塞尔的批判，而对于海德格尔现象学的批判则集中于《否定辩证法》一书开篇两章中，这一部分早于该书两年题为《本真的行话——论德意志意识形态》独立发表，但相对而言，阿多诺对于海德格尔的批判更引人注目。当然，阿多诺对于海德格尔的批判并不止于此，但说海德格尔为阿多诺的"宿敌"应有待深究，正如詹姆逊所深刻指出的："如果我们理解阿多诺那里自然历史的根本作用，则看起来更接近于海德格尔式大自然思想的东西——即存在，在这里被非同一性所代替——是以一种完全不同的视角被确立的。"[②] 然而，那非同一性所指控的同一性，在阿多诺这里，是一个与日俱增的强大社会体系的结果，然而在海德格尔那里，它是一个与某种本原真理愈益疏远的结果。詹姆逊在对阿多诺"马克思主义本质"[③] 的文本论证中存在着晚期马克思主义理论视域的规导自不待言，然而，将阿多诺与海德格尔之间的对立概括为追溯向"强大的社会体系"与追溯向"与某种本原真理愈益疏远"之间的区别，却绝非空穴来风，同样的区别可以追溯到阿多诺对于胡塞尔现象学批判。

阿多诺分别于20世纪30年代和50年代两次批判过胡塞尔，其结果为1956年出版的《认识论的元批判》（其基础就是阿多诺30年代未完成的牛津手稿），这就带来一个问题：发表一个20多年前的手稿之于阿多诺具有内在的逻辑必然性吗？在法兰克福学派诸理论家中，阿多诺算是为数不多的终生批判文化工业

① 苏宏斌：《现象学美学》第九章，商务印书馆2005年版。

② ［美］弗雷德里克·詹姆逊：《晚期马克思主义——阿多诺，或辩证法的韧性》，李永红译，南京大学出版社2008年版，第236页。

③ 同上书，第256页。

的理论家，其对于文化工业的批判开始于1932年《论音乐的社会情境》，而止于1969年《闲暇》[①]，库克的考察足证阿多诺终生的理论批判旨趣，亦引领对于上述问题的思考。建构解释性、实践性、自我反思性的批判理论被霍克海默确立为法兰克福学派理论追求[②]，然而在此之前，批判理论必须证明其自身何以具有资产阶级哲学所不具的更高真理性？阿多诺将批判作为德国主流哲学的海德格尔作为桥梁，这就意味着要回到作为其逻辑前提的胡塞尔，“作为垄断资本主义时代德国哲学发展的逻辑终点，与纳粹具有本质关联的海德格尔哲学在战后的复兴乃至成为一种时尚，不过是垄断资本主义摆脱危机、进入一个更加稳定的发展阶段的表征。既然海德格尔依旧是一个问题，那么，他这批关于胡塞尔的旧手稿就仍旧具有现实性。也就是说，较之于返回德国、共同致力于重建德国社会学的其他同事，阿多诺更加清楚地意识到了捍卫批判理论的现实性的必要性和迫切性”[③]。从法兰克福学派整体情势来理解阿多诺的理论指向无疑是客观的，阿多诺的胡塞尔现象学批判作为学派批判当代资本主义总体理论战略的一种实施自不待言，问题在于这一批判的实质。

在《认识论的元批判》中，阿多诺对《逻辑研究》中一个现象学个案给予不同分析。胡塞尔用此现象学个案原本说明："红的对象和在它身上被突出的红的因素是显现出来的，而我们所意指的却毋宁说是这同一个红，并且我们是以一种新的意识方式在意指这个红，这种新的意识方式使种类取代于个体而成为我们的对象。"[④] 阿多诺在逐字逐句分析中揪住胡塞尔的论证中所使用的术语——“同一个”，以此指认胡塞尔现象学以同一性遮

---

① Deborah Cook, *The Culture Industry Rivisited*: *Theodor W. Adorno on Mass Culture*, Lanham: Rowman &Littlefield Publishers, 1996, p. 4.

② ［德］霍克海默：《传统理论与批判理论》，载曹卫东等编选《霍克海默集》，第167—211页。

③ 张亮：《阿多诺对胡塞尔现象学的马克思主义解读》，《哲学研究》2005年第2期。

④ ［德］胡塞尔：《逻辑研究》，倪梁康译，译文出版社1998年版，第111—112页。

蔽非同一性的实质。有学者认为，“同一段现象学描述，在胡塞尔那里意味着同一性和直接性，而阿多诺却从中发现了非同一性、中介性、缺席性、他者性和剩余性这些与后现代思想相关的特质，恰恰透露了辩证法与现象学的不同旨趣”。将阿多诺对于《逻辑研究》中一个现象学案例的剖析归结为现象学与辩证法的不同旨趣[①]自有其合理性，但也面临着忽视阿多诺理论现实指向的危险，因为对于阿多诺此时发表该文来说，现象学与辩证法之理论上是否不可调和可能远不如对于批判当代资本主义及其文化工业更为重要。

《认识论的元批判》沿承了《启蒙辩证法》对于工具理性的批判的基本理路，只不过在这里，以祛魅而解放却走向解放和自由的反面的启蒙辩证法被置换为“现象学的辩证法”：第一，现象学是认识论，而且它只有作为认识论才是可以理解的[②]，这意味着现象学被重新纳入近代唯心主义哲学传统中；第二，作为“严格的科学”的现象学原本就是工具理性高度发展的产物，但“它却将消除因为工具理性的极度扩张而导致的科学危机和文化危机、实现启蒙理性原本设想的人的真实自由作为自己的使命，结果只能是在揭示了意识的科学真理的同时，走向人的真实自由的反面”，因而，第三，自由与真理之间形成了尖锐的对立：“阿多诺在对启蒙理性进行反思的基础上，以人的真实自由的名义，与胡塞尔的科学真理进行的一场哲学对话。”[③] 对于胡塞尔来说，正如《哲学作为严格的科学》所申明的，现象学可以找到“不受任何人类历史实际性限制”的先验原则[④]，而对于阿多

---

① 方向红：《论阿多诺视域中的一段现象学公案》，《现代哲学》2004 年第 2 期。

② Adorno, *Against Epistemology: A Metacritique Studies in Husserl and the Phenomenological Antinomies*, Trans. Willis Domingo, Oxford: Basil Blackwell, 1982, pp. 124 – 125.

③ 张亮：《阿多诺对胡塞尔现象学的马克思主义解读》，《哲学研究》2005 年第 2 期。

④ ［法］阿尔弗雷德·登克尔等主编：《海德格尔与其思想的开端》，靳希平译，商务印书馆 2009 年版，第 326 页。

诺来说，正如《认识论的元批判》标题所标明的，真正重要的却是胡塞尔现象学隐含着的悖论：批判理论的视野击穿了胡塞尔关于先验原则的认识论立场，并在工具理性中挖出其藏身之地（20 世纪 20 年代海德格尔对胡塞尔作为严格科学的现象学表现出不满，见下文），质言之，阿多诺对于现象学批判，归根结底是自由与真理之间的对立/对话①。

批判胡塞尔现象学以打击海德格尔现象学的逻辑前提，目的在于实现对于后者的彻底批判②，这集中体现在《否定辩证法》第一部分“与存在论的关系”中。“阿多诺否定的辩证法理论基础正是建立在对海德格尔哲学深刻的理解基础之上”③，而阿多诺与海德格尔之分歧层面也在这一批判中得以展露，但分歧的起点要回到对海德格尔对胡塞尔的批判。

早于阿多诺之前 10 年，体现海德格尔背叛的“裂痕在 1916 年胡塞尔到弗莱堡任教之前就已然出现”，海德格尔将现象学“最本源、最终极的根本问题”归结为“现象学自身的问题”④，现象学应对自身的哲学意义进行自我澄清，而历史以及历史性应被视为规定性要素建构性地包容其中，而不是将历史的实际性抛到一边。在 1923/1924 年的马堡讲座中，海德格尔更是直接批评胡塞尔将现象学视为严格意义的科学的想法是“无视操心中对历史的实际的生活的缠绕”，因而“将确定性理念当作现象学方法的理想，以及由此必然得出的无前提性要求，把现象学入口放错了地方”⑤。海德格尔此在存在论正是从此在的历史性在世中追问存在，使一种历史的第一性成了“存在”绝对的本体论的在先性，

① 按照张亮的记载，倪梁康先生曾向他屡次提示“阿多诺的现象学批判的本质是自由与真理的对话”这一判断，参见《阿多诺对胡塞尔现象学的马克思主义解读》，《哲学研究》2005 年第 2 期。

② 张亮：《“崩溃的逻辑”的历史建构》，中央编译出版社 2003 年版。

③ 张一兵：《无调式的辩证法想象》，第 128 页。

④ ［法］阿尔弗雷德·登克尔等主编：《海德格尔与其思想的开端》，第 323、324 页。

⑤ 同上书，第 334 页。

阿多诺对此评论道，“人类中心说的生活意识已经动摇了”[①]。

众所周知，在阿多诺的否定辩证法中，作为非同一性对立面的同一性被视为一切意识形态的基始形式，逻辑功能上则体现为奴役本质，并与人类中心主义分享相同的思想根源：“同一性的圆圈——它最终只是自身同一——是一种不宽容的自身之外的任何东西的思维画出的。监禁思维的是它自身的作品。”[②] 质言之，在人对自然的统治中反映着同一性逻辑的奴役本性，非同一性的自觉逻辑地拒斥人类中心主义。而在海德格尔那里，基础存在论首先拒绝了传统本体论现成论的思路，而要从“上手”开始的去“在”——此在的历史性在世——中追问存在，此在作为我们自己向来所是的存在者，除了其他可能性之外还能发问存在的存在者，既非现成性的实体，也非“一个现成主体与一个现成客体之间的现成交往”，而是“这一‘之间’的存在”[③]。海德格尔对于抽象主体论哲学的批判并没有简单地将主体从实体性现成性扭转向唯心主义观念论，在阿多诺看来，20 世纪抽象的主体论哲学很大程度上已经沦为一种意识形态，“主体在很大程度上要成为一种意识形态以掩盖社会客观的功能关联域并为主体在社会中的苦难进行辩解，在这种意义上——不单是今天——非我急剧地走在了我的前面”[④]。马克思的异化批判在阿多诺话语中得到了重新表述，异化现实支配了主体，抽象的主体论哲学却成为现实的遮羞布，但海德格尔显然不在其中。这样看来，海德格尔与阿多诺似乎在批判人类中心主义上取得和解；而且海德格尔对于胡塞尔将概念普遍性理解为“被体验的体验活动的世界性”[⑤] 的批判，也与阿多诺对于传统哲学将其对象思想为不可改

---

① ［德］阿多诺：《否定的辩证法》，张峰译，重庆出版社 1993 年版，第 63 页。

② 同上书，第 170 页。

③ ［德］海德格尔：《存在与时间》，陈嘉映等译，生活·读书·新知三联书店 1999 年版，第 154 页。

④ ［德］阿多诺：《否定的辩证法》，第 63 页。

⑤ ［法］阿尔弗雷德·登克尔等主编：《海德格尔与其思想的开端》，第 323 页。

变始终如一的批判异曲同工，如此这般，以至于德迈尔强调阿多诺与海德格尔之间“立足于忍受对方以及在忍受过程中学习基础之上的相互接触”① 的对话立场，然而深刻的分歧深植于对话背后。

对于阿多诺来说，否定辩证法始终是自觉的非同一性意识，证伪同一性逻辑的哲学批判一直追溯到作为西方哲学基座的“一”，此即为“形而上学的西洋镜”，从理念论到绝对精神乃至权力意志，西洋镜中表现着相同的“唯心主义的狂怒”——主体性对于对象的吞噬，而将其现实基础追查为商品交换原则，其“扩展使整个世界成为同一的”②。在阿多诺这里，不可更易的原则是将社会批判与认识批判彼此联系在一起：批判文化工业，必须追溯到唯心主义的认识论根源；而批判唯心主义，也必须抓住其隐秘不宣的社会基础。因为“批判思想的目的不在于把客体放在一度被主体占据的现已空出的皇位上”，而是“主张思想形式不再把它的对象变成不可改变的东西，变成始终如一的对象”③。阿多诺对于本体论的批判并非以新的本体论论证为目的，对于海德格的批判亦是。

虽然批判传统本体论已成海德格尔式的徽标，然阿多诺却从中发现了隐性的“本体论需要”，“哥白尼式的革命”批判实体性的基始本体论，却又通过“存在论上的发问”使本体论成为更为内在的需要，结果对于第一哲学的隐秘重建最终通向了存在神学的真理性论证。阿多诺对于海德格尔之批判传统形而上学的批判揭橥海氏重建隐性本体论的非法性，作为否定性的理论工程为阐述否定辩证法之拒斥任何本体论奠基。因而，否定辩证法作为自觉的非同一性意识，正与作为意识形态的基始形式的同一性奴役逻辑相对立，从而在对于人类中心主义的批判中彰显出与海德格尔在真理与自由指向上的不同路径。

---

① Fred Dallmayr, “Review: Adorno and Heidegger”, *Diacritics*, Vol. 19, No. 3/4, Heidegger: Art and Politics (Autumn-Winter, 1989).

② ［德］阿多诺：《否定的辩证法》，第 143 页。

③ 同上书，第 151 页。

毋庸讳言，阿多诺对于胡塞尔批判的重要性毋宁说在于所谓“内在批判”的哲学方法论意义，对于海德格尔的批判也并不意味着彻底破解了海德格尔[①]，但是，批判理论视野中的现象学批判将存在的神学与一切同一性哲学一样被批判地安置于通向否定辩证法的途中，安置于对于自由的指向之中。阿多诺的现象学批判本身具有极大的阐释可能性，现象学或辩证法、马克思主义或者后现代主义、本质主义或者非本质主义等问题及其讨论固然都曾始源其中，反思和讨论无疑扩展了观察和理解20世纪两大理论思潮之间复杂纠缠的视野，对于中国当代美学建构与现象学之间的谨慎立场作出了提醒，但这些也同样不应该反过来成为原则性、立场性批判的借口和根据，而任何一种在吸收融合中对于中国当代美学建设的思考和努力也比天下一尊的独断更有意义。

现象学进入中国以来，国内现象学美学的研究至21世纪已然取得一系列成果[②]，现象学之于中国美学建设和发展的意义逐渐受到重视，逐渐受到反思，而关于马克思存在论维度的发掘在某种程度上也打开一个与海德格尔现象学对话的通道，这些固然为讨论现象学美学与中国马克思主义美学建构的论题奠定了现实性基础，但对于“浪推浪”式的现象学运动进行大而化之的美学讨论本身大约面临着现象学批判的危险，而这一论题语境化更会面临意识形态的复杂纠缠，现实语境中以阿多诺的现象学批判来进行意识形态指认和断言无疑就是这样的纠缠之一。20年前

① 刘小枫认为，就抵制和解决虚无主义精神这一后德国古典哲学的基本思想脉动而言，虽然海德格尔与霍克海默、阿多诺、卢卡奇、洛维特都在这一思想脉动中思考，但“海德格尔对于虚无主义的思考要深远得多”。参见刘小枫《〈从黑格尔到尼采〉中译本前言》，载卡尔·洛维特《从黑格尔到尼采》，生活·读书·新知三联书店2006年版，第11、7页。

② 就现象学美学的研究而言，“从2003年起，一系列博士论文的出版标志着现象学美学的发展在中国进入了一个高潮。张旭曙《英伽登现象学美学初探》（2003）考察了英伽登理论的内在结构；韩忠恩《音乐意义的形而上学显现并及意象性存在的可能性研究》（2004）的主旨在于认为音乐的意义是一种意象的存在；刘旭光《海德格尔与美学》（2004）对海德格尔美学思想的考察的全面性在中国为笔者所仅见”。参见陈志远《现象学美学在中国》，载《中国现象学与哲学评论》第十辑，上海译文出版社2008年版，第290页。

类似西马“非马”之类的争论和狐疑似已散去，曾经作为大众文化批判主要理论资源之一的阿多诺以及批判理论也经受反思，然而，当我们在思想史视野中重新审视阿多诺的真理性时，对于其中的现实语境的自觉和清醒的反思无论如何都是必要的。

理论的反思是命题本身的诉求以及对此诉求的应答，但真正的反思应该也必须是理论的。就其源初意义而言，理论（Theoria）要求“我们能在某个事物上忘掉我们自己的目的”，而专注于纯粹的与事物同在的切身性的“看”，这一要求并非来自主体的自我规定，而是所看之物的内在规定，这就意味着，任何对于理论命题的反思都不应该实现为一种面向自身的主观性行为，而应根源于我们当下的生存现实以及对于该生存现实的阐释之中。就阿多诺批判海德格尔启示而言，一方面，阿多诺批判的深刻性必须首先置于20世纪60年代的具体语境中才能得到明了的把握。另一方面，反思也不能脱离对于当下学术语境的理解和把握。前者将批判之矛指向当代德意志意识形态“行话”，揭示在对于所谓行话技巧的日益蔓延的专注中，人们强迫自己遗忘了这种行话之与纳粹的紧密关联，而这构成了阿多诺的批判的现实基础，忽视了这一点，基于对行话充满愤怒的阿多诺的批判就有可能被面临着成为对“存在论的危险及其致命的理论缺陷”揭示的危险。同样，抽空当下学术语境的反思也往往流于信马由缰。萨特曾经指出：“要了解海德格尔，必须首先阅读海德格尔的著作，一字一句地掌握其中的意思。”[①] 尽管阿多诺的批判距完整地破解海德格尔还存在相当远的距离，尽管他没有，也不可能观照到“此在通过上手建构世界历史的内容”这一“在马克思主义哲学语境中最值得去思考的地方”[②]，但是阿多诺的批判却无疑坚守了理论本身的现象学品格，并被视为关于海德格尔的当代评论中最重要的文献之一，不能不与此有关。

---

① ［法］萨特：《辩证理性批判》，林骧华译，安徽文艺出版社1998年版，第29页。

② 张一兵：《无调式的辩证法想象》，第197页。

可喜的是，国内学者在思考中国当代美学建设和发展的过程中，逐步发掘出海德格尔现象学思想中含蕴的极具启发性的美学智慧，在马克思主义现代存在论基础上，继承蒋孔阳先生实践创造论美学思想，借鉴海德格尔现象学方法，从现代存在论维度理解和阐释实践范畴，建构以实践存在为基础的本体论美学，突破传统认识论的束缚，形成了独特的实践生存论美学观[①]；同时又将阿多诺对人的自由和解放的理论指向关于美学的思考之中，提出“审美是一种基本的人身实践”、“广义的美是一种特殊的人生境界”的观点，引起学界关注。当然，阿多诺的现象学批判同样重要的指引还在于，任何理论和思想都有其有效性的限度，现象学也不例外，比如海德格尔关于梵高那一双鞋的有名分析就可能意味着现象学方法探求艺术真理的无效性[②]。

综上所述，阿多诺对于胡塞尔现象学的批判本质上是自由与真理之间的对立和对话，而否定辩证法作为自觉的非同一性意识，正与海德格尔的现象学对立中表达出其在真理与自由指向上的不同路径，阿多诺现象学批判不应成为原则性、立场性批判的借口和根据，而应该成为反思中国当代美学开放视野的一个契机。

五　理论命题:语境性与本土化

法兰克福学派与中国现代诗学问题本身预设了对于异域理论及其本土化的反思与批判，理论命题的反思是命题本身的诉求以及对此诉求的应答，但真正的反思应该也必须是理论的。就其源初意义而言，理论（Theoria）要求“我们能在某个事物上忘掉我们自己的目的”[③]，而专注于纯粹的与事物同在的切身性的

① 朱志荣:《论实践存在论美学的价值》,《社会科学》2010年第2期。

② 刘旭光:《谁是梵高那双鞋的主人——关于现象学视野下艺术中的真理问题》,《学术月刊》2007年第9期。

③ ［德］加达默尔:《真理与方法：哲学阐释学的基本特征》，洪汉鼎译，上海译文出版社2004年版，第365页。

"看"，这一要求并非来自主体的自我规定，而是所看之物的内在规定，这就意味着，任何对于理论命题的反思都不应该实现为一种面向自身的主观性行为。然而不幸的是，反思的理论品格却在形形色色的反思中被遗忘了，对于"实践存在论"命题的反思为这样的遗忘提供了新的注脚。将自己对理论命题的反思之"看"交由阿多诺对于海德格尔的批判之眼：通过阿多诺的批判"了解海德格尔的理论"，并由此了解揭橥"'存在论'的危险及其致命的理论缺陷"。经由阿多诺而取回了海德格尔的存在论，然而作为反思之理论品格的自己的"看"却被留在了阿多诺那里，结果，阿多诺的批判固然"是尖锐的，足以引起我们的深入思考"，但是，缺失了对于这一尖锐批判的批判性反思，由此出发展开的理论命题的反思却只能是哈哈镜中的幻象。

在20世纪西方哲学视野中，海德格尔的存在论以及围绕它展开的争论构成了引人注目的重要学术景观。在此需要指出的是，"在20世纪60年代就已经引起了'批判理论'的警惕和深入反思"之前，质疑和批判的声音就已经出现，比如勒维纳斯在1951年就发表《存在论是基本的吗》明确质疑海德格尔的存在论，针锋相对地提出超出存在者之外理解存在者比存在论差异更为根本的观点①；至于"'批判理论家'阿多诺作为海德格尔存在论思想的历史现实——即狂暴的纳粹主义——的真正受害者，通过《否定辩证法》（*Negative Dialektik*），对存在论哲学做出了最深刻尖锐的批判"这一判断中，阿多诺批判的"深刻尖锐"是否为"最"，也非必此无疑，德国学者恩斯特·贝勒尔就将德里达视为当代思想家中"毫无疑问"的"海德格尔的最为深刻的批判者"②，退一步讲，即便阿多诺的批判"最深刻尖锐"，难道就可以将其理所当然地视为理解海德格尔存在论的合法性担保，并将由此推论出的海氏存在论之"危险及其致命的

① ［德］勒维纳斯：《存在论是基本的吗》，载《面对实事本身——现象学经典文选》，倪梁康主编，东方出版社2000年版，第682页。

② ［德］恩斯特·贝勒尔：《尼采、海德格尔与德里达》，李朝晖译，社会科学文献出版社2001年版，第40页。

理论缺陷”或者“极具危害”理所当然地视为“思考‘存在论’转向的本质、方向及其意义”的合法性担保吗？质言之，阿多诺对于海德格尔的批判之作为反思实践存在论的逻辑起点，如果不能首先回到阿多诺的批判语境并在这一语境中作出批判性审理，其所通达的关于海氏存在论的理解以及进一步关于理论命题的反思就不可能摆脱主观性规定的缠缚。

阿多诺对于海德格尔的批判集中在1966年出版的《否定辩证法》“与存在论的关系”中，该部分早于《否定辩证法》两年以《本真的行话——论德意志意识形态》为题独立发表。所谓本真的行话（jargon of authenticity），用萨弗兰斯基的话来说就是：“人们对海德格尔进行琐碎细致的研究，对其做麻木不仁的观察：什么是抛，什么是被抛性。”“想当正教授而不时引证海德格尔，德国的大学讲座逐渐海德格尔化。”[①] 海德格尔行话被标榜为学术深刻性乃至特定身份的标识。就此而言，阿多诺对于海德格尔的批判与其说是对于存在论热潮的批判，毋宁更准确地说是对于存在论神圣化的客观现实的批判，正是在此意义上有学者将其称为“德国唯心论的阿多诺式‘人体解剖新书’”[②]。由此可见，阿多诺对于海德格尔的批判所具有的某些应时的性质，但这并不意味着将其置于阐释其否定辩证法的开始部分是任意的。相反，它清晰表明了这一批判与否定辩证法建构之间的内在逻辑关联，即阿多诺与海德格尔之间的内在关联。二者的关系“十分类似于马克思哲学与黑格尔哲学的关系，说大一点，又十分接近马克思与德国古典哲学从康德先验构架到黑格尔本体论的关系，在这里就表现为阿多诺与整个现代德国哲学从胡塞尔、舍勒的现象学到海德格尔的基础本体论的关系”，“甚至可以确定地说，阿多诺否定的辩证法理论基础正是建立在对海德格尔哲学深刻的理解基础之上的”[③]。这一理解显然不是所谓阿多诺批判

---

① ［德］吕迪格尔·萨弗兰斯基：《海德格尔传：来自德国的大师》，靳希平译，商务印书馆1999年版，第546页。

② ［日］细见和之：《阿多诺——非同一性哲学》，第136页。

③ 张一兵：《无调式的辩证法想象》，第128页。

海氏存在论之“危险及其致命的理论缺陷”或者“极具危害”所能概括的。表面看来，阿多诺对于海德格尔的反抗使二者失去了联系的可能，然而，按照斯洛文尼亚学者埃尔雅维利的观点，在20世纪80年代就有学者将二者联系起来（不仅仅是对立起来）思考，而他本人也在对于二者的联系中讨论20世纪艺术哲学领域的某些方面的问题[①]。

实际上，阿多诺对海德格尔的批判作为当代最重要的思想评论之一，其中包含了阿多诺对于后者深刻的理解和中肯的认同。比如阿多诺对海德格尔之批判和颠覆抽象主体论哲学的批判。阿多诺指出，20世纪抽象的主体论哲学很大程度上已经沦为一种意识形态，“主体在很大程度上要成为一种意识形态以掩盖社会客观的功能关联域并为主体在社会中苦难进行辩解，在这种意义上——不单是今天——非我急剧地走在了我的前面”[②]。这里马克思的异化批判在阿多诺式的话语中得到了重新表述，异化现实支配了主体，抽象的主体论哲学却成为现实的遮羞布，但阿多诺并没有因此将海德格尔归结其中。海德格尔的基础存在论首先拒绝了传统本体论现成论的思路，而是要从“上手”开始的去“在”——此在的历史性在世——中追问存在，此在作为“我们自己向来所是的存在者”，“除了其他可能性之外还能发问存在的存在者”，既非现成性的实体，也非“一个现成主体与一个现成客体之间的现成交往”，而是“这一‘之间’的存在”[③]。在阿多诺看来，海德格尔对于抽象主体论哲学的批判并没有简单地将主体从实体性现成性扭转向唯心主义观念论，而是使一种“历史的第一性成了‘存在’绝对地对一切实体的和现实的事物的本体论的在先性”，阿多诺接着对此给出了一个简明的判断：“人类中心说的生活意识已经动摇了。”[④] 众所周知，在阿多诺的

---

① ［斯洛文尼亚］阿莱斯·埃尔雅维利：《图像时代》，张云鹏等译，吉林人民出版2003年版，第227—247页。

② ［德］阿多诺：《否定的辩证法》，第63页。

③ ［德］海德格尔：《存在与时间》，第9、136、154页。

④ ［德］阿多诺：《否定的辩证法》，第63页。

否定辩证法中，辩证法的本质被界定为自觉的非同一性，其对立面则是同一性。“同一性是意识形态的基始性形式”[①] 这一判断指认了同一性逻辑功能上的奴役本质，而在阿多诺看来，同一性与人类中心主义分享相同的思想根源：“同一性的圆圈——它最终只是自身同一——是一种不宽容的自身之外的任何东西的思维画出的。监禁思维是它的作品。”“这种同一化的思维在畏惧中使自然的奴役长存下去”[②]，显然，在人对自然的统治中反映着同一性逻辑的奴役本性，非同一性的自觉逻辑地拒斥人类中心主义。也正是在此意义上，将海德格尔的存在论理路视为一种对于人类中心主义话语的动摇，充分表明了阿多诺对于海德格尔哲学思考之深刻性的充分认同和肯定。又比如，对于海德格尔将实体性本体论扭转为功能性本体论这一理路的理解，阿多诺通过对于康德理性批判以来的新的实证主义泛滥的追溯明确地指认了海德格尔思考的深刻性。

显然，在阿多诺对于海德格尔的深刻批判中包蕴着深刻的理解，在奋力的反抗中隐含着认同和肯定，而这一切却化约为单纯的“批判”，堂而皇之地论证其关于存在论之“危险”、“致命”的判断。在主观目的性支配下的回顾的确“有助于”批判地审视实践存在论命题，却不知作为逻辑起点的被人为幻象化了的阿多诺的批判正成为理论命题反思的阿喀琉斯之踵。

通过被幻象化了的阿多诺批判之眼打捞出了海德格尔的存在论，同时也将其理论命题的反思中更为严重的问题展现出来：“用存在论取代本体论的实质，就是存在的虚无化、客体的实存化、主体的生存化。可以说这三个方向构成了海德格尔存在论哲学的三重奏主题。更为重要的是，这不仅仅是一种哲学思潮，或者对世界的不同‘阐释’方式。不可否认的是，这种思想在现代哲学、美学、文艺思潮中引发的作用是隐含的、重大的，同时也是极具危害的。”承接这一概括性判断的是对于海氏存在论的

---

① ［德］阿多诺：《否定的辩证法》，第145页。

② 同上书，第170页。

极具危害性的集中论证，并直接逻辑地通向对于实践存在论这一理论命题的反思，其首要的一条是："马克思主义理论体系中的本体论，能否替换为'存在论'?"从阿多诺对于海德格尔的批判谈起，到对于实践存在论命题的反思，最终归结到不能用海氏存在论取代马克思主义本体论这一核心结论，一切看起来水到渠成，然而在上述逻辑链条中隐含着一个未及明言的批判，即所谓实践存在论命题以海德格尔存在论取代或调和马克思主义本体论。相对于其他对于这一批判的正面阐述[①]，从阿多诺批判海德格尔谈起可谓独辟蹊径，然而，问题的关键在于：在阿多诺的批判语境中——当然也是在批判语境中——如何对海德格尔用存在论取代本体论给出一个事实性判断。

《否定辩证法》除序言和导论外包括三部分，在序言和导论中对否定辩证法的一般性界说后，阿多诺将其对于海德格尔的批判直接置为第一部分，紧跟其后的是第二部分对否定辩证法的主要概念和范畴的正面阐述。这在某种程度上清晰表明了阿多诺对于海德格尔的批判与否定辩证法建构之间的内在逻辑关联，或者说阿多诺与海德格尔之间的内在关联，也提示我们对于这一批判的理解应该置于对于否定辩证整体理解之中。就阿多诺否定辩证法思想主题而言，可以说否定辩证法始终是非同一性意识，与之相对的是同一性逻辑，证伪同一性逻辑的哲学批判一直追溯到作为西方哲学基座的"一"，阿多诺称其为"形而上学的西洋镜"，从理念论到绝对精神乃至权力意志，西洋镜中表现着相同的"唯心主义的狂怒"——主体性对于对象的吞噬，而将其现实基础追查为商品交换原则，其"扩展使整个世界成为同一的"[②]。然而，阿多诺对于同一性逻辑的批判并非为实证主义或旧唯物主义清场，因为"批判思想的目的不在于把客体放在一度被主体占据的现已空出的皇位上"，而是"主张思想形式不再把它的对

① 资料来源：《"实践存在论"美学何以可能》，《北京联合大学学报》2009年第2期；《超越"二元对立"与"存在论"思维模式》，《杭州师范大学学报》2009年第3期；《"实践存在论美学"的缺陷在哪?》，《内蒙古师大学报》2009年第4期。

② ［德］阿多诺：《否定的辩证法》，第135、21、143页。

象变成为不可改变的东西，变成始终如一的对象”[1]，因而对于本体论的批判并非以新的本体论论证为目的和前提，正是在这个意义上，阿多诺之于海德格的批判获得了清晰的视野：对于批判本体论的批判。

对于传统本体论的批判似乎已经成为海德格尔式的徽标，然而阿多诺却从中发现了隐性的“本体论需要”，所谓“哥白尼式的革命”批判实体性的基始本体论，同时又通过“存在论上的发问”[2] 使本体论成为更为内在的需要，因而“存在超越了存在物，但存在物又原封不动地被掩盖在存在之中”。海德格尔反对一切实体性之物，拒绝现成性的存在者状态，然而，“存在的诱惑力就像在拙劣的诗风中树叶的瑟瑟声一样动人”，“概念和事物的区别被叫做原罪，但同时又在存在的怜悯中长存下去”[3]。在阿多诺看来，对本体论需要的批判要求对本体论本身的内在批判，如果仅仅一般地从外部来反对存在论哲学，而不是将其摆在自身的内在结构中，按照黑格尔的要求用自己的力量来反对它，那么我们就没有权力支配它，在这一内在批判中，海德格尔被阿多诺指认为依靠隐秘的叙述逻辑制造出一种“表达不可表达”的深刻的哲学骗局。海德格尔诚然进行着传统形而上学本体论的批判，而其目的却在对于第一哲学的重建，而这最终走向了存在的神学。

通过上述粗疏的勾勒可以看到，阿多诺对于海德格尔之批判传统形而上学的批判揭橥海氏重建隐性本体性论的非法性，其作为否定性的理论工程为阐述否定辩证法之拒斥任何本体论奠基。质言之，在阿多诺的批判视野中，海德格尔对于传统形而上学的批判绝非以存在论取代本体论，而是恰恰相反，隐性的本体论需要依然存在：在海德格尔之后，“本体论被理解为情愿批准一种不需要有意识地证明的他治秩序”[4]。在阿多诺对于海德格尔批

① ［德］阿多诺：《否定的辩证法》，第 178—179、151 页。

② ［德］海德格尔：《存在与时间》，第 13 页。

③ ［德］阿多诺：《否定的辩证法》，第 74、72 页。

④ 同上书，第 57 页。

判视野中，海德格尔对于传统本体论的批判不仅不是用存在论取代了本体论，而且还留下了隐性本体论的需要。如此一来，所谓“以存在论取代本体论”云云也就只能成为心造的幻影，诸如“因存在论取代本体论的实质”、“极具危害”之论难免陷于无本之木，进而从阿多诺之对于海氏“最深刻批判”谈起的理论命题的反思也流于凌空高蹈。更严重的问题在于这一思路背后所隐含着的将理论命题的反思收归于反思主体的自我规定。具体来说，则是将对于阿多诺之批判海德格尔这一事情本身服从于质疑实践存在论命题对实践论和存在论调和或取代这一预设的需要。不是从面向理解命题本身出发，而是从预设的主观臆测出发，其结果则是一方面将自己的理论需要强加于阿多诺和海德格尔，另一方面又将改装过的批判启示加诸理论命题的反思中，因而，当将阿多诺的批判之剑刺向海德格尔的时候，根本没有意识到他手中握紧的却是自己的批判利刃，而当他将自己的反思之矛刺向实践存在论的时候，实际上握在手中的却是他心造的阿多诺批判的幻象，于是从回顾阿多诺对于海氏存在论的深刻批判出发到通达对于实践存在论命题的质疑，貌似平滑的逻辑链条成为自我循环论证的表征。

如上所述，虽然要借助于阿多诺批判海德格尔的存在论的启示，“在我们的当代学术语境中，要思考‘存在论’转向的本质、方向及其意义”，并力求“从马克思主义美学问题领域中，提出要思考的方向”，但是由于缺乏对于阿多诺之批判视野的基本厘清以及由此导致的关于海德格尔存在论的主观化理解，其理论命题的反思既没有真正回到马克思主义美学问题域，也没有真正理解实践存在论命题的理论意蕴。这不仅源于将阿多诺之批判的理论复杂性人为化约为绝对的对立以及将批判的语境性踢出回顾和谈论的视野，也源于其对理论命题反思的视域清理的缺失。

任何真正的理论反思与批判都根源于我们当下的生存现实以及对于该生存现实的阐释之中，就阿多诺批判海德格尔之于反思实践存在论命题的启示而言，一方面，阿多诺批判的深刻性必须首先置于20世纪60年代的语境中才能得到明了的把握。另一方面，对于实践存在论的反思也不能脱离对于当下学术语境的理解和把握。前者将批判之矛指向当代德意志意识形态“行话”，揭示在对于所谓行话技巧的日益蔓延的专注中，人们强迫自己遗忘了这种行话之与纳粹的现实关联，而这构成了阿多诺的批判的现实基础，忽视了这一点，基于对行话充满愤怒的阿多诺的批判就有可能被面临着成为对“存在论的危险及其致命的理论缺陷”揭示的危险。同样，抽空实践存在论命题提出的当下学术语境的反思也往往流于信马由缰。如何回到事物本身，对理论命题展开理论的反思，这是任何对实践存在论命题展开反思和批判之前必须解决的问题，否则高高扬起批判之矛，展开的却是堂吉诃德的故事。

第三章　现代性的碎片，抑或后现代经验

死后的荣誉被认为是“难以分类者的命运”[①]，这既是对本雅明思想成就的不吝赞誉，也是对本雅明思想复杂性的一种事实性揭示。马丁·杰伊自信有充分的理由将本雅明置于后现代主义思想家的星座中，诸解构主义者也纷纷建构起后现代甚至“文学解构主义的权威”的本雅明思想形象，后现代被归结为本雅明身后影响的两个方向之一，本雅明则被视为后结构主义诸当代主题的预言者[②]；而另一方面，由破译现代性的碎片入手建构现代性理论被视为后期本雅明“十分明确的意图”，而折中的观点则认为将本雅明看作现代的辩护士与后现代的先驱者都一样不无误解[③]。对于“可以从任何分类网络中溜掉”[④] 的本雅明来说，不论关于现代与后现代主义的界定如何见仁见智，后现代主义的本雅明大约与现代主义的本雅明一样，都同时意味着某种特定的具体的视角性的自我限定，若此，谈论本雅明的后现代主义问题则自应有其合法性。事实上，本雅明关于历史的天使、碎片与差

---

① ［德］阿伦特：《〈启迪〉导言》，载刘北成《本雅明思想肖像》，上海人民出版社 1998 年版，第 218—219 页。

② 资料来源：［美］马丁·杰伊《法兰克福学派史》，第二版序言第 12 页；［美］弗雷德里克·詹姆逊《布莱希特与方法》，陈永国译，中国社会科学出版社 1998 年版，第 44 页；Rainer Naagele，*Benjamin's Ground：New Readings of Walter Benjamin*，Detroit：Wayne State University Press，1988；［英］伊格尔顿《沃尔特·本雅明，或走向革命批评》，郭国良等译，译林出版社 2005 年版，“序言”第 3 页。

③ 资料来源：［德］克劳·斯哈尔《经验的破碎——瓦尔特·本雅明：作品、生活、时代和历史的交叠》，《现代哲学》2005 年第 1 期；［英］戴维·弗里比斯《现代性的碎片》，卢晖临等译，商务印书馆 2003 年版，第 253 页。

④ 刘北成：《本雅明思想肖像》，第 299 页。

异的坚持以及对于经验贫乏的思考等等，都标示出一种与后现代主义的亲和性，揭示这一亲和性，并非将不可分类的本雅明强行塞入后现代主义的分类网格之中，而是突出这位色彩斑斓又复杂缠绕的批判理论家的某种特异性。

一　历史的天使

历史的天使的形象来自于本雅明对于保罗·克利的《新天使》绘画的阐发，画面中，一个天使微张着嘴凝视前方，翅膀已经张开，看上去似乎正要从他入神地注视着的事物旁离去，本雅明这样描述历史的天使："他的脸朝着过去。在我们认为是一连串事件的地方，他看到的是一场单一的灾难。这场灾难堆积着尸骸，将它们抛弃在他的面前。天使想停下来唤醒死者，把破碎的世界修补完整。可是从天堂吹来了一阵风暴，它猛烈地吹击着天使的翅膀，以致他再也无法把它们收拢。这风暴无可抗拒地把天使刮向他背对着的未来，而他面前的残垣断壁却越堆越高直逼天际。这场风暴就是我们所称的进步。"①

按照朔勒姆的说法，保罗·克利的《新天使》绘画从一开始就引起了本雅明的高度重视，并且"在20年的时间里一直对他的思想起着重要作用"②。朔勒姆充分肯定了历史天使之于本雅明的重要地位，但其阐释却过多地强调了犹太神秘主义的因素，历史天使被视为一个"忧郁人物"，其任务的最终完成归结于神学语言和弥赛亚；与之相对的是伊格尔顿，他于马克思主义语境中审视了历史天使的政治意义，"从永远革命的理论角度观之，本雅明的反历史主义不止是一种迷人的观念。相反，它在我们时代的复活完全可能成为我们生存的保证"③。朔勒姆与伊格尔

---

① ［德］本雅明：《启迪：本雅明文选》，阿伦特编，张旭东译，生活·读书·新知三联书店2008年版，第270页。

② ［德］格雄·朔勒姆：《瓦尔特·本雅明和他的天使》，见郭军主编《论沃尔特·本雅明》，吉林人民出版社2003年版，第238页。

③ ［英］伊格尔顿：《沃尔特·本雅明，或走向革命批评》，第238页。

顿的洞见不乏片面性，但无疑地，在历史天使的思想形象中包含着本雅明对于历史主义进步观的批判以及对于现代性的深刻反思。

历史主义的进步观将历史视为一个连续的线性发展的过程，它以因果必然律为基础，以现代技术为决定性力量，对于社会发展充满乐观情绪。在对社会民主主义的批判中，本雅明指出，“社会民主主义的理论和实践都是围绕着‘进步’概念形成的。但这个概念本身并不依据现实，而是因之造出一些教条主义的宣言”①。在本雅明看来，社会民主党人将进步视为人类自身的进步，满足于在不同阶级之间确立明确的因果关系，然而，因果必然性并非因其自身而具有历史性，法西斯主义之所以有机可乘，正在于它的对手在进步的名义下把它看成一种历史的常态。进步也并非与人类无限的完美性相一致的无止境性，在谈到随大流的观念对工人阶级的巨大腐蚀作用时，本雅明指出这一观念就是将技术发展作为历史大势，并把追随这一趋势作为自己的任务，但“以技术进步为目的的工厂劳动给人以它本身包含着一个政治成就的假象，而那种随潮流而动的观念离这种假象只有一步之遥”②。此外，将进步视为不可抗拒的直线进程的观点也是错误的，本雅明认为，进步不是非时间性、非空间性的文化财富的堆积和增长，历史作为结构的主体就坐落在被此时此刻的当下存在所充满的时间里，而这种当下时间是通过打破历史的连续性而获得的，对于无产阶级而言，革命本身就是对于连续性的打破，意识到自己是在打破历史的连续性统一体正是革命阶级的特征，是马克思意义上革命的特征。职是之故，对于这一进步观的真正批判必须穿透这些论断而及击中其共同的基础：人类历史的进步观念无法与一种在雷同的、空泛的时间中的进步概念分开。

本雅明对于历史主义的批判与尼采暗合，朔勒姆对本雅明是否读过尼采并没有谈及，但有学者指出，“本雅明对于历史主义的批判从马克思主义历史哲学中得到了启示，但同时也具有尼采

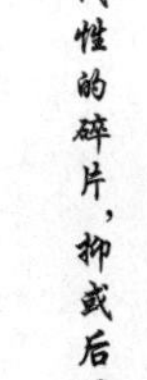

① ［德］本雅明：《启迪：本雅明文选》，第 273 页。

② 同上书，第 271 页。

的成分”[1]。尼采的成分可以理解为指尼采对于历史主义的批判。与历史主义者对成功的赤裸裸的赞赏、对事实盲目崇拜、对历史权力卑躬屈膝等相对立，尼采将真正的美德奠基于对现实暴行的反抗之上。而在本雅明看来，现实的文化只不过是抽象行为累积的结果，不过是崇拜物，因此打碎万花筒就是要摧毁历史连续物。对于以现代技术进步的乐观主义为核心的历史主义的批判已经改变了20世纪30年代中期本雅明对于机械复制技术的肯定立场，伴随机械文明所产生的艺术民主在更为宽广的视野中显露出其脆弱性和虚幻性，因为没有一项文明的记录不同时也是野蛮的记录，所谓的进步只不过是灾难与废墟的堆积。“在废墟中，历史物质化地融入了背景之中，在这种伪装下，历史不是表现为永恒生命的进程，而是表现为不可遏制的衰落。寓言因此而宣布自己超越美。寓言在思想领域里的情况如同废墟在物质领域的情况。”[2] 技术与社会一经分离就播下了进步的灾难的不祥的种子，并且在20世纪蓬勃疯长，进步成为唯一的尺度、成为进步本身。历史天使的翅膀被天堂的风鼓动，而大风不断堆积废墟并抛掷其脚下，进步的神话成为持续的灾难。

废墟直堆天空，现代性危机深化，个体却对此一无所知：“如果一个个体要与现实对抗——这是我们所处的现实，它的理论缩影例如是现代物理学，实际缩影是战争技术，显然必须指望这种传统的力量。我的意思是，个体几乎体验不到这种现实，而卡夫卡的无比欢快、遍布天使的世界是对他的时代的补充，因为他的时代将要大规模地消灭这个星球上的居民。民众偶尔才会有这种被大规模消灭的体验，而卡夫卡本人的体验与这种体验一致。”[3] 对于个体而言，普遍的孤独成为体验，而恐惧成为人的

---

① ［德］米夏埃尔·勒维：《格格不入》，见郭军主编《论沃尔特·本雅明》，第265页。

② Walter Benjamin, *The Origin of German Tragic Drama*, London: New left Books, 1969, pp. 177－178.

③ ［德］本雅明：《致格尔斯霍姆·朔勒姆的信》，载《经验与贫乏》，王炳均等译，百花文艺出版社1999年版，第384—385页。

感觉器官。在波德莱尔那里，本雅明看到现代人的处境；在歌德的《亲和力》的研究中，看到的是看待情感经验的变化；在卡夫卡中，则是艺术的现代性批判问题。本雅明发现了这样一种“爱的体验”：陌生男女邂逅都市街头，欢乐迷人、一见钟情，情愫既通却又瞬间交臂而过——“电光一闪……随后是黑夜”，除了那“最后一瞥”。潮湿的忧伤与优美的诗意在本雅明眼中却是“一种真正悲剧性的震惊的形象”，它发生在波德莱尔诗中喧嚷的巴黎街头，也出现于爱伦坡小说里拥挤的伦敦闹市①。然而震惊体验却不仅仅是艺术的，也不仅仅关于爱，它首先是劳动者对于现代工厂世界的经验。传统劳动的时间性和情感性已为机器的扩展所排斥，现代劳动重复机械、空洞乏味，而且越适应了机器，便越被更多地剥夺了经验。其次，震惊体验是现代大众的普遍的世界经验，大众为其主体，他们冷漠孤僻、行色匆匆，而担忧、厌恶、惊恐在面具之下汹涌②，除此破碎的体验，没有经验可以交流，面对震惊刺激，已无能力可赖交流③。最后，震惊体验标示意义的虚无。不仅资本主义劳动摧毁了经验、进而摧毁了劳动的充实感，而且面孔模糊的大众也只得均质化、单维化面对现代世界，空虚、无聊就是经验无能者的坚硬现实。

二　现代性碎片

本雅明关心现代性碎片，关心作为他现代史前史的起点的现代性的碎片和瓦砾，并且将后者视为辩证意象的呈现。现代性的特征之一就是不连续性，这也是本雅明将自己的研究称为单子论

① Walter Benjamin, “On Some Motifs in Baudelaire”, in *Illuminatons*, edt. Hannah Arendt, New York: Viking, 1968, p. 158.

② ［德］本雅明：《发达资本主义时代的抒情诗人》，张旭东等译，生活·读书·新知三联书店 1989 年版，第 136—139 页。另见《启迪：本雅明文选》，第 179—182 页。

③ Walter Benjamin, “On Some Motifs in Baudelaire”, in *Illuminatons*, edt. Hannah Arendt, New York: Viking, 1968, p. 168.

的原因，其目标并非拯救现在的生活世界，而是拯救过去的废墟。在本雅明早年著作以及关于拱廊街的思考中，始终存在着一个对于碎片意义的强调与对于既存世界的怀疑。

拱廊街计划被视为超现实主义的拼贴碎片的集锦，其实这是本雅明未完成的课题，其草稿基本由引文连缀而成。每一条引文都被从原来语境中抽出而独立，从而使意义解读的多元性成为可能，引文看起来似乎还如其所是地停留原处，而其意义却在新的语境中蠢蠢欲动：引文在语境中相互碰撞与问候，在差异化中探寻意义生成的可能性，在这一点上，引用正如收藏，收藏家的热情就是“破坏性的”。本雅明从孩子的收藏中观察到，那些废物之所以被收藏，并非因为带有成人工作的痕迹，而是因为在它们的各种组合中创造新的突发性的关系，正是这些新的关系将物从物品性和有用性中拯救出来，后者得以回到原本的名称的世界，这就可以理解本雅明对于德国悲悼剧的研究：“按照寓言的精神，它（巴洛克悲悼剧——引者注）从一开始就被视为一堆废墟，一个碎片。”[①] 悲悼剧的碎片化具有了生存意义的指涉，展现了“具有高度意指功能的碎片”[②]。《德国悲剧的起源》旨在“阐释一种被遗忘和被误解的艺术形式的哲学内容，即寓言”[③]。寓言与象征相对正如讽喻与隐喻相对。历史的衰败表现为废墟，碎片具有独立的意义，碎片化不是寓言的外在标志，而是其内在规定。悲悼剧的碎片化，实质在于在碎片的呈现中拯救意义：“意义越是重要，就越是屈从于死亡，因为死亡挖出了最深邃的物质自然和意义之间参差不齐的分界线。”[④]

本雅明对于碎片化的钟爱受惠于卢卡奇。在卢卡奇看来，论

---

① Walter Benjamin, *The Origin of German Tragic Drama*, London: New left Books, 1969, p. 235.

② Ibid., p. 178.

③ Richard Wolin, *Walter Benjamin: An Aesthetic of Redemption*, Berkeley and Los Aangeles: University of California Press, 1994, p. 63.

④ Walter Benjamin, *The Origin of German Tragic Drama*, London: New left Books, 1969, pp. 167 - 169.

说文作为心灵与生活之间的承载哲学的中介，是“一种艺术形式、一种自律和对一个自律的完整生活的彻底赋形”，而其中真正需要关注的并作为背景的非相似性，而是差异性[①]，这实际就是将历史哲学赋予在论说文的形式之中。对于本雅明而言，“如果哲学仍然要忠实于其自身形式的法则，作为真理的表征而非作为获得知识的导引，那么，这种形式的实践——而非在系统中的预示——就必须给予应有的重视。……在论说文的经典形式中，唯一的意图因素——而且是教育的而非说教的——是权威性引语。”[②] 这应该与卢卡奇的思路是完全一致的，正如沃林所准确指出的：“对他们而言，论说文的碎片化性质正确地反映了世界意义的内在失落。预示，在经验生活中不再受意义的控制，因而避免一切独立的、可理解的、概念总体性的历史阶段里，他们对论说文价值的共同强调代表了对西方传统哲学理想——建立无所不包的体系的理想——的拒绝。”[③] 这体现在《德国悲剧的起源》的“认识论序言”中则是对于同一性哲学的反感，形式的碎片化与作为论纲的实质性的未完成性都成为对于理性主义同一性的不满。阿多诺启蒙辩证法被视为特殊的“本雅明遗产”[④]，从一个层面肯定了本雅明的现代性批判，肯定了将历史碎片化的否定历史观批判的深刻性。

“现在的物质已过近地贴近人类社会生活，明亮、无邪的眼睛已是谎言，所有纯真的表达方式都已完全失效了。”[⑤] 那么，是否还存在有效的表达呢？本雅明看到文学艺术作品，“批评就

---

① ［匈］卢卡奇：《卢卡奇早期文选》，张亮等译，南京大学出版社 2004 年版，第 121、143 页。

② Walter Benjamin, *The Origin of German Tragic Drama*, London: New left Books, 1969, p. 3.

③ ［美］理查德·沃林：《瓦尔特·本雅明：救赎美学》，吴勇立等译，江苏人民出版社 2008 年版，第 86 页。

④ “通过阿多诺的中介，《启蒙辩证法》的历史哲学构成一种特殊的本雅明遗产。”参阅 Richard Wolin, *The Terms of Cultural Criticism: The Frankurt School, Existentialism, Poststructuralism*, New York: Columbia University Press, 1992, p. 68。

⑤ Walter Benjamin, *One-way Street and Other Writings*, trans. Edmund Jephcott and Kingsley Short, NLB, 1979, pp. 89 -90.

是拆毁作品，这一做法与其说是由作品的其他方面所推动，毋宁说是由作品本质所孕育”[①]。在本雅明看来，“对于伟大的作家来说，完成的作品的分量要轻于他们毕生写作的断简残篇”[②]。卡夫卡的作品是片段的，未完成的，作品的未完成性正是现代社会破碎化的投影。文学艺术是时代精神的风向标，审美结构的变化与社会经验性的变化紧密相关，随着现代性意义统一体的瓦解以及人类的悲剧性自我毁灭的时代的现实化，寓言被本雅明视为希望之途，因为“在象征中，毁灭被理想化，自然衰亡形象在瞬间被拯救之光照亮；在寓言中，观众看到的只是历史垂死挣扎的面孔，是僵死的变成化石的原始景象。……它导致的不仅是对于人类存在性质的怀疑，而且还是对于个人生活的历史性的怀疑。这就是寓言式的观察方式——把历史当成世界受难记的巴洛克世俗解释——的核心。”[③]

寓言的范畴可以看作灵韵范畴的延伸，后者的消逝是机械复制时代的逻辑结果，也是人类经验结构变化的表征。吊诡的是，现代科学技术既是物质幸福的基础，也是将历史的天使吹向背对着的未来的灾难性大风。虽然写作《机械复制时代的艺术作品》的本雅明与30年代末期的本雅明不同，但是机械复制却表达了某些新的东西，艺术作品可复制性使时间与空间被剥离了具体语境，进而随着全球化文化生产的发展时空被压缩，本雅明认为这会带来一系列的后果，这些后果已经被电子复制和储存形象能力的发展一再地凸显出来[④]。关于《机械复制时代的艺术品》，英国学者史蒂文·康纳认为，这篇讨论电子媒介效果的文章，“同时既提供了关于现代技术改进可能性的提示，将它以各种形式与

① Walter Benjamin, *The Origin of German Tragic Drama*, London: New left Books, 1969, p. 182.

② ［德］本雅明：《单向街》，载《本雅明文选》，陈永国等译，中国社会科学出版社1999年版，第348页。

③ Walter Benjamin, *The Origin of German Tragic Drama*, London: New left Books, 1969, p. 166.

④ ［美］戴维·哈维：《后现代状况》，阎嘉译，商务印书馆2003年版，第346—348页。

现代主义艺术的实验和挑战结合起来，又提供了对后现代文化空间进行定义的结构”[1]。对于本雅明而言，艺术作品的可复制性构成了对于艺术作品灵韵的威胁，而电影则直接破坏和颠覆了灵韵，这既体现在电影叙事对于观众参与的追求驱逐了观众的静止思考和体验上，也体现在电影制作形式所带来的表演的非直接性上。虽然本雅明将颠覆灵韵精神的电影视为现代艺术的代表，但在后现代主义者看来，本雅明正预言了电影艺术从现代主义时代向后现代主义时代的变化。

三　经验贫乏时代的经验

事实上，作为遗产的并不限于本雅明对启蒙理性的否定和批判，其关于现代世界经验性的思考也构成了本雅明遗产的重要组成部分。本雅明关于经验问题的思考肇始于其机械复制时代的世界经验方式的转变，这最早可追溯至其学生时代对成年世界“经验”的拒绝和思考，更深入的理论探索则集中于30年代[2]。现代资本主义的发展、科学技术的进步以及世界大战，构成了现实生活的基本背景。传统的经验结构已经被击穿，经验能力已被去势，世界则失去传统经验中的表象的完整性，以第一次世界大战为界，人类进入了经验贫乏的时代。

首先，经验的贫乏意味着经验的贬值，曾备受珍视的经验能力作为遗产“被我们一件件交了出去，常常只以百分之一的价值押在当铺，只为了换取‘现实’这一小铜板”，换取对于充满震惊体验的现代世界的日常性适应；其次，经验的贫乏不仅是个体性，更是人类性的，“我们经验的贫乏只是更大的、以新的面目——其清晰与精确就像中世纪的乞丐一般——出现的贫乏的一

---

① ［英］史蒂文·康纳：《后现代主义文化——当代理论引导》，严忠志译，商务印书馆2004年版，第269页。

② 集中于但绝不局限于20世纪30年代《经验与贫乏》、《机械复制时代的艺术品》、《讲故事的人》、《论波德莱尔的几个主题》等文本，实际上，几乎在本雅明所有文学与哲学的文本中都不同程度上间接或直接地涉及该主题。

部分”，作为对于世界的现代性体验，人类整体经验的普遍贫乏使人类面对世界时自我去势；再次，经验的贫乏并不意味着渴望新的经验，而恰恰是相反，从旧经验中解放出来的冲动吊诡地消解了经验回归其丰富性的冲动①；最后，经验的贫乏所真正贫乏的是本真性的整体的经验，而过剩的是破碎化的异化的经验，即体验，它被本雅明界定为一种现代人无法把握周围世界时出现的经验状况②。概言之，本雅明指认时代性的经验贫乏是第一次世界大战后的世界经验性的基本现实。

更真正让本雅明揪心的是，现代意识为了抵抗震惊体验的刺激而不断强化自身，结果那种本真性的经验能力被进一步削弱了。震惊体验深刻揭示了现代经验结构和经验能力的根本性改变，与灵韵经验对比：如果说灵韵的萎落预示了机械复制时代的来临，而震惊的出现则明证了人类经验方式的现代性巨变；如果说前者与讲故事的人以及手工业者相联系，那么震惊则与都市中的大众以及现代机器大生产流水线边的工人相联系；如果说灵韵是沉浸性、本真性、不可重复性的，震惊则是片段性、偶然性、重复性的。

经验结构的坍塌与经验能力的萎缩是现代性表征之一，进步的神话成为持续的灾难。经验业已贫困，体验几成准则，讲故事的人早已渐远，曾经“最不可或缺”的经验能力已麻痹瘫痪，而原初时代的经验传统更加遥不可及。正如本雅明在考察灵韵消失的社会根源时所揭示的，资本主义商品生产型构了现代世界的基本地形，也决定了世界可经验性变迁的主要路向，灵韵经验的消失与震惊体验的出现皆源于此。这一思路显然来自马克思的资本生产理论，沃林所谓“本雅明唯物主义经验论”也是在这一意义上来讲的。

然而，建基于马克思主义基础上的艺术社会学并没有淹没世界经验性的可能，这主要集中于三个方面：第一，废墟碎片及其

---

① ［德］本雅明：《经验与贫乏》，载《经验与贫乏》，第253—258页。

② Walter Benjamin, “On Some Motifs in Baudelaire”, in *Illuminatons*, edt. Hannah Arendt, New York: Viking, 1968, p. 158.

蒙太奇中葆有重建已经远逝的集体经验的可能性，按照本雅明的单子理论，将“蒙太奇带入历史”就是要在经验已经消失的当下，通过在单子结构重建出一种更大结构的完整性，打捞经验的可能性；第二，“经验是劳动的产物”，创造性劳动的发现与存在赋予了重建经验的可能，与之相对，现代体验则是无所事事者的路标；第三，经验的遥远根基保留了重建世界可经验性的希望，在《讲故事的人》与《关于波德莱尔的几个主题》中关于经验与体验的讨论透露了经验在传统与记忆中的基础性，经验就存留于个体经验与集体累积的交融的具体性和历史性之中，这里听到了齐美尔的回声。质言之，就资本主义商品生产的现实性而言，现代世界可经验性的重建是绝望的，然而绝望正是希望之所在，本雅明的重建从语言开始。

早在《论经验》（1913）中，青年本雅明表现出对“经验”神话的叛逆性拒绝，《论本质语言与人的语言》（1916）则开始语言哲学层面的思考①，如果说二者都在青年本雅明“对贬值的堕落的现实的经验”② 中找到共同的现实基础，那么《未来哲学纲领》（1917）在康德经验理论批判中对经验范畴的重新阐释在某种程度上构成了前经验理论显在的理论起点，其要义是，康德建基于启蒙哲学上的认识论经验观以知识确定性的先验追求驱逐了关于人的存在的经验总体及其意义的思考。如是，未来哲学应如何思考经验？“通过将经验范畴与先验意识的融合赋予机械经验与宗教经验逻辑上的可能性，这并非知识赋予上帝的存在以可能，而是赋予关于上帝的经验的存在以可能。”③ 质言之，现代

① 资料来源：［美］苏珊·桑塔格《〈单向街及其他作品〉英译本序言》，载刘北成《本雅明思想肖像》，第 278 页；［德］斯文·克拉默《本雅明》，中国人民大学出版社 2008 年版，第 11—21 页；刘北成《本雅明思想肖像》，第 38—48 页；［日］三岛宪一《本雅明》，河北教育出版社 2001 年版，第 55—58 页。

② Susan Handelman, *Fragments of Redemption*: *Jewish Thought and Literary Theory in Benjamin*, *Scholem*, *and Levinas*, Bloomington: Indiana University Press, 1991, p. 70.

③ Walter Benjamin, "On the Program of the Coming Philosophy", in *Benjamin*: *Philosophy*, *Aesthetics*, *History*, edt. Gary Smith, Chicago: University of Chicago Press, 1989, p. 12.

世界的经验性应该容纳人与世界之间本真性联系，其中又以宗教经验和艺术经验为重，这就是本雅明交给未来哲学的使命。

正如对被现代经验标准所排斥之物的强调，语言的秘密也在语言工具性之外。当本雅明说“诗是语言的最高补充”时，他意指的是原初语言：神性的语言和自然的语言自我表达、自我创造，而人类的语言作为中介内在于其中，三者共同见证世界经验的鲜活性、本真性。而随着人类/语言的堕落，理性之光照亮语言的工具性，而散佚的命名性与创造性唯在文艺中残存，由此便留给本雅明“深海寻珠”的使命，他也将此使命交给文学批评家，对此的思考在《论本质语言与人的语言》、《论译者的任务》（1923）与《论模仿力》（1933）中一脉相承，沃林从中清理出本雅明关注语言的声音性、感性等“非工具性成分”的思想线索[①]，而阿伦特则看到本雅明将语言在本质上理解为诗的思想脉络[②]。

理性主义主体哲学以概念之网同一世界经验而遗忘了世界本真性，对此，重建人与世界关系就要重新审视文学诗意的感悟和表征，在神秘主义的意义上，所谓“从来没有有哪一首诗是为它的读者而作的，从来没有哪一幅是为了观赏家而画的，也从没有哪首交响乐是为听众而谱写的”[③]，强调的即是艺术作品中存留的本真性而非交流性的遥远传统。文学中的世界经验本质上是审美经验，德国美学家尧斯在审美经验的阐释学讨论中褒本雅明而贬阿多诺显然与此有关，虽然他狭隘地理解了本雅明的经验观。就审美而言，文学的世界经验无关乎启蒙理性的历史进步幻象，而恰恰相反，它致力于揭示出其幻象性；就经验而言，文学的世界经验不是知识，也非反思，经验就是实践，它致力于揭示出人与世界之间的整体的具体的实践性。

揭示幻象性具体化为本雅明的“内在批评”，也即静止的辩

① ［美］理查德·沃林：《瓦尔特·本雅明：救赎美学》，第248页。

② ［德］汉娜·阿伦特：《〈启迪〉导言》，载刘北成《本雅明思想肖像》，第272页。

③ ［德］本雅明：《启迪》，第81页。

证批评，其对象就是那些反完美性的碎片性作品（如德国悲悼剧、卡夫卡小说、波德莱尔诗歌），正是在这些作品自为的碎片性中，本雅明召唤出超越现代性的希望：越是揭示出废墟的绝望，才越是存留救赎的希望。而另一方面，“批评即拆解作品”[①]，这同样是死亡救赎思想在文学批评中的实现，后者的要义在于，巴洛克悲悼剧在世界经验性的层面上揭示了世界的废墟性与经验的片段性——前者是意指性的碎片，后者是死亡与忧郁的沉思。在此意义上，世界的可经验性已不是象征，而是寓言；悲悼剧的意义不在于文学性，而在于经验性；批评拆解作品并非得到废墟，而是穿越废墟以找回遗失的本真性的世界经验。

面对已然破碎的经验世界，本雅明将文学通感作为重建经验性的另一条进路。如果不再局限于思想的星丛性，则可以看到，本雅明借用弗洛伊德关于真正记忆在意识之外的思路，在柏格森、波德莱尔和普鲁斯特中发掘出经验的传统性与非意识的历史记忆性，而后者则在文学通过形象占有并展开经验的逻辑中被文学通感所激活。原初语言中闪烁的人与世界的隐秘和谐及其“熠熠光辉”被概括为模仿力，后者在口语的拟声与书面语的拟形中凭借通感的中介而实现，尽管合理化将和谐之光祛魅，但通感依然能召唤出传统经验的历史记忆，因而在最后的容身之处留存了与原初语言的一线联系。

四　恋爱中的本雅明

从本雅明独特的人生际遇审视其美学思想复杂性的根源，固然可以是对本雅明思想地图中朔勒姆、布莱希特以及法兰克福学派等复杂影响踪痕的追索，而除此之外，作为其生活实践重要一维的情爱经验也不容忽视。这并非无关紧要的琐屑或者偶然，而是在本雅明的“经验的哲学”中具有深刻的思想根基。走进过

① W Benjamin, *Origin of German Tragic Drama*, London: New left Books, 1969, p. 182.

本雅明情爱生活中的女人不止朵拉、尤拉、阿斯娅三人，但与这三者的爱情却被本雅明视为其“内在”性的根源，其中又以阿斯娅为殊。重读本雅明的《莫斯科日记》，既非源于本雅明复兴所引发的配角的流行，也非源于“本雅明工业”泛滥的肉体化[①]，而毋宁说着眼于一个仍未全解之谜：对于本雅明而言，阿斯娅意味着什么？或者换一个角度来说，本雅明的读者何以对以阿斯娅为主角的《莫斯科日记》“感到不安”?[②]

1. 贝雅特莉奇，塞壬，抑或其他?

阿斯娅，一位来自拉脱维亚的女布尔什维克，本雅明将学术著作《单行道》题献于她，称她是造就一条整个穿过作者的单行道的工程师，曾为她在《莫斯科日记》中写下忧郁的爱情故事，也曾为她而与一起生活了13年的妻子进行痛苦漫长的离婚诉讼。对于本雅明而言，阿斯娅是马克思主义的贝雅特莉奇，还是充满情欲诱惑的塞壬女妖，抑或其他？学界对此看法不一。

一种观点强调阿斯娅在影响本雅明走向马克思主义过程中起到主导性作用，其代表当推朔勒姆。朔勒姆是本雅明生前的亲密朋友、本雅明弥赛亚主义的主要来源地。他将20年代中后期本雅明思想中出现的共产主义迹象追溯至本雅明与阿斯娅的相遇与交往，那时本雅明称阿斯娅为“党内杜马革命以来的一位杰出的革命者”[③]。朔勒姆对本雅明思想上的变化感到“不安”与“震惊”，这不难理解，因为通过阿斯娅及其所介绍的布莱希特，马克思主义思维方式逐步与玄学思维方式并立、交织，两种思维方式之间的冲突至1929年开始主宰本雅明的精神生活[④]。本雅明从弥赛亚神秘主义转向马克思主义，这就打破了朔勒姆关于本

① Noah Isenberg, “The Work of Walter Benjamin in the Age of Information”, *New German Critique*, No. 83, Spring-Summer, 2001, p. 120.

② Buck-Morss, *The Dialectics of Seeing: Walter Benjamin and the Arcades Project.* Cambridge: MIT Press, 1989, p. 32.

③ Benjamin, *The Correspondence of Walter Benjamin*, edt. Scholem and Adorno, Chicago: The University of Chicago, p. 242.

④ Gerhard Scholem, *Walter Benjamin: The Story of Friendship*, trans. Harry Zohn, New York: The Jewish Publication Society of America Philadelphia, 1981, p. 121.

雅明思想进路的坚持。剥离对庸俗马克思主义的厌恶以及弥赛亚主义视角，朔勒姆的震惊凸显了本雅明思想进程中的阿斯娅维度，这或可称之为本雅明的马克思主义的“贝雅特莉奇”。本雅明与阿斯娅相遇的确“意义重大”，然而正如沃林所指出的，本雅明接近激进共产主义既有经济现实的推动，也有卢卡奇的启示、康德的阴影以及早期玄学思维方式等的影响[①]，这在现实和逻辑层面上提示本雅明思想转向的复杂性，提示对阿斯娅影响的不当强调存在着遮蔽本雅明思想发展的现实性与连贯性的危险。

与上述将阿斯娅思想化不同，第二种观点倾向于将阿斯娅情欲化，其极端则是“本雅明工业”对肉体的渲染。这并非空穴来风，本雅明的妻子朵拉就曾指斥所谓“拉脱维亚的布尔什维克”，充其量不过是放纵性欲的借口。此实为婚姻中人激愤之词，当不得全真。然而日本学者三岛宪一却指出，本雅明“丝毫没有跨出典型的资本主义社会的上流男性所有的印象一步。——会把书和娼妇拉上床”，而阿斯娅恰使本雅明认识到，“恋爱使只有教会的结婚圣典才能办到的事情成为可能”[②]，恋爱被情欲化，所恋者成为充满情欲诱惑的塞壬女妖。这一观点不乏事实性基础，其狭隘性也不言自明。且不说本雅明的女友们强调“瓦尔特可以说是没有身体的”[③]，即便《单行道》中关于性爱的讨论，若脱离本雅明关于批判和救赎的学术思考整体，也难免陷于简单化、庸俗化，而且将导致对本雅明将性爱作为拯救日愈丧失的人的社会性特质的最后领地、作为建构有效救赎的医治方式的入思理路视而不见，而这一理路彰显在《单行道》中，也隐含在《莫斯科日记》的话语方式之中。

此外，也有一种折中的观点则将阿斯娅信仰化。这一观点认为，本雅明对于阿斯娅的爱恋是认真而执着的，其间既有单纯的

---

① Richard Wolin, *Walter Benjamin*: *An Aesthetic of Redemption*, Berkeley and Los Aangeles: University of California Press, 1994, p. 117.

② ［日］三岛宪一：《本雅明》，贾倞译，第221页。

③ Gerhard Scholem, *Walter Benjamin*: *The Story of Friendship*, trans. Harry Zohn, New York: The Jewish Publication Society of America Philadelphia, 1981, p. 94.

性爱，也有思想的亲和，但更多的是出于一种信仰与立场。本雅明的确将《单行道》题献给阿斯娅，但他也曾将《论亲和力》题献给尤拉，且后者还“特殊的亲密”①，因而很难说这在多大程度上具有马克思主义信仰取向；另一方面，弥赛亚主义与马克思主义作为思维方式和理论立场，二者在本雅明思想中试图交织、融合，这贯穿了20年代中期以后的本雅明一生，然而思维方式与信仰毕竟不同。在赴莫斯科之前，本雅明确在是否加入德国共产党问题上举棋不定，但莫斯科之行解决了这一问题。

无论是单纯的布尔什维克的贝雅特莉奇，还是充满情色诱惑的简单化的塞壬女妖，抑或马克思主义信仰的表征，种种洞察从不同角度切进阿斯娅之于本雅明的意义论域，同时也难免狭隘。阿斯娅曾对本雅明产生过重要影响，但任何夸大或淡漠都将面临矮化或神化本雅明的危险：前者源于阿斯娅自身，后者源于20世纪90年代以来随本雅明复兴而出现的“造神”倾向。阿斯娅在自传性回忆录中建构了与朔勒姆等人不尽相同的本雅明肖像，70年代出版的回忆录《职业革命家》与《红色康乃馨》说本雅明经常向她求教和求证，然除此具有明显自我建构性话语之外，并无翔实资料确证她给本雅明提供了实质性理论指导。当然，这也并不意味着阿斯娅无足轻重，但毕竟阿斯娅的本雅明远不如本雅明的自我反思更为可靠，因而一个可能的选择就是从阿斯娅影响的他者视角纠缠中抽身出来，而转向阿斯娅在本雅明文本中的呈现，事实上，《莫斯科日记》真实展示了一个恋爱中的本雅明。

2. 本雅明的阿斯娅

在本雅明情感生活中，只有阿斯娅在本雅明文本中得到最多的涉及，而其中又以《单行道》与《莫斯科日记》为代表，集中记录了本雅明与阿斯娅六年交往中的关键阶段。本雅明1926年岁末年初的莫斯科之行有经济（预支了此行报道的稿费）、事

① Benjamin, *The Correspondence of Walter Benjamin*, edt. Scholem and Adorno, Chicago: The University of Chicago, p. vii.

业（意在莫斯科发表作品）、政治（实地考察共产主义运动）的原因，但核心的是阿斯娅的无声召唤。在两位当事人身后才出版的《莫斯科日记》正是此行的记录，多方位呈现了本雅明的阿斯娅。

本雅明对莫斯科之行充满热爱和期待，而莫斯科的阿斯娅却全然一副病态的样子：病态的白与黄，"一半天生，一半则由于生病和劳累，她脸色发黄，毫无血色"①。这与当时阿斯娅入住精神病院有关。本雅明虽然渴望与阿斯娅独处，但每次约会多半以阿斯娅爽约、本雅明失望而告终。似乎二人除了吵架，再无其他，以至于面对阿斯娅的难以捉摸，本雅明忍不住抱怨，"要给阿斯娅所要求的山盟海誓真难以办到，她对我也缺乏情意与鼓励"，与阿斯娅的关系就像"一座不可攻克的堡垒"②。更为重要的是，《莫斯科日记》并未展示阿斯娅任何学术修养或者思想认识的层面，甚至在有限的几次讨论中，思想的阿斯娅也是付之阙如，本雅明真正感兴趣的思想对手都是赖希。

耐人寻味的是，即便如此，《莫斯科日记》中还是写满了本雅明的迷恋和痴情，这里略提两点。1月18日，本雅明写道："我们久久亲吻，而最令我激动的是她手的抚摸。她告诉我，如此与她亲近过的人都能感受到她手的魔力。"③"亲近过的人"中有一位出现在日记中，此即一位匿名红军将领，时近离别，阿斯娅告诉本雅明她曾一度想嫁给他，他随即表示愿随她海角天涯，接着问道，如果这样，"你也要跟那位红军将领继续做'家庭游戏'吗？"④此处看似寻常，却见本雅明对于阿斯娅极度在乎与隐隐担忧。此外，日记中还展现了本雅明诗人般浪漫主义气质的一面，字里行间充满了温馨与伤感、幸福与无奈。他不止一次自问："我会永远望着月亮思念阿斯娅拉

① Walter Benjamin, *Moscow Diary*, edt. Gary Smith, Cambridge: Harverd University Press, 1986, p. 116.

② Ibid., p. 56.

③ Ibid., p. 94.

④ Ibid., p. 108.

西斯吗？”又如，“我们乘雪橇回去，一路紧拥。夜幕四垂。这是我在莫斯科唯一一次与她晚上在一起——在夜色茫茫的大街上，在雪橇窄窄的座位上”，最后离别，“我终于开始哽咽，阿斯娅注意到我在哭……我们又紧拥在一起”，挥手惜别，“暮色苍茫，我噙着眼泪”[①]。

质言之，《莫斯科日记》中的阿斯娅既非貌美也非深刻，甚至不见寻常情爱的忠贞，却令本雅明无限痴迷，乃至喜怒哀乐甚至阳光明暗、天气冷暖等等，皆取决于跟阿斯娅的接触和交往，即便结果是一次又一次的希望落空以及彻头彻尾的沮丧。至此，本雅明的阿斯娅似乎谜语般地呈现出来：既然《莫斯科日记》被视为本雅明“转折期最个人化的文献”，“绝对坦率”且未经个人“消毒”[②]，那么，它也就更加令人不解——阿斯娅到底为本雅明带来什么？

本雅明似乎给出一些暗示。莫斯科之行并没有从阿斯娅得到希冀的情爱允诺，且前景暗淡、绝望，他写道：“爱一个人，即使她在自己无法抵达的地方，虽或孤单，却不会寂寞。……即便世界上最无孤独感的人，也会在思念时体验到孤寂，不论她是否认识，他是否孤单，只要她不再陪他。”[③] 并非巧合的是，《单行道》中也有许多类似文字：“认识一个人的唯一方式是不抱任何希望地去爱那个人”，对于爱着的人来说，“被爱的人总是显得那么孤独”[④]。唯有绝望地爱着，才能深切体会所爱之于己的存在，而爱着的人因为有爱相伴，也便不再孤独。但若是，那么难道与阿斯娅的爱恋仅仅是一种关于孤寂的体验及其解决，抑或阿斯娅仅仅是本雅明心灵状态的一种表征吗？事实似乎如此。资料

---

① Walter Benjamin, *Moscow Diary*, edt. Gary Smith, Cambridge: Harverd University Press, 1986, p. 121.

② Gershom Scholem, "Preface", in *Moscow Diary*, edt. Gary Smith, Cambridge: Harverd University Press, 1986, p. 1.

③ Walter Benjamin, *Moscow Diary*, edt. Gary Smith, Cambridge: Harverd University Press, 1986, pp. 116, 43.

④ ［德］本雅明：《单行道》，第 81 页。

表明，本雅明对孤独感受敏锐，他童年即落落寡合，“耽于沉思，与周围格格不入”[1]，成年则一副“抑郁的知识分子”[2]形象，尊重本雅明的孤独甚至被朔勒姆列为与其交往的三大麻烦之一。

然而，对此还需进一步剖析。《单行道》被题献于阿斯娅，却与自传性文本相去甚远，其“反智化”的写作方式早为学者所关注，并被认为内在地从属于本雅明学术思考规划，深植于对传统概念思维的反叛以及对解放思维的寻求之中[3]。无独有偶，阿多诺在其所编辑的《本雅明选集》中也删去了《单行道》给阿斯娅的题献词，现在看来远非信手无意，其中不乏关于本雅明思想独立性的审慎立场，尽管阿多诺更强调布莱希特的影响[4]。与《单行道》不同，《莫斯科日记》更多体现出真实性、自传性特征，然而，需要强调指出的是，《莫斯科日记》中的许多文字都成为其后学术写作的重要来源和组成部分，充分显示了情爱经验与本雅明思想之间的紧密关联，这无论如何都是富有意味的。职是之故，将本雅明的阿斯娅视为心灵孤独状态的投射难免有失简单，更遑论任何单一层面的思想化、情欲化或信仰化了。

3．在情爱与思想之间

说本雅明所建构的阿斯娅远非心灵孤独状态的简单投射，并不意味着可以忽视心灵和精神与情爱经验之间的特殊关联。事实上，与朵拉、尤拉、阿斯娅三位女性的关系，被本雅明视为三段伟大的爱情：“我在生命中结识了三个不同的女人和我体内的三个不同的男人。写作我的爱情故事就是描述这三个男人的成长、

---

① Richard Wolin, *Walter Benjamin: An Aesthetic of Redemption*, Berkeley and Los Aangeles: University of California Press, 1994, p. 4.

② Gary Smith, " Afterword ", *in Moscow Diary*, edt. Gary Smith, Cambridge: Harverd University Press, 1986, p. 141.

③ 王才勇：《本雅明〈单行道〉中的反智方式》，《南京社会科学》2008 年第 4 期，第 7—11 页。

④ Rolf Wiggershaus, *The Frankurt School*, *Its History*, *Theories and Political Significance*, trans. Michael Robertson, Cambridge: MIT Press, 1994, p. 192.

衰落和他们之间的妥协。”① 爱情之所以伟大，不仅在于恋爱的本雅明的实现，更在于内在的精神的本雅明的实现，若此，与阿斯娅的爱情则成为一个内在的本雅明的源头，它不仅见证了后者源初、成长和衰落，而且其自身呈现于本雅明的文本反思之中，这可以从其“经验的哲学”找到思想根基。

回到上文提到的本雅明的暗示。表面看来，本雅明从阿斯娅那里所求，与其说情欲的抚慰，毋宁说是精神的慰藉，而进一步分析则是背后涌动的思想冲动。在本雅明那里，与阿斯娅的亲近是为了交谈，亲近的动力源于交谈的欲望，“我只是想跟她更亲近些，只是想跟她交谈。只有同她亲近，我才有欲望与她交谈”②。这可以证之以《莫斯科日记》的感性描述，也可证之以《单行道》中的抽象反思：“有一人和他所爱的女人在一起，与她交谈。几个星期或几个月以后离开她的时候，曾经与她谈论过的东西又重新浮现在眼前。现在看来，谈话的主题明显陈腐、俗华而浅薄。这时他明白，正是他出于对她的爱而独自一人向下俯着身子接受这样的交谈，他关注并呵护这样的谈话主题，以致思想就像一件浮雕那样在褶层和缝隙中存活。如果我们像现在这样只有两个孤自在一起，那么，思想就这样平躺在我们智慧的光照之中，没有任何慰藉和阴影。”③ 对本雅明而言，阿斯娅正是这样的交谈对象。虽然谈话本身并无太多吸引力，但通过这样的交谈，思想浮起于智慧的光辉之中，因而交谈就具有了某种超越日常性的维度，原本公共性的理论冥思就与个体化记忆的意象性重现联系在一起，它既体现为情爱中的交谈对于思想的意义，也体现为一些理论范畴中情爱经验的回忆性呈现。

尽管本雅明坚信没有不幸的爱情，但真实的际遇却直接驳斥了浪漫的确信。不用说阿斯娅已令他黯然神伤，也不用说曾深爱

---

① Gerhard Scholem, *Walter Benjamin: The Story of Friendship*, trans. Harry Zohn, Philadelphia: The Jewish Publication Society of America, 1981, p. 175.

② Walter Benjamin, *Moscow Diary*, edt. Gary Smith, Cambridge: Harverd University Press, 1986, pp. 116, 108.

③ ［德］本雅明：《单行道》，第77页。

的尤拉已为人妇，就连多年相濡以沫的朵拉也早与他出现裂痕。然而与现实不同，回忆中的情爱却幸福、完美，甚至连爱人的缺点都具有迷人的魅力："恋爱中的人不仅迷恋钟情之人的'缺点'，不仅迷恋一位女人的怪癖和弱点，而且恋人脸上的皱纹、痣、寒酸的衣着和有点倾斜的走路姿态，都会远比任何一种美更持久和更牢固地吸引着他。"这神秘的魅力源于爱的"具体情景"，在此情景中，即便一个寻常街道也会因所爱之人而"突然变得开阔明亮起来"①。这就像艺术或审美，爱情在坚硬的现实中建构起全新表象，对本雅明而言，这并非向壁虚构。他在《莫斯科日记》中对阿斯娅凝视、亲吻的不散力量的屡屡回味，以及对月光下思念阿斯娅的浪漫想象，都仿佛等待于回忆走来的途中。在初稿写于1932年的《驼背小人》中，我们看到本雅明关于被白昼遮蔽之物因月光而得以拯救的讨论②；而在1936年的《机械复制时代的艺术品》中，本雅明则写道："对活着或死去的心爱的人的回忆，对这种回忆的崇拜为照片的崇拜价值提供了最后的一个庇护所。从一张瞬间表现了人的面容的旧时照片里，灵韵最后一次散发出它的芬芳。这便是构成它忧郁的、无可比拟的美的东西。"③ 灵韵从神秘、心有灵犀的关系之中走出，思想的火焰热烈升腾，其中是否缠绕着莫斯科之行及其之前与之后的浪漫情事呢？在关于传统艺术灵韵丧失的淡淡忧郁中，是否也有本雅明对于诸情爱"具体情景"的再现？作为唯一可以把握的真实，情爱经验照亮思想层面，也投射进本雅明辩证意象的建构之中。

《新天使》之于本雅明历史哲学的意义当值得领会，而其意象型构过程亦值得玩味。《新天使》创作于1920年，被本雅明获致应不晚于1921年5月，此时本雅明正处于爱的痛苦挣扎之中，"正是通过这番痛苦挣扎，克利的画才向他揭示了新的秘密

① ［德］本雅明：《单行道》，第60页。

② ［德］本雅明：《驼背小人》，徐小青译，上海文艺出版社2003年版，第147—149页。

③ ［德］本雅明：《启迪：本雅明文选》，阿伦特编，第243页。

的名字"[①]。这痛苦挣扎与1912年到1917年一段没有结果的爱情有关。在写于1933年的自传性文本《阿格西劳·斯桑坦德》中，本雅明将对情爱生活的反思融合进对《新天使》的理解中，不仅从中瞥见支撑自己活下去的生命的力量，而且获知了犹太教传统中代表隐秘自我的个人天使的保密的名字。在经历十余年的延宕与情爱致命困境之后，本雅明对未在手边的《新天使》给予了想象性描述，他突出了新天使坚忍性一面，赞扬其富有耐力的双翼，一如他耐心地等待在爱人走来的路上，觉醒的爱终将那个人天使的秘密名字揭示出来：带所爱之人踏上从起源到未来之路。通过个人化解读，本雅明的《新天使》已然成为他自己的天使，成为他的"自我的神秘现实"，而写于1931年的《卡尔·克劳斯》则展示出理解新天使的马克思主义的视角，正是在这两种观点之间新关联中，历史天使的最终形式产生了，这就是作为绝笔的《历史哲学论纲》中的第九节。可以说，从获致《新天使》画作到从中参悟自身爱情经验，从作为自传画像的个人天使到思向现代性批判的历史天使，历史天使的意象建构显露出其情爱经验之于学术思考之间的投射性。

概言之，本雅明情爱经验往往超越其日常性而展现出融入学术思考的强烈冲动，而学术文本中也往往蕴含有深刻而丰富的生命经验。"在本雅明的许多著述背后，是他个人的、实际上是他最具个性的经历，当投射到其著述的客体之中时，这些经历消失了，或者变成了符码，致使局外人无从辨别，或者至多只能对此加以猜测。"[②] 这一洞见深刻揭示了本雅明个体经验与学术思考之间的投射性关联，而那被投射的个人化经验也并未消失，而是符码化为思想文本。

4. 本雅明式的本雅明

如果说少数人际关系在本雅明的生活中"突出地找到了它

① ［德］朔勒姆：《瓦尔特·本雅明和他的天使》，载郭军等《论瓦尔特·本雅明：现代性、寓言和语言的种子》，第246页。

② 同上书，第230页。

作用”，以生活的极端动荡为代价，“那种思想的宽广性才得以展示，那些彼此并列却又难以协调的自由、事物、思想才明晰可见”①，那么尽管与阿斯娅的恋爱无果而终，但她无疑也属于那些“值得称道”的人际关系之一；如果说无法将本雅明讲话时那种“内向与反省”、“平静”、“孤独”神态②与其人分离，那么将本雅明学术思考与其情爱经验的区分也同样没有意义。事实上，无论是思想的本雅明抑或内在的本雅明、恋爱的本雅明，作为本雅明的不同层面，它们原本就是三位一体，标示本雅明在一个伪经验的时代高举现代性批判大旗的基本逻辑。也正是在这个意义上，朔勒姆才绝非唐突地说，与阿斯娅的爱恋之于本雅明这种人的生活，“完全是恰如其分”③。

尽管从 20 世纪 30 年代初开始，阿斯娅逐渐淡出本雅明的生活，随着与布莱希特、阿多诺和霍克海默等关系的日益密切，马克思主义在本雅明思想地图中已不再是遥远的雷声，但这并不意味着阿斯娅的维度已然冰释。正如本雅明情爱经验回忆性地投射进学术思考之中，个体生存经验也成为思想的对象而被收藏，并在收藏家的检视中作为记忆和意象涌现出来④。由此不难理解，阿多诺何以断定本雅明非体系化的思考“完全听命于经验”⑤。经验被视为本雅明理论建设的“母体”与“核心”，其艺术理论甚至被等同于经验理论⑥。无论本雅明关于经验贫乏的时代审视，对经验本真性的发掘，抑或对于艺术经验和宗教经验的倚重，审视并重建现代世界的可经验性，与关注人的存在的现代困

① Benjamin, *The Correspondence of Walter Benjamin*. edt. Scholem and Adorno, Chicago: The University of Chicago, p. 436.

② Gerhard Scholem, *Walter Benjamin: The Story of Friendship*, trans. Harry Zohn, Philadelphi: The Jewish Publication Society of America, 1981, p. 4.

③ Gershom Scholem, "Preface", in *Moscow Diary*, edt. Gary Smith, Harverd University Press, 1986, p. 2.

④ ［德］本雅明：《启迪：本雅明文选》，阿伦特编，第 78 页。

⑤ ［德］本雅明：《单行道》，第 153 页。

⑥ ［德］沃尔夫冈·克劳斯哈尔：《经验的破碎——瓦尔特·本雅明：作品、生活、时代和历史的交叠（1）》，《现代哲学》2005 年第 1 期，第 34 页。

境是一个问题的两面，前者是后者的致思进路，后者是前者的理论目标，甚至可以说，在本雅明现代性批判的思想图景中，最可以依赖的就是真实的个体经验了。朔勒姆所谓“恰如其分”，正与本雅明自谓“经验的哲学”同义。

与此不同的是，总体物化的现实中个体却面对普遍的“伪经验”。在本雅明看来，现代资本主义的发展、科学技术的进步以及世界大战，构成了现实生活的基本地形，经验结构已经被击穿，经验能力已被去势，世界失去传统经验中的表象的完整性。伪经验的潜行弥漫同时意味着真实经验的贫乏，以第一次世界大战为界，人类进入了经验贫乏的时代：“还没有任何经验被如此彻底揭穿：战略经验被阵地战揭穿了，经济经验被通货膨胀揭穿了，身体经验被饥饿揭穿了，伦理经验被当权者揭穿了。”① 一方面是资本意识形态不断生产出无限丰富、甚至过剩的伪经验，另一方面是真实经验的贫乏，是为本雅明关于现代性症候的诊断。

其实，早在《论经验》中，青年本雅明表现出对“经验”的神话式解读的拒绝，《论本质语言与人的语言》则开始了语言哲学层面的思考。如果说二者都在青年本雅明“对贬值的堕落的现实的经验”中找到共同的现实基础，那么《未来哲学纲领》在康德经验理论批判中对经验范畴的批判性阐释在某种程度上构成了经验的哲学的理论起点，其要义是，康德建基于启蒙哲学上的认识论经验观以知识确定性的先验追求驱逐了关于人的存在的经验总体及其意义的思考。如是，未来哲学应如何思考经验？“通过将经验范畴与先验意识的融合赋予机械经验与宗教经验逻辑上的可能性，这并非知识赋予上帝的存在以可能，而是赋予关于上帝的经验的存在以可能。”② 现代世界的经验性应该容纳人与世界之间本真性联系中，其中又以宗教经验和艺术经验为重。

---

① ［德］本雅明：《经验与贫乏》，第253页。

② Walter Benjamin, "On the Program of the Coming Philosophy", in *Benjamin: Philosophy, Aesthetics, History*, edt. Gary Smith, Chicago: University of Chicago Press, 1989, p. 12.

在关于歌德《亲和力》的批评中，本雅明坚信只有立足于真实经验基础上，才能可靠地把握世界，惟其如此，真实经验才会在伪经验面前显得匪夷所思而又弥足珍贵。而当本雅明说“诗是语言的最高补充”时，他意指原初语言：神性的语言与自然的语言自我表达、自我创造，而人类的语言作为中介内在于其中，三者共同见证世界经验的鲜活性、本真性。而随着人类/语言的堕落，理性之光照亮语言的工具性，而散佚的命名性与创造性唯在文艺中残存，由此便留给本雅明“深海寻珠”的使命。

本雅明的现代性批判可以追溯至青年运动时期对概念和体系的反感，与阿多诺作为同一性反动的反体系策略不同，如果语言以及概念的使用不可避免，那么这也未必意味着非体系性的思考之不可能。在本雅明看来，从被遮蔽了的社会生活细节真实的直接性呈现入手，在现代经验巨变中揭示已被忘却的心灵根基，构成了现代性反思与批判的重要维度。这固然体现了从社会生存思考社会文化的马克思主义的有约束力的立场，但根本上却源于本雅明非体系性的以辩证意象阐释为中介的现代性史前史研究所展示的社会批判理路，哈贝马斯曾指认这一理路的合理性①。重要的是，重新发掘现代生活的真实并非时间性累积或罗列，而是一种本雅明式的“直接切入”，即“凭借直接性直接切入对象之中”，而“本雅明从一开始就完全是他自己作品的中介，他的成功取决于对生命直接性的折射”②。进一步说，作为作品中介的并非本雅明，而毋宁说是本雅明的现实经验，正是它们才真正构成了意象直接性的基础。

本雅明在《莫斯科日记》中写道：“普鲁斯特无情地把一切打成碎片……当我给阿斯娅解释时，我更加明白，这与上次给她巴洛克书时她所作的反应多么相似。昨夜独自在房里读普鲁斯特，看到一段关于吉奥托《关于仁爱》的异常文字。普鲁斯特

① Habermas, “Consciousness-Raising or Rescuing Critique”, in Gary Smith edt. *On Walter Benjamin*, Cambrideg: MIT, 1988, p. 115.

② Adorno, “Benjamin: The Letter Writer”, in *The Correspondence of Walter Benjamin*, edt. Scholem and Adorno, Chicago: The University of Chicago, p. xvii.

在这里显然孕育了一种观念，而这在无论在哪方面都应和了我自己企图纳入寓言范畴中的东西。"[1] 那企图纳入之物被视为寓言内在规定性的碎片化，普鲁斯特与寓言范畴在观念的应和表现为对无意识回忆的强调，在作者是经验在记忆中的重现，在文本则是回忆过程本身。本雅明的回忆如同他的收藏，收藏者将事物从物的世界中抽离，通过自己的经验化和个体化"建构了他的居室"[2]。在同一性所辖制的世界中，除了那由外在世界的经验而来的内部世界之外，还有何处可以瞥见被日常理性所淹没的真实？即便是那些团结无产阶级的进步作家，如若不是从作为生产者的经验出发，那么所有的政治承诺也都将以反革命的方式被现实化。《柏林纪事》、《驼背小人》以及《单行道》等愈益风格化的作品再现了他的童年及其之后的个人经验，在时空错乱的非时间性叙事中贯穿的是对于现代性前史的探求，那些看似琐碎的细节、微妙的经验、耐人寻味的意象以及随笔式学术写作风格，都构成了本雅明式的"经验的哲学"徽章。

5. 小结

综上所述，当恋爱中的本雅明在日记中画出阿斯娅的肖像时，他自然无从预知阿斯娅对他的追忆，就如同阿斯娅在回忆录中写出本雅明时，她并不知道本雅明已在50年前将她的肖像定型。阅读这些指向同一事件却从未谋面的文字令人唏嘘，所谓不安或担忧无非是本雅明的神话化抑或阿斯娅的自我神话的阴魂不散。死后的荣誉、文学解构主义的权威抑或现代性的建构者如此等等，与其说是本雅明的思想肖像，毋宁说是现代阐释学意义上自我反思的当下投射。有身体的本雅明并非本雅明工业的肉体化狂欢，无身体的本雅明亦非本雅明思想灵韵的女性隐喻。阿斯娅们并非与这思想无关，就生成内在的精神性的本雅明而言，她们分享了本雅明思想助产术的荣光，甚至可以说，即便她们偶然地

---

① Walter Benjamin, *Moscow Diary*, edt. Gary Smith, Cambridge: Harverd University Press, 1986, p. 94.

② ［德］本雅明：《启迪：本雅明文选》，阿伦特编，第79页。

走进本雅明的孤独及其恐惧，根源也深植于本雅明自身的必然性之中，深植于思想对个体现实经验的逻辑诉求之中，质言之，深植于本雅明“经验的哲学”的现代性批判之中。当然，本雅明在《讲故事的人》与《关于波德莱尔的几个主题》中关于经验与体验的讨论暗示了经验在传统与记忆中的基础，经验的遥远根基保留了重建现代世界可经验性的希望。

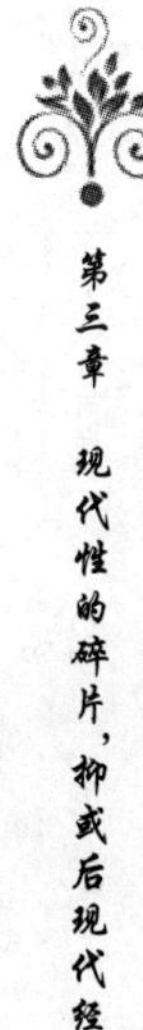

第四章 人文主义，或者科学主义

马尔库塞一生历经德国纳粹法西斯主义迫害、第二次世界大战，同时切身见证了美国这个典型的发达工业社会的文化、政治和经济生活，这一切构成哲学、美学、文化研究与当代发达资本主义社会批判紧密结合的深厚现实基础，正是在此意义上，马尔库塞被视为法兰克福社会研究所成员当中“唯一没有放弃自己早年革命观点的创始成员”[①]，其美学被视为一种广义的政治学。与马尔库塞不同，阿尔都塞基本是作为哲学家生活在巴黎高师校园中，虽然他指导和授业的学生中就有米歇尔·福柯、雅克·德里达、皮埃尔·布尔迪厄、吉尔·德勒兹、皮埃尔·马舍雷等一批后来成名的大家，但作为一位“撼动全世界”的著名哲学家的阿尔都塞，却是由他1965年出版的《保卫马克思》和《读〈资本论〉》而一举确立起来的，甚至由于这两部著作的出版，1965年被称为“思想的地震年”[②]。将马尔库塞与阿尔都塞并置讨论，并非仅仅因为阿尔都塞批判马尔库塞等西方马克思主义者借批判斯大林主义而把马克思主义人道化、黑格尔化，还因为他用结构主义来阐释解释马克思著作，从而引领一个所谓结构主义的马克思主义思潮，代表了与人道主义马克思主义不同的科学主义倾向。

---

① ［美］戴伦·麦克莱伦：《马克思以后的马克思主义》，李智译，中国人民大学出版社2004年版，第293页。

② ［日］今村仁司：《阿尔都塞：认识论的断裂》，牛建科译，河北教育出版社2001年版，第5页。

一　技术理性批判

马尔库塞将美学和艺术作为思考的中心是在20世纪60年代以后，但在其早期的哲学著述中就已经散布了一些美学思想的碎片，同时也展示了马尔库塞美学之思的基本的理论基础和和思想路线。20年代，马尔库塞的思想发展受到海德格尔和卢卡奇的重要影响，他试图将海德格尔与马克思的关注点结合起来，提出一种基于人的完整性而实现解放的激进历史哲学理论，认为海德格尔对于人的生存以及人的条件的思考可以为马克思主义服务，这一时期的马尔库塞被称为“海德格尔主义的马克思主义者”，但这里的马克思是卢卡奇式的，这主要是指卢卡奇的《历史与阶级意识》为马尔库塞提供了物化批判的理论框架和核心范畴，使之能够运用唯物主义话语阐释海德格尔关于人的存在问题的思考。在30年代加入法兰克福社会研究所后，马尔库塞转向“黑格尔主义的马克思主义”，如果说《历史唯物论的现象学导引》(1928）体现了早期马尔库塞哲学思考中的生存论路径，那么《黑格尔本体论与历史性理论的基础》（1932)、《理性与革命》(1940）等著作则标志着马尔库塞经由黑格尔哲学的过渡而走向马克思政治经济学批判道路。

黑格尔哲学在30年代占据马尔库塞的思想视野根源于法西斯主义兴起这一基本现实，一种流行的观点将黑格尔哲学视为法西斯主义兴起的理论基础。马尔库塞认为，如果说法西斯主义与其自身之外的理论传统有什么联系的话，这种联系指向的也不是黑格尔哲学，而是实证主义，黑格尔哲学不同于实证主义的根本所在是对于既存现实的否定和批判精神，因此，它的真正继承者不是纳粹主义，而是马克思主义的社会理论，所谓法西斯主义的“黑格尔主义”只不过是黑格尔哲学的不肖子孙。《理性与革命》一书的主要目的就是要“系统地将黑格尔从极端保守主义和法西斯主义手中夺回来，并试图证明马克思的社会理论继承了黑格尔哲学当中的批判倾向”[①]，马尔库塞将其界定为一种坚定的否定精神和批判意识。

理性必然决定现实，理性概念中包含着按照理性行动的自由，并必然导向主体对于不自由现实的变革要求，这就是作为黑格尔哲学核心的理性。“以黑格尔的观点来看，法国大革命所带来的决定性转变就是人类对精神的依赖，并且敢于使用既定的现实服从于理性的原则。黑格尔进一步论述了事物的发展取决于矛盾，即理性的运用和生活中传统习惯的屈从之间的冲突。‘一切都是理论思维的产物。’人类开始根据他们自由的合理的思维的要求，而不是仅仅根据现存的秩序和流行的价值观来组织安排现实。人类是理性的存在物。人的理性能够使他认识到自己的潜力和人所在的这个世界的潜能。因此，不会任由他周围的现实所驱使，他将会获得揭示理性与现存国家关系对立的那些概念。他会发现历史是为自由而持续斗争着，发现人类作为实践手段和私有财产的个体需要，也会发现所有的人都有一个发展人类自身能力的平等权利。”[②] 这里马尔库塞明确提出理性在黑格尔哲学中的地位，理性能够建构现实、改造现实，法国大革命就有力地证明了理性对于现实的决定性地位，而对于主体来说，理性与自由又互为条件：“理性以自由为先决条件，以根据真理去行动的力量为先决条件，以形成与潜在相一致的现实的力量为先决条件，这些结果的实现仅仅依靠于主体，这个主体能够决定自己的发展和认识到自己及自己周围一切东西的潜在。反之，自由也以理性为条件，因为自由仅是对知识的理解，而知识是主体能获得的，并且发挥了力量的。”[③] 理性以自由为前提，自由要依靠理性才能够获致，二者在主体中得到统一，而在法西斯主义专制极权社会中，主体的自由被剥夺、人处于异化状态之中，马尔库塞认为，

① ［德］罗尔夫·魏格豪斯：《法兰克福学派：历史、理论及政治影响》，第652页。

② ［美］马尔库塞：《理性与革命：黑格尔和社会理论的兴起》，程志民等译，上海人民出版社2007年版，第21页。

③ 同上书，第24页。

现实服从于理性的基本原则，以及理性对于人的自由本质的要求，都必然导致人们对于既存现实的反抗和变革，理性的实现对于所有外在权威意味着终结。在资本主义社会中，无产阶级作为被压迫被剥削的阶级必然按照自己的阶级理想投身到推翻资产阶级的革命斗争中，从而实现理性与革命的统一，这源于理性的自我实现的本质，它要求主体按照理性自身的尺度改造现实。

按照马尔库塞的理解，理性为了达到现实与理性的统一，必然按照自身的要求不断否定不合理的现实，否定构成了黑格尔辩证法的基础。黑格尔哲学是法国大革命在德国哲学中的反映，尽管与封建专制主义存在形式上的形似，然而辩证法却是对当时封建专制主义的否定。“黑格尔的政治哲学以这样一种假设为理论依据：如果个体的权利和自由得到保证，那么市民社会才能够继续发挥作用。”[①] 但是法西斯主义却摧毁了自由主义的文化结构，并竭力否定黑格尔政治哲学，反复批判黑格尔哲学中否定一切极权主义的倾向，宣布黑格尔是“一个被代替的陈旧世纪”和“时代的哲学反意志”的象征。因此，黑格尔政治哲学与法西斯极权主义是根本对立的。

理性、否定与自由构成了马尔库塞所阐发的黑格尔哲学的基本特质，并且被赋予历史性的革命力量，“理性生命表现在人的不断斗争中，这种斗争表现在，认识现存一切和按照真正的认识去改变现存。理性在本质上也是一种历史的力量。这种历史的力量的现实作为一个过程而在时空世界中发生，并且在最终，成为整个人类历史”[②]。批判一切普遍形式的既定权威，黑格尔的理性概念便具有了鲜明的批判理性特征，然而马尔库塞指出，现代工业和技术理性的扩张与发展却逐渐消磨了批判理性的根基。

马尔库塞对于批判理性的阐释既源于现实的理论诉求，同时也服从于20世纪30年代法兰克福社会研究所批判法西斯主义并挖掘其思想根源的理论努力。在马尔库塞看来，法西斯主义与黑

① ［美］马尔库塞：《理性与革命：黑格尔和社会理论的兴起》，第342页。

② 同上书，第24页。

格尔无关，法西斯主义产生的根源可归因于不断增长的工业垄断和民主制度之间的矛盾冲突。一方面，高度合理化发展和迅速扩张的工业组织试图建立一个直接由其控制和支配的政治权力；另一方面，现有政治制度为了促进生产力发展需要继续压制人的需要的满足，“这就需要一个极权主义的统治，以便统治一切社会和个体之间的关系，废除社会自由和个体自由，并以恐怖的方式将民众团结起来”①。这里，马尔库塞深刻地看到高度合理化并迅速扩张的工业生产中出现的与批判理性完全不同的东西，它作为极权主义统治的重要根源，为剥夺自由、压制反抗、消弭否定提供基本动力，这就是技术理性。在此后的思考中，马尔库塞进一步讨论了技术理性的意识形态性质，提出技术的应用以及技术本身都是对自然和人的有计划控制，它再生产出统治和奴役，并从经济领域扩展到政治、文化以至整体社会生活中，马尔库塞将技术理性视为“意识形态范畴”②，而在60年代的著作《单面人》中则明确规定为“发达工业社会的意识形态”，并对其进行了系统批判。

现代科学技术的发展为发达工业社会繁荣提供了基本推动力，同时也建构出新的极权主义。发达工业社会是一个技术世界，“技术的进步扩展到整个统治领域和协调制度，创造出种种生活和权力形式，这些生活形式似乎调和着反对这一制度的各种势力，并击败和拒斥以摆脱劳役和统治、获得自由的历史前景的名义而提出的所有抗议”③。当代发达工业社会的极权主义特征彻底摧垮了所谓技术“中立性”传统认识，技术本身不能独立于技术应用，但它却作为统治系统在技术概念和结构中发生作用。技术合理性造就了新的控制形式，扑灭了任何形式的反抗与否定，技术理性变成政治合理性，发达工业世界成为政治的

① ［美］马尔库塞：《理性与革命：黑格尔和社会理论的兴起》，第342页。

② Herbert Mercuse, *Negations: Essays in Critical Theory*, the Penguin Press, 1968, p. 223.

③ ［美］马尔库塞：《单向度的人：发达工业社会意识形态研究》，刘继译，上海译文出版社2008年版，“导言”第3页。

世界。

首先，技术理性成为一种新的控制形式，社会控制的现行形式在新的意义上是技术的形式。“在发达的工业社会中，生产和分配的技术装备由于日益增加的自动化因素，不是作为脱离其社会影响和政治影响的单纯工具的总和，而是作为一个系统来发挥作用的。这个系统不仅先验的决定着装备的产品，而且决定这为产品服务和扩大产品的实施过程。在这一社会中，生产装备趋向于变成极权性的，它不仅决定着社会需要的职业、技能和态度，而且还决定着个人的需要和愿望。因此，它消除了私人和公众之间、个人需要和社会需要之间的对立。对现存制度来说，技术成了社会控制和社会团结的新的、更有效的、更令人愉快的形式。”① 技术迅速扩张使整个劳动和生产领域成为工具理性的统治地盘，并且作为系统发挥着对于主体的控制作用，它不仅控制生产劳动的主体，也控制着日常生活的主体。这种控制由于采取了令人舒适和愉悦的形式，因而又是潜移默化的，“在当代，技术的控制看来真正体现了有益于整个社会集团和社会利益的理性，以致一切矛盾似乎都是不合理的，一切对抗似乎都是不可能。毫不奇怪，在工业文明的最发达地区，社会控制已被潜移默化到这样的地步，甚至连个人的抗议在根本上也受到影响”②。由此，技术理性作为更有效的统治工具而展示出其意识形态性。

其次，甚至语言也不再是成为技术理性的飞地，而成为新的控制领域和工具，在发达工业社会中语言以一种引人注目的方式把强制性同一强加给人们。马尔库塞将语言的控制途径归纳为两种，一是减少语言形式和表征反思、抽象、发展、矛盾的符号，二是用形象取代概念。通过两种途径，语言否定或吞没超越性术语，它不再深究确认真理和谬误，转而只是确认真理和谬误并把它们强加于人。极权主义统治不仅通过技术而且作为技术来自我巩固和扩大，为扩展统治权力提供了足够的合法性论证，“它证

① ［美］马尔库塞：《单向度的人：发达工业社会意识形态研究》，第6页。
② 同上书，第9页。

明，人要成为自主的人、要决定自己的生活，在技术上是不可能的。因为这种不自由既不表现为不合理的，又不表现为政治性的，而是表现为对扩大舒适生活、提高劳动生产率的技术装置的屈从"[①]。因此，技术理性不是取消既存统治的合法性，而恰恰相反，理性工具主义建构出一个极权主义社会。

再次，技术理性导致发达工业社会中人的存在变成单向度的。"发达的工业文化较之它的前身是更为意识形态的，因为今天的意识形态就包含在生产过程本身之中。以某种富有争议的形式，该命题揭示出现行技术合理性的政治成分。"意识形态的灌输占领了从劳动到休闲、从公共到私人的所有领域，不仅掩盖了自己为统治集团服务的实质，而变身为一种好的生活方式，作为一种生活方式，它摒弃着变化和变革，建构起一种单向度的思想和行为模式。在这一模式中，"凡是其内容超越了已确立的话语和行为领域的观念、愿望和目标，不是受到排斥就是沦入已确立的话语和行为领域。它们是由既定制度的合理性及其量的延伸的合理性来重新定义的"[②]。一方面，政治意图已经渗透进处于不断进步的技术，技术的逻各斯被转变成依然存在的奴役状态的逻各斯，结果技术作为曾经的解放力量转而成为解放的桎梏；另一方面，技术理性创造出一个真正的极权主义领地，个体与自然社会、精神和肉体不得不屈从其中，却又安于现实，再无自由的追求和想象，更无任何否定和反叛的冲动。

最后，发达工业社会由于不断增长的技术生产力和不断扩展的对人和自然的征服而表现出一体化的趋势，文化领域同样如此，但其中依然存在着解放的可能。日常语言领域都已沦落为一个受到全面操纵和灌输的领域，那么，发达工业社会中的哲学和美学就不能不承担政治性的任务。与技术的领域不同，艺术的领域是想象的、形象的领域，即便艺术的想象是无力的虚幻的，它

---

① ［美］马尔库塞：《单向度的人：发达工业社会意识形态研究》，第126—127页。

② 同上书，第11页。

仍然能够证明那些形象和想象的有效性和真实性，而且社会的不合理性愈明显，艺术领域的合理性就愈大。“艺术的技术合理性似乎具有美学的‘还原’特征”，在黑格尔看来，艺术把对象的偶然性当下存在状态还原为一种呈现出自由的形式和性质的状态，“这种改造之所以是还原，是因为偶然环境承受着那些外在的、阻碍其自由实现的需求。这些需求构成一种设施，因为它们并不单纯是自然的，相反，它们从属于自由的、合理的变化和发展。可见，艺术的改造破坏了自然对象，而被破坏的自然对象本身就是压迫人的”①。艺术的改造成为解放，艺术和审美领域的感性的解放为在全面控制的极权主义社会中创造新社会提供了基础，并且唯有实现感性领域的解放才能带来人的真正解放，就此而言，发达工业社会的意识形态批判预示了马尔库塞社会批判的审美维度。

从以上分析可见，科学技术的发展为发达资本主义创造了极大的的物质丰富性，同时也带来人的“单向度”的异化命运和精神危机。马尔库塞颇为阴郁和悲观地指出，丧失否定意识与批判精神的个体已沦落为单面人，无产阶级被同化进资本主义制度之中，在一个异化的世界中，甚至潜意识都不再是新型极权主义控制的飞地，而另一方面，他又坚持艺术和审美之中依然存有否定和批判的可能性。在马尔库塞关于发达工业社会的意识形态批判中，从否定理性通达人的解放，贯穿其中的是从黑格尔到马克思的思想路径，而关于新感性以及心理领域的思考又表现出其理论中弗洛伊德的重要地位，对既存极权主义的批判与对感性的解放的期许相结合，成为马尔库塞美学问题出场的基本视界。

二　文化与审美

马尔库塞关于发达工业社会的意识形态批判揭示出一个单面性的世界，从单面人到单面文化，全面异化的世界表现出极权主

① ［美］马尔库塞：《单向度的人：发达工业社会意识形态研究》，第189页。

义社会的特征，而随着大众传媒越来越多地表现出新型社会控制欲望，大众文化问题在法西斯主义意识形态、家庭与权威研究之后逐渐进入马尔库塞的思考视野，大众文化批判构成了其社会批判的重要一维。然而，整体来说，马尔库塞并非坚定的大众文化批判者，而是表现出大众文化从“整合”到“颠覆”的“两张脸”：一方面，他将大众文化视为社会控制的主要工具，另一方面又看到大众文化所蕴含的否定和批判的力量①。从控制到批判的游移自有其历史和理论的逻辑，同时也构成了其大众文化理论的复杂性和矛盾性。

1. 大众文化批判

马尔库塞关于大众文化的认识与其异化理论密切相关，而后者在马克思主义传统中渊源有自。马克思《1844 年经济学哲学手稿》将异化现象讨论主要集中于生产劳动领域，因而对于异化的克服也必须从从根本上改变资本主义生产方式。而在马尔库塞看来，发达工业社会中的异化已经演变为全面的异化，“今天，异化概念的含义已经大大扩展，它原来的含义几乎丧失殆尽了。如今人们已经用它来解释各种各样的心理毛病。但并不是人们所遇到的一切麻烦和问题——如男女恋爱中的问题 —都必然是资本主义生产方式的结果”②。异化不仅存在于生产劳动领域，也蔓延于消费、娱乐、文化领域。一方面，大众文化成为商品，以令人愉悦的方式被接受和消费，“现在，公开保存于艺术异化中的艺术和日常秩序间的重大裂隙，被发达技术社会逐渐弥合了。随着裂隙的弥合，大拒绝转而被拒绝；‘其他向度’被占优势的事态所同化。艺术作品被纳入了这个社会，并作为对占优势的事态进行粉饰和心理分析的部分知识而流传。这样，它们就变成了商业性的东西被出售，并给人安慰，或使人兴奋”③。另一方面，大众文化的愉悦性消费中被悄悄塞入了意识形态控制的统

① 赵勇：《整合与颠覆：大众文化的辩证法》，第 262 页。

② ［英］布莱恩·麦基：《思想家——当代哲学的创造者们》，周穗明等译，生活·读书·新知三联书店 1987 年版，第 69 页。

③ ［美］马尔库塞：《单向度的人：发达工业社会意识形态研究》，第 52 页。

治冲动，在令人着迷的商品世界中，一种受控的生活方式及其思想意识被灌输进来："生产机构及其所生产的商品和服务设施出售或强加给人们的是整个社会制度。公共运输和通讯工具，衣食住行的各种商品，令人着迷的新闻娱乐产品，这一切带来的都是固定的态度和习惯，以及使消费者比较愉快的与生产者、进而与社会整体相联结的思想和情绪上的反应。在这一过程中，产品起着思想灌输和操纵的作用；它们引起一种虚假的难以看出其谬误的意识。"①

就在个体社会的方面来说，异化不仅在经济领域造成了巨大的灾难，而且也对人性的领域也造成巨大的伤害，有学者指出，马尔库塞的"异化"就是"训练人忘记人的真正本性的结果，即人的内在本质生命与社会潜能这种能够最好的保存知识的领地，亦即人性的领地，通过教化被抹去"②。将异化扩展到心理和人性的领域，这可以看到早期西方马克思主义理论家卢卡奇的影响，后者在马克思政治经济学之外看到革命的主体心理学，强调将欧洲无产阶级革命的首要任务扭转到"无产阶级意识"的培养与造就上来，而马尔库塞也将"感觉的解放"视为批判工具理性主义、建构新型社会、实现人的解放的必由之路，这其中也吸收了马克思《1844 年经济学哲学手稿》关于人的感觉的解放及其对象化的相关论述，却扬弃了马克思思考的人类学维度，个体的心理维度得以突出。他批评"马克思主义着重强调政治意识的发展，极少表现出对个体中的解放根基的关注，也就是说，它不从个人最直接和最彻底地体验着他们的世界和他们本身的地方，即从他们的感性和他们的本能需求中，去寻找社会关系的基础"③。与卢卡奇不同的是，马尔库塞是从弗洛伊德心理学切入的，实际上，融合弗洛伊德与马克思正是马尔库塞的理论努

---

① ［美］马尔库塞：《单向度的人：发达工业社会意识形态研究》，第 11 页。

② Charles Reitz, *Art*, *Alienation*, *and the Humanities*, Albany: State University of New York Press, 2000, p. 10.

③ ［美］马尔库塞：《审美之维》，李小兵译，广西师范大学出版社 2001 年版，第 123 页。

力之一。

马尔库塞关于大众文化的思考虽然集中于五六十年代，但在1937年发表的《文化的肯定性质》中已经有所探讨。所谓肯定的文化，“是指资产阶级时代按其本身的历程发展到一定阶段所产生的文化。在这个阶段，把作为独立价值王国的心理和精神世界这个优于文明的东西，与文明分隔开来。这种文化的根本特性就是认可普遍性的义务，认可必须无条件肯定的永恒美好和更有价值的世界：这个世界在根本上不同于日常为生存而斗争的实然世界，然而又可以在不改变任何实际情形的条件下，由每个个体的‘内心’着手而得以实现。只有在这种文化中文化的活动和对象才获得那种使它们超越出日常范围的价值。接受它们，便会带来欢快和幸福的行动。”[①] 在马尔库塞的语境中，肯定文化是资产阶级的文化，也即他后来反复经常提到的高雅文化。马尔库塞一方面承认肯定文化的价值，又因为其压抑感性、消泯反抗而予以批判。首先，在资本主义劳动过程组织起来的商品世界中，个体的发展及其需求的满足已经被抛入市场中而商品化了，作为既存社会秩序的一种文化反映形式，肯定的文化的精神与灵魂的抗议是虚幻的、无效的，并且其自身最终也沦为异化世界的一部分。“肯定文化的重要社会任务，是以恶劣生存难以忍耐的变幻莫测，与需要幸福以便使这种生存成为可以忍耐的东西这两者之间的矛盾为基础的。在这种生存中，矛盾的解决只可能是幻象的。”[②] 其次，肯定的文化艺术事实上成为一种顺从结构的编制者，在其中，“即使不幸福也成为屈从和默许的方式。艺术在把美作为当下的东西展示的时候，实质上是平息了反抗的欲望。与其他文化领域一道，艺术奉献于一种把解放了的个体弄得如此服帖的伟大教育成就”[③]，显然，肯定文化中并不真正存在对于现实世界的否定和批判。最后，批判肯定的文化并非取消文化本

① ［美］马尔库塞：《审美之维》，第7页。

② 同上书，第28页。

③ 同上书，第31页。

身，而是取消其肯定性质，而在马尔库塞看来，审美产生于对现实世界的不满，并通过不满和反抗来唤醒改造世界的希望，它们存在于否定文化之中，因此消灭肯定文化、呼唤否定文化就成为马尔库塞的必然结论。

随着对于弗洛伊德的阐释，肯定文化与否定文化的对立在50年代的《爱欲与文明》中获得了心理学维度，马尔库塞将其重新规范为压抑文化与非压抑文化。“被压抑物的这种回归构成了文明的禁忌史和隐蔽史，研究这个历史，不仅可以揭示个体的秘密，还可以揭示文明的秘密。”[①] 在个体发生的层次上，压抑成为通向社会性生存的必经之路，而在人类学意义上，压抑推动原始部落向有组织的文明国家的前进。文明的历史就是理性压抑感性的历史，因而也是压抑性文化发达、非压抑性文化淡隐的历史。在发达工业社会中，“所有关于消除压抑、关于反抗死亡的生命等宏论都不得不自动地进入奴役和破坏的框界。在这个框界内，即使个体的自由和满足也都带上了总的压抑的倾向”[②]。因此，批判压抑文化、张扬非压抑文化就成为关乎解放的社会理论问题和政治问题，那么非压抑文化何以可能？马尔库塞进一步区分了基本压抑和额外压抑，前者是前现代社会的压抑形式，源于生存的必需，后者则是发达工业社会的主要压抑形式，出于社会秩序与组织的不合理性，因而，消除额外压抑对个体而言就具有了解放的意义，而对于人类而言则是要求反抗不合理的既存社会秩序。

马尔库塞强调对异化现实的否定和批判，与阿多诺主要着眼于生产领域不同，他更多地强调在消费领域中揭示晚期资本主义的消费控制对人的异化，为此他区分了虚假需求与真实需求。马尔库塞认为，晚期资本主义社会通过“强制性消费”刺激人的“虚假需求”，并进而被当作“真正需求”而无休止地追逐。所

① ［美］马尔库塞：《爱欲与文明》，黄勇等译，上海译文出版社1987年版，第6页。

② 同上书，“1961标准版序言”第17页。

谓虚假需求就是社会为了特定的利益而从外部强加到个人身上的那些需求，包括那些使非正义永恒化，以及本不属于人的本性的无限度的物质需求和享受等等，正是在这些虚假需求及其真实的满足中，人们丧失了辨别真假需要的能力，在政治、文化等领域日益被商品拜物教所支配。一方面，大众似乎能够从中获得真实的心理满足。另一方面，文化工业不断生产似乎恰合需要的大众文化产品。于是，在满足的愉悦不断被强化的过程中，虚假需求取代了真实需求，虚假意识取代了真实的思考，最终彻底贫化了否定意识和批判精神的土壤。质言之，大众文化以及现代传媒人为地制造了虚假的需要与欲望，这并非是为了消费者的真正需要，而是服从于社会控制和意识形态灌输的统治需要。

马尔库塞关于大众文化的思考分享了法兰克福学派大众文化批判理论的主流观点，与霍克海默、阿多诺一样，在一个全面异化的世界中，大众文化被视为统治的合谋和工具，然而在大众文化的肯定性、压抑性以及建构虚假意识之外，马尔库塞在特定历史时期又看到大众文化所蕴含的批判性潜能的另一面，这主要体现于60年代关于亚文化的思考中。一方面，在《单面人》（1964）中，马尔库塞悲观地认为，发达工业社会的意识形态统治与技术理性已经将世界全面同化，甚至语言也成为新的控制领域和工具，以一种引人注目的方式把强制性同一强加给人们；而另一方面，他又在《论解放》（1969）中，发现了亚文化这个尚未被征服的飞地。“今天，与现存语言世界的决裂将更加彻底，在抗议的最激烈领域，这等于在方法论上对意义的颠倒。那些亚文化团体创立它们自己的语言，他们将日常交流中无甚恶意的语言抽离语境，以之意指那些为现存现实所禁忌的对象或活动，这在今天已成为人们所熟知的现象了。嬉皮士亚文化就是如此：trip、grass、pot、acid，等等。但是一个更具颠覆性的话语天地则是以黑人战斗的语言来宣告自己的存在的。在这种黑人语言中出现一场系统的语言学反抗，它冲破语词被运用和被界定的意识形态的语境，而将它们置入一个对立的语境中——一个否定现存语境的语境。因此，黑人接管了西方文明中一些最崇高、最高雅

的概念，退去它们的神光，并予以重新界定。"[①] 首先，就革命的主体来说，黑人、嬉皮士、青年学生、受性别歧视的女性以及受压迫阶级等等，由于相同的否定和反抗的诉求以及相似的边缘性地位而走在了一起，他们在 60 年代末的文化革命中爆发出了革命的力量。其次，就革命的手段来说，如果语言被视为现存世界的反映甚至同谋，那么，在他们所创造的语言甚至污言秽语中就事实上蕴藏了对于现实社会的颠覆和反抗。最后，不仅在语言的领域，而且在其他文化艺术领域，也同样能够发现革命的力量，比如黑人音乐、爵士乐、摇滚乐、意识流文学、形式主义文学、十二音阶曲式等文化形式，马尔库塞认为，"它们与其说是修正和强化了旧感性的感觉形式，毋宁说摧毁了感觉结构本身，以便为（新感性）腾出空间"[②]。总之，构想和引导新感性和新意识，需要一种崭新的语言和文化来改定和传导新的价值，凭借它们异在性和超越性突破单面性社会的牢笼，实现对于对既存现实的革命性否弃。

马尔库塞对于大众文化批判潜能的发掘在理论上与布莱希特的"史诗剧理论"心有灵犀，同时也分享了巴赫金狂欢化诗学中与"广场话语"相似的思路，其现实的推动力则来自 60 年代末风起云涌的学生运动和文化实践的革命的激情和解放的梦想，而从马尔库塞思想发展的整体来说，这一切又服从于其建构新感性、实现人的解放的理论构想。没有感性层面上的变革，古老的亚当又将会在新的社会中被重新创造出来；被现存制度的合理性支配和束缚的感觉经验，将愈发使人"不能得到"那种可使人得到自由但并非习以为常的经验。自由社会建立的前提，就在于与世界的习以为常的经验决裂，与被肢解的感性决裂，鉴于发达的资本主义所实行的社会控制已深入到本能层面和心理层面，所以，发展激进的、非顺从的感受性就具有有非常重要的政治意义

① Herbert Marcuse, *An Essay on Liberation*, Boston: Beacon Press, 1969, pp. 34 - 35.

② Ibid., p. 38.

和社会意义，而文化的批判反抗和造反也必须在这个层面展开和进行。

当然，在经历了文化革命的高潮之后，马尔库塞重新陷入对于大众文化的深刻反思之中。一方面，语言领域的反抗事实上已经失去效力，“因为这种语言一旦为照料‘猥亵’的现存的东西说话时，它就不再是那种革命的语言了，也就是说，它就不能超越自身了”①。另一方面，曾经风起云涌的学生运动早已走过高潮，事实证明，“就革命的理论、本能以及最终的目的而言，学生运动不是一种革命的力量，甚至都可能不是一种先锋的力量”②。被寄予厚望的亚文化被证明并不是真正生长的否定意识的沃土，看起来艺术和审美的王国将成为最后的皈依地。但应该指出，无论是对于大众文化之整合功能的批判，还是对于其内在亚文化之颠覆潜能的挖掘，马尔库塞打碎异化世界的激进批判锋芒，以及渴望人的解放的激昂革命热情，无不表现出一个批判的知识分子的学术良心与社会担当。

2．审美之维

马尔库塞美学思想是其哲学思想发展的必然结果。整体来看，在马尔库塞的思想地图中，从海德格尔到黑格尔再到马克思的线索，标示出哲学指向社会批判和人的解放的实践品格，而弗洛伊德的线索则将人的解放从人类学转向个体、从社会经济学转向心理学和本能层面，从马克思到弗洛伊德以至“弗洛伊德主义的马克思主义”的思想行程规划了马尔库塞美学之思的基本视野，具言之，马尔库塞美学问题的提出源自发达工业社会批判，而其解决则期许于新感性，由此，艺术就成为政治实践，审美之维即人的解放的“审美乌托邦”。

马尔库塞是以批判所谓“正统马克思主义美学”的某些倾向为审美之维展开的前提。作为西方马克思主义美学家，马尔库塞从马克思那里汲取了思想灵感和理论资源，也将对“正统马克

① ［美］马尔库塞：《审美之维》，第140页。

② Herbert Marcuse, *An Essay on Liberation*, Boston: Beacon Press, 1969, p. 60.

思主义”美学的质疑和批判奠基于他所理解和阐释的马克思主义基础之上。所谓“正统”，在马尔库塞看来，“是指那种从占统治地位的生产关系的总体出发去解释一件艺术作品的性质和真实性；尤其是指那种把艺术品看作是以某种确定的方式，表现着特定社会阶级的利益和世界观的看法”[①]。显然，这里所谓“正统马克思主义美学”大体是以苏联模式的马克思主义美学为代表的，马尔库塞的批判性质疑可以概括为以下三个方面：

第一，在艺术与物质基础的关系问题上见物不见人，此可谓机械的经济基础决定论，这一倾向过于强调物质基础的现实的存在，而相对低估了个体及其本能的力量，从而低估了它们的政治潜能。

第二，在艺术与阶级的关系问题上只见阶级不见人，这属于僵化的阶级决定论：一方面，对现实主义进步性、“正确性”以及对于阶级意识的僵化强调，导致相对忽视了人的情感、想象、本能等领域的主体性力量，认为“只有一种无产阶级的文学才能够完成艺术进步的功用并产生一种阶级意识，以作为阶级斗争中必不可少的武器”[②]；另一方面，拘泥于艺术阶级性而忽视了艺术的普遍性和超越性，比如将“艺术的超越性视为意识形态斗争的主要对象”，事实上，像《悲惨世界》这样的现实主义作品也非仅仅局限于阶级压迫与不公，而更是批判普遍的非人性。

第三，在艺术的真理性问题上，简单化地将艺术的认识论功能等同于意识形态，而相对忽视了艺术的审美维度，由此导致在内容与形式问题上、艺术自律以及艺术的批判性等问题上的错误倾向，比如苏联马克思主义美学就存在“艺术不是作为艺术，而是作为被要求是的东西”[③] 的错误认识。

质言之，正统马克思主义美学在人的层面上忽视了人的自然

① ［美］马尔库塞：《审美之维》，第189页。

② Herbert Marcuse, *Counterrevolution and Revolt*, Boston: Beacon Press, 1972, p. 123.

③ Herbert Marcuse, *Soviet Marxism: A Critical Analysis*, New York: Columbia University Press, p. 116.

属性，在艺术的层面上忽视了艺术的自律性及其批判性。在批判“正统马克思主义美学”基础上，马尔库塞提出了自己的基本主张。他在《审美之维》中写道：“我将致力于以下论题：艺术对现存现实的控诉，以及艺术对解放的美景的呼唤，艺术的这些激进性质，的确是以更基本的维度为基础的。艺术正是在这个更基本的维度上超越其社会决定性，挣脱既存的论域和行为领域。同时又保持它在这个世界中难以抵挡的显现。艺术正是在这个维度上创造了一个王国，在这里，艺术特有的对经验的倾覆成为可能的：艺术创造的世界被认作是一种在现存的现实中却被压抑和扭曲了的现实。这种体验，于一些极端的情境中达到顶点；这些情境以正常条件下被否定的甚至前所未闻的真理的名义，粉碎着既存的现实。艺术作品从其内在的逻辑结论中，产生出另一种理性、另一种感性，这些理性和感性公开对抗那些滋生在统治的社会制度中的理性和感性。”① 这段话指明了马尔库塞美学思想的两个基本论域，一是艺术的美学阐释，一是新感性的美学建构，二者统一于“弗洛伊德主义的马克思主义”的美学思考中，马尔库塞将其简明扼要地表述为：“艺术不能改变世界，但是，它能够致力于变革男人和女人的意识和冲动，而这些男人和女人是能够改变世界的。60 年代的那场运动，意在迅猛改变人的主体性、本性、感性、想象力和理性。这场运动开启了认识事物的全新视野，开启了上层建筑对基础的渗透。”② 这就是马尔库塞审美之维的艺术—感性—解放的基本路线。

马尔库塞在《爱欲与文明》、《论解放》、《单面人》以及《反革命与造反》等著作中涉及了艺术问题，但其关于艺术问题的思考则是集中在《审美之维》中，这正体现了人的解放和自由在审美领域最终落实，马尔库塞的艺术美学涉及形式与内容关系、艺术自律、艺术政治性、艺术真理等问题。

马尔库塞认为，艺术的政治潜能在于艺术本身，即在审美形

---

① ［美］马尔库塞：《审美之维》，第 195 页。

② 同上书，第 212 页。

式本身，“艺术通过其审美的形式，在现存的社会关系中，主要是自律的。在艺术自律的王国中，艺术既抗拒着这些现存的关系，同时又超越它们；因此，艺术就要破除那些占支配地位的意识形式和日常经验”。可见，审美形式不仅关乎艺术自身的自律性存在，而且还关乎艺术对于现实的批判。那么，什么是审美的形式呢？审美的形式是将既定现实或历史的内容以及个体的或社会的事实通过审美的变形而成为自足的艺术整体所得到的结果，艺术创作的过程就是审美的变形的过程，亦即内容成为形式、形式成为内容的过程。由此可知，在马尔库塞的语境中，审美的形式就是艺术形式。马尔库塞的艺术形式具有以下基本内涵：首先，艺术形式在艺术作品中具有决定性地位。“一出剧，一部小说，只有借助能‘溶合’和升华‘素材’的形式，才能成为真正的艺术作品”[①]，而形式也非纯粹的无内容的形式，一部作品是否真实就取决于内容是否成为形式，这就是“形式的专制”。其次，艺术形式即艺术本身。故事、素材、对象等仅仅是艺术作品的可能性的要素，而只有形式才将这种可能性变成现实性，艺术作品也因形式而获得自足性，因此艺术形式“是艺术本身的现实”。再次，艺术形式服从于美的规律。艺术形式“是质（意义、节奏和对比）的总体，这些质使一部作品成为封闭的有着自己结构和秩序（即一定风格）的整体”[②]，正是艺术形式建构了艺术的自律的王国。最后，艺术是感性的形式，艺术形式的背后“乃是美感与理性的被压抑的和谐，是对统治逻辑组织生活的持久抗议，是对操作原则的批判。不仅在个体层次上，而且在属的历史的层次上，艺术也许都是最显而易见的‘被压抑物的回归’”[③]。可以说，艺术形式通过感性的直接性在艺术作品中改造了现实中占统治地位的秩序，并创造出虽来自现实又同既存现实相疏离的另一个想象的理想的世界，艺术的审美自律的王国就

① ［美］马尔库塞：《审美之维》，第189—190、218页。

② ［美］马尔库塞：《工业社会和新左派》，任立编译，商务印书馆1982年版，第146页。

③ ［美］马尔库塞：《爱欲与文明》，第104页。

是艺术形式所建构，真正的艺术执着于它本身的自律性本质。

艺术自律使艺术能够跳出“介入的文学”艺术的狭隘牢笼，凭借异质于、疏离于现实生活的艺术形式而实现自身批判现实的潜能。“赋予艺术的非妥协的、自律的形式以审美形式，就是让艺术从‘介入的文学’中挣脱出来，从实际生产和生活中挣脱出来。”“艺术与生产过程的分离，就成为艺术的一个避难点和立足点；艺术由此抨击由统治而建立的现实。”① 艺术的自律性表明，在艺术与现实的关系上，艺术拒绝与现实同流合污，马尔库塞进一步将其概括为“异在性”。艺术的异在性与自律性实为一个问题的两个方面，对于现实而言，艺术的自律性维度就是异在性的，而对于艺术而言，异在性则表现为自律性。异在性保持了艺术与现实之间的张力，否则，艺术将成为既存现实的依附物。马尔库塞清楚地指出，“艺术，作为现存文化的一部分，它是肯定的，即依附于这种文化；艺术，作为现存现实的异在，它是一种否定的力量”。艺术的历史可以理解为肯定性与否定性对立关系的历史，然而在发达工业社会中，显然艺术的否定力量显得更为急迫。因此，“无论艺术是怎样的被现行的趣味和行为的价值、标准以及经验的限制所决定、定型和导向，它总是超越着对现实主义的美化、崇高化，超越着为现实排遣和辩解。即使是最现实主义的作品，也建构出它本身的现实”②，艺术即“异在”。艺术的异在性意味着艺术的世界是一个超越性的世界。艺术不止反映现实，但也不是对于现实的直接控诉，它指出另一种可能的超越于现实世界的社会，正是在艺术世界的创造中，而且也只有在这个艺术创造中，艺术超越了现实，艺术的否定性、批判性得以实现。马尔库塞论道，艺术一方面为异化的人性提供最后的庇护，另一方面，艺术又批判这种人性艺术的现实，因此可以说，“所有的真正的艺术都是否定的”，艺术作为否定，它拒绝既有现实的一切，由此马尔库塞得出“艺术是大拒绝”的著

① ［美］马尔库塞：《审美之维》，第205—206、203页。

② 同上书，第181页。

名论断："艺术无论仪式化与否，都包容着否定的合理性。在其先进的位置上，艺术是大拒绝，即对现存事物的抗议"①。

在资本主义异化的世界中，马尔库塞赋予艺术以政治性的革命功能，艺术就是用被压迫者的语言来抗议和拒绝现实社会，革命是艺术的本质，也是他衡量一切艺术的基本尺度，事实上，政治斗争的必要性正是《审美之维》写作的前提。无论是对于大众文化的批判还是对于高雅文化的倡扬，标准都是其中所蕴含的批判潜力，即使是在大众文化批判中，他也对摇滚乐这样的亚文化形式中的颠覆力量表示过肯定和赞扬，而一旦发现这种文化转变为现实生活的一部分、丧失了对抗和超越的潜力时，他马上重新开启对于大众文化的批判。艺术的造反和批判功能根源于他们自身的审美特性之中，马尔库塞指出，艺术作品只有作为自律的作品，才能同政治发生关系，艺术的政治潜能就在于艺术本身，确切地说，只有当艺术作为艺术，而不是作为政治的时候，艺术的政治潜能才能得到真正的表达，职是之故，"艺术不能为革命越俎代庖，它只能通过把政治内容在艺术中变成元政治的东西，也就是说，让政治内容受制于作为艺术内在必然性的审美形式时，艺术才表现出革命"②。艺术的政治性是通过非政治性的艺术世界来实现的，服从于艺术的美学原则，"艺术作为一种政治力量只在于艺术自身保存有解放的形象"③。质言之，政治的维度植根于审美的维度，审美的维度亦无法剥离其政治性，艺术与政治的联结就在于艺术本身。

此外，马尔库塞还讨论了艺术的真理性问题。艺术的审美自律的王国是虚幻的，但它能够提供更为"真实的"东西，这是一个颠倒的逻辑：在艺术的世界中，现实世界的真实性显露出虚假性、荒谬性、欺骗性，而现实世界的种种非人性也反过来凸显艺术世界对于未来的真实承诺。因而，"艺术的无力的幻象的真

① ［美］马尔库塞：《单向度的人：发达工业社会意识形态研究》，第56页。

② ［美］马尔库塞：《审美之维》，第163页。

③ Herbert Marcuse, *Soviet Marxism: A Critical Analysis*, New York: Columbia University Press, p. 117.

理性证明了它的形象的有效性。社会越是明显的不合理，艺术领域的合理性也就越大”[①]。艺术通过疏离性的表达方式创造出在既成现实世界中被压抑的现实，在艺术的世界中包含着比现实世界更多的真实，惟其如此，对于现实的否定和超越才构成了艺术的基本品质。正如马尔库塞在接受采访时曾经指出的：“一切真正的文学都有双重的使命。一方面，它是对现存社会的批判；另一方面（这与第一方面内在地联系在一起），它又是对解放的期望”，“换言之，艺术是独立于既定现实原则的，它所召唤的是人们对于解放形象的向往”[②]。

综上所述，艺术的否定与批判以及对于人的解放与自由的期许都生长于艺术形式所建构的审美自律的王国中，艺术形式、艺术自律以及艺术真理三位一体，构成了马尔库塞的解放的艺术政治学。需要强调的是，关于艺术政治学的进一步思考并没有在经典马克思的人的解放的道路上延伸，而从阶级和社会转向个体与心灵，转向“新感性”。这一转向不仅表明了马尔库塞由对从文艺与文化运动之间关系的现实关注走向审美的解决，而且也表明了他向审美乌托邦的最终退守。

“新感性”美学进路的提出具有现实和思想多重背景。就其现实的背景而言，由于技术理性、大众传媒以及资本逻辑的强大，在物质极大丰富的表象下，发达工业社会中人的感性的层面被压抑了，感性的压抑成为统治的手段之一，甚至渗透至人的本能领域，这是思考人及其解放之途的最大现实。由此带来的冲击之一就是，作为马克思所设想的革命的历史主体，无产阶级已经被资产阶级分裂、溶解和整合，无产阶级的革命意识与革命力量被极大削弱了；而学生造反运动，作为无产阶级之外、曾受到马尔库塞激赏和支持的另一支力量也已经走进了低谷，其革命性值得质疑。因此，在反抗现实的革命的意义上，新感性“产生于反对暴行和压迫的斗争中，这场斗争根本上致力于一种崭新的生

---

① ［美］马尔库塞：《审美之维》，第30页。

② ［英］布莱恩·麦基：《思想家——当代哲学的创造者们》，第72—73页。

活方式和生活形式，否定整个现存体制、现存道德和现存文化，肯定建立一个崭新社会的权利。在这个社会中，贫困和劳苦的废除诞生了一个新的天地，它感性、娱乐、安宁和美，在这个天地中成为生存的诸形式，因而也成为社会本身的形式”[①]。正是在这种意味上，新感性已成为社会历史的实践，成为改变资本主义的“物质基础之下的物质基础”。

就思想背景而言，马尔库塞认为，美学学科的确立提出了与理性秩序相反的感性秩序，然而，感性只是在受到了巨大的改变以后，才在艺术理论中找到了安身立命之处。这在古典唯心主义美学那里，表现为艺术的真理是感性的解放，然而其实现的途径却是感性与理性调和，但马尔库塞并不认同席勒的这种观点，被压抑的感性即使在与理性的调和中，也将依然无法改变理性世界中的被压抑的地位。而在马克思那里，“人的感觉”在世界的对象化问题中已被提出，并且看到在人的欲求结构中蕴藏着美的追求，然而，个体的“感觉的解放”在革命实践中的关键性地位并没有得到充分的重视，而卢卡奇关于“无产阶级的阶级意识”的思考局限于阶级层面上，而没有意识到感觉在社会革命与个人需要之间的中介性作用。因此，马尔库塞提出，要“企图恢复审美一词的原初意义和功能，从而在理论上克服这种压抑。这个任务要求证明在快乐、感性、美丽、真理、艺术和自由之间有一种内在的联系，这种联系在审美一词的哲学史上曾被揭示过。在这个词于此所指的领域中，保存了感觉的真理，并在自由的现实中调和了人的‘高级’机能与‘低级’机能、感性与智性、快乐与理性”[②]。就其关乎感官与艺术的层面而言，审美就具有自由的生产和创造的意味，正是在这一意义上，审美的现实化将成为那些作为审美主体的个体感性领域。

因此，无论在理论的层面还是在现实的层面新感性就成为马尔库塞思考人的解放的重要进路。马尔库塞在《论解放》中写

① Herbert Marcuse, *An Essay on Liberation*, Boston: Beacon Press, 1969, p. 25.

② ［美］马尔库塞：《爱欲与文明》，第126页。

道："新感性表达了生命本能超拔于攻击性和罪恶之上，他将在社会范围内孕育出消除不公和苦难的生命欲求；它将型构生活标准向更高水平进化。生命本能在不同生产部门之内及其之间，规划社会必要劳动时间的分配时，将会找到自己的合理表达（升华），因而能置目标和选择以优先地位，即不仅在于生产什么，而且在于产品的形式。解放的意识将推进科学与技术的发展，使它们在保护和造福生命的过程中，自由地发现并实现事物和人的可能性，并为了实现这一目标，而充分调动起形式和质料的潜能。这样技术就将会成为艺术，而艺术将会塑造现实，这就是说，想象与理性、高级能力与低级能力、诗歌与科技思维之间的对立将会被消除。于是一种新的现实原则诞生了，按照这一原则，一种新的感性与一种反升华的科学理智，将在'美的尺度'的创造中结合在一起。"[①] 在马尔库塞看来，"新感性"能够超越抑制性理性的界限和力量，同时释放被异化的现实和消费控制所束缚的审美力量，而新感性作为一种改造、重建社会的现实生产力，则为把现实改造为艺术品提供了可能。当生活的世界成为审美的世界，在那里，异化被扬弃，消费控制被消解，感性及其经验获得解放，审美与现实重新统一，"现实变成一件艺术品"，这种艺术化的现实就是审美乌托邦的理想国。

马尔库塞的新感性美学建基于重新阐释的弗洛伊德心理学基础之上。在弗洛伊德看来，人的心理世界是一个爱欲本能、破坏本能与外部世界对立冲突的世界，其中贯彻着三个基本原则：快乐原则、至善原则和现实原则，由此可推断，人类文明史就是一个爱欲即快乐原则被压抑的历史，马尔库塞将弗洛伊德文明观的基本推断概括为"压抑性反升华"，即用压抑爱欲能量的方式来释放压抑。然而马尔库塞认为，文明与本能压抑之间并不存在必然的因果联系，他提出与"压抑性反升华"相对立的"非压抑性升华"的概念。"社会准许、人们也都可以指望的满足范围，

① Herbert Marcuse, *An Essay on Liberation*, Boston: Beacon Press, 1969, pp. 23 – 24.

今天已经大大扩大。但由此达到的满足却使快乐原则被减弱——拒不与既定社会相调和的权利被剥夺净尽。快乐因而被调整来为产生顺从态度而服务。同调整过的、俗化的快乐相对照，升华维护这压抑性社会加诸个人的拒绝意识，因而也维护着解放的需要。可以肯定，一切升华都是由社会力量来实施的，但这一社会力量的不幸意识已经克服了异化。还可以肯定，一切升华既接受了社会为阻止本能的满足而设置的壁障，又越过了这一壁障。”① 在资本主义异化现实中，由于人沦为劳动的工具，劳动蜕变为对人的本质的摧残，爱欲受到全面压抑，而爱欲的压抑导致了攻击本能的滋长和扩张，资本主义社会成为攻击性社会标示出人性异化的程度。因此，“非压抑性升华”赋予爱欲以非压抑的方式得到解放的可能，从将爱欲的实现真正关系到人的解放的实现，这就实际上将弗洛伊德心理学阐释为批判的社会学。“毫不妥协地表达着人类的恐惧与希望的那些集体及其理想、那些哲学体系和文学艺术品，依然在抵抗着现行现实原则，它们是对现实原则的彻底否定。”②

新感性意味着自然的解放，一是解放属人的自然属性，即作为人的理性和经验基础的人的原初冲动和感觉；一是解放外部的自然界，即人的实存的自然环境。就后者而言，自然界作为人类劳动实践的对象，是一种服从于人类理性的自然，这种理性在其程度上愈发成为技术理性、工具理性，而在资本主义时代越来越屈从于资本主义的要求，并且这种理性也被用作去压制人的自然属性。“让我们回顾一下要求原初的冲动适应现存制度的需求的两个特有的当代形式：其一，通过把攻击性行为转化为技术工具，从而弱化了罪恶感，以便对攻击性进行社会操纵；其二，通过控制反升华作用，以及造型艺术的产生，达到对性欲的社会操纵，它也导致了罪恶感的弱化，并因此促成了‘合法的’满

① ［美］马尔库塞：《单向度的人：发达工业社会意识形态研究》，第61—62页。

② ［美］马尔库塞：《爱欲与文明》，第74页。

足。”[1] 自然的解放，就是重新恢复人的自然属性中促动生命的力量，就是重新恢复在异化现实中不可能存在的感性的审美性能，正是这些审美的性能揭示出自由的崭新性质。

感受力是新感性最为基本的特征，感受力的恢复为爱欲的解放打下基础[2]。以一种全新的方式去看、去听、去感受新事物，新的感受力消解了被压抑被异化了的旧的感受力，从而使个体获得以新的方式和能力认识自我和世界的可能。因而，“新感性的政治表现揭示出反抗的深度以及与压迫连续体断裂的深度，它们见证了社会在调整有机物及其环境之间的新陈代谢整体与经验整体的力量。除生物学水平之外，新感性的紧迫性发展为历史的紧迫性，即感官所遭遇和领悟的对象成为特定文明阶段和特定社会的产物，而感官反过来又与它们的对象相适合。这种历史性相互关系甚至影响到原初的感觉：现存社会向所有社会成员强行灌注相同的感觉媒介，并通过所有个体和阶级在视野、水平和背景的差异，提供相同的普遍的经验世界。结果，与攻击性和剥削连续体的决裂就是与适合于既存世界的感性的决裂”[3]。同时，新感受力并非纯粹感性的，马尔库塞对于新感受力的阐释一般伴随着理性能力的参与，强调非压抑性文化观不能无视与理性的联系。

想象与回忆构成艺术挑战现行理性原则和现实原则的重要维度，“如果我们的社会改造真要造成革命性的、实质上的变化，就必须彻底变革这种原初的经验本身，即彻底变革这种定性的、基本的、无意识的或者前意识的经验世界的结构”[4]。艺术想象形成了对没有成功的解放、被抛弃的诺言的无意识记忆。想象的真理性价值不仅与过去而且与未来有关，想象之所以认为现实原则对于幸福和自由的限制是可以取消的，之所以不忘记可能存在

① ［美］马尔库塞：《审美之维》，第121页。

② 丁国旗：《马尔库塞美学思想研究》，社会科学文献出版社2011年版，第204页。

③ Herbert Marcuse, *An Essay on Liberation*, Boston: Beacon Press, 1969, pp. 36–37.

④ ［美］马尔库塞：《审美之维》，第124页。

的东西，乃是由于其自身的批判性。与想象相关的是“回忆”，在马尔库塞看来，回忆作为一种认识能力是一种综合，压抑的社会允许它在艺术中以“诗意的真理”而存在，而且只能以诗意的真理存在①。马尔库塞在对想象、回忆的阐述中流露出对于前技术文化的眷恋，正是如此，他说，艺术表达了被压抑的解放形象的想象和回归。事实上，马尔库塞吸收了席勒关于游戏冲动调和理性冲动和感性冲动来实现人类解放的思想，艺术和审美既是对于理性原则和操作原则的批判，也是对于被压抑的感性的解放，它使理性和感性的对立关系转化为和谐统一关系，从而把人从异化状态中解放出来。因此，“艺术，在其最基本的层次上，就是回忆：它欲求达到一种前概念的经验和理解。而这些前概念的东西，又都再现于、或相悖于经验和理解的社会功用的框架，也就是说，这些东西都相悖于工具主义的理性和感性”②。

综上所述，对于非禁欲的自由生活的本能欲求中蕴含新的革命历量，爱欲的解放是单面人解放的必由之路，感受力、想象力与回忆以及人的自然属性的回归，总之，新感性的建构不仅将找回真正完整的新人，而且赋予展望新社会的到来以基本前提，“只有当社会由一个具有新质的历史主体来组织、维持和再生产时，社会才是合理和自由的”③，而艺术就是这样一个自由社会的建筑师，审美就成为价值维度上的解放的想象。

正如佩里·安德森所言，“自从启蒙时代以来，美学便是哲学通往具体世界的最便捷的桥梁，它对西方马克思主义理论家具有一种经久不衰的特殊吸引力”④。马尔库塞亦不例外。对于他来说，美学不仅具有特殊的吸引力，而且成为他的批判理论的最后归宿，审美的解放成为一种自由的想象，但是正如保罗·蒂里

① Herbert Marcuse, *Counterrevolution and Revolt*, Boston: Beacon Press, 1972, p. 70.

② ［美］马尔库塞：《审美之维》，第 159 页。

③ ［美］马尔库塞：《单向度的人：发达工业社会意识形态研究》，第 212 页。

④ ［英］安德森：《西方马克思主义探讨》，高铦译，人民出版社 1981 年版，第 100 页。

希所指出的，“没有乌托邦的人总是沉沦于现在之中；没有乌托邦的文化总是被束缚于现在之中，并且迅速地倒退到过去之中，因为现在只有处于过去和未来的张力之中才会充满活力”①。当马尔库塞坦言艺术不能改变世界，却能改变致力于改变世界的人们的意识和冲动时，席勒关于自由和政治借道美学的路向就再一次凸显出来。在技术理性批判以及大众文化批判中，审美是通达自由的手段，而在20世纪60年代末期以后，马克思社会政治学批判被扭转为审美的批判，经由推翻资本主义制度的革命而实现人的解放被扭转为经由人的本能的解放才能实现人与社会的全面解放，于是，审美在马尔库塞理论规划中，就如同在其他西方马克思主义理论家那里一样，成为最后的归宿，成为目的本身。

三　结构主义与理论的反人道主义

阿尔都塞往往被界定为“结构主义马克思主义”，这主要是指他借用结构主义理论来试图科学地阐释马克思，同时他的部分观点与结构主义思路异曲同工，比如在反对和批判“理论的人道主义”方面，此外，其理论话语也被认为某种程度上具有结构主义风格。阿尔都塞的马克思主义理论具有明显的结构主义倾向和特点，但结构主义的理论架构并不能完全统帅阿尔都塞马克思主义理论全部。

首先，结构主义并非严格意义上的哲学，而毋宁说因其批判近代主体哲学的方法论而部分地承担了哲学的功能。结构主义经典理论以索绪尔的普通语言学理论为基础，注重对结构内部共时性关系分析；而阿尔都塞以马克思主义社会结构观（经济基础/上层建筑）为理论基础，强调上层建筑与经济基础之间复杂关系的分析。此外，阿尔都塞生前未出版的遗作《论列维－斯特劳斯》就是对经典结构主义代表人物列维－斯特劳斯符号学结

① ［美］保罗·蒂里希：《政治期望》，徐钧尧译，四川人民出版社1989年版，第216页。

构主义理论的批判，虽然被认为这一批判并未抓住要害。其次，阿尔都塞是政治观点鲜明、关注社会现实的马克思主义哲学家，这也与结构主义的理论旨趣有别。他一生历经“二战”、阿尔及利亚独立运动、越战、巴黎“五月风暴”等重大历史事件，这些都对其终生的思考产生了重要影响。他关注国际共产主义运动以及法共内部的理论问题，并切身参与到理论斗争中。20 世纪 50 年代末期，阿尔都塞对法共权威理论家加洛蒂的严厉批判引发了广泛争论；在 60 年代中苏论战中，他同情、支持中国，并对毛泽东革命思想给予独到阐释；在 60 年代末期的“五月风暴”中被视为学生运动的精神领袖；在 70 年代文化革命退潮后，他关注并思考当下的马克思主义危机问题。作为世界历史的“参与者”、“反应者”、“受害者”[①]，以及作为马克思主义哲学家，阿尔都塞对当代西方哲学、政治学以及整个人文学术研究都产生了广泛而深刻的影响。最后，阿尔都塞除了受到结构主义的深刻影响之外，黑格尔、马克思、弗洛伊德、斯宾诺莎、马基雅维利等思想家都对其产生过重要影响，历史地看，阿尔都塞经历了从天主教徒到黑格尔主义再到马克思主义和晚年“偶然相遇的唯物主义”的思想历程；此外，阿尔都塞也与拉康、福柯等理论家交往密切，他的思想视野中也不乏后结构主义思想的身影。

职是之故，所谓“结构主义马克思主义”无疑是阿尔都塞思想中的一个重要环节和方面，但绝非全部，而“阿尔都塞从未明确将自己归入结构主义之中”[②]，因此如以结构主义来统帅阿尔都塞理论视域和阐释框架，则可能面临着将对象均质化、同一化和简单化的危险。本节将阿尔都塞理论统称为科学主义马克思主义理论，而在讨论阿尔都塞的美学理论之前，将首先对其科学主义马克思主义哲学论述予以简要阐发，以廓清由之奠基的阿

① Gregory Elliot, *Althusser*: *A Critical Reader*, Oxford: Oxford University Press, 1994, p. 8.

② Ted Benton, *The Rise of Structural Marxism*, London: Macmillan Publisher, 1984, P. 14.

尔都塞美学理论的地平线。

自近代以来，认识论哲学将理论与存在的根基安置于“主体”之上，纯粹的自我——即意识——成为认识世界和实践世界的第一原理，这就彻底驱逐了中世纪神学的“上帝”，而确立起奠基于意识哲学的近代主体论哲学，阿尔都塞将其称为“理论的人道主义”。“理论的人道主义”被阿尔都塞视为意识形态，在资本主义时代是资产阶级的意识形态，他认为这正是马克思主义要批判的对象，由此旗帜鲜明地提出，马克思主义是“理论的反人道主义”。“理论的反人道主义”体现了阿尔都塞作为政治哲学家的理论本色，其思想基础是所谓“认识论的断裂”。

“二战”之后的法国马克思主义哲学，存在着将马克思主义等同于早期马克思主义的认识，而且认为只有早期的马克思主义才是真正的马克思主义，即晚期马克思是经济学家，而早期的马克思是哲学家。阿尔都塞的态度与此相反，他认为马克思思想分为青年马克思的意识形态阶段和后期马克思的科学阶段，前后期之间以1845年的《德意志意识形态》为标志，形成“认识论的断裂”；青年马克思是人道主义的马克思，后期马克思即科学主义的马克思，才是真正的马克思。早在1961年，阿尔都塞在《论青年马克思》论文中就开始了对马克思的阿尔都塞式的解读，他断定在马克思著作中存在着一个认识论的断裂，历史唯物主义和人道主义是无法相容的：“马克思不得不从一个偶然的开端出发（他的出身），然后又不得不越过幻觉的重重障碍，才终于突破了沉重的意识形态襁褓。……人们可以懂得，在某种意义上，如果考虑到这个开端就绝对不能说‘青年时期的马克思属于马克思主义’。”[①] 而在1965年《序言：今天》中，阿尔都塞将马克思著作分为青年时期、断裂时期、成长时期、成熟时期四个阶段，其中1840—1844年为青年时期著作，以《1844年经济学哲学手稿》、《神圣家族》为代表，1845年为断裂时期，以

① ［法］阿尔都塞：《保卫马克思》，顾良译，商务印书馆2010年版，第72页。

《费尔巴哈提纲》、《德意志意识形态》为代表，1845—1857 年为成长时期，以《共产党宣言》和《哲学的贫困》等为代表，1857 年以后的著作为成熟时期的著作。

阿尔都塞的上述判断根基于其所谓“问题结构”的观念。问题结构这一范畴意指在思想与思维背后支配、决定某一“问题和答案的可能性范围”的结构，它决定着问题如何作为问题而呈现，决定着对于该问题如何解答以及答案的存在样态。质言之，思维必须、也只能在问题结构中展开和运动。一种新的思想的产生具体体现为新旧问题结构的过渡，而问题结构的断裂则意味着完全打破并抛弃旧的问题结构，而转换到全新的问题结构上来，但具体到理论家，其间也存在着新旧问题结构之间的对立、竞争和冲突。因此，理论的“问题结构”就成为观察和判断特定思想变化的最根本的尺度。同样，说马克思思想存在着认识论的断裂，存在着认识论断裂前后完全不同的马克思，也主要体现为问题结构的根本性不同。

阿尔都塞认为，青年马克思时期的“问题结构”是黑格尔/费尔巴哈式的人学的问题结构，其中心范畴“异化”，围绕它的主要范畴包括主体—客体、具体—抽象、人—精神等等。具言之，青年时期的马克思，即 1840—1845 年时期，是人道主义的马克思；从 1845 年起，马克思同一切把历史与政治归结为人的本质的理论彻底决裂。“这一决裂包括三个不可分割的理论方面：（1）制定出建立在核心概念基础上的历史理论和政治理论，这些概念是：社会形态、生产力、生产关系、上层建筑、意识形态、经济基础最后决定作用以及其他特殊的决定因素等等。（2）彻底批判任何哲学人道主义的理论要求。（3）确定人道主义为意识形态。”① 阿尔都塞认为，马克思发生认识论的断裂的具体时期可以确定在 1945 年左右的《德意志意识形态》时期，它所带来的直接成果就是确立“科学的问题结构”，其理论形态就是唯物辩证法。

---

① ［法］阿尔都塞：《保卫马克思》，第 218—220、223 页。

在“认识论的断裂”基础上，阿尔都塞提出马克思主义是“理论上的反人道主义”的判断：“就理论的严格意义而言，人们可以和应该公开地提出关于马克思主义的理论反人道主义的问题；而且人们可以和应该在其中找到认识人类世界（积极的）及其实践变革的绝对可能性条件（消极的）。必须把人的哲学神话打得粉碎；在此绝对条件下，才能对人类世界有所认识。”①

首先，阿尔都塞并非笼统地反对文艺复兴意义上的人道主义，而是反对资产阶级的人道主义，即作为资产阶级意识形态的人道主义。作为新兴市民文化的基本精神，发端于欧洲 15 世纪以来的人道主义反对封建专制制度及其思想，肯定人的尊严和自由以及世俗生活的正当性，张扬人的独立和平等，阿尔都塞认为，这些人道主义的历史功绩不容否认，但是历史地看，人道主义的出现与资产阶级的新兴无法分开，从根本上说是资本主义商品经济的要求，是资产阶级意识形态要求的反映。阿尔都塞强调马克思主义的“理论的反人道主义”，其核心就在于人道主义是资产阶级的意识形态。“说人道主义是个意识形态的概念（因而不是科学的概念），这是为了肯定，一方面它确指一系列存在着的现实，另一方面它不同于科学的概念，因而不能提供认识这些现实的手段。它是用一种特殊的（即意识形态的）方式确指一些存在，但不能说明这些存在的本质。”② 人道主义范畴突出了其自身的普遍性，以人的普遍的自然人权模糊了阶级性和革命性，客观上有利于资产主义制度的稳定，因此“归根结底是要认识到，人道主义的本质是意识形态”③。

其次，马克思主义哲学是政治哲学。青年马克思的人道主义经历了两个阶段：第一阶段是 1840—1842 年，占主导地位的是离康德和费希特较近而离黑格尔较远的、理性加自由的人道主义，第二阶段是 1842—1845 年，占主导地位的是另一种形式的

① ［法］阿尔都塞：《保卫马克思》，第 225—226 页。
② 同上书，第 218 页。
③ 同上书，第 227 页。

人道主义，即费尔巴哈的“共同体”的人道主义。这一时期的马克思认为存在着普遍的人的本质，它决定个体的人的基本属性，而在资本主义社会中，人的这一本质预设沦为资本主义现实中的异化，从而革命就成为异化逻辑的逻辑，但晚期马克思的历史唯物主义彻底抛弃这一逻辑。在真正的马克思主义哲学中不存在“人”这一范畴，马克思代之使用的是生产力、生产关系、经济基础、上层建筑、社会形态等范畴，以从中寻找变革世界的社会实践的可能条件，就此而言，马克思主义哲学是政治哲学，而非关于人的哲学，否则，无产阶级“作为工人在真正统治的政权，即控制决定历史的物质条件和政治条件的资产阶级政权面前，却解除了武装。人道主义路线使工人远离阶级斗争，阻碍了他们利用他们拥有的唯一力量：他们借助他们阶级组织（工会、政党）组织成为阶级的力量”①。

最后，阿尔都塞提出“理论的反人道主义”与斯大林之后所出现的社会主义人道主义口号有关，同时又有近代主体性哲学的理论背景。阿尔都塞认为，“社会主义人道主义”口号的出现具有现实积极意义，但是就马克思主义理论来说，社会主义是科学范畴，而人道主义是意识形态范畴，因此社会主义与人道主义之间的对立是科学与意识形态的对立，而事实上，将马克思主义人道主义化，也正是当下马克思主义危机出现的理论根源。“我们要理解人类社会，最重要的不是作为主体的人的有意识的活动，而是作为这些有意识活动的先决条件的无意识的结构”②，马克思主义作为“理论的反人道主义”就是要厘清青年马克思与晚年马克思“认识论的决裂”，从科学主义立场阐述马克思主义理论。另一方面，人道主义之所以是理论的，或者说在人道主义之前加上理论，则是指向以笛卡尔为起点的主体论近代哲学。阿尔都塞认为，对于尚未与费尔巴哈决裂的人道主义的马克思来

① ［法］阿尔都塞：《自我批评论文集》（补卷），台北：远流出版公司1991年版，第109页。

② ［美］戴维·麦克莱伦：《马克思以后的马克思主义》，李智译，中国人民大学出版社2004年版，第332页。

说，“人”与笛卡尔的“我思”、康德的“先验主体”、黑格尔的“理念”一样分享主体论哲学的理论根基。因此，不论是社会主义人道主义还是作为资产阶级意识形态的人道主义，彻底的人道主义批判必须从理论上予以展开，质言之，马克思的理论的反人道主义，“意味着拒绝把对社会形态及其历史的解释植根于那种抱有理论企图的人的概念——就是说，作为开端性主体的人的概念”①。

需要指出的，“理论的反人道主义”思想在阿尔都塞早晚期也存在不尽相同的理解，但其理论的要义没有根本改变。“理论的反人道主义”思想预设了青年马克思主义与老年马克思主义之间、人道主义与社会主义、意识形态与科学主义之间的断裂与对立，其中有些观点在阿尔都塞之前就已出现，而反人道主义的观点在西方马克思主义理论家卢森堡那里也已存在，但是，阿尔都塞这一思想的核心是反对用人道主义遮蔽阶级斗争的必要性和可能性，反对抛弃马克思所确立的阶级斗争和无产阶级革命的科学原则，体现了阿尔都塞理论的鲜明政治性，“‘科学方法’、‘行动指导’和‘科学的革命理性论’，马克思主义同时表达出了科学活动最苛刻的要求和将它们统一进人类历史和实践的现实的粘合剂”②，从而阿尔都塞的马克思主义阐释构成了与人道主义相对立的科学主义一脉。

四　意识形态批评

阿尔都塞关于马克思“理论的反人道主义”阐述已经涉及意识形态问题，实际上，意识形态正是阿尔都塞美学之思的核心范畴之一，他关于意识形态问题的阐述对西方马克思主义美学和文化批评产生了深远影响，而其中影响最大的则是“意识形态

① ［法］阿尔都塞：《哲学与政治》（上），陈越译，吉林人民出版社 2011 年版，第 182 页。

② ［法］阿尔都塞：《黑格尔的幽灵——政治哲学论文集》（Ⅰ），唐正东等译，南京大学出版社 2005 年版，第 342 页。

国家机器”理论。

1．意识形态国家机器

意识形态范畴源自法国思想家特拉西，但在马克思那里得到根本性改造，这主要表现为意识形态被纳入政治经济学理论框架之中，认为意识形态不仅以特定的观念幻象掩盖了真实的一般，而且作为统治的手段和工具获得了批判意义，因而具有了认识论和社会学的双重视野。此后，意识形态理论在诸西方马克思主义理论家中得到进一步阐释和拓展。阿尔都塞的意识形态理论也是从马克思出发的，他关于意识形态的基本界定为：“意识形态是具有独特逻辑和独特结构的表象（形象、神话、观念或概念）体系，它在特定的社会中历史的存在，并作为历史而起作用。……作为表象体系的意识形态之所以不同于科学，是因为在意识形态中，实践的和社会的职能压倒理论的职能（或认识的职能）。”[①] 这一界定包含了从意识形态的外在特征、存在形式、社会职能等诸层面。

从外在特征来看，意识形态作为表象体系，是个人与其实在生存条件的想象性表述。在意识形态中发现的、通过对世界的想象性表述所反映出来的东西，往往被认为就是现实的生存世界，却忘记了其中的“想象”性质，这是马克思关于意识形态虚假性、欺骗性的阿尔都塞式表达。他指出，这些表象“在大多数情况下和‘意识’毫无关系；它们在多数情况下是形象，有时是概念。它们首先作为结构而强加于绝大多数人，因而不通过人的‘意识’。它们作为被感知、被接受和被人受的文化客体，通过一个为人们所不知道的过程而作用于人。……因此，意识形态根本就不是意识的一种形式，而是人类‘世界’的一个客体，是人类世界本身”[②]。也即是说，意识形态不仅是马克思主义上的虚假观念的逻辑体系，而且是具有自身独特逻辑和规律的表象体系，“观念的存在被纳入了实践的行为，这些实践受到仪式的

① ［法］阿尔都塞：《保卫马克思》，第227—228页。

② 同上书，第229页。

支配，而这些仪式归根到底又是由意识形态机器来规定的。由此看来，主体只有作为一个体系所扮演的角色，他才在行动。这个体系就是意识形态，它存在于物质的意识形态机器当中，并规定了受物质的仪式所支配的物质的实践，而这些实践则存在于主体的物质的行为中。于是这个主体就在完全意识到的情况下按照他的信仰来行动了”[①]。

从存在形态来看，意识形态虽然属于意识范围，但它的存在形式却是无意识的。“意识形态涉及到人类同人类世界的‘体验’关系。这种关系只是在无意识的条件下才以‘意识’的形式而出现；同样，它只是在作为复杂关系的条件下才成为简单关系。”[②] 换句话说，意识形态作为被感知、被接受、被忍受的“客体”，是通过一个不被意识到的过程实现的，这在这一过程中，我们自以为是意识形态的意识主体甚或主人，而实际上却是受意识形态驱使的奴隶。“把意识形态作为一种行为手段或一种工具使用的人们，在其使用的过程中，陷进了意识形态之中并被它所包围，而人们还自以为是意识形态的无条件的主人。”[③] 正像在弗洛伊德的精神分析理论中无意识外在于意识之外一样，意识形态并非意识的客体，而恰恰相反，它具有主体性。进一步说，意识形态既是体验性的，又是想象性的，是“人类对人类真实生存条件的真实关系和想象性关系的多元决定的统一”。在阿尔都塞看来，黑格尔矛盾范畴具有单纯的同一性，呈现出一元结构模式；而马克思的矛盾是复杂异质的，它们之间相互决定，他进一步指出，社会应该被视为“一个有主导结构的复杂整体”，社会历史呈现出复杂的整体统一性，这是“一种多环节主导结构的统一性”。按照多元决定论的观点，意识形态呈现出多元决定关系，并赋予它特殊的能动的社会功能。

从社会功能来看，“意识形态把个人传唤为主体”，即所有

---

① ［法］阿尔都塞：《哲学与政治》（下），第302页。

② ［法］阿尔都塞：《保卫马克思》，第230页。

③ 同上书，第231页。

意识形态都通过主体这个范畴发挥的功能，并且把个人传唤为具体的主体。“所有意识形态的结构——以一个独一的绝对主体的名义把个人传唤为主体——都是反射的，即镜像的结构；而且还是一个双重反射的结构：这种镜像复制是构成意识形态的基本要素，并且保障着意识形态发挥功能。这意味着所有意识形态都有一个中心，意味着绝对主体占据着这个独一无二的中心的位置，并围绕这个中心，用双重镜像关系把无数个人传唤为主体；于是，这个中心使主体臣服于主体。”[①] 概括来说，第一，意识形态建构主体，主体是构成意识形态的基本范畴，而之所以如此，“只是因为所有意识形态的功能就在于把具体的人‘构成’为主体。在这双重构成的交互作用中存在着所有意识形态的功能；意识形态无非就是它以这种功能的物质存在形式所发挥的功能”。第二，意识形态建构主体的前提是将其自身预设为主体，换言之，把个人传唤为主体，是以一个独一的、中心的、作为他者的主体的存在为前提，这就是占统治地位的特定意识形态，以此大主体为标准，所以社会个体被建构为具体而微的小主体。第三，意识形态建构主体的过程是一个镜像复制的过程，这实际是拉康镜像理论的阿尔都塞式运用。在特定那个意识形态中，个体被不断传唤/期望，直到主体被臣服、主体之间相互确认以及主体自我确认，从而获得承认和保证，“结果是：主体落入了被传唤为主体、臣服主体、普遍承认和绝对保证的四重组合关系”[②]。质言之，没有臣服就没有主体，但关键则在于：被传唤、被臣服之后向自动性臣服、无意识臣服的转换和实现。

质言之，从个体的角度来看，意识形态具有建构具体主体的主体性，而从社会的角度来看，意识形态则表现出生产关系的再生产性，其内在机制被阿尔都塞概括为意识形态国家机器。为此，它首先区分了马克思国家理论中的国家政权与国家机器，又进一步将国家机器区分为“镇压性国家机器”与“意识形态国

① ［法］阿尔都塞：《哲学与政治》（下），第 311 页。

② 同上书，第 303、311 页。

家机器”。前者意指政府、警察、法院、监狱等暴力机关，而意识形态国家机器（法文缩写为 AIE，英文缩写为 ISAs）则与此不同：“意识形态国家机器是这样一种现实，它们以一些各具特点的、专门化机构的形式呈现在临近的观察者面前。我给这些现实开出了一个经验性清单，它显然还必须接受仔细的观察、检验、修改和重组。尽管有这种需要包含着所有保留意见，我们暂时还是可以把下列机构看成是意识形态国家机器：宗教的 AIE，教育的 AIE，家庭的 AIE，法律的 AIE，政治的 AIE，公会 AIE，传播 AIE，文化的 AIE。”①

首先，阿尔都塞反复强调，虽然意识形态国家机器与镇压性国家机器是并立的，但一定不能与后者混为一谈。二者区别在于：第一，镇压性国家机器是单数的，意识形态国家机器是复数的。前者只有一个，后者却有很多。第二，镇压性国家机器完全属于公共领域，而绝大多数意识形态国家机器则属于私人领域的组成部分。第三，最根本的区别在于：镇压性国家机器运用暴力发挥功能，而意识形态国家机器则运用意识形态发挥功能。阿尔都塞对此进行了进一步阐释，他说，任何国家机器都既是镇压性的，也是意识形态性的，根本不存在纯粹镇压性国家机器，也不存在纯粹意识形态国家机器，但是，“（镇压性）国家机器大量并首要地运用镇压（包括肉体的镇压）来发挥功能，而辅之以意识形态。……意识形态国家机器就其本身而言，大量并首要地运用意识形态发挥功能，但是，在最后关头（也只有在最后关头），它们也会辅之以镇压——这些镇压是相当削弱和隐蔽的，甚至是象征性的”②。

其次，阿尔都塞关于意识形态国家机器的讨论是在生产关系再生产理论基础展开的。任何社会形态的生产与再生产都必须包括生产力的再生产和生产关系的再生产，马克思对此已有深刻论述，阿尔都塞进一步指出，“劳动力的再生产不仅要求再生产出

---

① ［法］阿尔都塞：《哲学与政治》（下），第 281 页。

② 同上书，第 283 页。

劳动力的技能，同时还要求再生产出对现存秩序的各种规范的服从，即一方面为工人们再生产出对于占统治地位的意识形态的服从，另一方面为从事剥削和镇压的当事人再生产出正确运用占统治地位的意识形态的能力，以便他们也能够'用词句'为统治阶级的统治做准备"①。质言之，所有意识形态国家机器都服务于生产关系的再生产，在资本主义社会，这一目标则是资本主义剥削关系的再生产。因此，每一种意识形态国家机器，都是以自己独特的形式发挥其功能，比如，传播意识形态国家机器利用各种传播媒介灌输某种意识形态，宗教通过教堂布道、文化通过形形色色文化体裁等等，家庭与学校也是如此。家庭是意识形态进入个体的第一站，对此许多西方马克思主义理论家都给予了不同程度的探讨，阿尔都塞的"家庭意识形态国家机器"则融合了弗洛伊德精神分析、拉康镜像理论，认为任何个体在家庭中的成长都处于特定文化法则之中，并且服从于文化法则，以之为尺度以致最后这种服从意识成为无意识，这一过程的最终结果则是保证在成长起来的个体身上刻画出特定意识形态的印记。

最后，意识形态国家机器具有历史性。在前资本主义时代，占统治地位的意识形态国家机器是教会，它集宗教、教育以及文化、传播等功能于一身，这就解释了为何16—18世纪的全部意识形态斗争都表现为反教权和反宗教的斗争。在成熟的资本主义社会，教育取代了宗教成为占统治地位的意识形态国家机器。这是因为：第一，在资本主义社会，没有任何一种意识形态国家机器能够像学校一样，能够将掌握整个社会未来的儿童全部集中在校园里，进行符合统治阶级意识形态要求的统一灌输。第二，学校作为意识形态国家机器消除了自身的意识形态痕迹，而将自己打扮为完全中立的知识生产场所，但事实上，资本主义生产关系，即剥削与被剥削的关系，恰是在有计划、有步骤的系统的学校教育中被再生产出来的。第三，家长也对学校充满信任，能够放心主动地将孩子交给学校接受教育。职是之故，学校成为资本

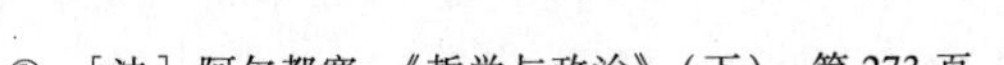

① ［法］阿尔都塞：《哲学与政治》（下），第273页。

主义社会普遍盛行的具有决定性的意识形态国家机器，当然就此而言，教育制度的改革就不能不具有意识形态色彩。

显然，阿尔都塞关于教育意识形态国家机器的理解在马克思主义理论传统渊源有自。比如葛兰西在“文化领导权”理论中就强调了教育在国家政权中的特别重要的地位，甚至认为文化领导权的实质是“教育的关系”；而马克思也将艺术、哲学等视为意识形态的重要形式。毋庸置疑的是，阿尔都塞在此基础上进行了创造性的深化和推进，不仅仅是教育意识形态国家机器，而且整个意识形态国家机器理论，都对文化批评、文艺理论都产生了深远影响。

2. 艺术意识形态

作为马克思主义哲学家，阿尔都塞在 20 世纪 60 年代中期起就已如日中天，而随着其遗著的出版，阿尔都塞的复杂性和深刻性被进一步发现。然而，阿尔都塞集中讨论美学的文本却并不多，直接论述文艺问题的仅有论文三篇，分别是《皮科罗剧团，贝尔多拉西和布莱希特（关于一部唯物主义戏剧的笔记）》、《一封论艺术的信》和《抽象画家克勒莫尼尼》，但这并不影响阿尔都塞被视为对 20 世纪文学理论和美学影响重大的马克思主义理论家。事实上，阿尔都塞美学之思涉及马克思主义美学的原点问题：文艺与意识形态问题。在前此梳理阿尔都塞意识形态理论基础上，这里将以该问题为核心讨论其意识形态批评。在一个少见的戏剧批评文本中，阿尔都塞曾言简意赅地写道：“在戏剧世界或更为广泛的美学世界中，意识形态本质上始终是个战场，它隐秘地或赤裸裸地反映着人类的政治斗争和社会斗争。”[①] 这可以约略视为讨论阿尔都塞意识形态批评的导引。

艺术属于意识形态吗？阿尔都塞并没有给出简单肯定或否定的回答，事实上，他反对将文艺和意识形态关系问题简单化。1965 年在为《保卫马克思》所写的《序言：今天》中，阿尔都

① ［法］阿尔都塞：《保卫马克思》，第 141—142 页注 1。

塞就严厉地批判了那种简单化、教条化思维模式，正是它们造成了哲学的贫困与理论的贫乏："在哲学方面，那就是全副武装的知识分子如同围猎野兽一样地到处追逐错误，我们的哲学家不研究任何哲学，并把一切哲学都当作政治；对于艺术、文学、哲学或科学，总之对于整个世界，我们统统用无情的阶级划分这把刀来个一刀切。用一句挖苦的话来概括，那时只是漫无边际地挥舞'要么是资产阶级科学，要么是无产阶级科学'这面大旗。……我们当时所有的哲学家，在这条专横路线统治下，只能或者人云亦云，或者保持沉默，或者盲目信仰，再不然就是尴尬地装聋作哑，绝没有其他选择的余地。"①

在文艺与意识形态关系问题上，阿尔都塞肯定二者之间存在着特殊的特定关系，但是，"并不把真正的艺术放进意识形态的行列"。所谓真正的艺术，即非一般化的、平常化的艺术，在阿尔都塞的语境中，意指那种使读者能够"看到"意识形态现实、而非忘我沉浸其中的艺术，当然，也不是那种机械反映论的艺术。真正的艺术"并不能给予我们严格意义上的认识，即现代意义上的科学认识，因此也就不能代替认识，但是它所给予我们的，却保持了与认识的某种特殊关系。这种关系不是同一的关系，而是差异的关系。我相信，艺术的特征在于使我们看到、觉察到、感觉到某种暗指现实的东西。拿巴尔扎克或索尔仁尼琴的小说来说，它们就是使我们看到、觉察到而不是认识到暗指现实的东西。……艺术使我们看到的，因此也就是以看到、觉察到、感觉到的形式、而不是以认识的形式所给予我们的，乃是意识形态，正是在意识形态中，艺术诞生、沉浸，艺术作为艺术与意识形态分离，又暗指意识形态。"②

首先，阿尔都塞通过艺术与认识的比较指出，真正的艺术具有认识功能，但不是科学意义上的认识，因此艺术不能代替

① ［法］阿尔都塞：《保卫马克思》，第2—3页。

② Louis Althusser, *Lenin and Philosophy and other Essays*, New York: Monthly Review Press, 1971, pp. 221－222.

认识，反之亦然；与科学认识把握现实世界的客观规律不同，艺术对于世界的把握是不以与世界的同一为前提，前者追求同一性，后者追求差异性。这是因为，真正的艺术不是意识形态，但艺术的效果又暗指意识形态，艺术的效果是通过的审美而实现的，即艺术使我们感觉到意识形态现实，而非通过科学认识来把握的。

其次，任何艺术都不能不产生于特定意识形态现实之中，并且在这样的意识形态限制中存在，它既区隔于意识形态而独立，又不能不具有意识形态效果，因此，“每一件艺术作品，都是由一种既是美学的又是意识形态的规划所产生。当艺术作品作为艺术作品而存在时，它作为艺术作品，就会通过它所开创的意识形态的批判和认识而产生出一种意识形态的效果，而这种意识形态的批判和认识是艺术作品使我们看到的”，艺术作品作为审美客体并不构成文化的要素，但如同其他客体一样，它“能够被插入到构成意识形态的诸关系的系统中去，从而在想象性关系中反映了人们所保持的结构性关系，这种结构性关系在阶级社会中构成了各阶级成员生存的条件”①。艺术以感性的方式，使我们感觉到、觉察到、看到意识形态现实，故而艺术是美学的，而非认识的，也正是如此，艺术的意识形态效果实质为审美的批判；同时，艺术根植于意识形态现实之中，它又真实地反映出人们处身其中的既定阶级关系和社会现实。

最后，对于具体的作品来说，艺术的意识形态效果是通过保持与意识形态现实的距离来实现的。阿尔都塞阐述道，“或许，人们可以认为，艺术作品特殊职能在于，通过确立与既存意识形态（不论何种形态出现）现实的距离，艺术作品使这种意识形态现实变成可见的了，因此，艺术作品不能不产生直接的意识形态效果。由此，艺术（作为审美客体）比其他任何客体都保持了与意识形态更为密切的关系，不考虑艺术与意识形态的特殊关

① Louis Althusser, *Lenin and Philosophy and other Essays*, New York: Monthly Review Press, 1971, p. 241.

系，即不考虑艺术的直接的不可避免的意识形态效果，就不可能按照艺术作品的美学存在去思考艺术作品”[①]。从读者一方面来看，艺术与现实的距离意味着读者是看到、觉察到、感觉到现实的，从作品一方面来看，则是“内部距离”，即“艺术作品在某种意义上是从内部，通过内部的距离，使我们觉察到它们所体现的意识形态”[②]。这就涉及艺术作品“美学效果”的产生机制问题。

在《皮科罗剧团，贝尔多拉西和布莱希特（关于一部唯物主义戏剧的笔记）》中，阿尔都塞追问：戏剧的巨大感染力是从何而来的？他从中挖掘出的是一种内在的不对称离心结构：“结构的内在分离性和不可克服的相异性是这些剧作的显著特点”，“也许可以把这种不对称的、离心的结构看做是唯物主义戏剧尝试的基本特点。如果我们对这个条件做进一步分析，我们将能得出以下原则（这在马克思著作中是个根本原则）：在意识的任何意识形态形式中，不可能有由其内在的辩证法而离开自身的成分，严格来说，能够在其自身矛盾的作用下而达到现实的意识辩证法是不存在的”[③]。阿尔都塞作为马克思主义基本原则之一的剧本结构的离心性、不对称性，与布莱希特的史诗剧理论异曲同工，其实质是要使受众作为主体产生一种自主的能动的真实意识，将自身从通过艺术的镜像而确证自己的神话中拯救出来，从而以一种清醒的反思去面对真实世界，对于戏剧来说，就是通过一些物质形式和手段来实现间离效果。正是在这样的内在的距离中，新型的批判意识得以产生，“观众成为把未演完的戏在真实生活中演完的演员”，由此阿尔都塞推论，艺术的意识形态批评乃是一种内在批判。

阿尔都塞在对抽象派画家克勒莫尼尼的绘画作品讨论中进一步阐发上述观点。在他看来，在克勒莫尼尼的绘画中，人的形态

① Louis Althusser, *Lenin and Philosophy and other Essays*, New York: Monthly Review Press, 1971, p. 242.

② Ibid., p. 223.

③ ［法］阿尔都塞：《保卫马克思》，第134—135页。

不是畸形的，而是变形的，“从原则上说，畸形（丑陋）的美学并非对于人道主义意识形态范畴的批判和取消，而仅仅是后者的一个变化而已。这就是克勒莫尼尼的绘画中的人脸不是表现主义的原因，因为这些面孔的特征不是畸形（丑陋），而是变形：一种形式的决定性不在场，一种无个性特征的描绘，而证实这种描绘构成了对于人道主义意识形态范畴的实际取消”。阿尔都塞基于这一认识，对克勒莫尼尼的绘画给予高度评价，认为“他的绘画是深刻的反人道主义的，是唯物主义的”①。绘画中人的畸形存在只是丑陋，而变形却是以间离化的方式将那不在场的东西凸显出来：人的现实的社会存在。

概言之，艺术不是意识形态，却又必然具有意识形态效果，这正是艺术实现其社会职能的体现。艺术自身包含在意识形态之中，另一方面又与之保持距离，通过具有间离性质的艺术作品的独特内在结构，艺术的意识形态批判功能得以实现。阿尔都塞说，马舍雷关于托尔斯泰的分析充分展示了这一点。马舍雷也是西方马克思主义理论家，他在阿尔都塞的基础上对于意识形态和文艺关系问题做出了进一步阐发，他认为正是作家的创作赋予了意识形态以审美形式，并把它固定在某种虚构的界限内，从而艺术保持了与意识形态的距离，我们由此可以摆脱意识形态的幻觉。也就是说，艺术既是意识形态结构的组成部分，又以其自身的特质改变了意识形态的结构。

阿尔都塞强调，真正的批判是内在批判，“首先应该是真实的和物质的批判”②。“物质的批判”，意指舞台设计的非对称性，强调侧面边缘地带等；而真实的批判则意指通过理性的主导性参与而达到对于现实的批判性认识，揭示现实意识形态的虚伪性和工具性，敞开被遮蔽的现实生活的真实，从而实现戏剧的革命性社会职能。戏剧如此，绘画也是如此。阿尔都塞对于内在性的阐

---

① Louis Althusser, *Lenin and Philosophy and other Essays*, New York: Monthly Review Press, 1971, pp. 238 - 239.

② ［法］阿尔都塞：《保卫马克思》，第135页。

释使我们想到俄国形式主义的“陌生化”理论，就“唤回人对生活的感受，使人感受到事物，使石头成其为石头”而言，二者思路类似，然而，如果说俄国形式主义通过陌生化手段恢复人们对于文艺特质的感受性，并在自洽的文学系统内部“顽强地坚持内在文学性”①，那么，阿尔都塞显然更看重通过陌生化和变形手段去揭示意识形态现实的本质，更看重文艺的意识形态实践效果。按照阿尔都塞的意识形态理论，文艺是意识形态国家机器的重要组成部分，作为国家机器，艺术必然发挥其应有的社会职能，那么可以由此推论，文艺在其与意识形态的复杂关系中也不应是静态的，而是一种具有鲜明的社会指向的意识形态实践。

对于真正的马克思主义批评来说，意识形态批评作为内在批评需要新的特殊的阅读方法，阿尔都塞将其概括为“症候式阅读法”。阿尔都塞区分了两种阅读方法。一种可以称之为“栅栏式阅读法”，另一种是“症候式阅读法”。栅栏式阅读法以读者的视野和阐释框架来“显示”阅读对象，就“如同隔着栅栏阅读”，这导致阅读结果就只能局限于既定阐释框架之内，看到该框架能够看到的东西，所以阿尔都塞说：“我们最终只能屈从于同一种看的命运：我们注定在马克思的著作中只能看到马克思已经看到的东西。”② 而症候式阅读法与此不同。就理论资源而言，症候式阅读是弗洛伊德与拉康理论在文本阅读中的阿尔都塞式运用。弗洛伊德精神分析致力于发掘沉默于意识之外的无意识结构，而早期拉康则要从未直接显现之物的症候分析中找寻更为重要的深层结构，阿尔都塞将上述思路延伸到文本阅读中，提出文本不仅有显在话语，而且还有隐藏在显在话语后面的隐性话语，症候式阅读就是要捕捉“那些看不见的东西，那些在视力之外的东西，在充斥的话语中分辨出缺乏的东西，在满是文字的文本

① ［美］F. 詹姆逊：《语言的牢笼　马克思主义与形式》，钱佼汝译，百花洲文艺出版社1997年版，第34页。

② ［法］阿尔都塞：《读〈资本论〉》，中央编译出版社2001年版，第9页。

中发现空白”[①]。如果说栅栏式阅读彰显了文本的连贯性和一致性，那么症候式阅读法凸显了文本自身的非透明性和多义性，它要求关注文本中不被注意的空白、沉默之处，力图通过这些“隐性话语”把捉文本话语背后的“问题结构”。就此而言，症候式阅读法具有生产性质，阿尔都塞阐发道：“理解马克思的哲学就是理解生产出对马克思哲学的认识借以完成的运动本身的性质，也就是说，把认识理解为生产。”[②] 把认识理解为生产，也就是症候式阅读法将文本中隐匿之物呈现出来，意即阅读成为生产性的。将阅读视为生产，这是一种创造性的建构，此后20世纪70年代戈德曼的发生结构主义和马舍雷所谓文学理论生产理论都是从阿尔都塞这里再生产出来的[③]。

整体来看，阿尔都塞对于文艺和意识形态的关系问题的解决并非始终确定和明确，但是，“他的贡献恰恰在于勇敢地推进了文艺和意识形态之间关系的复杂化。它的独特思考使这一关系最终呈现为一种矛盾却非常深刻的两难处境：从严格意义上讲，文艺并不是一种意识形态；但是，伟大的艺术却发挥着批判现实和接访人性的意识形态功能，它们总是迫使现存的意识形态暴露窘相，力求激荡受众对于生命的强烈体悟，对阶级压迫的猛然震惊”[④]。对于阿尔都塞的工作，伊格尔顿给予了高度评价，认为他关于文艺与意识形态关系的阐发“具有深刻的启发性”，也“更为细致”[⑤]。而美国学者迈克尔·哈特认为，艺术生产在阿尔都塞美学思想中处于中心地位，尽管他自己没有意识到这一点，但是随着“非物质劳动霸权”在今天取代工业劳动霸权，“艺术生产的某些性质……正逐渐成为霸权性的，它正在改变其他的劳

---

① ［法］阿尔都塞：《读〈资本论〉》，第22页。

② 同上书，第29页。

③ 张一兵：《问题式、症候阅读和意识形态》，中央编译出版社2003年版，第80—81页。

④ 高建为、钱翰等：《20世纪法国马克思主义文艺理论研究》，北京大学出版社2012年版，第245页。

⑤ ［英］伊格尔顿：《马克思主义与文学批评》，文宝译，人民文学出版社1980年版，第23页。

动过程”，马尔都塞“在艺术生产领域所表达的那种认识正开始在其他生产领域得到应用，也许足以概括一般意义上的生产的特征”①。

① ［美］迈克尔·哈特：《非物质劳动与艺术生产》，陈越译，《国外理论动态》2006 年第 2 期。

第五章　三个:20 世纪 80 年代的出场式

在批判诗学本土接受的历史行程中，20 世纪 80 年代既算不得严格意义上的起点，也算不得本土研究的高潮，然而，对于考察批判诗学的效果历史来说，80 年代却是一个极为重要的时期。说它重要，并非某种怀旧主义的情怀所致，也非“重建 80 年代”，以应和阿多诺、本雅明研究在后工业时代的复兴，更非在后马克思主义视域中重新审视，而是因为，对于批判诗学的真正本土接受来说，80 年代构成了批判诗学在本土学术与文化中的最初亮相，而且正是在中国学术与文化舞台上的不经意间的造型，透露了批判诗学与中国语境之间的复杂的关联与纠缠。它们何以如此举手投足，何以求诸他人来确证自身，何以沉默，正是在一个个各具特性的出场式中隐含了思考异域理论与本土语境中的密码。这里仅以本雅明、阿多诺、马尔库塞为例，试做简要探讨。需要指出的是，这种选择既是基于批判诗学本土接受的事实考虑，也是基于三位理论家自身所具有的代表性地位。还应指出，对象如何出场实质上涉及思维方式与理论范式等诸问题，而所谓出场本身，则意味着某种已经“先在”之物，一方面，已经“在”的在场建构了对象的呈现方式及其结果，另一方面，被呈现者也在不断修改在场之“在”的方式乃至“在”本身。由此，在场与出场就构成了考察本雅明、阿多诺、马尔库塞在 80 年代早期接受中出场式的基本环节。

一　本雅明:借道出场

不论 20 世纪 90 年代以来的本雅明工业将本雅明建构为何种

思想形象，就本土接受而言，本雅明的第一次亮相上场显然具有重要的指示意义：如何描述本雅明的最初上场，他为什么必须有所中介，而这一中介又何以必须是伊格尔顿而不是安德森？本节对上述问题试做考察。

1. 本雅明的出场式

20 世纪 70 年代末期，本雅明的名字就出现在关于法兰克福学派的简要介绍中。值得注意的是，这些介绍认为二者虽然被认为有相近之处，且相互影响，但它们思想发展过程并不相同：本雅明“认真努力接近马克思主义和共产主义，认真努力掌握辩证唯物主义，他同自己思想世界的矛盾作了极其痛苦的斗争”；而法兰克福学派“一直阻碍民主运动和社会主义运动，致力于将马克思主义和反资本主义的努力引入歧途”，因而“是影响最大的最新的假马克思主义流派”①。显然，在这里，本雅明被拉向了马克思主义传统，但其理论言说本身却未被涉及。

进入 80 年代；国内法兰克福学派研究虽涉及本雅明，但依然没有给予足够关注。国内最早研究法兰克福学派的学者当属徐重温先生，但在出版于 1980 年的《法兰克福学派述评》中，他也仅仅谈到本雅明是“二战”期间“最著名的德国文学批评家和主要的‘新马克思主义’的文化理论家”，而将主要的笔墨用来谈论“对于法兰克福学派来说最为重要的”、“和霍克海默本人一起成为这个学派的著名代表的马尔库兹和阿道尔诺”②；另一本出版于 1981 年的研究专著《法兰克福学派——批判的社会理论》则干脆对本雅明不置一词③；而在出版于 1982 年的关于

---

① 资料来源：G. 克劳斯《法兰克福学派评介》，燕宏远译，《哲学译丛》1978 年第 6 期；奥伊则尔曼《马克思列宁主义的意识形态学说和“批判理论”——法兰克福学派批判》，郭官义译，《哲学译丛》1978 年第 6 期。

② 资料来源：徐崇温《法兰克福学派述评》，生活·读书·新知三联书店 1980 年版，第 16—17 页；《“西方马克思主义”》，天津人民出版社 1982 年版，第 322、352 页。

③ 江天骥：《法兰克福学派——批判的社会理论》，上海人民出版社 1981 年版。

西方马克思主义的研究专著中，本雅明也仅仅是被点到了名字而已[①]。

从 1980 年到 1985 年，涉及的本雅明内容：将本雅明作为参考文献出现在相关研究作品（即非本雅明研究），其中，《社会生产与艺术生产》、《马克思与美学问题》、《西方现代文学学研究的几种倾向》三者都从伊格尔顿《马克思主义与文学批评》[②]那里转引了本雅明关于艺术生产的思考，而《西方现代文学学研究的几种倾向》除此之外还简单提到本雅明关于倾向性与形式的关系问题的思考；《文学观念的决定性作用》则对于本雅明艺术生产理论进行极为简要的概述，认为这体现了本雅明对“思想观念的决定性作用”；《马克思主义美学史上的一次重要论战》一文则篇幅庞大，较为全面地评述了 20 世纪 30 年代卢卡奇、布洛赫、布莱希特、阿多诺、本雅明等围绕现代主义展开的论战，涉及本雅明处可概括为三：第一，本雅明作为马克思主义美学家，它从马克思艺术生产的思考出发进一步阐发了艺术生产理论；第二，本雅明与阿多诺、布洛赫、卢卡奇、布莱希特之间在文艺观点上关系复杂微妙，既有对抗，也有影响；第三，本雅明艺术生产理论“毕竟是牛搬硬套的产物，是企图用经济学规律来解释文艺现象，是弗里契之流的庸俗社会学的孪生产品”，“是似是而非的理论”[③]。

本雅明作为西方理论家的最初上场，可概括基本特点为四：首先，本雅明首先被接受的理论是其艺术生产理论；其次，本雅明的上场借道于伊格尔顿《马克思主义与文学批评》一书而实现的；再次，本雅明被置于马克思主义逻辑结构之中而呈现，具体来说是在马克思主义艺术生产理论框架中；最后，相对于马克思及其理论来说，本雅明的思考多有值得批判之处。可以说，本雅明在中国语境中的最初接受，其核心的要素在于中国马克思主

① 徐崇温：《“西方马克思主义”》，第 305 页。

② ［英］伊格尔顿：《马克思主义与文学批评》，第 67 页。

③ 王齐建：《马克思主义美学史上的一次重要论战》，《文艺研究》1985 年第 1 期。

诗学基本语境，由此决定了国内对于本雅明的援引；虽然向着马克思主义这一方向靠拢，但仍处于身份不明之中，因而仅仅停留于援引而已；而对于理论本身评价，除了被指出仍有值得批判之处外，并无明确的正面的认知。牵涉其中的要素显然复杂，这里仅以被借道的伊格尔顿切入试作分析。

2．为什么是伊格尔顿

如上所述，在本雅明接受中之所以伊格尔顿被借道，与《马克思主义与文学批评》文本译介较早有关，文本的可得性决定了理论被接受的可能性与程度，既然伊格尔顿此书在本雅明的最初接受占据如此重要地位，那么有必要对此做进一步探讨。

首先，伊格尔顿是西方马克思主义思想家，作为20世纪最为重要的英国马克思主义理论家之一，伊格尔顿有其漫长而厚重的文本书写作为基础，但更为关键的还是本土语境中的特定认知。《马克思主义与文学批评》“译者前言”劈头直言，“研究马克思主义文艺理论的发展历史和现状，对于建设我国的马克思主义文艺理论是十分必要的”，后面又讲“介绍外国的研究状况，以便于分析和鉴别，提高我们马克思主义文艺理论的水平”。剥离叙述策略的外衣，译者真正想说的显然是：“《马克思主义与文学批评》一书……涉及的观点和问题反映了当代西方马克思主义文艺批评的现状。”① 看起来，所谓马克思主义云云，多少具有话语策略的意味，稍作分析不难发现，80年代初期关于本雅明的援引，虽借诸伊格尔顿的研究而展开，但其中语境规定性还是显而易见。比如在上述被屡屡转引的部分之后，本雅明紧接着说了另一段话阐释性的话语，却从来没有同时被引用：“某些绘画、出版、演出等方面的技术，这些技术是艺术生产力的一部分；是艺术生产发展的阶段；它们涉及一套艺术生产者及其群众之间的社会关系。”② 而《马克思与美学问题》一书在转引了本雅明的话之后则指出，本雅明“实际上从生产工具和技术的角

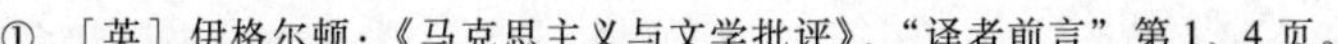

① ［英］伊格尔顿：《马克思主义与文学批评》，“译者前言”第1、4页。

② 同上书，第67页。

度提出了如何发展艺术生产的问题”①。对此，一个有暗示性的例子来自伍蠡甫与胡经之两位先生主编、出版于1984年的《西方文艺理论名著选读》②，该书中阿多诺、马尔库塞、布洛赫等法兰克福学派理论家赫然在列，而本雅明却付诸阙如。

其次，伊格尔顿的马克思主义者的身份不仅仅是他者的追认，而且还与其自我认定有关。伊格尔顿在关于本雅明的研究著作中曾经写道：“让我们重温一下迄今为止本世纪一些重要的马克思主义美学家的名字：卢卡奇、戈德曼、萨特、考德威尔、阿多诺、马尔库塞、德拉沃尔佩、马舍雷、杰姆逊、伊格尔顿。”③名单不长，伊格尔顿自居其间，这自可说是列以明志（被视为伊格尔顿之为马克思主义者的重要证据），实际上伊格尔顿也耻于面对惊人混乱的世界而保持沉默④。然而将被他赞许为“走向革命批评”的本雅明排除在外，同时却以“本世纪重要的马克思主义美学家”自居，这种自信背后的东西极为复杂，但实际上，国内关于伊格尔顿的马克思主义身份的认定，却往往直接援引他自许的这一番话语作为重要根据。

最后，也更为重要的是，即便在对于伊格尔顿的最初接受中，看起来认可——而非辩证批判——的程度更大一些，例证之一就是对于伊格尔顿在《马克思主义与文学批评》一书中的态度。有学者在讨论西方马克思主义关于美学与艺术的思考和经典马克思主义作家的关系时，区分了四种情况，最后一种情况是：“在当今西方的资产阶级学者中间，有一些人对马恩的文艺遗产做了比较严肃认真的研究，他们不仅承认在马恩那里存在着美学和文艺方面的理论，不仅承认马克思主义美学和文艺理论是一个

---

① 董学文：《马克思与美学问题》，北京大学出版社1982年版，第164页。

② 伍蠡甫、胡经之主编：《西方文艺理论名著选读》（上、下），北京大学出版社1984年版。

③ ［英］伊格尔顿：《瓦尔特·本雅明，或走向革命的批评》，第127页。

④ ［英］伊格尔顿：《后现代主义的幻象》，华明译，商务印书馆2000年版，第3页。

不可忽视的重要学派，而且指出马恩的文艺思想是一个体系。”[①]而列在这种情况之下的“西方的资产阶级学者”的就有伊格尔顿。作为肯定部分被援引的，也是对于伊格尔顿的马克思主义身份一个肯定。吴元迈先生是我国马克思主义文艺理论研究的前辈，他发表于 1982 年的这篇论文对于伊格尔顿的认定具有重要意义。可资对比的是，在伊格尔顿所属的此种情况之外，吴文还列出了其他三种对于马克思主义经典作家的态度：第一种，“对马克思和恩格斯的文艺思想竭尽攻击和诽谤之能事”；第二种，“不承认马克思主义的美学和文艺理论的存在”；第三种，“对马克思主义美学感到失望，认为它没有回答当代艺术发展进程所提出的新问题，因而声称马克思主义一般不含有美学方面的内容”。有趣的是，法兰克福学派的核心成员霍克海默、马尔库塞就被明确归入第二种。

由此可见，即便相比于霍克海默、马尔库塞，伊格尔顿也在 80 年代被给予了更多的肯定。而伊格尔顿被视为马克思主义理论家，这一身份在中国的获得与认可，似乎不仅根深蒂固，而且看起来形成了某种传统。可资例证的是国内关于伊格尔顿新著《马克思为什么是对的》的态度。该著一经发表就引起即时性广泛反响，并被迅速译介为中文，学者给予热情洋溢的肯定性评价。正如有学者指出的，“这部为马克思辩护的著作对以马克思主义为指导的社会主义中国来说——至少在名称上——就具有强烈的吸引力，因为仅是这一铿锵有力的标题——再加上其作者是西方世界的一个著名学者——就能在一些年轻的新左派理想家那里唤起社会主义理想曾经具有的那种魅力，并给某些虽已被历史变局弄得沮丧颓废但年轻时期的理想还没有完全死寂的老左派带来安慰，尽管自改革开放之初开始，中国已经很少谈论姓资姓社的问题”[②]。一个来自西方理论大家之为马克思激情一辩，其令

① 吴元迈：《关于马克思恩格斯的文艺遗产——西方才对马恩文艺遗产研究的历史考察》，《江淮论坛》1982 年第 5 期。

② 程巍：《马克思的幽灵》，载陈众议主编《马克思主义文学观与外国文学研究》，北京大学出版社 2012 年版，第 29 页。

人振奋自不待言，更何况辩护本身就植根于华尔街上的反资本主义实践，以及至今尚未走出的资本主义经济危机之中呢？当然，如若抽离英国文化马克思主义的思想背景和历史逻辑，作为源自重洋彼岸的辩驳之文，伊格尔顿新著将有可能面临着片刻喧哗之后就搁浅于阐释海岸的危险。回到英国文化马克思主义的具体性和历史性，以伊格尔顿所谓“自发的马克思主义”为中心于“马克思热”中进行一点冷思考，也许并非多余[①]。但此处引证此书，却意在表明伊格尔顿的马克思主义身份在何种程度上淡化了西方色彩，而凸显其马克思主义的肯定性方面。

3. 何以不是安德森？

上述不遗余力地讨论伊格尔顿的马克思主义身份，似乎太过于迂回，但这并非仅仅为了证明伊格尔顿著作文本何以能够早在1980年译介出版，而且还在某种程度上推论，异域理论家的马克思主义身份在何种程度上影响其著作的被译介与接受，同时，由于这种可以明确的马克思主义定位，援引才具有无可置疑的真理性意味——甚至可以这样推论：身份不明的本雅明，在经过身份明确的伊格尔顿的转译之后，某些不令人放心之物仿佛在这一漂白过程中遁隐不显了。如果说，本雅明在中国80年代的最初接受难免面临着身份不明的尴尬，因此而不得不借道于身份明确的伊格尔顿，以靠向马克思主义的政治维度，那么，在与伊格尔顿几乎同一时期被接受的佩里·安德森，其著作也有对于本雅明的阐述，为何没有被学界援引？难道已译介的安德森著作中缺乏某种可以信任的可靠性吗？

对被忽视的安德森的讨论通向对马克思主义的本雅明的考察。一个基本的事实是：关于本雅明的研究或援引，在整个80年代直至90年代的20年间，基本不涉及安德森的关于西方马克思主义的两本著作：《西方马克思主义探讨》、《当代西方马克思主义》。一个矛盾的细节颇堪玩味：在80年代初期的接受中，

① 孙士聪：《文化马克思主义之后：以伊格尔顿“自发的马克思”为中心》，《学习与探索》2013年第12期。

本雅明被置入马克思主义的艺术生产的理论框架中，本雅明的艺术生产理论被发现和接受。进一步考察就会发现，所有这些被引述的观点出自基本相同的著作，此即《机械复制时代的艺术品》（此外还有《作为生产者的作者》），而安德森《西方马克思主义探讨》少有的几次关于本雅明的直接谈论就对此有过明确的评价："本杰明在马克思主义范围内最有意义的理论遗产，是一篇论《在机械复制时代的艺术》的文章。在三十年代，他的主要成就是对鲍德莱的研究。它同时又研究布莱希特的作品。"① 这样看来，在转引伊格尔顿的同时，进一步引述安德森的话语，岂不更有说服力？可为什么对此视而不见呢？试推测可能的原因如下：

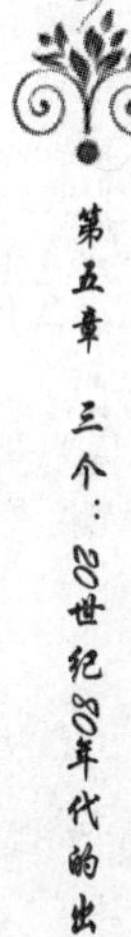

第一，安德森对于整个西方马克思主义并没有给予高的评价。西方马克思主义的著作充满了悲观主义的基调，是第一次世界大战后欧洲资本主义先进地区无产阶级革命失败的产物，显然，这是对包括本雅明在内的整个西方马克思主义并非肯定的评价。第二，相对而言，英国马克思主义理论在 20 世纪前半叶，即使不是说理论上的荒原，那也应该说，真正被世人认可为原创性理论中心，那也需在霍加特、霍尔、汤普森、安德森等一代理论家的努力之后才实现。正是在这一背景下，安德森才转向欧洲大陆寻求理论资源，上述关于西方马克思主义的两本著作就是这一努力的具体成果，这当然也决定了该著作的视域局限性。第三，或许其中一个更为重要的因素在于 20 世纪 80 年代话语中的"西方马克思主义"的定位的可疑。事实上，即便安德森关于西方马克思主义的考察值得信赖，即便他在当时英国马克思主义理论贫瘠背景下揭示出西方马克思主义理论家的智慧和胸襟，但在中国 80 年代围绕"西马非马"之类的争论中，也找不到一个可以接受的可靠根基。从 1978 年全国首届西方哲学研讨会上徐崇温先生关于"西方马克思主义"专题发言，一直到 10 年之后全国首次"西方马克思主义文艺学美学研讨会"的召开（1988 年

① ［英］佩里·安德森：《西方马克思主义探讨》，第 97—98 页。

12 月)，国内对待西马文论与美学的基本立场，也还是要将其与马克思主义的当代形态区分开来，要厘清与马克思主义的界限，以马克思主义经典著作为基本参照系进行批判的分析[①]。由此可知，安德森在西方马克思主义框架下讨论法兰克福学派，及其对于西方马克思主义的基本定位，对于法兰克福学派在中国的接受来说实际上起到了一种较为复杂的作用。

如果西方马克思主义整体以及本雅明都没有在安德森的话语中获得肯定性的阐述，并且安德森的阐述本身也值警惕，那么，将本雅明安置于伊格尔顿的话语体系中就无疑成了最为可靠的选择。看起来，被忽视的安德森与被倚重的伊格尔顿，就本雅明的接受而言，实质上都分享了相同的认知框架，那就是马克思主义的身份确认。质言之，身份不明的本雅明只能在马克思主义身份明确而其政治可靠的伊格尔顿那里，方能找到自己被接受的合理性根基；而绝不会在身份明朗却不可靠的安德森那里，甚至不会在被归属于西方马克思主义的法兰克福学派那里，找到自己被接受的合理性根基。

二 阿多诺:沉默及其意味

同在 20 世纪 70 年代末期进入本土学人视野，与本雅明借道出场不同，阿多诺的出场看起来并不曲折，却比本雅明远为冷落。然而，阿多诺在 80 年代的沉默并非一片空白，在无声之处尚有意味可寻。

1. 批判及其意味

国内学界早在 1978 年就通过《哲学译丛》对于阿多诺有所了解[②]，并于 1983 年出现了国内学者关于阿多诺否定辩证法的

---

① 枫寒:《新的开拓 新的探索——全国首次“西方马克思主义文艺理论和美学理论学术讨论会”综述》,《文艺理论与批评》1989 年第 2 期。

② 资料来源:《法兰克福学派的主要代表人物——阿多诺》，赵鑫珊译，《哲学译丛》1978 年第 5 期;《法兰克福哲学—社会学学派基本思想的历史发展》，涂继亮译，《哲学译丛》1978 年第 5 期。

专题研究论文[①]，但整体上来看，80 年代并非阿多诺的时代，这不仅表现为阿多诺著作文本翻译较晚较少，而且在有限的文献中，国外研究文献译介占绝大多数，国内研究极少。而尤其值得注意的是，80 年代对阿多诺的关注点比较分散，相对集中于音乐学领域，此外涉及文学社会学与美学，基本没有涉猎其大众文化批判理论，这与此后国内对于阿多诺的接受形成巨大反差。关注点的分散性意味着，80 年代的阿多诺尚不能对时代的热点发言，或者反过来说，思想与理论还被拴在那个时代更值得关切之物上，仅有余光偶尔掠过阿多诺而已；而另一方面，在那个大众文化尚处萌芽状态的时期（尤其是 80 年代初期），阿多诺文化工业理论的批判锋芒又能指向哪里呢？可以说，阿多诺的早期接受散点化中又相对以音乐学研究为中心合情合理。在 80 年代的接受中，阿多诺的沉默与马尔库塞的冷热交织形成鲜明对比。在那个时代的部分知识分子群体中，即便法兰克福学派不受普遍重视，那也不是无视法兰克福学派的理论价值，而是对于那个时代来说，还存在其他理论家和理论流派能够更加契合时代的需要而已。事实上，法兰克福学派个别理论家（比如马尔库塞）的诗意批判的维度也被纳入眼帘。的确，相对于黑格尔主义马克思主义的马尔库塞对于前现代社会浪漫主义想象、弗洛伊德热相伴的弗洛伊德主义的马尔库塞对于个体心理创伤的阐释，以及批判理论时期马尔库塞关于艺术和感性的解放所建构的人类解放乌托邦前景，阴郁的阿多诺并不能够提供什么。

与马尔库塞在 80 年代受到追捧不同，阿多诺的沉默与他不能直接为那个时代所关注的人道主义和异化讨论提供理论支援有关。阿多诺也从马克思政治经济学批判、卢卡奇的物化理论和总体性思想中汲取过理论资源，以否定的总体性来批判同一性思维和工具理性，而本雅明关于“任何文明的历史同时都是野蛮的

① 朱庆祚、欧力同：《法兰克福学派“否定辩证法”初析》，《社会科学辑刊》1983 年第 2 期。

历史”的论述也成为他反思启蒙和理性的出发点。阿多诺对启蒙理性自反性的批判成为哲学之现实化的唯一途径。启蒙原本作为对于神话的批判原本是人的主体化过程，然当启蒙的工具理性成为主宰自然、精神和社会的统治原则时，启蒙收获的却是自然的压抑和人的异化，当资本主义商品交换原则普遍扩展“使整个世界成为同一的、总体的”，总体性的牢笼就罩在了整个世界之上。质言之，现代性批判并非反启蒙的非理性主义批判，而是克服启蒙的片面性的拯救性批判；审美并非最终的归宿，而是非同一性的理想模型，艺术的真理在于为理性祛魅，甚至艺术也将走向反艺术；现代性的否定辩证法通过理性的内在批判挽救总体性辩证法认识真理实践功能，最终走向人与自然全面解放。然而，也正是如此，无论阿多诺现代性批判的哪一个维度，都远不如马尔库塞显得更有魅力。首先，在那个对世俗的人、感性的人充满向往的时代里，启蒙尚且等在远方有待走近，那对于启蒙及其理性的辩证反思无论如何都不是时代所能看到和理解的。其次，文学作为80年代精神担当的一个主要领域，也无论如何也无法接受阿多诺在否定与批判逻辑下对于反艺术的赞赏。最后，对于阿多诺的接受还有待于在马克思主义视野中对于西方马克思主义做出重新阐释，而这还需假以时日方有可能。

除此之外，另一可能的原因则是阿多诺对海德格尔的批判。在20世纪西方哲学视野中，海德格尔的存在论以及围绕它展开的争论也算是构成了引人注目的重要学术景观。这里所关注的是，阿多诺对于海德格尔的批判具有某些应时的性质，尽管这并不意味着将其置于阐释其否定辩证法的开始部分是任意的。对于传统本体论的批判似乎已经成为海德格尔式的徽标，然而阿多诺却从中发现了隐性的“本体论需要”，所谓“哥白尼式的革命”批判实体性的基始本体论，同时又通过“存在论上的发问”① 使本体论成为更为内在的需要，因而“存在超越了存在物，但存

① ［德］海德格尔：《存在与时间》，第13页。

在物又原封不动的被掩盖在存在之中”。海德格尔反对一切实体性之物，拒绝现成性的存在者状态，然而，“存在的诱惑力就像在拙劣的诗风中树叶的瑟瑟声一样动人”，“概念和事物的区别被叫做原罪，但同时又在存在的怜悯中长存下去”[①]。在阿多诺看来，对本体论需要的批判要求对本体论本身的内在批判，如果仅仅一般地从外部来反对存在论哲学，而不是将其摆在自身的内在结构中，按照黑格尔的要求用自己的力量来反对它，那么我们就没有权力支配它，在这一内在批判中，海德格尔被阿多诺指认为依靠隐秘的叙述逻辑制造出一种“表达不可表达”的深刻的哲学骗局。海德格尔诚然进行着传统形而上学本体论的批判，而其目的却在对于第一哲学的重建，而这最终走向了存在的神学。质言之，在阿多诺的批判视野中，海德格尔对于传统形而上学的批判绝依然存在着本体论的需要：“本体论被理解为情愿批准一种不需要有意识地证明的他治秩序。”[②]

由上可知，阿多诺批判的深刻性必须首先置于20世纪60年代的语境中才能具体把握，而对于阿多诺批判的反思也不能脱离对于当下学术语境的理解和把握。前者将批判之矛指向当代德意志意识形态“行话”，揭示在对于所谓行话技巧的日益蔓延的专注中，人们强迫自己遗忘了这种行话之与纳粹的现实关联，而这构成了阿多诺的批判的现实基础。这些内容看起来除了被极为专业的讨论所发现，阿多诺的海德格尔批判很难被80年代所了解，更不说关注了。

阿多诺对于海德格尔的批判与其说是对于存在论热潮的批判，毋宁更准确地说是对于存在论神圣化的客观现实的批判，而对于阿多诺的本土接受来说，这一批判意味着什么呢？

依甘阳的回忆，80年代在西方哲学领域具有影响力的学者“是不太注重法兰克福学派的”，真正迷人的不是法兰克福学派，

① ［德］阿多诺：《否定的辩证法》，第74、72页。

② 同上书，第57页。

甚至不是萨特，而是海德格尔[①]。若果真如此，那么阿多诺批判海德格尔大约不仅不能为自己挣得更多关注的目光，而且可能适得其反。但如是，则需要解释：为何由那些迷上海德格尔的学者所主编的《文化：中国与世界丛书》曾将《认识论的元批判》一文列入预告出版目录呢？事实上，作为阿多诺批判胡塞尔的文本，《认识论的元批判》沿承了《启蒙辩证法》对于工具理性的批判的基本理路，只不过在这里，以祛魅而解放却走向解放和自由的反面的启蒙辩证法被置换为“现象学的辩证法”。正如《认识论的元批判》标题所标明的，批判理论的视野就是要击穿胡塞尔关于先验原则的认识论，并在工具理性中挖出其藏身之地。然而必须注意的是，阿多诺批判胡塞尔现象学，眼睛却是盯着作为海德格尔现象学的逻辑前提，目的是要指向对于海德格尔的本体论批判，这集中体现为《本真的行话——论德意志意识形态》一文，也就是《否定辩证法》第一部分“与存在论的关系”前两章。现在看来，《认识论的元批判》实在算不得厚重，在法兰克福学派著作群体中也算不得代表性的杰作，它之所以被时代看重，应该与海德格尔有关系。由此看来，80 年代发现《认识论的元批判》难免令人猜疑有阴差阳错的味道，这反过来却也揭示出阿多诺在 80 年代接受中的沉默情势。

2. 两个研究文本

还需注意的是，80 年代初期的马克思主义文学/文化社会学语境，在此有两个文本值得关注，一是《艺术与社会》，节译自英文本《美学理论》第十二章“社会”中的第 1、4、12 小节；二是本土研究论文《马克思与阿多诺的文艺学批评方法》，二者分享相同的关注点，指向阿多诺接受的马克思主义维度。

先来看一看上述二文讲述了什么。节译文章的标题即为“艺术与社会”，所节译部分也基本上是与此最具相关性的。其中第 1 节题为“艺术的双重性：社会现实与自律性”，第 4 节

---

① 查建英：《八十年代访谈录》，生活 · 读书 · 新知三联书店 2006 年版，第 200 页。

"选材；艺术主题；艺术与科学的关系"，第12节"影响，生活经验与'震撼'"。以第1节为例。在艺术的社会性与自律性关系问题上，阿多诺是从其艺术作为否定的这一基本思路来论述的。概括来说，其一，艺术的社会性在于艺术作为社会的对立面而存在的，而他之所以能够存在，是以自律性为前提；其二，艺术自律性使艺术成为一个自为的整体而偏离了既定社会规范，以此实现对于贬低人、压抑人的社会现实的"无言批判"，如果艺术失去了这样的批判力量也就失去了自身存在的依据；其三，艺术作品任何一方面都不具直接的社会性，即使以社会性为目的作品也并不是直接的，布莱希特在此做出了反面的证明[①]。当然，对此的理解还应结合阿多诺所言"艺术作品并非存在（being），而是生成（becoming）"[②] 来把握。所谓生成即是说艺术作品并不是一个可以分解而把玩的客观实在，而是一个审美实践之中的过程性存在，也只有在审美实践之中艺术作品才能开口说话，才成为充满活力之物。但无论如何，这一文本的节译有明确的指向，概其要者有三：一是指向对于文艺社会性与工具性的讨论与反思，这就不难理解译者在译文之前的简要说明中何以将阿多诺美学"划为社会学美学"，这也显示出长期的马克思主义文艺社会学传统；二是指向艺术反思社会的功能，这就是译者格外说明的，"阿多诺的美学强调艺术与社会的对立本性"，"艺术通过'对象化'、'陌生化'、与现实的'距离化'，使人重新认清自己，认清世界"；三是透露出社会转型期的变化，此即"由于'文化产业'的日益发达，当代社会正日益剥夺人的精神独立性，使他们丧失辨别力和思考能力"，"艺术的本质就是反世界"，"在一个日益商品化的世界里，不适合这个世界的东西才是真实的"[③]。将阿多诺"Culture Industry"翻译为文化产业，这在国内较少见，与今日"文化产业"所指完全不同，彼时文化

① ［德］阿多诺：《美学理论》，第385—389页。

② 同上书，第304页。

③ ［德］阿多诺：《艺术与社会》，戴耘译，《文艺理论研究》1988年第3期。

尚未市场化，其真正开启尚需等到10年之后。但是随着改革开放的展开，“人文精神”的变化已经为学者所感受与反思，因而从某种意义上来说，这也正是那个时代真实写照中的一个侧面。概言之，文艺的社会职能和社会重要性正在于观照人的现实生存、反思并批判社会。应该说，上述理解并没有偏离阿多诺的思路，其中透露的既有时代文化关切所在，也有文艺思潮的某些新变。

再看第二个文本。作为国内较早关于阿多诺专题研究论文，《马克思与阿多诺的文艺学批评方法》值得注意者有三：第一，该文谈到阿多诺的美学思想、文艺思想以及文化批判理论，但这些都被放在其美学思想框架下讨论，文艺与文化从属于美学讨论，这应视为80年代美学大讨论的遗风，也表明大众意义上的文化尚未进入视野，虽然彼时的“文化热”早已出现。第二，将阿多诺美学思想置入马克思主义框架中讨论，其在美学与文艺批评方法上的多样性与现代性是马克思主义文艺批评传统的一部分，认为阿多诺“把艺术与社会生活联系起来的基本思想，他关于艺术作品在唤起接受者的自觉意识这种启蒙效果的基本态度，都说明他是一个马克思主义者，说明他的美学理论体现了马克思主义美学的传统”[①]。关于阿多诺马克思主义属性的认识，与当时较为普遍的在法兰克福学派以及西方主义美学认识上或多或少的谈及非马克思主义一面截然不同。第三，在文艺批评方法论上强调多元化，“马克思主义文艺学和美学要成功地分析复杂的现代艺术和文化，就必须引进新的批评方法。……方法论的更新，并不意味着传统的断裂”。“不管怎么说，阿多诺对现代艺术的解释，从任何意义上讲都是有意义的。相比之下，那种把马克思主义批评方法凝固化，和否认马克思主义批评方法的传统具有现代生命力的看法，就显得幼稚和狭隘了。”[②]整体来说，该文关于阿多诺的马克思主义文艺批评方法论的阐述，并没有溢出文

---

① 王杰：《马克思与阿多诺的文艺学批评方法》，《学术论坛》1988年第4期。

② 同上。

艺社会学传统，但观念突破的企图还是显而易见的。

三　马尔库塞:诗意的建构

如上所述，德国纳粹法西斯主义、第二次世界大战、美国发达工业社会的文化、政治和经济生活、斯大林主义等等，这一切构成马尔库塞美学思考、文化研究及其当代发达资本主义社会批判的深厚现实基础，正是此意义上，马尔库塞美学被视为一种广义的美学政治学。那么在80年代的本土早期接受中，批判的美学政治学又是以怎样的面目呈现于本土学术视野中的呢？

1. 诗意批判者

马尔库塞生前是否了解中国对他的接受情况，目前不得而知，但至少在他去世之前差不多一年，《哲学译丛》就已经节译了他的著作文本[①]，而在他去世当年，又译介了《法兰克福汇报》等国外媒体的介绍和评述文章[②]。马尔库塞的主要著作文本的译介集中在20世纪80年代，之后20年间，新的译介只增加两种，一是90年代译介的《理性和革命：黑格尔和社会理论的兴起》(1993)，一是21世纪译介的《苏联的马克思主义：一种批判的分析》(2012)。此外，80年代的个别译本也得到再版，如《单向度的人：发达工业社会意识形态研究》(2008)、《爱欲与文明：对弗洛伊德思想的哲学探讨》(2008)。新译介的增加是马尔库塞研究的深化和推进的必然要求，同时也是它的逻辑结果。马尔库塞研究在走出80年代之后，似乎一下子越过90年代的平淡而直接进入21世纪。有学者在20世纪末期指出，随着马尔库塞研究在世界范围内受到关注，“我们国内，对马尔库塞著

① ［美］马尔库塞：《当代工业社会的攻击性》，《哲学译丛》1978年第6期。

② 《法兰克福学派的重要代表人物马尔库塞》，燕宏远译，《哲学译丛》1979年第6期。

作的研究，也正经历着从‘冷’到‘热’的转换”[①]。事实上，这里的“热”恐怕也只是在相对而言的意义上才是准确的。21世纪以来的马尔库塞研究代表性成果有《否定性思维：马尔库塞思想研究》（程巍，2001）、《马尔库塞批判的理性与新感性思想研究》（范晓丽，2007）、《马尔库塞美学思想研究》（丁国旗，2011）。就本文所涉及的三个法兰克福学派理论家而言，国内马尔库塞、阿多诺、本雅明研究著作可谓齐头并进，哲学、美学、文艺学以及文化研究全面展开，而且开始出现知识化倾向，其中又以马尔库塞与阿多诺为著。

整体上看，20世纪80年代法兰克福学派著作在中国的接受，相对于同时期的本雅明、阿多诺，马尔库塞无论是译著、研究，还是在理论援引方面，都无疑受到最大关注。首先，80年代所译介的八本法兰克福学派中译本中，阿多诺尚未出现，霍克海默、本雅明各占一部——霍克海默《批判理论》（1989）、本雅明《发达资本主义时代的抒情诗人：论波德莱尔》（1989），而马尔库塞独占六部，它们分别是——《工业社会和新左派》（1982）、《现代美学析疑》（1987）、《爱欲与文明：对弗洛伊德思想的哲学探讨》（1987）、《现代文明与人的困境：马尔库塞文集》（1989）、《单面人》（1988、1989）、《审美之维》（1989）、《现代文明与人的困境》（1989），此外还有一个麦金泰尔《马尔库塞》中译本。就目前资料所见，马尔库塞的《工业社会和新左派》应该是法兰克福学派在中国的接受中较早被翻译的著作了。其次，在国内80年代初期较早的法兰克福学派研究专著中，马尔库塞也占据了突出的位置。徐崇温先生的《法兰克福学派述评》（1980）将马尔库塞视为与霍克海默、阿多诺并列的法兰克福学派“最为重要的”“著名代表”，用一整章再加五节的篇幅专门讨论马尔库塞的主要著作，并与霍克海默一起成为分析法兰克福学派理论特质的代表人物，而关于阿多诺的

① 陈学明：《“二十世纪的思想库”——马尔库塞的六本书》，云南人民出版社1998年版，“前言”第1页。

讨论只有一节。而江天骥先生的《法兰克福学派——批判的社会理论》（1981）则只讨论了马尔库塞与哈贝马斯，其中马尔库塞又占据了主要篇幅。甚至在徐崇温先生的《“西方马克思主义”》（1982）中，马尔库塞也被视为法兰克福学派理论的最著名代表。最后，马尔库塞在 80 年代被作为理论资源援引的数量也是四人之中最高的。以“马尔库塞”分别为“关键词”与“参考文献”检索中国知网，显示从 1978 年到 1985 年间有关马尔库塞的论文要高出阿多诺几倍与十数倍，这从一个角度表明在 80 年代马尔库塞提供了比阿多诺等其他法兰克福学派理论家更符合那个时代，也更能满足那个时代需要的理论资源。

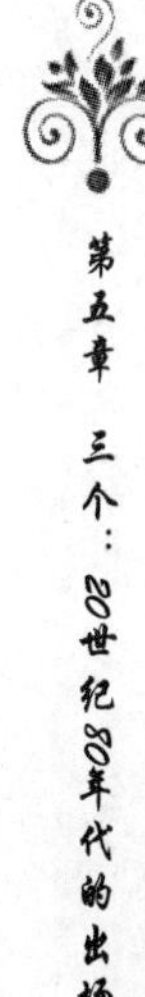

看起来，马尔库塞在中国 80 年代的接受中备受青睐，但如果换一个角度却未必尽然。就 80 年代最为著名的三套译文丛书而言，李泽厚主编的《美学译文丛书》列选题 50 种，金观涛主编的《走向未来丛书》列选题 24 种，然而这两套丛书总计 74 种译介选题，却都不约而同地没有选哪怕一部法兰克福学派的著作。这的确颇为蹊跷，以至王晓明在谈到中国 80 年代的翻译问题时，不无感叹地写道：“有意思的是，法兰克福学派的著作一本也没有（收入《美学译文丛书》、《走向未来丛书》——引者注）。”[①]这里没有明说“竟然”，但惊讶之情溢于言表。三套译文丛书中，仅甘阳主编的《文化：中国与世界丛书》从法兰克福学派庞大的著作文本库中选取了两个人，一为阿多诺，一为马尔库塞。然而，二者也仅仅停留于《文化：中国与世界丛书》所预告的出版目录中，事实上，它所预告的马尔库塞《爱欲与文明》（赵越胜译）、阿多诺《认识论的元批判》（杨君游译），两个中译本最终都没有面世。倒是后来《文化：中国与世界丛书》的“西方现代学术文库”，译介了《审美之维：马尔库塞美学论著集》（1989）。质言之，马尔库塞一方面备受关注，另一方面却又备受冷落，冷热交加，这构成了本节讨论马尔库塞的中

① 王晓明：《半张脸的神话》，南方日报出版社 2000 年版，第 229 页。

国接受的切入点。

2．马克思主义语境

《美学译文丛书序》曾呼吁应该尽快组织力量翻译国外美学著作，因为“这对于改善我们目前的美学研究状况是有重要意义的。有价值的翻译工作比缺乏学术价值的文章用处大得多”①。这里虽就美学研究的紧迫性来讲，但实际所指并不局限于美学，而所谓用处大小，也绝非学术价值尺度所能衡量，这一点在《走向未来丛书》“编者献词”中得到充分表达：“我们的时代是不寻常的。二十世纪科学技术革命正在迅速而又深刻地改变着人类的社会生活和生存方式。人们迫切地感到，必须严肃认真地对待一个富有挑战性的、千变万化的未来。正是在这种历史关头，中华民族开始了自己悠久历史中的又一次真正的复兴。”将译介工作拔高到一个攸关社会发展“历史关头”的高度上去，听起来难免俗套，且夸大其词，然而，作者接下来笔锋一转，直接道出译介工作的真正使命：“思想的闪电一旦真正射入这块没有触动过的人民园地，德国人就会解放成为人”，“不要把它看作一种意见，而要看作是一项事业，并且相信我们在这里所做的不是为某一宗派或理论奠定基础，而是为人类的福祉和尊严”②。显然，译介并非被主要视为理论的事业，而是事关人类的解放，事关人的启蒙与解放这一重大历史使命的担当。其实，只要关注一下《走向未来丛书》目录——《人的现代化》、《人的创世纪》、《日本为什么成功》等等，就可以清楚地看到，丛书所选著作并非局限于学者及其学术研究，而毋宁更准确地说，是面向青年、面向未来的那些著作。事实上，丛书出版后的社会效果也证实了这一点：“《走向未来丛书》第一批印出的1千套书（第一辑）投放市场后，4个小时就卖光了，以后不断重印，第一辑12本

① 李泽厚：《美学译文丛书序》，见《艺术原理》，王至元等译，中国社会科学出版社1985年版。

② 《走向未来丛书》编委会：《走向未来丛书》“编者献词”，见《马克斯·韦伯》，刘东等译，四川人民出版社1987年版，第2—3页。

书的平均总印数都在20万以上，有的累计达30万册。”[①] 对于异域著作的译介与接受从属于它们对于当下社会与时代的理论需要，王鲁湘编译的《西方学者眼中的西方现代美学》可兹印证。该书为《北京大学文艺美学丛书》之一，编译者在该书“写在前面的话”中希望借本书说明，美学“在更广大的范围之内仍然关系着整体的人类生活”，“关系着艺术所具有的超越与解放的功能”[②]。显然，这与《美学译文丛书》、《走向未来丛书》分享基本一致的逻辑：“从当时整个社会的思想和文化变革的需要出发，从他们对于自身作为知识分子的社会和历史使命的理解出发”，从事“一项思想性的工作，一项精神启蒙的工作”[③]。

那么，这两套丛书为何没有选译马尔库塞呢？《北京大学文艺美学丛书》之一《西方学者眼中的西方现代美学》曾节译了波琳·约翰逊出版于1984年的《马克思主义美学——解放意识的生活基础》，其中选译了讨论阿多诺、马尔库塞、本雅明各一部分，并在西方马克思主义美学标题下还选译了墨菲讨论法兰克福学派的文章。从阿多诺到墨菲，不仅法兰克福学派，而且就西方马克思主义而言，中间经过的发展、转折可谓巨大，在本土接受之初就涵盖如此大的历史跨度，委实意味深长。对于这样的编译，丛书“写在前面的话”特地解释，说这是针对“国内对西方现代美学译介的现状”[④]。这里所指的当时的现状，可以约略从甘阳关于这一时期国内哲学研究的回顾一窥端倪，他说，“我们外哲所的这些人是不太注重法兰克福学派的，除了赵越胜搞马尔库塞以外，那个时候我和小枫，我想包括嘉映，我们并不大喜欢法兰克福学派”[⑤]。对此，有学者进一步考证，认为在80年代，“北大外国哲学研究所和中国社科院哲学研究所代表着中国

① 王晓明：《半张脸的神话》，第234页。

② 王鲁湘：《西方学者眼中的西方现代美学》，北京大学出版社1987年版，“写在前面的话”第1页。

③ 王晓明：《半张脸的神话》，第224页。

④ 王鲁湘：《西方学者眼中的西方现代美学》“写在前面的话”，第1页。

⑤ 查建英：《八十年代访谈录》，第200页。

哲学研究的最高水平，研究者的旨趣与推介程度自然决定了西方何种哲学思潮能在中国形成气候”[1]。这自有其道理。然而，需要指出的是，甘阳的回忆并不能照单全收，其真实性、准确性值得考量。按照李小兵在1988年的说法，他之所以要翻译《现代文明与人的困境》一书，与刘小枫不无关系。李小兵在该书“译后记”中写道，“还要特别感谢刘小枫先生，他向我多次提及这本书的价值，使我下决心译出”[2]。马尔库塞显然是法兰克福学派的骨干之一，一方面说包括刘小枫在内的学者据说不太注重、不太喜欢法兰克福学派，一方面刘小枫又多次提及译介马尔库塞的价值，二者必有一伪，在刘小枫《诗化哲学》与甘阳的回忆之间，前者之说似更可靠一些，法兰克福学派虽未必有海德格尔迷人，但马尔库塞却依然具有吸引力。

那么，马尔库塞的吸引力何在？有学者指出，“八十年代基本上社会科学还没有形成”，人文学科当头，而其中哲学尤其是西方哲学更显深刻，不过对于他们来说，迷人的不是法兰克福学派，甚至不是萨特，而是海德格尔，核心又被概括为“现代性的诗意批判”：“我们所读的这个西学实际上都是批判西方现代性的东西，是批判西方工业文明的东西，整个浪漫派运动是对工业文明的一个反动。”[3] 问题的实质也许并不在于批判，而在于诗意。刘小枫《诗化哲学》引起学者的共同关切可以作为一个印证。《诗化哲学》对于马尔库塞美学的发现和接受，正是在德国浪漫美学传统中展开的[4]。事实上，黑格尔主义阶段的马尔库塞基本接受浪漫主义对于前现代社会的诗意想象，批判维度导向走向审美主义：固持感性生命、立足此岸与此世、以艺术与诗作

---

① 赵勇：《法兰克福学派的“理论旅行”：读〈法兰克福学派在中国〉》，《新闻学研究》第111期，2012年。

② 李小兵：《现代文明与人的困境》“译后记”，载马尔库塞《现代文明与人的困境》，李小兵译，上海三联书店1989年版，第382页。

③ 查建英：《八十年代访谈录》，第196—198页。

④ 赵勇：《去政治化：马尔库塞美学理论的一种接受》，《社会科学辑刊》2007年第3期。

为阐释工具[1]。这就与阿多诺阴郁的否定辩证法有所不同。

复杂的历史的马尔库塞在这里被建构为一个现代性的诗意批判者形象，而对于选译马尔库塞的《文化：中国与世界丛书》来说则略显不同。作为《文化：中国与世界丛书》的主编，甘阳2005年在对80年代的回顾中谈到，当时的《文化：中国与世界丛书》"编委会大都强调学术的重要性，就是说，老谈政治没意义"，"非政治就是最大的政治"[2]。需要注意的是，甘阳此言需从现当代性批判的意义上来理解，即彼时学术圈子里的主流话语——"实际上就是批判资本主义、批判现代性"[3] ——上来理解。所谓最大的政治，乃是强调西方学术资源对于当下阐释的理论支撑作用，这也是为什么《文化：中国与世界丛书》又称为"西方现代学术文库"和"新知文库"的原因。行文至此，无论是否选译马尔库塞，《文化：中国与世界丛书》与《美学译文丛书》、《走向未来丛书》都共同分享了下述逻辑："从当时整个社会的思想和文化变革的需要出发，从他们对于自身作为知识分子的社会和历史使命的理解出发"，从事"一项思想性的工作，一项精神启蒙的工作"[4]。由此可知，80年代最为著名的三套译文丛书在社会启蒙与人的解放这一社会担当上，马尔库塞的诗意批判向现实发出了清晰的声音，可资印证的是80年代中国艺术研究院马克思主义文艺理论研究所陆梅林、程代熙先生主持编译的"外国文艺理论研究丛书"，也从法兰克福学派中选译了马尔库塞的《现代美学析疑》一书。

然而，上述讨论遗留一个仍有待追问的问题：既然马尔库塞美学的发现和接受在德国浪漫美学传统中展开，并且契合彼时精神启蒙的时代精神，那么为什么《美学译文丛书》、《走向未来丛书》不将马尔库塞美学这一重要的理论资源译介进来呢？个中原因复杂，这里约略讨论两个维度，一是诗意批判的浪漫主

---

① 刘小枫：《现代性社会理论》，上海三联书店1998年版，第329页。

② 查建英：《八十年代访谈录》，第223—224页。

③ 同上书，第207页。

④ 王晓明：《半张脸的神话》，第224页。

义，一是20世纪80年代前期的时代精神。对于前者，即便国内学者欣赏马尔库塞的批判的诗意，但其悲观主义的浪漫主义，还是与马克思的乐观主义的浪漫主义对比鲜明①。这原本是可以深入探讨的学术问题，但如若联系80年代前期国内学界围绕马克思所生发的关注热点，问题就变得不那么简单了，其中最为重要的无疑是1978年至1985年间关于人道主义、人性和异化问题的讨论。反观这一段历史，人性、人道主义、异化问题讨论以意识形态与政治话语为轴心，其高峰则是胡乔木发表于1984年的《关于人道主义和异化问题》②，而其实质则涉及对于马克思主义的理解正确与否，这就意味着，正像学术译介本身承担着知识分子对于社会和历史使命的理解一样，80年代前期的学术研究也与政治话语紧密结合在一起，尤其是在场的马克思主义意识形态得以凸显与强化。在此背景下来考虑马尔库塞美学的浪漫主义的悲观主义，显然就是马克思主义乐观主义的浪漫主义的对立面，换言之，在永远悲观的马尔库塞身边屹立着永远正确的高大的马克思，或许正是在那个时代的诗意与激情中所无法无视的政治理性，使以诗意批判者的面目出现的马尔库塞并不能如其所是地被大规模译介和接受。

四　在场与出场

30年后再回首，彼时国内马尔库塞研究论文结尾处的一段话仍然令人印象深刻，兹援引如下："马尔库塞的革命艺术理论是建立在他对人的本质属性的理解的基础之上的，他对革命艺术的一系列问题的看法都是由此生发、引申和展开的。必须肯定，他把人作为建立革命艺术理论的坐标，从总体上看，能给人有益的启示。文学是人学嘛！尤其是他打着马克思主义的旗号对资产

---

① 刘小枫：《马尔库塞的审美理论》，《外国美学》1987年第1辑；该文后来收入刘小枫《个体信仰与文化理论》，四川人民出版社1997年版，第137—176页。

② 胡乔木：《关于人道主义和异化问题》，《人民日报》1984年1月27日。

阶级压抑与摧残人性的罪恶进行了尖锐的批判，更使他的这一观点涂上了一层颇具诱惑力的油彩，但是，马尔库塞虽找到了人这个革命艺术理论的坐标，却由于他的思想本质是与马克思主义的基本立场、观点和方法，特别是与阶级斗争的观点和阶级分析的方法相对立的，同时，他对这个坐标又始终没有一个清醒的、正确的认识，因此，他的革命艺术理论只能是一种道道地地的乌托邦理论，是一个可望而不可即的海市蜃楼，最终难免陷入悲观主义的思辨泥沼。不过，马尔库塞的这些错误见解和偏颇也可从反面启示我们在创建具有中国特色的马克思主义美学和文艺学时，避免重蹈他的覆辙。"① 作为论文总结性的文字，该段行文瞻前顾后、欲言又止，可谓曲折生动。一番从"必须肯定"、"尤其是"、"更"，到"但是"、"却"，最后又回到"不过"的连续转折，将有所思考、又有所忌讳，欲言又止、不得言又不得不言的复杂心态呈现得淋漓尽致。

事实上，处身复杂与微妙的不仅仅是马尔库塞，本雅明、阿多诺在 20 世纪 80 年代的早期接受也无不如此。对于本雅明而言，如果西马整体都没有在安德森的话语中获得肯定，且安德森的阐述本身依然存疑，那么，将本雅明安置于伊格尔顿的话语体系中就成了最可靠的选择，故而被无视的安德森与被倚重的伊格尔顿实际分享了相同的认知框架；对于阿多诺而言，80 年代本土接受的沉默，一方面凸显文化、政治和学术研究的时代规定性和主导性范式，另一方面也披露出时精神与审美文化的新变趋势；对于马尔库塞而言，诗意批判也非仅仅停留于诗意，离开了马克思主义基本语境，本土语境中的马尔库塞研究话语也将难以解释。换言之，身份不明的本雅明只能在马克思主义身份明确而其政治可靠的伊格尔顿那里，而绝不会在身份明朗却不可靠的安德森那里，也不会在被归于西马的法兰克福学派那里，找到自己被接受的合法性根基；而坚决批判大众文化的阿多诺虽尚需等待

① 徐汝霖：《马尔库塞的革命艺术理论述评》，《苏州大学学报》（哲学社会科学版）1992 年第 3 期。

本土大众文化时代反思的到来，但这也并不意味着其接受可以游离于马克思主义语境之外。无论是借道的本雅明、被冷落的阿多诺，还是诗意批判的马尔库塞，他们在 80 年代的出场都与马克思主义的在场发生了复杂关系，他们之被建构向马克思主义已然具有反思法兰克福学派文化理论本土接受的切片式意义。

马克思主义语境不仅型构了马尔库塞革命艺术理论本土接受的主导逻辑，也决定了法兰克福学派文化理论出场的基本形态，对此的讨论将由所谓当代文化理论西马化问题切入。指斥包括法兰克福学派文化理论在内的西马理论导致中国当代文论与文化理论的西马化，核心有三：混淆马克思主义与西马本质区别，以西马取代中国马克思主义，以“西马化”取代“中国化”。看起来，如若中国当代文论与文化理论确实存在西马化倾向，由此面临走向“斜路”、“歧路”、改变马克思主义文论与文化理论“性质”的危险，那么，讨论并正视这一命题无疑是必要且迫切的，但在此之前，首先必须对上述判断本身做出事实性审查，否则，命题难免沦为心造的幻影，讨论也将流于关公战秦琼的虚妄。遗憾的是，从阿多诺与本雅明在 80 年代的接受来看，上述命题是一个地道的伪命题，它在逻辑上是虚假的，在内容上是意识形态的，在思维方式上是机械僵化的。在苏联马克思主义不再作为指导思想的马克思主义之后，马克思主义文论与文化研究在国外已演变为马克思学以及后马克思主义研究，与此相同的，是将马克思主义文论与文化研究后退到西方马克思主义曾经批判的列宁主义上去。脱离西马理论家在西方社会的政治哲学实践的具体性和历史性，沉溺于将经典马克思主义僵化为列宁主义的泥淖，这种思维模式不仅早已在 20 世纪二三十年代被批判，也已为当下学界所抛弃。于西马理论家而言，批判僵化机械、教条主义马克思主义的使命早已结束，但于我们，恐怕还是一个艰巨的任务。如何看待法兰克福学派文化理论在马克思主义语境中被接受、理解、阐释，可以现实地视为当下文化研究的病理学。

当代文论与文化理论所谓西马化的指斥，与 80 年代本雅明、阿多诺、马尔库塞在马克思主义语境中的出场，以及法兰克福学派文化理论本土接受中所呈现出来的瞻前顾后、欲言又止的复杂心态，无不分享了基本一致的文化逻辑，始终在场的马克思主义及其诗学标示出的是文化领导权的具体实践。而依威廉斯之见，任何既定社会文化从来都不是铁板一块，而是包含主流文化、残余文化、新兴文化等诸异质形式，它们生生不息、不断运动，主流文化在其中占主导地位、发挥领导作用，残余文化处于从主流向非主流的转变中，或者在丧失领导权后苟延残喘，新兴文化正在兴起、尚未成为主流、充满生机与活力①。这就意味着马克思主义文化领导权必须不断巩固社会主义主流文化，收编新兴文化，批判封建主义残余文化，并加强与其他人类文化实践的对话，放开心胸吸收人类文化的一切优秀成果。由此看来，包括阿多诺、本雅明在内的法兰克福学派文化理论，不会因为 80 年代出场而到了如今退场的时刻，如果马克思主义语境的在场是动态的，那么诸文化理论的本土出场也不会流于静止之中。

时过境迁的曲折复杂情态固然令人感慨唏嘘，但这并不意味着法兰克福学派文化理论可以存在没有在场的出场，当下应追问的是，如果本雅明、阿多诺、马尔库塞的出场必须以马克思主义的在场而消弭了某种危险性，那么，这对于文化研究而言又意味着什么？尤其是，文学研究泛化、文学研究与文化研究关系等问题尚四处游荡，文化研究学科化的担忧又已迎面而来：它会因此丧失现实精神、批判意识吗？旨在揭示文化与权力之间关系、作为文化政治实践的文化研究，会沦为自我去势之后的空洞能指吗？对此的探讨将在后文展开，这里只消指出，在 80 年代，本雅明借道马克思主义的伊格尔顿出现于本土学界话语场，而阿多诺则相对沉默与马尔库塞的冷热交织，其复杂意味不同程度地指向马克思主义语境的建构性。法兰克福学派文化理论在中国的接受可以视为本土文化研究的病理学，它既非当下所谓文化理论西马化的事实证明，也非文化研究脱离实践、自我去势的理论根源。

---

① Raymond Williams, *Marxism and Culture*, New York: Oxford University Press, 1977, pp. 121 – 123.

第六章　媒介化与公共艺术

20 世纪 80 年代的出场式为批判理论的本土接受凸显了主导性范式的功能性实践，但是这并不意味着接受语境内在的复杂性可以忽略不计，事实上，随着本土语境自身的演进以及接受行程的历史性展开，批判理论除了面对马克思主义范式的规范，还面对着媒介、资本等诸因素的纠缠、对话与协商，本雅明的媒介再生产催生了所谓本雅明工业，而公共艺术空间、大众文化中人的形象问题也将批判理论关于人的思考凸显出来，本章将对此试做讨论。

一　本雅明工业与媒介再生产

本雅明对于一部分读书人来说，似乎是一个谜一样的人物。专事本雅明研究的王才勇教授在回忆 80 年代阅读本雅明时写道："读过本雅明的人大多都会喜欢，而喜欢的人几乎都会说难懂。显然，难懂并不意味着不懂。恰是这种介乎懂与不懂之间的阅读体验让人喜欢，让人舍弃不下。早在 20 世纪 80 年代中首次接触本雅明时，就孳生了这样的感觉。"[①] 这一夫子自道揭示出了本雅明在中国学界的一种阅读经验，值得注意者有三：一是接受的新奇感，二是接受的难度，三是与本雅明文本风格相近的诗意性。对此，张旭东也有一个言简意赅的概括："80 年代语境中的

① 王才勇：《现代性批判与救赎——本雅明思想研究》，"后记"，学林出版社 2011 年版，第 133 页。

本雅明，更多的是作为一种情愫的象征、思想的姿态留在热情、诗意的读者的心目中。也就是说，80 年代的本雅明并没有超出其‘文人’形象而留给我们一个深远、宽广、严格的理论坐标。”① 一个文人的本雅明，或者进一步说，一个 80 年代的本雅明，这既具有时代的规定性，也有其本雅明思想的内在规定性。而张文的概括未免过于诗意化（诗意思维的本雅明本身与洋溢诗意精神的 80 年代）了，这不仅是因为还存在一个 80 年代前期的本雅明，一个显然是马克思艺术生产论框架下的艺术生产论的本雅明，而且还因为，恰恰是本雅明的诗意化接受本身透露出了本雅明早期接受的特征。

可资比较的是 21 世纪本雅明研究者对于本雅明的言说。其特点之一就在于诗意的本雅明逐渐淡隐，一个现代性批判的本雅明凸显于中国 21 世纪的本雅明研究话语中。因而并非偶然的是，将本雅明思想的主旨规定为“揭露和鞭挞现代生活中违背人性的方面。其思想的政治维度因而在现代性批判”②，将本雅明的独特性规定为经验与情感的人的消失的揭示③，成为 21 世纪以来关于本雅明阐释的主流认识，这也与 21 世纪以来法兰克福学派研究的基本情势相吻合。

然而，中国学界世纪之交对于现代性批判的理论的接受，在信息媒体时代受到冲击。如果说本雅明的不可归类性仅仅停留于知识分子话语之中，那么，在学术研究话语中的本雅明之外，是否还存在着可以归类的本雅明，比如一个走向大众的本雅明？换句话说，在日常生活的媒体中是否也出现了本雅明的身影？在专业研究话语之外，本雅明又以怎样的形象示人？哪些因素作用其间？需要说明的是，上述论题的提出预设了一个基本的前提，即随着中国大众文化的兴起以及文化产业的繁荣，对于大众文化理

① 张旭东：《〈启迪：本雅明文选〉“中译本代序：从‘资产阶级世纪’中苏醒”》，载汉娜·阿伦特编《启迪：本雅明文选》，第 2—3 页。

② 王才勇：《现代性批判与救赎——本雅明思想研究》，第 6 页。

③ 于闵梅：《灵韵与救赎——本雅明思想研究》，文化艺术出版社 2008 年版，第 23—35 页。

论以及理论家的需求应该在不同程度上是一个自然的历史过程，而本雅明相对于法兰克福学派其他理论家而言可能独享某些特殊的气质，从而更具有走进大众的可能。因而，对于上述论题的考察，将有助于进一步揭示当下中国的本雅明工业的性质。

为了考察本雅明是否出现于日常生活的报纸媒体中，笔者在2012年11月以"本雅明"为关键词，在首都师范大学图书馆"读秀知识库"[①]中进行了检索，其中，检索时间段选定于2000—2012年，检索类别选择"报纸"，检索全部字段，在上述限定范围之内检索情况如下：第一，本雅明在各类中文报纸中总计出现91次，其中前六年出现50次，后六年出现41次。第二，涉及本雅明的报纸可以分为两大类型，一类是学术类或相关学术类报纸，如《读书周报》、《文学报》、《文艺报》、《中华读书周报》、《文汇读书周报》，另一类是非学术类，也非相关学术类报纸。它又可以分为三类：主流媒体报纸，如《人民日报》、《光明日报》，以及地方日报，如《广州日报》、《北京日报》等；地方晚报类报纸，如《温州晚报》、《青岛晚报》；行业类报纸，如《中国保险报》、《当代财富报》、《人民法院报》、《中国经营报》等。第三，所有相关作者基本可以分为两类：一类是本雅明研究或相关学院派知识分子，一类是相关媒体从业人员，除此之外，未发现身份不明者。第四，本雅明出现方式有两种，本雅明专题谈论、在具体语境中被引证。第五，本雅明出现的具体语境有三类：文化艺术产业（如艺术展）、随笔类文体、书评类文体。对上述检索情况作进一步分析与概括，可以尝试回答上文提出的问题：

第一，在大众日常生活媒体（报纸）中存在一个走向大众的本雅明形象。可概括非学术类报纸中的本雅明形象/身份为四：批判大众文化（时尚）的哲学家、批评家；巴黎都市中的眼光

① "读秀知识库"是由超星公司推出的中文图书数据库，提供近200万种中文图书书目、100万种电子图书全文，同时每年更新约10万种图书。读秀知识库推出不同一般检索模式的读秀检索，检索字段可选择全部字段、书名、作者等。

敏锐的游荡者；关注技术与艺术关系的知识分子；诗意而暧昧的思想家，尤其是私生活的思想家。有趣的是，日报类报纸多将本雅明定位为批评家和思想家，如《青岛日报》、《北京日报》、《广州日报》、《深圳特区》、《广州日报》、《潮州日报》、《浙江日报》、《长江日报》、《佛山日报》、《光明日报》以及《河南日报》等等，而晚报类报纸与行业类报纸则定位为哲学家以及大都市的知识分子，比如《南方都市报》、《温州晚报》、《青岛晚报》、《深圳法制报》、《人民法院报》、《中国保险报》、《深圳商报》、《当代财富报》、《中国经营报》、《经济观察报》、《信息时报》、《21 世纪经济报道》、《中国图书商报》以及《中国妇女》等。整体来看，所有类型报纸中的本雅明形象并没有溢出学术话语关于本雅明的基本认知，但其共性在于都将本雅明类型化了，结果思想复杂的本雅明的归类问题在报纸这一媒体中被消解掉了；而另一方面，报纸对于本雅明身份的归类剔除了学术话语中的马克思主义的本雅明这一身份，本雅明接受中的政治化问题也被消解了。

第二，从所涉及本雅明的内容来看，日报类报纸主要从四个方面涉及本雅明：机械复制与艺术生产、文艺批评、视觉艺术、读书；而晚报类与行业类报纸则集中于本雅明的以下三个方面：大众文化、都市体验、摄影。比如《光明日报》一段文字："瓦尔特·本雅明有一番妙论。他说，作家写书，其实不是因为穷，而是不满意人家写的书。他还说，猎书访书途径不少，最值得称赞的方法，该是自己写书。这个主意颇不错，却有些疯狂。有才情，能写书是一回事，写书成癖又是另一回事。"《河南日报》上有文章《无奈中的智慧与创造》写道："本雅明预设的革命大众在文化转型的今天已经变成了审美大众，在以电子和数码技术为代表的今天，这种启示更具有预言和先导作用。"而在后一类中，《南方都市报》中《迷路爱好者本雅明》一文则有："真正能让本雅明体味到迷路快感的城市还是巴黎，从柏林到巴黎，可以说，本雅明一直在圆自己的迷路之梦。"并在下文长篇引述本雅明关于巴黎游荡者体验的描述，而《深圳商报》、《中国保险报》、《人民法院报》也涉及了同样的文字①。

这里真正值得注意者有二：一是本雅明现代性批判的维度被抹掉了，在所有涉及本雅明谈论的都市现代性体验的地方，报纸仅仅满足于这一体验与当下现代性生存体验的某种认同，而本雅明进一步的批判，尤其是对现代性生存中的异化和非人性的揭示，则完全消失了，仅仅剩下了仿佛黑暗中偶尔听到了相同叹息后的释然。二是本雅明的感性化，与本雅明相联系的，在报纸中是游荡、自杀、巴黎都市、小资生活、柏林的童年、与女人的爱恋、关于书的种种比喻等等，阉割掉批判性维度的本雅明被空壳化了，留下了感性的、小资气质的本雅明在报纸中喘息，写着一些奇异的文字，游荡在女人、酒、纸片之中。这只要看看报纸上的那些涉及本雅明的文章的题目就可以了：《看得见的城市，看不见的忧伤》、《迷路爱好者本雅明》、《本雅明：在巴黎与时尚为敌》、《听说艺术曾经来过》、《漂流的城市，透明的文本》、《他在莫斯科流露天真》、《享受孤独和梦游》、《孤独的时空漫步》、《上海街头的梦游者》、《冬日的早晨》、《这一切来得太快》等等，不一而足。

经过一番删减，本雅明于是进入大众文化的消费之中，成为文化工业链条上的一个符号，那浪漫不羁、潦倒自负、际遇奇特的生存形象已经与本雅明无关，却结结实实搔中了现代人心灵中某些的痒处。这就是被资本意识形态阉割去势的本雅明，而这样的本雅明恰是这个娱乐时代的一个必然产物。

二　公共艺术与人的生活方式

随着当代公共艺术的繁荣以及公共艺术实践的推进，公共艺术已融入我们当下都市文化生活，并成为其中重要组成部分之

① 资料来源：雷淑容《主动留级的收获》，《光明日报》2004 年 8 月 19 日；刘建茂《无奈中的智慧与创造》，《河南日报》2004 年 5 月 20 日；陈世迪《一切物质性都从中退出》，《中国保险报》2004 年 3 月 19 日；李敬泽《盛大永恒的城》，《人民法院报》2003 年 3 月 25 日；左大康《有多少老上海可以重来?》，《深圳商报》2003 年 3 月 15 日。

一，而艺术公共性问题也在理论层面上日受关注，甚至成为学界关注的话题，并在美学、社会学、生态学、哲学、文化学等领域不同程度地展开。艺术实践的不断丰富与理性思考的逐渐深入，为观照和反思公共艺术的当代形态及其文化维度提供了新路径，然而，在作为开放性、参与性、日常性的公共艺术与专业化、知识化、精英化的理性思考之间，无可否认地存在着一定程度的紧张，其理论症候可约略概括为形而上的理论建构有余、形而下的实践阐释不足，对于公共艺术当代接受维度的重视不足就是其中之一。公共艺术内在地包含审美性、空间性、时间性等多重性质，而就其艺术存在的接受维度而言，公共艺术是普通的、属人的，是人的生活方式本身。

1. 从大卫的私处到与乳房上的红布

当公共艺术作品以越来越丰富的形式雨后春笋般出现于我们生活之中，个体的艺术接受的丰富性是否也应该得到进一步的厘清和思考？比如，在2011年8月北京朝阳区酒仙桥地区751厂举办的建筑艺术双年展上，一座表现“汶川地震”的大型现代雕塑，因其基座是乳房造型而被所在厂方认为不雅、有伤风化，“感觉”上难以接受，结果被强制要求用红布围遮。事实上，这样的“感觉”在1979年10月首都机场大厅壁画作品群中也已经出现：“首都机场壁画向公众开放之后，引起社会巨大反响。每天都有专门来看壁画的人，机场门前的广场上停满了载客前来参观的大巴，人们涌进裸女人体壁画所在的餐厅，迫不及待地一睹究竟。”① 这就是《泼水节——生命的赞歌》画中最终被长期封以帘幕的沐浴傣家女。即便有观点认为“万点花的雨，/泼向我心头的沙漠；/一条蜜的河，/注入我周身的脉络。/我的眼睁着——/看到了大地的复活；/我的耳张着——/听到了生命的赞歌！”② 然而这样“新的美学原则”依然难免“有碍观瞻”、“有

① 林钰源：《袁运生与〈泼水节——生命的赞歌〉》，《文艺争鸣》2010年第16期。

② 贡文忠：《会飞的壁画——题丙烯画〈泼水节——生命的赞歌〉》，《诗刊》1980年第2期。

伤风化”的“感觉”。无独有偶，早在欧洲文艺复兴时期，米开朗基罗的雕塑《大卫》也曾经分享相同的际遇，据说当时教皇也要求在大卫的私处放一个裤衩来遮羞。

从大卫私处的裤衩到乳房上的红布，看起来时隔500年，生活与艺术的距离依然，这倒是在某种程度上映照出尚在四处游荡的康德主义幽灵，虽然在其欧洲故乡早已是明日黄花。而随着公共艺术实践自身的铺展，类似的接受经验似乎依然层出不穷，因而对此给予艺术学的简单否定无助于社会和文化维度的进一步思考。大卫私处的裤衩无疑具有欧洲中世纪神学的现实背景，而乳房上的红布也无法游离于此岸的生活，更无关康德。裸体傣女吟唱艺术家的生命赞歌，应和来自于时代的召唤，但同样应该明确的是，那看起来颇为守旧的所谓的“感觉”并非“低级的认识”的偶然结果，即便在感官冲击的层面上，它也根植于具体的当下的生活中，因此是与艺术作品密不可分的一个组成部分。如果说《泼水节》不给女裸体穿上衣衫是艺术的逻辑，那么面对艺术难免产生种种“感觉”也具有理性无法清除的必然性，二者分别在创作和接受的维度上各享共同植根于生活本身的合法性。

对于艺术的接受，接受理论和阐释学已经就受众主体性与艺术意义生产问题做出了充分阐释，而文化的层面依然存在可能的阐释视角。文化范畴之纷繁难理自不待言，其定义狭者则流于利维斯主义的高雅艺术之一隅，而宽者似乎无所不包：“就其广泛的民族学意义来说，（文化）是包括全部知识、信仰、艺术、道德、法律、风俗以及作为社会成员的人所掌握和接受的任何其他的才能和习惯的复合体。”[①] 所谓复合体则既包容了精神的层面，也纳入了生活实践的层面，泰勒的思路显然为威廉斯所认同。在他看来，即便艺术趋向时下文化流俗，美学、生活方式等依然不失为文化重要层面[②]，甚至毋宁说，文化就是具体的历史的生

① ［英］爱德华·泰勒：《原始文化》，连树声译，广西师范大学出版社2005年版，第1页。

② Raymond Williams, *Keywords: A Vocabulary of Cultural and Society*, Revised edition, New York: Oxford University Press, 1983, p. 90.

活，就是生活本身，因而包括艺术在内的生活方式在任何显而易见的意义上，都不局限于阶级等诸如此类范围之内。事实上，在哈贝马斯关于“公共领域”的思考中同样包含了将公共性与社会生活以及文化机制联系起来的基本思路，而英国伯明翰学派则径直将文化的普通性、日常性作为对抗法兰克福学派大众文化批判的理论旗帜。

如果文化作为生活方式是日常的，那么公共艺术也必然根植于接受个体的日常生活之中，“公众千差万别、变化无端、思想活跃、眼光挑剔，它根源于市民私生活之中；因而，呈现于公众面前的公共艺术终将化为个体的私人经验，在公共艺术的视觉感知后，进一步转化为更为持久的心灵感知”①。从一己体验到心灵感知，并非局限于传统的艺术领域，而是展开于作为人的日常生活之中。回顾中国公共艺术的发展可以看到，在时间的维度上，人的形象随着中国社会生活的开放和现代化进程而变化，而空间的维度上，人的形象从书房走到室外，以展示价值的方式打破了本雅明意义上的传统艺术的灵韵，而走进日常生活。当下，关于公共艺术之公共性、开放性、介入性等理论特质的认识已得到深入探讨，但如若脱离作为理论土壤的现实生活、脱离作为艺术受众的生活个体，那么高悬的理论之剑难免面临掠过理论目标的危险。同样是《泼水节》与表现“汶川地震”的大型现代雕塑中裸女体问题，无论是属于“洪水”、“猛兽”的感官体验，还是归于难免图式化的禁欲主义束缚的理性认识，作为接受主体的知识精英与普通大众，不同的接受反应或者指向艺术的形而上学，或者指向肉体的形而下之思，而艺术的大众化和世俗化问题却溜出了思考视野。

如果说对于中国当代文化实践而言，一场深刻而又复杂的转型与重塑正在延伸过程之中，集中体现出社会转型期文化价值的

① Patricia Philips, *Temporality and Public*, in *Art Critical Issues in Public Art: Content, Context, and Controversy*, edt. Harriet Senie & Sally Webster, New York: Harper Collins, 1992, p. 296.

深刻变化，那么其中市场同样发挥重要作用，当然，发挥作用的因素远不止于市场。哈贝马斯将阿多诺的经验研究扭转到规范研究的道路上去，从公共空间的历史性转型的角度追问大众艺术如何从一种具有社会性担当的批判实践转变为一种无批判的集体性娱乐，即从批判转向消费，这一转变如何发生的？他的回答是市场。而国内冯小刚在谈到电影《天下无贼》时说，影片原本通过一个和谐社会中“由贼到人”的故事来呼唤人间的美好情感，然而电影剧本送去审查时被认为，屏幕上的贼在没有积极力量的引导下就浪子回头、展现出正面的人物形象，缺乏说服力，而相比之下，影片中的警察却无所作为，且整个影片看起来似乎并非“天下无贼”。电影后来经王朔修改，才有了我们今天看到的情节：女贼怀孕，进庙烧香，于是便人心向善——自己一生做贼，希望下一代清白做人。剥离这一文化事件中的某种无厘头般的喜剧色彩，可以清楚地看到人的形象在意识形态与市场缠缚中的冲突和博弈，但无论如何，裸露的乳房可以被披上红布，而先锋性公共艺术作品也可以找到自己处身之地，一种看似错乱的存在形式见证了当代公共艺术的世俗化和生活化景观。

然而毋庸置疑的是，当下艺术实践的多元发展已经是一个不争的事实，而其中人的形象日趋世俗化、平常化也当无可否认，这或许可以在电视剧《渴望》中刘慧芳的形象上看到其阶段性，而在《神女峰》“与其在展览千年，不如在爱人的肩头痛哭一晚”中找到某种感性表达。当曾经权威的价值基座遭到质疑，被压抑的身体及其官能便迎来为人的价值论选择背书的机缘，其革命性与两面性固然需置于历史视野中方能明澈，但对抛弃崇高与理想而一路狂奔的世俗化而言，陀思妥耶夫斯基的提醒无疑是有益的：一种自我中心主义的“怎么都行”[①] 的生活——没有理想，也不需要理想；事不关己，必高高挂起；只要自己生活安逸，其余怎么都行——事实上，这种“怎么都行”的文化形象

---

① “无论如何得作出决定，随便什么决定都行”，见陀思妥耶夫斯基《罪与罚》，非琴译，上海文艺出版社 2007 年版，第 245 页。

在当下的社会生活中并不鲜见，这是否提示进一步追问去神化与肉身化之间的某种辩证？或许在一个非正常的时代，某种“错误的生活无法过得正确”[①]，那神女峰上的哀怨与决绝因而可以成为时代的风向标，却不能由此而无视其自身的历史性，正如无法设想在爱人的肩头痛哭一晚之后的生活，却不能对常态化之后的人性路向无动于衷。

艺术精英主义立场在英国伯明翰学派之后似盖棺论定，批判性反思精英主义的正当性自不待言，而韦伯所谓“价值中立”论则更切近当下大众文化研究的现实。韦伯“价值中立”论具体指向知识分子，具体来说是大学教授这样的知识分子：“纵使拥有成千上万名教授，装扮成领国家薪水或地位特殊的小先知，试图在课堂上取代这位先知的角色，你仍然绝对无法逼迫一个先知出现。”[②] 这一要求的历史现实性在于资本与工具理性联手造就的“生活世界殖民化”，按照哈贝马斯的看法，生活世界的殖民化具体展现了工具理性的客观还原性与世界控制性特征及其体制化后果；而其具体语境则是大学教授之于青年学生的相对优势地位。在韦伯看来，大学教授既非社会领袖，亦非布道者，因此并不具有占有更多话语权的正当性和合法性，但现实却恰恰相反。既然在一个价值多元的现代世界中没有谁能够决断他人的价值选择，既然现代个体在价值层面上的自我选择上是自由的，那么知识分子也就不能毫无制约地将自己的艺术价值观有意无意地强行灌输于他人，他们必须进行自我反思与自我克制，如此方可制衡话语霸权。由此可知，价值中立论并非艺术价值上简单地去立场化，而毋宁说是对艺术价值问题之语境具体性的强调，以及对于价值话语霸权以及一元论的危险性的警惕，而这对于有着漫长封建主义历史的文化传统来说，其现实性意义不言自明。

这样看来，在公共艺术作品的个体性接受中那些颇显唐突的

① T. Adorno, *Minima Moralia*, trans. E. Jephcott, Landon: Verso, 1999, p. 39.

② ［德］马克斯·韦伯：《学术与政治》，冯克利译，生活·读书·新知三联书店1998年版，第45—46页。

"感觉"在某种意义上正是正在走来的市民社会的一种症候，当然，价值中立论并不意味着价值问题的封闭性和自洽性，而是力图在卡住滑向价值一元论的路口的同时，敞开通向公共领域的讨论和沟通的大门，以保证具有差异性的价值观得以相互沟通、相互理解并自我反思，以至相互靠近。另一方面，正如世俗化并非感官主义的狂欢，精英主义批判也应警惕滑向反智主义泥淖的危险，相对而言，虽然康德的启蒙论说当受普遍反思，但回到具体社会文化实践及其历史性之中，反智主义的危险与危害也许更值得注意，由此对于个体的艺术接受的丰富性的厘清和思考就不能不置换为对于"感受"主体本身的审视。

2. 个体性与生活方式

艺术实践的当代展开与价值观的复杂变化实为社会生活方式当代性问题的两面，其核心之一即为人的问题，回顾新时期以来关于理论资源的历史性反思，可以清楚地看到文化当代实践如何随着对于人的认识与反思的展开而发生一连串具体而微的转向。当下社会发展被明确规范在"以人为本"的方向上，这一规范对于当代中国大众文化价值理论来说也显然具有普适性，因此讨论公共艺术接受的文化之维，也就必须首先面对文化视野中的人的问题。

文化价值视野中的人是具体的人还是抽象的人？在此有必要重温马克思的思考。众所周知，马克思的价值理论是从讨论商品开始的。在马克思看来，价值就是商品的社会关系：作为价值，商品是等价物；正是作为等价物，商品抹去了自己的自然属性，而凸显其社会属性。具体到资本主义语境中，商品首先是凭借自己的属性来满足人需要的物，这种满足就物来看则是物的有用性，它一方面表现为使用价值，另一方面表现为交换价值。作为使用价值，商品在使用或消费中通过自己的自然属性实现对于人的需要的具体满足，体现人与物的关系；而作为交换价值，商品在同其他使用价值的交换中通过比例关系实现对于人的需要的满足，体现人与人的关系。交换价值以平均劳动时间为尺度，在资本主义生产中剩余劳动时间与必要劳动时间的进一步区分则清楚地暴露了资本剥削的秘密。交换价值揭示出在物与物的关系背后的人与人的关系，因而真正体现了价值本质。由此可知，马克思关于价值的讨论虽然从商品开始，但其着眼点和落脚点都是人，所谓人就是人本身、人是人的最高本质等判断被视为“绝对命令”，要求推翻使人成为被奴役者、被侮辱者的一切关系，正是马克思人学逻辑在实践领域的必然要求。

需要进一步指出的是，马克思价值理论中所讨论的人既是与动物性相对立的人，也是与神性相对立的人。作为前者，人确证自己现实的类生活，即自觉自由的实践活动；作为后者，人成为启蒙意义上的主体，因而可以说这样的人是普遍的一般的，也是具体的历史的，是二者的统一。在此意义上，“通过人并且为了人而实现对人的本质的真正占有”，实现向合乎人性的人的复归，就成为马克思革命理论的基本规定。尽管当代西方马克思主义者在后现代主义语境中对此提出了诸种批评与反思（也给予了形形色色的辩护与阐释），但马克思价值理论关于人的理解还是为讨论当代大众文化价值问题提供了某种程度上的指引性。

首先，讨论文化视野中的人的问题必须厘清不可逾越的人性底线，这就是说，无论艺术以怎样高雅的抑或者通俗的形式出现和存在，都存在着人之为人而非动物的那个必须坚守的底线，失守了基本的人性底线，将马上面临人性泯灭、价值崩塌的险境，但这样的人性底线既非高至神界，亦非低至物界，而是根植于人间，就此而言，公共艺术确乎日常的普通的。其次，讨论文化视野中人的问题不能忽视人性具体性，要警惕以文化价值的普遍性遮蔽人的文化需求的多样性、多层次性的危险，如果每个人的自由是一切人的自由发展的条件，那么艺术价值的个体性维度就不该是某种更为宏大的价值尺度的牺牲品。最后，讨论大众文化价值视野中人的问题应该正视历史性，抽离了历史性的维度，任何关于大众文化的价值评判都将流于言不及物，否则，我们将无法反思 20 世纪 80 年代援引法兰克福学派进行大众文化批判的合法性问题，也将同样无法反思 21 世纪大众文化实践中的伯明翰学派的文化理论。

考察人性、具体性、历史性之于大众文化价值研究的重要性，并非简单地重复人在文化价值理论中的中心地位，而是意在凸显这一讨论的当下性与现实性，这可以约略分为三个层面：就大众艺术中的人的形象而言，在一个英雄祛魅的时代，个人如何正当地平凡地生活？就艺术研究而论，作为生活方式的日常的普通的文化如何保持对走向另一极端的清醒？就大众艺术理论中的人来说，独立自主的个体在何种意义上是当下社会生活土壤的萌生物？毋庸讳言，上述对于大众文化价值研究的提问中已经包含了对于当代中国文化实践的先行判断和把握，这在现代阐释学看来自是阐释行为所无法摆脱的宿命，同时也是阐释行为存在的基础，但在20世纪文化语境中，强调问题式的现实性与具体性以及强调拒绝那种绝对真理在握的卡冈式的傲慢与自负，无论达到怎样的程度都非杞人忧天。

有学者概括当代中国社会主要文化价值体系为三：以传统为核心的前现代性价值体系；以追求现代化的实现为核心目标的现代价值体系；以反思、修正，甚至拒斥现代性价值观念为宗旨的后现代性价值体系①。三种社会文化价值体系各有其正负面，三者同时性地存在于当下文化实践之中，并在各种文化形式以及形形色色的文化形象中肉身化，这恐怕正是我们面对的最大文化现实。比如，在一些热播古装剧人物形象中，清官情结与追求回归人性日常性融为一体，权谋崇拜与想象正道直行相结合，暴力迷信与尊重人性统一，怎么都行与突出自由的追求融合，色情渲染、自我中心与重视差异三位一体，如此等等，不一而足，前现代、现代与后现代奇怪地杂糅在一起，而真正的问题并不在于这种杂糅，而在于杂糅中对前现代生活方式的某种怀旧式美化，对后现代精神状况的放任自流，以及对现代性追求有意无意的批判。职是之故，如果我们无法超离于当下延展着现代化进程，那么我们也就无法超越文化价值论的现代性视野，无法将人的文化形象撕扯于过去与未来之间、前现代与后现代之间。实际上，追

① 俞吾金：《价值四论》，《哲学分析》2010年第2期。

问独立自主的个体在何种意义上是当下社会生活土壤的萌生物所指涉的正是文化价值实践的当代性问题，而对于我们处身其中的生活世界本质的先行把握也就构成讨论大众文化价值问题的理论坐标，而公共艺术当代接受的文化价值论视野所要凸显的则是人的现代性维度。

回到前文提出的问题不难看出，在当代接受的文化价值论视野中，作为接受主体的“感觉”的丰富性并不在于那裸露私处的遮羞本身，而在于它作为公共艺术的具体接受经验构成现实生活无法割裂的部分，也因此那些“感觉”的丰富性成为一种有待提升的丰富性，当然但这并不意味着“感觉”本身毫无意义。

首先，艺术与生活之间的鸿沟将由公共艺术的现代接受所抹平。艺术始终站立于生活的彼岸，时刻以一种批判和拯救的姿态面对生活，这构成了从康德到阿多诺以来的绵绵不绝的艺术传统，然而一种以生活美学原则为旗帜的艺术观念已经对此提出质疑。随着当代公共艺术的发展和繁荣，“艺术以其震惊感和历史感固然可以凸显自己的存在，但融入本已审美化的环境也同样有助于城市品位和居民生活品质的提升。就目前国内外公共艺术的存在形态看，这类与环境同质的城市公共艺术品，最易作为城市休闲空间的点缀，也最普遍”①。无论它们是否被认为应该昂立街头还是应该以披上红布以遮羞抑或其他，都没有哪种接受视其为多余的，即便是某种不舒适的观感，也一同构成了关于公共艺术之公共性的要素之一。

其次，公共艺术的公共性将获得进一步确认。按照黑格尔的讲法，对于作为“能够思考的意识”的人来说，对于艺术的需要的是“普遍的而绝对的需要”，然而，如何经由个体的私人的接受而上升为普遍的需要却是一个必须解决的问题。康德将其归结为“共通感”，哈贝马斯诉诸公民自由交流和开放性对话的公共领域，汉娜·阿伦特将其比喻为咖啡厅里把人们聚拢起来而又

① 刘成纪：《现代城市公共艺术中的美及美学的位置》，《文艺研究》2010 年第 6 期。

保持各自独立的桌子。就其作为生活方式而言，公共艺术正具这样的桌子、公共领域以及共通感的功能，也正是如此，公共艺术的存在形式表现出审美、市场、意识形态、公共空间等多重性，拿表现“汶川地震”的大型现代雕塑来说，其公共性不正是在关于其艺术表现与遮羞的红布以及其他种种接受中建构起来的吗？

最后，重新审视艺术大众化、世俗化的价值。艺术精英主义视野并不存在具有主体性的独立个体，无助、被动被认为是他们的徽标，然而任何艺术作品的接受都无不是有意无意的社会性改写，而任何改写乃至误读都是特定意义产生的源泉，这绝不仅仅是艺术精英群体的专利，德国思想家本雅明也正是在此意义上对于大众艺术世俗化给予独具只眼的肯定和阐发。公共艺术世俗化、日常化甚至生活化的过程，对于艺术及其知识而言，并非简单的意义损耗的过程，也非自我贬抑以躬身大众的过程，而原本就是其自身存在的基本方式之一；对于艺术接受而言，即便无法在艺术品和日常用品之间做出清晰的厘定，在公共艺术所建构的形形色色的视觉奇观中，一种植根于生活而非超越于生活的艺术之思也已然内在于艺术作品之中了，它们不是太多，而是太少。

概言之，公共艺术作为一种以现代人为主体的当代生活方式提供了关于生活、艺术与人关系认识发生某种转变的重要契机，在艺术日益日常化、生活化的现实语境中，从艺术审美论向文化价值论的扭转也非简单的被动的理论回应，重申思考艺术文化社会学维度，以及艺术公共领域在当代现代文化建设中的担当，是思考公共艺术“公共性”问题的应有之义。

三　人的大众文化形象

中国社会文化实践正经历着一场深刻而又复杂的转型与重塑，集中体现出社会转型期文化价值观的深刻变化，对此予以关注、审视、剖析与反思无疑具有重要的理论和现实意义。大众文化实践的当代展开与大众文化价值观的复杂变化实为社会生活方式当代性问题的两面，其核心之一即涉及人的问题，回顾新时期以来文化研究对于理论资源的历史性反思，可以清楚地看到文化研究如何随着对于人的认识与反思的展开而发生一连串具体而微的转向。当下的社会发展被明确规范在“以人为本”的方向上，这一规范对于当代中国大众文化价值理论来说也显然具有普适性，因此讨论当代中国大众文化价值观问题，也就不能不首先面对大众文化价值视野中人的问题。

1. 马克思人学视域

不论关于文化的界定有多少种理解，价值作为文化的内在属性之一都是不争的事实，文化本身就是价值论的，因而也是人论的。这就是说，文化是属人的，是为人的，是人的创造物，在此有必要重温马克思关于人的思考。经典马克思主义首先是一种批判资本主义、追求人的全面解放与自由的理论，在《共产党宣言》中，马克思、恩格斯断言资本主义必将灭亡，工人阶级作为资本主义的掘墓人，终将把人从资本主义社会的一切“非人”状态中解放出来。在经典马克思主义语境中，文化革命与政治革命、经济革命三位一体，统一于无产阶级推翻资产阶级、实现人的解放的革命实践中。占据社会支配地位的统治阶级，必然同时要求政治、经济以及文化领域的全面领导，而新的阶级要承担并实现的自己的历史使命，也必然要在社会实践中逐步夺取政治、经济与文化领导权。当然，马克思主义经典作家关于文化及其领导权问题的思考主要是在政治、经济领域来展开的，从属于马克思主义唯物史观关于人的解放的基本逻辑。整体来说，历史唯物主义不仅是无产阶级世界观，也是思考无产阶级文化及其领导权的科学视域。

在文化的历史唯物主义视域中，人始终是马克思无产阶级文化理论的核心。剩余价值作为马克思的重大发现，是经济学的也是社会学的，或者更为明确地说，剩余价值不仅仅是经济剩余价值。在马克思的资本主义批判中，通过对资本主义生产过程的具体分析，经济剩余价值被揭示为资产主义剥削的最大秘密。当然，马克思并非唯生产决定论者，而是在经济剩余价值之外，深

刻地揭示了无产阶级在资本主义生产中萌生抵抗与革命的阶级意识，以及这种阶级意识的历史意义，马克思将其表述为：剩余价值既生产了无产阶级解放的客观条件——物质财富的极大丰富，也生产了主观条件——无产阶级的阶级意识，即作为资本主义掘墓人的历史意识。正是在剩余价值的社会学意义上，卢卡奇的无产阶级之作为历史主客体理论、葛兰西的文化领导权理论、阿尔都塞的意识形态国家机器理论以及阿多诺与霍克海默的大众文化批判理论，都将马克思作为自己思考的发轫点，在不同理论框架和逻辑进路上考察资本主义生产中人的存在现实，以及在新的历史语境中走向解放的可能路径。从马克思资本主义拜物教批判来看，商品通过交换价值生产出了对于自身的崇拜，同时却又将与人的关系隐藏起来，“劳动产品一旦作为商品来生产，就带上拜物教的性质，因此，拜物教是同商品生产分不开的”①。因此，马克思关于价值的讨论虽然从商品开始，却绝非见物不见人，而是将其着眼点和落脚点都牢牢安置于人，所谓人就是人本身、人是人的最高本质等判断，被视为“绝对命令”。

换一个角度，从马克思对黑格尔关于市民社会的认识的批判中也可得到进一步厘清。黑格尔的唯心主义哲学将市民社会视为绝对精神自我运动中的一个环节，对此，马克思从历史唯物主义出发针锋相对地指出，市民社会是上层建筑的基础和国家的必要条件：“经验的观察在任何情况下都应该根据经验来解释社会结构和政治结构同生产的联系，而不应该带有任何神秘和思辨的色彩。社会结构和国家总是从一定的个人的生活过程中产生的。但是这里所说的个人不是他们自己或别人想象中的那种个人，而是现实中的个人，也就是说，这些个人是从事活动的，进行物质生产的，因而在一定的物质的、不受他们任意支配的界限、前提和条件下活动着的。”② 在历史唯物主义的视野中，个体在特定条件支配下从事具体实践，因而无不沉浸于特定的文化之中，而在

① ［德］马克思：《资本论》第1卷，人民出版社1975年版，第89页。

② 《马克思恩格斯选集》第1卷，人民出版社1995年版，第71—72页。

阶级社会中，所谓特定文化本身则不能不是占据统治地位的文化。对于个体来说，占统治地位的文化通过教育、传统诸途径而被“认同”为自己的真实文化、认同为社会实践的基本出发点：“在不同的占有形式上，在社会生存条件上，耸立着由各种不同的、表面独特的情感、幻想、思想方式和人生观构成的整个上层建筑。整个阶级在它的物质条件和相应的社会关系的基础上创造和构成这一切。通过传统和教育承受了这些情感和观点的个人，会以为这些情感和观点就是他的行为的真实动机和出发点。”①当个体将占统治地位的文化奠基为行为动机和出发点的时候，阶级及其阶级秩序也就在不同程度上得到加强与巩固，特定阶级的文化获得与政治、经济相同的对整个社会文化的领导地位。

需要进一步指出的是，马克思价值理论中所讨论的人既是与动物性相对立的人，也是与神性相对立的人。作为前者，人确证自己现实的类生活，即自觉自由的实践活动；作为后者，人成为启蒙意义上的主体，因而可以说这样的人是普遍的一般的，也是具体的历史的，是二者的统一。在此意义上，通过人并且为了人而实现对人的本质的真正占有，实现向合乎人性的人的复归就成为马克思革命理论的基本规定。尽管当代西方马克思主义者在后现代主义语境中对此提出了诸种批评与反思（也给予了形形色色的辩护与阐释），但马克思价值理论关于人的理解还是为讨论当代大众文化价值问题提供了某种程度上的指引性。

首先，讨论大众文化价值视野中的人的问题必须厘清不可逾越的人性底线，这就是说，无论大众文化以怎样高雅的抑或通俗的形式出现和存在，都存在着人之为人而非动物的那个必须坚守的底线，失守了基本的人性底线，将马上面临人性泯灭、价值崩塌的险境，但这样的人性底线自非高至神界，亦非低至物界，而是根植于人间，就此而言，大众文化确乎日常的普通的。

其次，讨论大众文化价值视野中人的问题不能忽视人性具体性，要警惕以文化价值的普遍性遮蔽人的文化需求的多样性、多

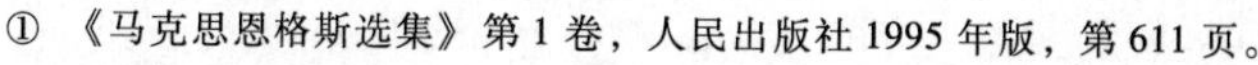

① 《马克思恩格斯选集》第1卷，人民出版社1995年版，第611页。

层次性的危险，如果每个人的自由是一切人的自由发展的条件，那么文化价值的个体性维度就不该是某种更为宏大的价值尺度的牺牲品，就此而言，法兰克福学派对于法西斯主义消弭个体价值的深入批判无疑是马克思主义的。

最后，讨论大众文化价值视野中人的问题应该正视历史性，抽离了历史性的维度，任何关于于大众文化的价值评判都将流于言不及物，否则，我们将无法反思20世纪80年代援引法兰克福学派进行大众文化批判的合法性问题，也将同样无法反思21世纪大众文化实践中的伯明翰学派的文化理论。

2. 文化的历史唯物主义视域

马克思主义经典作家在对于市民社会的阐述中已经包含了人的解放与文化领导权之间关系的深刻思考，与此相关，历史唯物主义要求将文化置于开放的历史视域中进行辩证考察。众所周知，马克思重视文化及其生产自身的独立性与特殊性，但在历史唯物主义视野中，文化又是具体地、历史地与社会发展阶段紧密联系在一起。文化发展不仅相对独立于其他上层建筑中的其他意识形态形式，也相对独立于物质生产与发展。在关于物质发展与文化发展不平衡关系的著名论述中，马克思指出："关于艺术，大家知道，它的一定的繁盛时期决不是同社会的一般发展成比例的，因而也决不是同仿佛是社会组织的骨骼的物质基础的一般发展成比例的。例如，拿希腊人或莎士比亚同现代人相比。就某些艺术形式，例如史诗来说，甚至谁都承认：当艺术生产一旦作为艺术生产出现，它们就再不能以那种在世界史上划时代的、古典的形式创造出来；因此，在艺术本身的领域内，某些有重大意义的艺术形式只有在艺术发展的不发达阶段上才是可能的。如果说在艺术本身的领域内部的不同艺术种类的关系中有这种情形，那么，在整个艺术领域同社会一般发展的关系上有这种情形，就不足为奇了。困难只在于对这些矛盾作一般的表述。一旦它们的特殊性被确定了，它们也就被解释明白了。"① 文化发展的不平衡

① 《马克思恩格斯选集》第2卷，人民出版社1995年版，第28页。

性思想突出了文化发展自身的规律性与相对独立性。正如同高度成熟的史诗可以出现在人类文化进程中的童年时期，相对发达的资本主义阶段也可能表现出文化的倒退。在马克思看来，资本主义生产的特质之一就是人的普遍的奴役化与物化，“不仅是工人，而且直接或间接剥削工人的阶级，也都因分工而被自己用来从事活动的工具所奴役；精神空虚的资产者为他自己的资本和利润欲所奴役；律师为他的僵化的法律观念所奴役，这种观念作为独立的力量支配着他；一切‘有教养的等级’都为各式各样的地方局限性和片面性所奴役，为他们自己的肉体上和精神上的短视所奴役，为他们的由于接受专门教育和终生从事一个专业而造成的畸形发展所奴役，哪怕这种专业纯属无所事事，情况也是这样”①。

文化生产与物质生产之间的关联是复杂的、历史的、现实的，拘泥于将物质生产视为一般范畴，或将物质生产规律简单套用于文化生产，都忽视了文化的历史性与复杂性。更何况，即便对于物质生产而言，如果“不从它的特殊的历史的形式来看，那就不可能理解与它相适应的精神生产的特征以及这两种生产的相互作用，从而也就不能超出庸俗的见解”②。只有从历史性前提与现实性生产方式出发，文化的历史唯物主义视域方有可能展开。马克思批判那种将“观念的历史叙述”混同于“现实的历史叙述”、“文化史全部是宗教史和政治史”的错误认识③，正是基于同样的思考。

这就是说，文化是历史的，也是现实的。文化的现实性源自人的生存的现实性。自社会分工出现始，个体就被强加于自己的社会实践所划定的特定范围之中，“他不能超出这个范围：他是一个猎人、渔夫或牧人，或者是一个批判的批判者，只要他不想失去生活资料，他就始终应该是这样的人。……社会活动的这种

① 《马克思恩格斯选集》第3卷，人民出版社1995年版，第642—643页。

② 《马克思恩格斯全集》第26卷，人民出版社2004年版，第296页。

③ 《马克思恩格斯选集》第2卷，第27页。

固定化，我们本身的产物聚合为一种统治我们、不受我们控制、使我们的愿望不能实现并使我们的打算落空的物质力量，这是迄今为止历史发展的主要因素之一”[①]。而另一方面，文化的历史性则意味着无产阶级文化并非完全抛弃资本主义文化的某些精华，正如同马克思谈到资产阶级的历史作用时指出的，“一切固定的僵化的关系以及与之相适应的素被尊崇的观念和见解都被消除了，一切新形成的关系等不到固定下来就陈旧了，一切等级的和固定的东西都烟消云散了，一切神圣的东西都被亵渎了。人们终于不得不用冷静的眼光来看待他们的生活地位、他们的相互关系”[②]。在马克思之后，列宁在谈到无产阶级文化时也指出：“无产阶级文化并不是从天上掉下来的，也不是那些自命为无产阶级文化专家的人杜撰出来的。如果硬说是这样，那完全是一派胡言。无产阶级文化应当是人类在资本主义社会、地主社会和官僚社会压迫下创造出来的全部知识合乎规律的发展。”[③] 设想无产阶级的文化完全可以脱离人类历史的发展进程而独在，无疑是心造的幻影，马克思主义经典作家对此的认识是一贯的、深刻的。

当然，由于当时更为急迫的无产阶级革命实践的现实需要，马克思更多地将思考集中于政治经济学批判以及武器的批判上，但这绝不意味着马克思在无产阶级文化问题上是经济决定论者——马克思之后的诸文化马克思主义者正是如此断言的，而是充分洞察物质与文化、物质生产与文化生产之间辩证关系。马克思在《〈政治经济学批判〉序言》中明确写道：“随着经济基础的变更，全部庞大的上层建筑也或慢或快地发生变革。在考察这些变革时，必须时刻把下面两者区别开来：一种是生产的经济条件方面所发生的物质的、可以用自然科学的精确性指明的变革，一种是人们借以意识到这个冲突并力求把它克服的那些法律的、政治的、宗教的、艺术的或哲学的，简言之，意识形态的形

① 《马克思恩格斯选集》第1卷，第85页。

② 同上书，第275页。

③ 《列宁选集》第4卷，人民出版社1995年版，第285页。

式。”① 马克思在这里明确区分了物质生产与精神生产的不同，二者不可混易，也无法等同。马克思的生产理论既包含物质生产，也包含精神生产的层面与人的生产等层面，因而绝非将生产局限于物质生产，更非以物质生产规律来统领其他一切生产领域。另一方面，文化作为与经济基础相对的上层建筑的组成部分，也并非停留于简单、机械的反作用于经济基础的角色中。事实上，马克思语境中的“文化”范畴，多与“文明”一词并举，意指人类物质生产与精神生产的高级状态。在对“粗陋的原始共产主义者”的批判中，马克思写道，“他有一个特定的、有限度的尺度。对整个文化和文明的世界的抽象否定，向贫穷的、要求不高的人——他不仅没有超越私有财产的水平，甚至从来没有达到私有财产的水平——的非自然的简单状态的倒退”②。“原始共产主义者”以私有财产普遍化来反对私有财产本身，一似用共妻制来反对配偶制，无疑是对文化与文明的抽象否定，显然，这里与“文明”并置的“文化”范畴既有物质的层面，也有精神的层面，这一点事实上也被葛兰西所继承发挥。由此来反观中国近30年来大众文化的发展，可以清楚地看到马克思关于文化的物质层面与精神层面的思考所具有的指导意义。

在当代大众发展的相当长的一段时期中，文化是被单纯地视为上层建筑的组成部分，而且主要是没有物质“肉体”的组成部分，即便在90年代所谓“文化搭台，经济唱戏”的普遍文化发展模式中，文化也仅仅是经济身边的感性女仆而已。这一状况的完全扭转肇始于与文化体制改革相伴随的大众文化的繁荣与文化产业的兴起。而如今，文化不仅获得了世俗化的肉身，而且带着无限膨胀的冲动与野心，将手脚伸进道德、艺术、政治乃至经济等诸领域中，它挂在嘴边的新口号似乎就是：一切皆文化，一切皆可通过文化化而解决。然而，它似乎忘记了，无论文化怎样炫耀自己漂亮的身体，她的双脚却不能不站立在这片坚实的土地

① 《马克思恩格斯选集》第2卷，第123页。

② 《马克思恩格斯选集》第1卷，第184页。

之上；设想拔着自己的头发离开地球，那终归还难免流于浪漫的幻想——摆脱改革开放30多年的生产力提高与物质财富发展这一现实基础，当下中国大众文化的发展与繁荣是可以想象的吗？同样极端化的一维是，文化仅仅具有物质的肉体，而失却了精神的灵魂，仿佛一切文化产品都如同普通商品，满足于身体或者至多是感官的娱乐的需要，满足于白日梦的需要而已。这种极端化的理解，实质是以文化的物质形态置换了文化的观念形态，以身体置换了价值。由批判物质决定论而走向文化主义，无疑夸大了文化的社会功能；由批判文化主义而走向了物质决定论，则忽视了文化社会功能中的主导性地位。马克思关于文化的具体性与历史性的思考于今所具有的指导意义显而易见。

综上所述，不论诸话语权力与意识形态如何缠缚，也不论文化理论与文化实践怎样方迎还拒，大众文化价值视野中的人是普遍的、抽象的，也是具体的、历史的，是普遍性与具体性、抽象性与历史性的统一。就其普遍性与抽象性而言，通过人并且为了人，即便在真理的彼岸世界消逝以后，或许依然可以视为历史为此岸世界所确立的真理，视为这一真理对于思考大众文化价值视野中的人具有相当的普适性，因而不论人的大众文化形象如何丰富多彩，其背后的人性尺度却不应因此而被淡化氤氲；而就其具体性与历史性而言，如果当下社会生活的现代化依然尚在完成中，那么以开放包容的心态直面社会文化实践的现代性路向，就将是思考人的大众文化形象的基本价值论根基。

第七章　知识生产与审美批判

如果将现代美学学科的建构在某种意义上简约化为由美学知识创造、美学知识体系化、美学知识传播三个逻辑环节构成的美学知识生产过程，那么对于作为美学知识体系化的美学教材的回顾与反思则成为审视美学知识生产的重要维度，不同教材体系的架构、理论支撑的奠基、学术资源的援引以及面对审美文化的取向固然奠基于学术个体性，但也在一定程度上凸显出美学知识生产的基本情势。就 21 世纪十年而言，法兰克福学派批判美学在中国当代美学教材中不同程度上成为重要学术资源和理论支持，同时也建构起中国美学教材中的批判美学镜像，选择跨越 21 世纪十年首、中、尾三个时期的四本高校美学教材[①]展开个案考察，并非讨论批判美学自身的言说，而是要追问在中国当代美学知识生产视野中，批判美学被型构的内在机制及其当代意蕴。

一　美学知识生产

1．理论接受与知识生产

法兰克福学派与中国的学术交流史最早可以追溯到社会研究所成员魏特夫在 20 世纪 20 年代以来对中国社会和经济的研

① 资料来源：朱立元《美学》，高等教育出版社 2001 年版；王德胜《美学原理》，人民教育出版社 2001 年版；杨春时《美学》，高等教育出版社 2004 年版；彭锋《美学导论》，复旦大学出版社 2011 年版。

究[①]，但显而易见，他们的美学思考整体上并不存在中国维度，霍耐特关于中国学者对早期批判理论的关注“体现了中国学术知识分子一个不良的自我误读”[②] 的判断正源于此。或许霍耐特同样不无误读，而他所提出的批判美学的中国接受问题却绝非多余，若依伽达默尔关于效果历史的阐释学思路[③]，这一问题可以归为中国语境中的效果历史事件。对此的反思早有展开，近期较为集中的反思当属2008年在法兰克福召开的“法兰克福学派在中国”国际研讨会，从会议论文集来看，其基本维度有三：批判美学本身对其在中国接受的思考；中国本土之外亚洲其他文化的思考；中国本土的自我反思。

德国学者阿梅龙将对批判美学在中国接受的思考追溯至20世纪以来工具性思维，这在鲁迅的“拿来主义”那里就渊源有自：“一是致力于通过西方理论去‘改善’看起来好像不完美的中国；一种是利用西方思想和西方思想家作为对自己的知识和社会地位的确认和主张”[④]，而更多的则是二者之间的折中。具体到批判美学，一方面是马克思主义的基因及其本土化压力所带来的批判美学本身的复杂的调整，另一方面则是本土现实及其描述话语与法兰克福学派批判指向之间的关系，前者涉及接受动力学问题，后者涉及理论的普适性问题。由于阿梅龙着眼于批判理论自身的发展和未来，因而其思考的最终落脚点是接受语境对于理论普适性的挑战问题，至于批判理论的美学思考如何在中国美学知识生产视野中呈现和再则溢出其思考之外。

同样是他者的目光，日本学者卜松山并不着眼于批判理论本身的普适性所遭遇的种种挑战，而将批判理论在中国的接受视为

① ［德］魏特夫：《中国为什么没有产生自然科学》，吴藻溪译，《科学时报》1944年10月1日。

② ［德］霍奈特：《法兰克福学派在中国的错位》，王才勇译，《社会科学报》2008年10月30日第7版。

③ “理解按其本性乃是一种效果历史事件。”详见［德］加达默尔《真理与方法——哲学阐释学的基本特征》，洪汉鼎译，第387页。

④ ［德］阿梅龙：《导言：一个理论的旅行》，载阿梅龙等主编《法兰克福学派在中国》，第3页。

"当今中国后现代主义及文化辩论的一个组成部分"，本雅明和阿多诺尤其如此："法兰克福学派的研究在中国将继续局限于知识分子范围内，着眼点在于追求对西方思维方式及思想发展史做较全面的理解，同时希望对其新马克思主义运动阶段有所理解或通过翻译其论著将这些思想介绍到中国。"① 依萨义德关于理论旅行的思路，批判理论与其效果史之不同首要在于语境压力，然而，这一中国接受仅仅局限于知识界吗？卜松山的判断并非空穴来风，对此的讨论留待后文，单就作为欧洲之外的亚洲学者而言，着眼本土语境对批判理论的批判之维的压力和影响，这与中国本土的自我反思具有立场上的家族相似性。当然，卜松山将本雅明在中国接受部分地归结于美国的本雅明热有失偏颇，在一定程度上低估了中国当下本雅明研究及其冲动的现实根源。

中国本土的反思始于20世纪90年代，其主要动力来自中国马克思主义和大众文化批判的现实诉求，而至21世纪则在讨论批判理论的中国意义中重新发掘了本雅明。本雅明是批判理论家中被跨学科地、最广泛地阅读或引用最多的一位，吊诡的是，他同时被发现了现代主义和后现代主义的色彩，这不仅是因为"当今中国特有的具有着现代与作为变化的后现代并存的特点，而且，更是因为本雅明的阐释方法及其理论题旨很好的切合了当今中国知识界的理论旨趣"②。归根结底，可以在中国社会文化具体性中找到根基，尤其是与中国现代文化在境遇因素、动力因素和结构因素等方面所具有的亲和性，以及在对现代性批判的人学视野、后现代主义的方法论等方面的理论旨趣上的契合③。

概言之，无论是欧洲、日本抑或中国本土的视野，对于批判

---

① ［德］卜松山：《全球时代的中国文化和美学》，载《法兰克福学派在中国》，第189—195页。

② 王才勇：《本雅明对当今中国的意义》，载《法兰克福学派在中国》，第197页。

③ 参阅王才勇《本雅明对当今中国的意义》，载《法兰克福学派在中国》，第198—200页；冯宪光《"西马"文论与中国当代文论建设》，《文学评论》1999年第1期；孙士聪《影响与对话》，上海人民出版社2008年版，第24、145页。

理论在中国的意义来说，都无一例外地提供了别样的入思路径和理论出口，同时也难免来自于阐释本身的无法清洗的立场性和视角性的遮蔽，然而如果概念思维本身是无以回避的，那么，寻求一种多元化的对话的知识性空间关系也就并非不可能。且不论阿多诺、本雅明等批判理论家对于反/非体系性的探求，也不论后现代主义对于差异性的固执，仅就阐释的自我性[①]而言，在美学知识生产视野内思考本土美学对于批判美学的接受问题，已经成为美学面向现实的基本途径之一。因而，那种过于强调阐释主体“制造真理”的观点[②]诚然不失清醒，却在某种程度上堵塞了跨文化交流和对话的通道。

2．四本教材

美学教材作为知识生产的环节，其对于学术资源的倚重反映了美学体系架构与理论追求的重要方面，同时也将学术资源置于一个新的语境之中，本雅明对于引文的“星丛式”思考提醒特定语境的暴力性，而从另一方面来说，语境暴力本身也构成了引文存在的具体性之一。就21世纪四本教材而言，批判美学作为理论资源在不同维度上得到呈现，整体上建构出美学教材中的他者镜像。选择它们作为研究个案，一方面是因为它们不同程度上将批判美学作为自己理论资源之一，另一方面则是因为它们整体上体现了21世纪之初美学教材建设的阶段性特点。

朱立元《美学》教材意在以实践论为哲学基础、以创造论为核心的审美关系理论之基础上建构实践存在论美学理论框架，其核心观点是将审美视为基本人生实践。批判美学理论家出现在该教材中的主要是本雅明、阿多诺和卢卡奇，而且都与审美发生论有关。在谈到艺术活动的发生与巫术活动的关系时，教材援引了卢卡奇《审美特性》关于“巫术活动是孕育艺术的母体”的相关论述[③]。在巫术操演活动中产生了模仿艺术形象的最初冲

---

① ［德］加达默尔：《真理与方法——哲学阐释学的基本特征》，第126页。

② ［德］马丁·米勒：《接纳过程中的比较问题——对跨文化理解的思考》，载《法兰克福学派在中国》，第7页。

③ 朱立元：《美学》，第123页。

动，但并非一种实然的生活过程，而在一定程度上具有中断日常生活的性质，这正是卢卡奇所谓“审美态度的本质”，巫术“形成和提高了模仿的艺术才能和随之而来的艺术感受能力”①。质言之，巫术的虚拟性和情境性阐明了巫术活动之为艺术和审美诞生提供直接的契机。对于阿多诺的援引则出现于丑审美范畴中，丑感的形成意味着“把原先作为自己崇拜对象的图腾或神像转变成了美的或丑的对象”②，并进一步在人生实践之中逐渐形成衡量美丑的标准。

对卢卡奇与阿多诺的阐释支援了教材关于审美活动发生的理论论述，而知识论视野也同时抹去了它们审美批判的维度，这在当代中国美学教材中并非孤案。如果说上述关于卢卡奇和本雅明的援引主要是知识论的，那么，本雅明、哈贝马斯则主要是方法论的。本雅明对古典与现代社会文化的分析之于理解现代艺术，哈贝马斯对人类社会公共空间历史变迁的考察之于理解审美现象，都是社会学方法论的具体实践。该美学教材将法兰克福学派美学思想的基本研究方法指认为“社会学方法”，这种方法运用在审美领域，“为美学研究开创了新的考察角度，也由此发掘了审美现象中新的问题”③。就批判美学整体而言，马克思主义社会学方法无疑是具有贯穿性的方法原则和理论基础，这即便在长期以弥赛亚主义为主导思想的本雅明那里也是如此，但如果仅仅停留于此，则容易忽略批判美学之异于经典马克思主义美学之处。

同一时期出版的高校美学教材还有王德胜主编的《美学原理》，该教材在《后记》中坦言其知识性和实践性追求，力求以审美活动为基点对美学问题予以历史性和具体性探讨，突出审美文化在教材中的重要地位④。与朱立元《美学》不同，批判美学

① 朱立元：《美学》，第 135 页。

② 同上书，第 179 页。

③ 同上书，第 44 页。

④ 王德胜：《美学原理》，第 377—378 页。

在这里被关注的焦点是其现代性批判[1]。通过审美实践抵御普遍异化，批判地审视和反省人类理性和文化，呼唤人的审美性生存和理想文化，这被认为是审美文化守护人文精神、完善个体生存所具有的特殊意义[2]。以如此面目出现的批判美学与其说是对于对象本身的重视，毋宁说是对于阐释主体关于美学实践性指向的服从，这根植于美学当下的面向之中，由此决定了阿多诺在诸批判美学思想家中更受重视。在阿多诺的"同一性"批判视野中，随着充满人文理想的艺术构成要素失去了力量，传统美学所具有的精神性和自由性的文化品格，在文化工业时代已泛滥为毫无限制的感性欲望；审美文化的展开不仅没有实现席勒所向往的人性完整，相反却陷入日益分裂和畸形之中[3]。总之，批判美学与其说是美学的，毋宁说是批判的，它揭示出美学从传统理论向现代文化转型中的诸种弊端，掀开当代西方资本主义文化物化和人性异化的阴暗一角。

对于阿多诺现代性批判的倚重与该教材对于审美文化的重视有关，这可以从对于康德的不同态度看出。《美学原理》认同阿多诺对于康德美学的批判，指认其在生活文化的审美化这一观念中存在双重的自我异化：一方面是审美自律性和超越性的丧失，另一方面是个体对精神性的守护和追求转化为一种无限制的消费和享乐欲望。与此相对，《美学》并不认同阿多诺式的康德美学批判，而是将审美实践视为"最本真性的存在方式"[4]，其中包含了审美对于当下生存性现实的不满和超越，这就与将康德基础之上的审美文化视为对文化工业背景下艺术现实合理性的肯定不同，也与将审美文化视为人的自我解放力量在资本主义逻辑下的退化演变不同。

如果说上述差异主要源于教材编写理念对于理论资源阐释性的规导，那么，作为世纪之交的两部教材又分享了相似特征，同

---

① 王德胜：《美学原理》，第 11—12 页。

② 同上书，第 308 页。

③ 同上书，第 304—305 页。

④ 朱立元：《美学》，第 97 页。

作为“国家精品课程”的美学教材，它们的倾向具有某种典型性：第一，在美学教材理论立场多元化的同时，突出审美实践性；第二，传统理论资源尤其是经典马克思主义理论资源所占比例已经大幅度下降，包括批判美学在内在的西方理论资源开始较大规模地出现；第三，对康德美学的阐释出现多元化趋势。当然，上述倾向表现在批判美学在美学知识生产中的再建构和再生产中又是充满矛盾的，一方面，它们在某种程度上作为康德美学的对立面而出现。另一方面，又面临艰难寻找批判美学所指向的现代性问题的现实基础的困境，而这对于中国当代美学教材而言非阶段性个案。

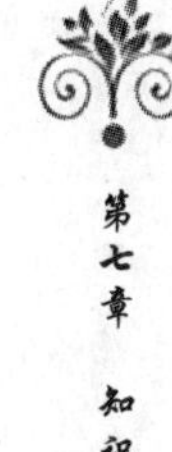

杨春时作为后实践美学的代表于 2004 年出版了普通高等教育“十五”国家级规划教材《美学》，该教材对于批判美学理论资源的援引涉及阿多诺、马尔库塞、本雅明和卢卡奇，其中又主要集中于阿多诺。在论述审美超越时，该教材提出“审美的最高理想性和最高的真实性的另一面就是彻底的否定性和批判性”，超越性本身就是对于现实的超越，包括对现实的批判和否定，这就在某种程度上与阿多诺的思路契合：“阿多诺提倡否定性的艺术和美学，称艺术是对现实的大拒绝，体现了审美和艺术的批判性和否定性。”[①] 从精英审美文化立场出发批判大众审美文化，指认文化工业以商品性和娱乐性消灭了艺术审美价值和个性特征，现代艺术与文化沦为资本主义意识形态控制的工具，这可以归结为面对现代审美文化的否定性立场之一。与之相对的是本雅明的肯定性立场，后者被认为肯定了大众审美文化增进人们的民主意识、促进社会革命的进步性和民主性[②]。通过对于“阿—本”之争（阿多诺—本雅明）的评析，该教材确立了中国语境下审美文化现代性批判的基本立场，对于中国现代性问题复杂性的事实性评估构成其核心，就此而言，将审美对象从宏观的角度理解为审美文化并纳入美学研究视野之中，与 21 世纪初

① 杨春时：《美学》，第 48 页。

② 同上书，第 158 页。

《美学原理》关于审美文化的关注可谓殊途同归。

现代性批判是批判美学的主导性倾向之一，除了阿多诺决绝的批判理路，马尔库塞也受到一定程度的关注。该教材在讨论审美的自由创造时指出，审美活动创造了自由主体和世界，但现实世界中的人以及作为实践活动主体的人却非自由的、片面的，“这就是马尔库塞所谓的‘单面人’”[①]。作为发达工业社会意识形态的思考，单面人与启蒙神话分享了相同的批判地基，显然这绝非中国本土接受的事实性基础。然而就关于审美自由的思考来说，跨时空的交流却又可以在康德美学那里找到共同语言，该教材引用康德高达55次，而前此教材《美学原理》却极少引用。与《美学》关注马尔库塞的审美自由观念不同，前者更愿意看到审美经验与马尔库塞的审美感觉之间的亲和[②]。一个关注审美感觉中与人的生命欲求和生命冲动有关的自然层面，一个关注与社会内容有关的超越自然和日常生活的社会层面，应该说，不同美学教材理论及其知识指向决定了马尔库塞不同的呈现侧面。

出版于21世纪头10年末尾的《美学导论》同样值得重视。该教材作为21世纪大学文科教材，与其说扬弃了中国美学教材体系化追求的传统，毋宁说落实了西方美学教材传统的问题式模式，阿多诺在这里被凸显的是其关于自然美的思考。理性的概念膨胀和自然美的被遮蔽与美学的艺术哲学转向之间存在着本质性相关，“自然美继续出现，将触动一个痛点，所有作为纯粹的人工制品的艺术作品，都是对自然美的犯罪”[③]。关于自然存在的哲学思考，阿多诺在启蒙神话和否定辩证法中就反复申辩过，但上述观念进入中国美学话语显然不仅仅是中国美学逻辑进程使然，环境美学的兴起也是重要推动力之一，而后者的现实根基也必须在中国现代化进程中寻找，在这一点上，它与审美文化在21世纪美学教材中受到关注是一致的。

---

① 杨春时：《美学》，第157页。

② 王德胜：《美学原理》，第194—195页。

③ 彭锋：《美学导论》，第207—208页。

除此之外，着眼于哲学而非文学则构成了该教材的另一个显著特点，整体上它更接近于中国语境中哲学美学一脉。如果说21世纪之初的两本教材不能不染有20世纪中国现代美学百年历程的仆仆风尘，那么，21世纪中后期的两本教材则流露出美学回归理论和哲学的冲动，这在《美学导论》中体现得尤为明显；而就阿多诺而言，如果说在前两本教材中更多地呈现出其与马克思主义相关的社会学维度，那么，彭锋本更多的是与康德相关的哲学维度，而杨春时本则似乎处于中间地带；如果说前两本依然对美学教材体系化的传统冲动尚不能释怀，那么，在彭锋本这里显然淡化了这一冲动的力量。当然，这一局限于10年之中的历史性比较视野并不开阔，但无论如何，21世纪10年中的理论资源已经发生了巨大变化，这就与20世纪80年代形成鲜明对比，比如出版于1981年影响颇大的《美学概论》[①] 中就没有任何批判美学的身影，尽管那时批判美学已被学界所注意。

3. 美学知识生产批判

整体来看，在21世纪四本美学教材中，批判美学不同程度地进入中国当代美学知识生产环节之中，并显现出以现代性批判和社会学方法论为主的诸思想肖像，批判理论家则主要集中于阿多诺、本雅明和马尔库塞等。如果不必固执于知识客观主义立场，也不退回到后现代主义知识相对主义，或者反过来说既承认美学知识的建构性，又承认知识与知识效果之间的区别，那么，批判美学21世纪接受的多维性现象就具有一定意义上的合理性，在此前提下，批判美学以何种面目出现于中国的美学知识生产中，很大程度上取决于知识体系本身的逻辑以及理论现实的规范。

只要美学教材必然是美学知识体系化，但不是绝对客观的唯一的体系化，那么对于知识资源的倚重与阐释就已经内在于美学教材体系之中，对此我们可以比较批判美学在20世纪80年代的接受。众所周知，中国当代美学体制建设酝酿于20世纪60年

① 王朝闻：《美学概论》，人民文学出版社1981年版。

代，而初步形成则迟至 80 年代，前者以朱光潜的《西方美学史》为代表，形成了某种具有范式意义的美学教材思路，后者就本文研究对象而言，则可以李泽厚《美学四讲》为代表，它虽非教材却具有教材的实际效应。相比较而言，《美学四讲》中阿多诺、马尔库塞、卢卡奇的理论和观点已多被援引，值得注意的有三个方面：第一，与阿多诺和本雅明等在 21 世纪教材中普遍受到重视不同，在李泽厚这里受到关注的主要是卢卡奇，而且是马克思主义反映论美学系统中的卢卡奇①；第二，即便是阿多诺与马尔库塞，在两个历史时期也都得到不同维度的建构，比如阿多诺被纳入从马克思、恩格斯肇端的马克思主义艺术社会学脉络之中，而马尔库塞的新感性则被视为对于马克思《1844 年经济学哲学手稿》的误读，真正的新感性应充满了丰富的社会历史的内容②；第三，从历时性接受来看，从卢卡奇到阿多诺再到本雅明之次第受到关注，批判美学理论家在接受视野中的转换本身构成一个有趣的观察视角。如果说前两个方面更多地与美学教材内在的逻辑理路和理论视角相联系，那么后一方面则与本土审美文化具体语境相联系，对此可以日本学者卜松山的一个观点为例略作讨论。

如上文所引，卜松山认为批判美学中国接受仅仅局限于知识分子群体之内，过去如此，现在依然如此。这自非无稽之谈，批判美学对于现实问题的执着关注和思考无论在理论性还是现实性层面，就作为现代性美学话语而言，并没有在 20 世纪 80 年代的接受中找到自己真正的批判对象，将彼时马尔库塞意义上大众文化解放的想象等同于阿多诺意义上的文化工业就是这一错位的典型体现。表面看来纯属技术层面的机械套用，但其实质则与知识分子的对于现实审美文化的思考有关。具言之，当马尔库塞曾发掘的大众文化的狂欢性和反叛性被具体化时，知识界所操持起的

---

① 李泽厚：《美学四讲》，见《美学三书》，安徽文艺出版社 1999 年版，第 444 页。

② 同上书，第 452、517 页。

却是阿多诺指向好莱坞文化的批判武器。韩国学者将批判理论的接受设定为一个须以成熟的现代社会与理论的普遍有效性为前提的命题[①]，虽难免狭隘性，但就其理解批判美学与语境之间的沟通与对话而言却并非无益。不能设想批判美学在 80 年代对中国大众文化的批判性提供理论资源，同样不能想象对当下大众文化给予毫无鉴别的支持，由此可将卜松山上述判断理解为理论知识化所造成的对现实的遮蔽和无视。可资比较的是批判美学在台湾地区的接受，依台湾学者曾庆豹的看法，批判美学在台湾地区经历一个从实践化、政治化到学院化的过程，它曾在一个专制的时代发挥了政治性的作用，将欧洲的现代性反思阐释为现代性民主力量的策源地，而到了一个自由的时代，却被学院化了，但无论如何，“批判理论曾经在台湾的民主化历史中扮演过一种极为微妙的角色”[②]。

如果可以将卜松山的判断视为反思批判美学在中国理论旅行命题的一个有益的提醒，那么，当下有必要追问的也许是 21 世纪美学教材对批判美学之为理论资源倚重的内在意味。显而易见的是，随着中国现代性进程的深入和展开，批判美学曾经直面的诸问题已开始浮出历史地表，并被逐渐纳入反思意识的视野之中。事实上，从美学知识生产的角度来看，虽然美学教材依然不能完全摆脱某种追求体系化、一统化的传统的影响，但以多元思考和个性追求为特征的美学教材观念业已出现；而另一方面，美学教材对于批判美学的倚重也开启了关于美学之思的现实视野，比如上述四本教材基本上将审美文化与日常生活联系在一起，并从不同角度进行了阐发，本雅明在当下美学研究和美学教材中似乎突然受关注就是一个有力的证明。这当然既非源于本雅明复兴

① ［韩］全圣佑：《市民社会讨论与批判主义理论在韩国的情况》，载《法兰克福学派在中国》，第 68 页。

② 曾庆豹：《批判理论的效果历史——法兰克福学派在中国台湾的接受史》，载《法兰克福学派在中国》，第 50 页。

所引发的偶像般的流行[①]，也非源于“本雅明工业”泛滥的肉体化[②]，更不是现代哲学或美学衰微中的回光返照，而毋宁说是本雅明那种对于现代生活所忽略所排斥的琐碎之物中蕴含着的深远意味的关注直接切中了现代人生存感受的核心。职是之故，不论是阿多诺、马尔库塞还是本雅明在中国受到最多的阅读和引用，如若脱离了中国现实审美文化的具体性来反思美学教材中的批判美学，忽略的不仅是批判美学的批判之维，而且还有对于美学知识生产在21世纪所产生的某种程度的新变。

无法回避的是，美学知识生产本身内在地包蕴有阉割批判之维的强烈冲动，然而回归鲍姆伽登意义上关于感性认识完善的知识学毕竟不再是21世纪美学之思的历史使命，当我们考虑到感性意义之于当下日常生活的美学承诺[③]时尤其如此。因此，批判美学在美学教材中的本土化不断形变于美学批判与美学知识、美学观念与逻辑理路之间的张力中，这并非什么值得忧虑之事，恰恰相反，它彰显出中国美学教材建设所面临的真正的问题域。或许，它并不在美学知识生产狭仄局促的厂房之中，不在美学真理绝对在握的极度自负和沉迷之中，也不在唯体系性是求的“美学教材编写中的意识形态”[④]之中，而在那弥足珍贵的活的现实指向性、观念多元性以及谦逊的思想问题性之中。当批判美学不再局限于知识分子圈内，当它不再苦苦等待实现自身接受的契机的到来，美学知识生产才真正具有自己的独特意义。

---

① Susan Ingram, “The Writing of Asja Lacis”, *New German Critique*, No. 86 (Spring-Summer, 2002), p. 161.

② George Steiner在1998年的一次题为“To Speak of Walter Benjamin”的讲演中较早使用“Benjamin Industry”范畴，之后Noah Isenberg接受了这一范畴，以之描述90年代后期以来在学术研究之外被流行文化大量演绎的现象。See Noah Isenberg, “The Work of Walter Benjamin in the Age of Information”, *New German Critique*, No. 83 (Spring-Summer, 2001), p. 120。

③ 王德胜：《回归感性意义》，载《美学60年学术论文集》，首都师范大学出版社2011年版，第57—66页。

④ 黄应全：《中国“教材式”美学理论的危机与出路》，载《美学60年学术论文集》，第213页。

二　实用主义与本质主义

毫无疑问，作为“意识形态国家机器”[①] 重要组成部分的高校马克思主义文论教学，长期以来为马克思主义理论建设和人才培养付出了巨大努力，取得了重要成就，但目前面临着一定的困境和危机，主要表现为高校青年学生对于该课程反应冷淡。困境的成因主要不是内在的，而是外在的，即，困境并非源于马克思主义文论本身的合法性和有效性问题，而是根植于我们对于马克思主义文论的认识问题。吊诡的是，高校马克思主义文论教学本身就是诸问题之中的重要方面，其实质是实用主义、本质主义等，这里将对上述两个问题进行考察，以期推动马克思主义文论教学回归其自身。

高校马克思主义文论教学的实用主义倾向主要表现为将马克思主义文论等同于西方马克思主义文论，用西方马克思主义文论的教学代替马克思主义文论教学，给学生的印象就是当代的马克思主义文论就是西方马克思主义文论，前者已经被后者所发展，所取代。

如果从 1935 年《译文》发表卢卡奇的《左拉与现实主义》算起，西方马克思主义文论在中国已走过了 70 余年的历程，但被正式纳入学术研究的视野则晚至 20 世纪 80 年代，而研究高潮的到来应是开始于 90 年代[②]。西方马克思主义文论研究的繁荣和成就不仅为马克思主义文论进入大学课堂提供了基础，而且被寄予厚望，认为将其引入高校马克思主义文论课教学中，“可开阔学生的学术视野，提高学生的学习兴趣，使其加深对马列文论的理解”[③]。这样的努力无疑是值得肯定的。西方马克思主义文

① Louis Althusser, *For Marx*, London: Verso, 1965, p. 233.

② 孙士聪：《影响与对话——西方马克思主义意识形态批评研究》，上海人民出版社 2008 年版，第 23—47 页。

③ 刘文斌：《将西马文论引入马列文论讲授中——马列文论课教学再续谈》，《内蒙古师范大学学报》（教育科学版）2001 年第 2 期。

论大家众多，纳入我国学界研究视野的主要是以安德森的界定①为基础又有所扩大，主要集中于法兰克福学派以及伊格尔顿、威廉斯、詹姆逊等英美理论家，他们进入我国高校文论教学实践之中，在内容上则集中于西方马克思主义文论对于文艺性质与功能、文化批判、语言学转向、现代性以及乌托邦维度等理论问题的探索和思考。虽然学界在关于西方马克思主义的认识问题上存在争议，但今天，将西方马克思主义文论与美学视为“建立现代形态的马克思主义美学的一个中间环节”②，视为“马克思主义的一种当代形态”③，其合理性已经被学者指认。

问题是，西方马克思主义文论能够化身为马克思主义文论吗？回答显而易见。就我们当下的话语语境而言，马克思主义文论具体来说体现为三个层面：苏俄马克思主义文论，西方马克思主义文论，以毛泽东思想、邓小平理论为代表的中国马克思主义文论。它们共同构成了当代马克思主义文论研究的三种基本范式和形态。因此，无论是学术研究还是高校教学，将西方马克思主义文论径直等同于马克思主义文论这种对待马克思主义文论的实用主义倾向都是不足取的。考察我国高校马克思主义文论教学，可以发现，将西方马克思主义文论迅速纳入教学中乃至将其推到越出其合理性界限的程度，其实是有着一定的动力学基础的。毋庸讳言，在相当长的一段历史时期内，马克思主义文论研究和教学存在着一个根深蒂固的看法，那就是研究和教学对象的真理性、政治性、封闭性问题，他们客观上发出了一种求新、求变、求发展的内在诉求。有学者指出 ，我国对于西方马克思主义文论的接受和研究过程中存在着与西方马克思主义形成、发展过程

① ［英］佩里·安德森：《当代西方马克思主义》，余文烈译，东方出版社1989年版。

② 王杰：《马克思主义对现代西方美学思潮的影响》，《文艺研究》1990年第2期。

③ 徐碧辉：《艺术与人类解放之路》，《浙江社会科学》2002年第2期。

中相同或相似的境遇、动力因素和结构因素[①]，这些因素搭起了接受和对话的平台，当然，我国马克思主义文论的主导地位在其中起着更为根本的作用。

如果进一步深究下去就会发现，用西方马克思主义文论教学置换马克思主义文论教学的实用主义倾向并非孤立，在此以前，将马克思主义文论等同于苏俄文论就是这一倾向的另一个案。20世纪50年代我们学习和译介马克思主义文论尤其是在译介苏联文论的时候，就将后者简单地直接等同于马克思主义文论。历史地看，新中国成立伊始，将苏联文论作为马克思主义文论学习的目标和方向是历史的选择，也是文论自身的选择，“对确立我国文艺领域马克思主义文艺思想的指导地位，而且对我国文艺理论的建设，一代又一代文学新人的培养，都发挥了巨大作用，应该予以充分肯定”[②]。所谓苏联马克思主义文论，也许并非一个单纯的十分明确的范畴，因为在苏联存在的历史中，其文艺理论的发展并非线性一元态势，在苏联马克思主义文论这一范畴中包含着诸多理论模式，比如西方马克思主义理论家马尔库塞就“从体系之外”审视苏联文论，而将斯大林时代的马克思主义命名为“苏联马克思主义”。但无论如何，苏俄关于马克思主义经典文论的理解和阐释与马克思主义文论都不是，也不能视为同一问题。

马克思主义文论教学的实用主义倾向危害巨大，却又根深蒂固。将西方马克思主义文论讲解为马克思主义文论，虽然有可能给马克思主义文论教学带来一些新鲜的气息，但在客观上却造成马克思主义文论已经过时、缺乏阐释效力的错误印象，这无论在理论上还是在实践上都是不能接受的。马克思主义文论教学中实用主义倾向有其渊源所自。在我国马克思主义文论研究的初期，为了宣扬和传播马克思主义的需要，我们就在一定程度上片面发

① 冯宪光：《“西马”文论与中国当代文论建设》，《文学评论》1999年第1期。

② 吴元迈：《“把历史还给历史”》，《文艺研究》2000年第4期。

展和夸大过马克思主义思想的某些层面，乃至将马克思主义文论简化为“文艺反映生活”、“文艺为政治服务”等这样简单的几条公式，并进一步走到“经济基础决定上层建筑”这样的庸俗唯物主义哲学的极端，其实质是政治实用主义。

如果说高校马克思主义文论教学的实用主义倾向突出地体现为对马克思主义文论认识的外在层面，那么，本质主义则更多地体现为认识上的内在层面，具体表现为热衷于文艺本质问题，却相对冷落了马克思主义文论实践性问题，当代青年学生对于马克思主义文论的冷漠也可以由此得到初步的理解。理论之树的常青在于其根须扎入现实生活的深厚地层之中，黄昏起飞的密涅瓦猫头鹰也从来不是凌空高蹈，面对无限丰富而又亟待思考和回答的现实社会文化生活中出现的新问题、新现象视而不见，避实就虚，困境中的马克思主义文论教学则只有继续深陷于困境之中而脱身不得。

本质主义既是一种思维方式，也是一种知识生产体系，以僵化性、独断性、封闭性为基本特征，在前者体现为对于超越时空的永恒存在的预设和信奉，在后者则体现为对于去历史化的绝对真理的狂热。本质主义体现在马克思主义文论教学中，则是不断地宣称关于文艺问题的终极性真理，现实不是理论的实践对象和最终归宿，相反，却成为理论的跑马场。实用主义倾向之中就包含有本质主义色彩，当苏俄文论被视为马克思主义文论本身的时候，潜台词就是要求承认苏俄文论具有某种绝对真理性，而将西方马克思主义文论置换了马克思主义文论的时候，潜台词的变化是仅仅将苏俄改成西方而已。考究本质主义和实用主义二倾向之间的关系，可以说前者为后者提供了依据，而后者则为前者有效性证明。批判本质主义倾向的根本在于重新回到历史唯物主义的立场，具体到马克思主义文论教学，则是重新回到马克思主义文论的实践立场、发展立场，重新解读马克思主义文论经典而不是对经典文本片断的寻章摘句，重新将马克思主义文论推到活生生的现实社会文化和文艺生活面前展开观察和思考，则是其中的两个重要维度。发展的立场、实践的立场要求面对研究对象时保持一种开放的对话的姿态直面对象，真正切入研究对象本身，“钻进去对它进行深入透彻的研究，以便从另一头钻出来的时候，得出一种全然不同的、在理论上较为令人满意的哲学观点”①。

回到马克思主义元典，对马克思主义文论进行当代阐释，是西方马克思主义努力的主要方向之一，也是马克思主义文论教学的一个重要环节。有学者指出，发掘马克思思想中被遮蔽的部分，吸收当代资本主义文化成果，试图运用马克思基本原理和当代伟大思想成果解决现实社会问题和艺术、审美问题，构成了西方马克思主义文论复兴马克思主义的主要路径②，这个分析是准确的，然而需要进一步小心的，是西方马克思主义文论对于马克思主义文论的阐释过程本身。在现代阐释学的立场来看，重新阐释马克思主义文论涉及对阐释者与阐释对象、阐释者与其处身的历史语境、阐释对象与当下的历史条件等一系列复杂关系的认识，只有先行认识并正确处理了这些关系才能使阐释走向科学。西方马克思主义理论家对此做出了一些可贵探索，但也存在两种普遍的倾向：一种是朴素的僭越，即“人们常常把自己对对象的理解与被理解的对象这两个不同的东西混淆起来”③。无论是法兰克福学派所理解的人本主义的马克思，或者如阿尔文·古尔德纳所说的“批判的马克思”，还是阿尔都塞的“科学主义的马克思”，他们都将自己所理解的马克思等同于马克思理论本身了。与此相关，另一种则是客观主义的阐释，即认为客观存在着一个纯粹的、不需要阐释也不受任何阐释沾染的马克思理论，实际上，在朴素的僭越背后潜藏的就是这样一种客观主义信念。显然，既要把阐释对象与阐释者对阐释对象的阐释区分开来，又要依靠阐释者来把捉阐释对象的意义，在这一个阐释的悖论面前，西方马克思主义文论走上了两个极端。

对马克思主义原典的解读，这并不意味着我们能够返回到一

① ［美］F. 詹姆逊：《语言的牢笼　马克思主义与形式》，第3页。

② 冯宪光：《“西马”文论与中国当代文论建设》，《文学评论》1999年第1期。

③ 俞吾金：《重新理解马克思》，北京师范大学出版社2005年版，第445页。

种纯粹的马克思主义理论那里，也不意味着可以对马克思主义文论进行任何主观主义的臆说。阐释意味着阐释者与阐释对象之间的交流和对话，其效果首先取决于阐释者对其自身历史性的认识。因此，我们的解读也必须立足于我们当下的现实的社会生活之中，立足于我们对于当下现实社会生活的理解之中，在21世纪初的今天，就是立足于对于中国现代化进程的本质及其主导性价值趋向的领悟之中，而马克思主义文论中国化作为一个不断展开的社会实践和理论创造过程，也内含着“既忠于现实又忠于马克思主义”[①] 的要求。

三　理论之后

毋庸讳言，文学如今已失却曾经的辉煌而处于边缘化之中，文学地图在新媒体、消费主义等的促动下深刻改写，而文学理论尚在理论化及其之后中冥思，似乎无意理会它的讲堂是热闹还是冷清，对于西方文论课程来说则更是如此。然而，无论是重建文学理论知识论的合法性根基，还是反思作为其具体实现手段的课程教学，如若抛弃了理论对于生活世界的切身领悟和深刻质疑，则理论本身也难免流于虚空高蹈，文学理论之剑被高高举起，结果却越过了文学世界乃至生活世界的头顶。

哲学源自人类面对世界的惊奇，理论（Theoria）则植根于对世界之忘我的“看”，从古希腊智者的慧眼到现代科学的澄明，眼睛阐释我们自己的世界，也建构我们自己的世界，因而从根本意义上来说，眼睛的看不外乎一种生存论的实践，这可以约略理解为理论的自我规定性。然而，任何生活世界的呈现都必须发轫于既定的具体的逻辑起点，理论课程总会面对一双双怯生生的求知的眼睛。我们并非没有经历过光明，但理论却始终是灰色的，而人类的睿智却深知，“洞穴的火光”并不能真正启发智

① ［匈］乔治·卢卡契：《审美特性》第1卷，徐恒醇译，中国社会科学出版社1986年版，第6页。

慧、洞穿现象，因为一个确定的、稳固的、幻象化的世界，即便不是温暖精神和灵魂的奶嘴，那跃动的火光也丝毫不能掩饰其塞壬般的神秘诱惑。然而，当我们转过身，当那个光明的世界被挡在身后，当怯生生的眼睛面对着陌生的、变幻的，甚至有些冰冷的世界，正是灰色的理论撑开那急欲闭上的眼睑，让惊惧的双眸直面惊惧，让迷茫的心灵正视迷茫。

在一个感性主义蔓延、消费主义疯长的时代，灰色的理论甚至褪色为白色，理论脉搏微弱的跳动。如果我们暂时不能解脱于这样的时代，那么文学理论乃至理论又该如何反思自身的存在？从人类的知识生产谱系来看，文学在与哲学、伦理学的关系中颇似封建大家庭中的怨妇形象，一会儿向哲学撒娇，宣称自己同样可以靠近真理，一会儿瞋目于伦理学，喋喋不休于自己的审美趣味。如今在全球化和市场化浪潮中，文学与文化的关系似乎更充满了恩恩怨怨，与此相应，文学理论时常徘徊在真理与审美的两极。在英国新马克思主义理论家伊格尔顿看来，当下的文学理论大有将自己理论化的趋势，但他那里，理论化了的理论实为文化理论，而非文学理论，具体来说是政治反思视野中的文化理论。乔纳森·卡勒在讨论结构主义之后的理论与批评时则指出，当下的文学理论并非哲学，因为它既谈黑格尔也谈索绪尔，但它也不直接讨论文学，因而不是“文学理论”，毋宁说是“理论”，这就与20世纪80年代文学理论作为文学批评的批评有着根本不同。虽然卡勒当时对于作为“理论”的文学理论颇为欣赏，但时过境迁，他也不得不承认，“理论”的确有些过剩了①。

过剩的文学理论与文学理论的理论化是一个问题的两个方面，就其根源而论，与其说是对于哲学的投怀送抱，倒不说是其自我意识的主动淡化及其对于文学世界的暗地遗忘。按照雷蒙·威廉斯在《关键词》一书中的说法，“理论”和“实践”在17世纪才普遍被区分开来，一个明显的例子就是哲学被分为冥思者

① Jonathan Culler, *Literary Theory: A Very Short Introduction*, New York: Oxford University Press, 1997, pp. 1 - 2.

与实践者两部分，而且认为理论不能脱离实践[1]。循此，文学理论则是对于文学的冥思，同样无法割裂与文学实践的关系。伊格尔顿尽可以断言文学理论的黄金时代早已成明日黄花，或者“理论已死”，但他仍不忘指出，我们永远不可能生活在一个“理论之后”的时代，因为毕竟没有理论也便失却了人类的精神生活。忖度其间，则可以说文学理论作为理论而过剩，乃是因为其高蹈于文学乃至世界的云端，从而忘记了自己的现实出身，忘记了自己的普通性和平常性。

具体到中国语境，反思21世纪以来的关于西方文论迻译、研究和教学，指认文学理论的理论化倾向绝非空穴来风，其典型表现之一就是对于文学现实的疏远。如今即便鲁迅文学奖和茅盾文学奖依然坚守着严肃文学的立场，依然将网络文学排除在获奖视野之外，但诸如《盗墓笔记》之类的盗墓小说、《杜拉拉升职记》之类的职场小说，更不用说《诛仙》之类的玄幻小说、《梦回大清》一类的穿越小说，它们已经成长到国家级奖项评审也不能忽视的程度，如此，文学理论又怎么可以将自己严肃的面庞昂向天空？文学理论应该如何阐释当下时代的文学及其变迁，在一个颠覆经典、观念多元的时代，关于文学现象的任何讨论都难免流于人言人殊之中，但如若回到理论之所自的人生实践之中，那么寻找一个对话和协商的平台并非不可能。理论之后的文学理论只有回到关于文学世界的领悟才能重建自身合法性根基，也才能够在对于文学世界的阐释中为想象生活的文学实践展开一种坐标和参照。

在一般定位中，西方文论课程在中文系本科生培养设置中担负着为学生学习和掌握文学理论打开西方视野的功能，可以说不了解当代西方文论，也就无法透彻理解中国当代文论及其发展。整体来看，西方文论课程在长期教学实践中取得了大量成果，积累了宝贵经验，对于拓展学生理论视野、提高理论素养发挥了有

① Raymond Williams, *Studying Culture: An Introductory Reader*, London: Arnold, 2002, p. 6.

效作用，也为进一步加强课程建设和课程改革打下了坚实的基础、拓展了广阔的空间，但其值得反思之处亦不容忽视。

首先，在教学大纲方面，国内高校对于 20 世纪西方文论课程的设置普遍以理论流派为主线，同时，兼顾国别和历史发展，对于产生重大影响的当代西方文论进行梳理和阐发，这固然有助于学生理解和掌握，课程教学可操作性强，但也容易造成西方文论线性演进、前后更迭的误解，这样的误解对于文学理论思维培养来说无疑是致命的；同时，由于局限于理论流派这一主线的视野切割而束缚着学生对重要理论问题的历史性理解和整体性把握，对于致思犀利而冲荡的当代西方文论的理解中存在着阡陌纵横却老死不相往来的危险。

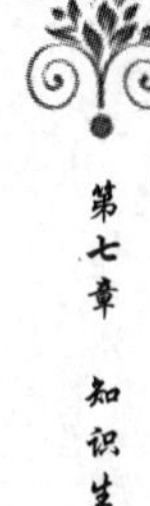

其次，上述教学大纲方面普遍存在的问题同样体现在国内高校对 20 世纪西方文论相关教材的编写、教学内容的设置等方面，而后者正是前者的根源所在。概而言之，20 世纪西方文论教材种类繁多却又千人一面，理论流派史的编写方式遮蔽了问题史的思考视野，而这一视野的丧失则体现为教学内容的设置中流露出某种程度上的本质主义思维方式倾向，思想的对话和交锋僵化为知识性的灌输和演绎，这反过来又强化了文学理论的封闭性和排他性等危机性症候。思想蜕变为知识，问题意识被阉割，当代西方文论教学便只能沦为高头讲章，对课程的厌倦情绪和消极应付态度滋生、蔓延，理论视界的拓展成为空中楼阁。

最后，上述这些方面对于教学方法的实施来说同样产生了消极影响，面向当下文学艺术现实的思考和阐释被知识的灌输所取代，当代西方文论知识生产中的思想、对话消失了，这在国内高校 20 世纪西方文论教学中普遍存在，在考评方式方面也存在机械主义和教条化倾向。

如果对上述倾向给出一个简约化的诊断，则可以约略归结为阐释及其立场问题。在现代阐释学的视野中，阐释对象与对于对象的阐释的并非同一，只有先行认识并正确处理了阐释对象、阐释者与其处身的历史语境、阐释对象与当下的历史条件等一系列复杂关系，阐释才能走向科学。对于西方文论课程而言，可能的危险之一是客观主义，即认为客观存在着一个纯粹的、不需要阐释也不受任何阐释沾染的西方文论，课程教学的任务就是对于如其所是的再现而已；而另一种可能的危险则是主观主义的僭越，它在日常生活的逻辑上将我们对于西方文论的阐释和理解等混淆于西方文论，从而将任何其他阐释的可能性一笔抹杀，在这种主观主义的僭越背后也同样潜藏客观主义的教条。既要把阐释对象与阐释者对阐释对象的阐释区分开来，又要依靠阐释者来把捉阐释对象的意义，在这一个阐释的悖论面前，如若缺失了对于我们处身其间的文学世界的把握，那么西方文论课程难免流于不好学、学无用的尴尬境地之中。

理论要求我们能在某个事物上忘掉我们自己的目的，从而专注于纯粹的与事物同在的切身性的“看”，就这一看的生存论意义而言，所谓理论则不仅意味着其源自文学现实，而且其本身也是这一现实及其领会和解决的结果。接受美学生发于对于文学史悖论问题的思考和解决自不待言，实际上，西方文学现实所提出的问题正是西方文论思考、建构和发展的基本动力，对于扬弃了黑格尔式理论体系模式的20世纪西方文论更是如此。因而从问题出发，不仅意味着从西方文学现实所提出的问题出发来理解西方文论，从而有助于厘清具体理论有效性的限度，而且意味着在思想史视野中，作为文学问题解决结果的理论并非天然具有线性历史进步观的合法性，还意味着课程对于西方文论阐释已经是在中国当下文学现实和生活世界的阐释之中并作为阐释的结果而存在了。

上述从问题出发的基本理念在西方文论课程改革中落实为三个层面：以问题为纲，尝试解决文学理论课枯燥乏味、难以吸引学生的顽症；以开放、多元、建构主义的文论观念冲击对于传统文论教学对于文学理论知识生产中的本质主义观念，并以此带动对于文论知识考查方式的新变；突出文学理论面向文学现象与文学现实的实践本性，尝试化解传统文学理论教学中的凌空虚蹈问题。具体来说：首先，在教学内容方面，西方文论教学的探索与改革强调在教学过程中贯穿问题意识、现实意识和批判意识，突出对于当代西方文论基本问题和基本范式的理论梳理，并落实在“基本问题—经典文本阅读—问题式讨论—延伸阅读—继续思考”等教学环节中，初步拟定的基本问题包括：语言与言语、文本与作品、作者与读者、意识形态与文学、现代性与后现代性等。其次，在教学方法方面，重视对于20世纪西方文论基本问题的历史性梳理，突出问题讨论在课堂教学中的地位。主要讨论形式包括围绕20世纪西方文论基本问题精心设计课堂讨论问题，从不同理论流派和理论思潮的不同切入点进行多角度思考和讨论；提前提供难易适当的相关经典文本或文本片段，将文论的基本问题落实在理论文本的课堂细读之中，意在培养学生的基本理论素养，提高理论思维水平，避免知识性灌输。最后，在课程考查方面，淡化知识性的僵化记忆和机械重复，侧重于学生对于20世纪西方文论基本问题的理解和把握，突出理论思维素质的提高，重视理论话语把捉能力的培养，强调理论面向现实的实践品性，将理论思考的动力源根植于现实文学现象和作品的阐释诉求之中，这些基本原则将贯穿于考试命题和评分改革过程中。

回到关于文学世界，回到文学世界的先行把握和领会，从问题出发的文学理论将明晰自我迷失的陷阱，也将击中纷繁缠绕的文学世界，重建自身合法性根基。应该确信，文学理论能够打开领会生活世界的双眸，即便那目光依然不脱犹疑与不安，即便那氤氲的迷茫也不曾因此清晰半分，但在学生略显青涩的问题意识背后，诸如理性与价值、思考与担当、宽容与多元等文学永恒的追求，已经不再沉寂，也将无法沉寂。由此，那些青春的目光将不惮于直面和思考这个世界，也将不惮于重拾对于这个世界的诗意想象。可以设想，不用多少年，关于文学理论的课程笔记就会灰飞烟灭，那些耳熟能详的理论家也将生疏淡漠，甚至那些印象深刻的课堂小插曲或者无心烙生的小故事都将漫漶不清，然而，在坚硬的、急进的生存现实中，那曾经思考过《红楼梦》，那曾经指点过大师，以及那些不再生怯的“我认为”，都在白纸黑字中播种了一种品质，一种思维，甚至一种精神。

第八章　信息时代：身份、经典与文化社会学

处身信息时代的人们如何进行自我审视？是“笔直地走向未来”，还是“倒退着走向未来”，抑或“环视着走向未来”？全神贯注于信息技术而目空周围一切则类似患有视野狭隘症的司机，这种技术至上主义的观点会使“乘客”胆战心惊；将信息时代的未来植根于历史之中倒退着走向未来，这种保守主义的逻辑可以视为信息时代的盲人寓言，美国学者约翰·布朗写道，“视野狭隘的信息知识，只不过是一名空想家眼中一闪而过的幻想。……展望未来的正确方式不是向前看，而是要向周围看”，“信息与个人必然并且也永远是丰富多彩的社会网络的组成部分”①，然而不论何种方式的看都毫无疑问是主体基于既定社会角色位置上的行动和实践，这都意味着信息时代社会角色的重建问题不仅依然存在，而且更加复杂，尽管就信息时代的社会学维度而言，网络的虚拟性和匿名性对主体的社会角色感消解以及网络传播体制对于话语权的解放构成了网络话语自由性的重要根基②，其乐观的判断和概括也富有合理性地揭示了网络时代之于话语权力和社会角色认同的重要影响。本章要考察的是：信息时

① ［美］约翰·布朗、保罗·杜奎德：《信息的社会层面》，王铁生等译，商务印书馆 2003 年版，第 9—10、1 页；关于社会层面上的信息时代的几种态度描述和剖析，参阅该书第 2—6 页。

② 关于互联网之于文学与文化话语权力的影响，参阅 Eric Mcluhan & Frank Zingrone, *Essential Mcluhan*, Toronto: House of Anansi Press, 1995, pp. 270 - 273；欧阳友权《网络文学论纲》，人民文学出版社 2003 年版，第 145—148 页。

代对于当代文化实践及其研究产生了怎样的影响，新语境中批判诗学本土接受的经典化问题具有怎样的意蕴？从文化社会学的维度来看，文化研究在何种意义上是及物的？

一　信息时代的身份认同

社会角色的自我确认在当下信息化时代里已然发生了前所未有的巨大变化，加拿大学者大卫·莱昂曾经描述自己遭遇冰雹风暴时的一种后现代主义感受：“即使空气中弥漫着浓重的后现代气息，但现实终归还是现实。此时，我们蜷缩在一块原木前头，借着烛光写这篇前言。这倒不是出于浪漫。一场反常的冰雹风暴摧垮了安大略湖东部和魁北克一带的树木和电线杆，给现代便利设备带来了灾难性影响。没有电，没有电话，没有互联网；也没有收音机或者电视机，因为地方台、有线网络和转播站也都被吹倒了。然后吊诡的是，我们这儿的境遇其他地方早就是一个新闻事件了。那是一种后现代的扭曲：自己周边发生了什么，别人比我们更清楚。”① 特定情境中的自我认知经验被归结为后现代主义，其合法性于此存而不论，对其理论探讨也将在后文展开，这里只需指出，自我确认的明晰性在大卫·莱昂的经验中已经被大打折扣了，而对于这一过程的理解如若清空信息与网络的背景，也将是不可思议的。

在此稍作停留，我们会发现，这一描述并不能为我们日常网络生活中的自我认同经验所证实。就网络内容结构而言，每一个网民一般都能找到自己的网络群体，并在这一群体中得到认同，不同论坛、不同社区以及社区的不同阵营都是群体分化和麇集的现实场所。不用说当下形形色色粉丝群体之间的所谓对阵，手边的例子就是：有人上网从不涉足新华网，而是直奔乌有之乡，有人则为查看学界动向而直奔新语丝或学术批评

① ［加］大卫·莱昂：《后现代性》，郭为桂译，吉林人民出版社 2004 年版，第 1 页。

网；而另一方面，上述两类都可能同时受到另一群体的指斥。事实上，社会文化生活中也大多存在对立的群体，他们在属于不同的阵营的话语交锋中似乎坚守各自的价值和观念，这样的现象并非只有在网络时代存在，但无疑只有在信息时代才得以如此这般凸显。但无论如何，自我归属与认同感似乎是清晰的，若是，则与大卫·莱昂的经验和判断相互抵牾。对这一问题的解决将采取迂回的战略，而切入点则选择在对大卫·莱昂的当下感性经验的讨论。

在大卫·莱昂的“后现代主义”体验中，世界的建构不再是源于主体意识，而是首先源于他者意识，后者现实地并且逻辑地先于前者，其扭曲的结果便是：别人比自己更早地、更清楚地明白了自己周围发生的事件。这一扭曲的核心机制在于信息化生存的突然中断，常态下明晰的自我开始模糊，自我确认变得困难起来。学者安东尼·吉登斯将自我确认的去明晰化追查为“脱域”，所谓脱域意指“社会关系从彼此互动的地域性关联中，从通过对不确定的时间的无限穿越而被重构的关联中‘脱离出来’”，其基本特征是去涉身性、去情境化、去特定性以及非人格化①。质言之，脱域意味着现实世界的空间性、时间性以及与此相关的空间关系和历史被从自我中抽离出来，自我漂浮于虚拟世界之中。这里，虚拟世界并非纯粹的非现实的世界，自我的漂浮也非纯粹的无枝可依，这与大卫·莱昂后现代经验所由生发的背景不同。在此，马克·波斯特的判断值得引述：“主体没有停泊的锚，没有固定的位置，没有透视点，没有明确的中心，没有清晰的边界……主体如今是漂浮着，悬置于客观性的种种不同位置之间。不同的构型使主体随着偶然情境的不确定而相应地被一再重新建构。”② 问题主要不在于无锚可泊，而在于不断地偶然被重建，借道马克·波斯特的论述，可以将吉登斯的脱域范畴做

① ［英］安东尼·吉登斯：《现代性的后果》，田禾译，译林出版社2000年版，第18页。

② ［美］马克·波斯特：《信息方式：后结构主义与社会语境》，范静哗译，商务印书馆2000年版，第20页。

出些微的修正，即，脱域并非简单地去时空化、去特定化或者去情境化，而是无确定性对立的非确定性，无必然性对立的偶然性，无限制性对立的可能性，结果则使主体陷入一再被重新建构的“随意性”之中，主体自身的确定性因脱域而被去中心化了①。

自我认同的去明晰性意味着笛卡尔意义上的主体都失去了自己的完整性和稳定性，主体的存在滑向偶然性和非确定似乎无限自由的天空，从另一个角度来说，自我确认的整体性被碎片化。“当我们吸收他人各式各样的想法和步骤时，他们即成为我们的一部分，同样的，我们也成为他们的一部分，充斥各种声音的多元文化社会，使人们浸淫于不一致与风马牛不相及的自我言语中。”② 自我的声音成为自我确证的前提，同时也是自我绝世的证明，自我的明晰性和完整性在喧嚣中氤氲消散，而网络文化语境将其推向极端的程度。自我被建立，又同时被其他建构所颠覆和替代，于是，自我的建构在空间中迅速膨胀，在时间中被无限延伸（也许用德里达的延宕更为合适），似乎永远无法达到独立和明晰，一如永无静止的闪回蒙太奇。自我被碎片化，真实性和确证性被驱逐，他者的自我建构起一个非真实的自我，即伪自我，究其实质，可以称之为他我。

经过一番迂回又回到上文提出的那个矛盾判断问题，现在可以认为，大卫·莱昂在网络生存常态被中断时的经验远比我们日常网络经验更为可靠，网络文化的自我认同所标举的是一种自我的伪明晰性，其实质是以伪自我的形式展开的他我。“他我”是现象学话语中的一个中心范畴，“他我”的建构问题往往视为现象学成败的试金石，这里并非在现象学意义上使用，而是一个与他者、自我相对的内涵相对宽泛的范畴。

① 对此马克·波斯特写道：“在我看来，电子书写消解了主体，因此使主体再也不像以前那样发挥中心作用。” Mark Poster, *The Mode of Information*, London: Polity Press, 1990, p. 101.

② ［美］雪莉·特克：《虚拟化身：网络时代的身份认同》，谭天等译，台北：远流出版公司 1998 年版，第 368 页。

众所周知，自笛卡尔开始的西方近代主体哲学强调作为普遍理性主体的“自我”，但在笛卡尔的自我是一个我思的我，一个没有他者的我，因而我思故我在的我没有能够在“我”之外看到“他”。黑格尔通过自我意识的分裂，将自我设置在另一个自我意识的认同之上，他在《精神现象学》中写道，“自我意识有另一个自我意识和它对立，它走到它自身之外”，但这样的自我是一种“苦恼状态”，它必须经过扬弃，“使自己与自己统一”[①]。一般认为，“他者”在近代哲学中不具有重要的哲学地位，而现象学将“他者”拯救了出来，使之获得了与自我并立的地位[②]。在胡塞尔那里，他者是先验的自我，可以归结为与自我同质的另一个自我的问题[③]；而在萨特那里，他人即地狱，如果没有他人对我的注视，我只能停留于意识状态。马克思将他者视为重要的对象化要素，他在关于人的本质的社会性的讨论中写道：“一般地说，人对自身的任何关系，只有通过人对他人的关系才得到实现和表现。”[④] 在这里，对象性范畴具有核心规定性，对象性活动（实践）成为人的存在的根基，他者是自我存在的前提，就此而言，拉康看法与之相似：“人在看自己的时候也是以他者的眼睛来看自己，因为如果没有作为他者的形象，他不能看到自己。”[⑤] 质言之，自我确认需要以他者的在场为前提，他者的存在成为自我确证的镜像。然而，与马克思不同的是，拉康

---

① ［德］黑格尔：《精神现象学》（上卷），贺麟等译，商务印书馆 1997 年版，第 121—122 页。

② 马克·波斯特写道：“笛卡尔式的主体是分立于客体之外的某个位置上以获得有关客体世界的知识；康德的主体既作为知识的来源而位于世界之外，又作为这种知识的经验客体而位于世界之内；黑格尔的主体则是在世界之中转变自身，但仍然以此体现出世界的终极目的。” Mark Poster, *The Mode of Information*, London: Polity Press, 1990, p. 101.

③ ［德］埃德蒙德·胡塞尔：《笛卡尔沉思与巴黎讲演》，张宪译，人民出版社 2008 年版，第 126—129 页。

④ ［德］马克思：《1844 年经济学哲学手稿》，人民出版社 2000 年版，第 59 页。

⑤ ［法］拉康：《拉康选集》，上海译文出版社 2001 年版，第 408 页。

在其镜像理论中将自我的非真实性问题提了出来[①]。

依拉康的逻辑，主体的发展根植于在一系列的理想认同之中，“这些认同代表了最纯粹的心理现象，因为它们在根本上显示了意象的功能”。“意象则是那个可以定义在想象的时空交织中的形式，它的功能是实现一个心理阶段的解决性认同，也就是说个人与其相似者关系的一个变化。”[②] 意象是拉康他者先行理论中的一个环节，形象—意象—想象为其基座，按照国内学者张一兵的阐释，他者先行论意指“一个不是我的他物事先强占了我的位置，使我无意识地认同于他，并将这个他物作为自己的真在加以认同，于是，我不在而他在，他在即伪我在。拉康后面所说的镜像小他者和他人之面容的小他者都具有这种先行性，无论是镜像之我，还是众人面容之我，其实质都是以某种形象出现的小他者之倒错式的意象，在这种先行到来的强暴性意象关系中，虚假的自我在‘自恋式’伪认同的想象关系中被建立起来。这是一个暴力性的伪自我建构的逻辑三段式”[③]。在此小他者先行性论中，意象所认同的小他者先行抢占自我位置，而自我却将篡位的小他者镜像认同为自我的心像，从而自我建构在本质上具有了虚假性，正是如此，拉康将其归结到想象域中。拉康的想象域被视为自我和客体在一个“封闭的圈子中”相互不断转化的过程[④]，在其中，自我以伪自我的形式被想象性地建构起来。

自我建构虚假性的实质不在于无根，而在于根的内爆淹没了其自身的曾经的确定性，自我处于无休止的漂浮和摇摆之中。表面看来，即使在网络文化中漫无目的地游逛，也不意味着自己是真正独立的个体，而是有着特定的群体倾向性，这种集群明晰性

---

① 关于马克思的他者的相关讨论，参阅王虎学《马克思的他者向度》，《哲学动态》2009 年第 6 期；关于拉康“他者”问题的讨论，参阅《江苏社会科学》2004 年第 3 期笔谈文章以及张一兵《大写他者的发生学逻辑》（《学海》2004 年第 4 期）、《伪“我要”——他者欲望的欲望》（《学习与探索》2005 年第 3 期）。

② ［德］拉康：《拉康选集》，第 184、196 页。

③ 张一兵：《拉康镜像理论的哲学本相》，《福建论坛》2004 年第 10 期。

④ ［英］伊格尔顿：《二十世纪西方文学理论》，伍晓明译，陕西师范大学出版社 1987 年版，第 180 页。

成为互联网生存的重要表征之一。在虚拟社群中，“真正在发生的，是日常经验通过虚拟经验的一种显见的再确认”，这种再确认意味着虚拟现实和日常现实的“互为渗透”，意味着一种双向的视角，“通向电子传播和虚拟社群所做的辩护时遵循一种双向的视野”[①]。然而这种互为渗透的双向视野并非一个平等的建构，更非基于主体的单向投射。学者大卫·里斯曼在讨论大众传播媒介与人格建构关系时指出：“由于大众传播媒介，如电影、广播、漫画和流行文化的存在，学校和同侪群体的压力被不断强化和推动。我们称这种情形下产生的性格类型为他人引导型。”[②]作为对于20世纪40年代以来在大众传媒影响下的人格类型变化的一个概括，“他人引导型”范畴揭示了信息和传媒之于中心自我的干涉，而这在网络文化中，所谓的他人本身及其所给予的强化和推动都由于网络本身的无中心性而远为复杂和深刻，尽管历史地看，我们曾经经历过文化和文学的他我时代[③]。单就网络生存的沉浸性和切身性而言，“他人引导”冲动不在于传统平面媒介的信息量及其对于生存的侵涉，而是一方面在于主体在信息中的被抛性，另一方面则在于主体的空心化。作为自我建构不可或缺的镜像的他者，现在已经塞满了网络文化的整个空间，原本基于主体原点的投射之光业已消散，对于自我判断与自我意识的信心在他者汹涌中随波逐流，自我的清晰性只不过是他者窃位之后的幻象，无法遮掩沙滩上大写的我的实质。

自我确认在网络文化的视野中以伪自我的形式获得新的存在样态，然而这一信息时代的“环视”场景似乎太显悲观，至少学者沃尔夫冈·韦尔施就不会同意，他在《重构美学》中写道：“新技术不是在威胁我们”，“今天哲学所认为的所有世界，不管

① ［德］沃尔夫冈·韦尔施：《重构美学》，陆扬等译，上海译文出版社2002年版，第279、281页。

② ［美］大卫·理斯曼：《孤独的人群》，王崑等译，南京大学出版社2000年版，第20页。

③ 张永清：《改革开放30年作家身份的社会学透视》，《文学评论》2010年第1期。

它是日常的世界、物理的世界，还是文学的世界，都是建构，因而至少部分是人工所为”。“人为性和自然性是反思的概念，它们指示的不是客体，而是方面、角度和关系。”① 面对呼啸而来的电子世界，韦尔施坚持寻求理性的说明和洞见，这一点实为当务之急，而同时他也不得不承认，“现实与虚拟性之间的边界肯定是在变得不确定和易渗透起来”②。对于韦尔施的乐观，学者利奥塔给予政治维度的支持：“从原则上说，虚拟社群与其说是对民主的威胁，不如说可以成为重建民主的一种当代方式”，“电子传播一定程度上重构了公共空间”，“虚拟社群很大程度上是社群感的仲裁人”，“虚拟社群同政治学和大众传媒相反，可以增进民主”，“总之，以丧失社群感为名责备转向那个虚拟社群，是把结果当成了原因，完全没有认识到这些社群的公共的和民主的恰当内容”③。韦尔施与利奥塔的乐观自有其道理，正如对于网络文化自我认同中伪自我倾向的指认并非等同于对网络文化整体的指斥，但无可否认的是，去明晰化的自我在网络文化语境中已散漫不清，虚实难辨，至于伪自我显然不是作为思想的自我，以伪自我的形式展开的他我的标志之一在于对确认自我权力的自主放弃。

详尽考察网络文化中自我认同的具体方式和途径④固然有助于对他我意识的揭示，但本文更感兴趣的是对于价值论层面的考察，其背景在于当下对于网络文化与人的生存之间关联的关注和

① ［德］沃尔夫冈·韦尔施：《重构美学》，第238—239页。

② 同上书，第254页。

③ ［法］利奥塔尔：《后现代状态：关于知识的报告》，车槿山译，生活·读书·新知三联书店1997年版，第227—228页。

④ 有研究概括四种建构途径：呈现文化资本以求他者评价与自我意象的统一；意向和情感的投射；反群体的个性消费行为和方式；自我呈现与延伸的角色扮演。参阅邓惟佳《能动的“迷”：媒介使用中的身份认同建构》（博士论文，复旦大学2009年）第三章第57—84页，该研究以“伊甸园美剧论坛”个案研究的形式讨论粉丝文化中的“迷”文化现象；此外博士论文《超女粉丝与大众文化消费》（杨玲，首都师范大学，2009年），从“超女”切入讨论大众文化生产与消费机制中作为新型大众文化形式的粉丝文化，其间部分涉及该问题。

讨论[1]，这样一来所要讨论的问题可以具体化为如何审视网络文化中自我建构的他我性所具有的价值论问题。依当代著名社会学家查尔斯·泰勒的考察，现代性自我的形成与道德之间存在着根本性关联，“与我们对认同需要相关的自我概念，在美有趋向善的某种方向感的情况下我们无法获得这个概念，正是依靠它我们每个人才本质上拥有立场”，“在我们寻找和发现向善的方向感的范围内，我们才是自我”。泰勒将对基于西方思想史的自我建构与道德的考察视为“解放的工作”，意在在“发现被隐藏的善”中为“半坍塌的精神肺腑”恢复新鲜空气[2]，这显然要比阿多诺的悲观主义看起来更具雄心壮志。然而，在网络文化之于主体对社会公共关系隶属性质的冲击已被关注和揭示的情况下，讨论自我认同与道德关系的另一面应该具有合法的理由。

法国著名心理学家古斯塔夫·勒庞在描述法国大革命某些杀戮场景时写道：“囚徒们被慢慢用马刀一块一块地割成碎片，以延长他们的痛苦以取悦观众，而那些暴徒则从受害者的场景和痛苦的尖叫声中获得了极大的快乐”，“他们大喊大叫是因为其他人也疯狂叫嚣，他们起来造反，是因为其他人也在进行暴动，他们对于自己的行为没有任何自主意识，外在环境的暗示力量使得他们进入催眠状态，一举一动无法自持”[3]。勒庞的描述揭示了一种自我意识被抽空后的催眠现象，其动力机制某种程度上类似于网络文化中的伪自我的建构。如上文所述，被他者置换的自我实际是以寄生形式存在的他者，自我沦为伪自我，从而道德的善的方向感则由此指向一个原本安置自我的他我，其效应可以联系于当代网络文化中的“恶”。德国学者汉娜·阿伦特区分了两种

① 21 世纪之前相关研究参阅《网络时代与网络的社会文化价值——“网络与当代社会文化价值研讨会”综述》，《毛泽东邓小平理论研究》2001 年第 2 期。21 世纪初代表性研究参阅王岳川《网络文化的价值定位》，《江苏社会科学》2005 年第 1 期。

② ［加］查尔斯·泰勒：《自我的根源：现代认同的形成》，韩震等译，译林出版社 2001 年版，第 46—47、817 页。

③ ［法］古斯塔夫·勒庞：《革命心理学》，佟德志等译，吉林人民出版社 2004 年版，第 14 页。

恶，一种是康德所讲道德的根本恶，一种是她所讲的平庸的恶。前者可以称为恶的恶，后者则是善的恶。恶的恶是根本恶，这种恶不是因为其行为的事实性和客观性，而是因为在恶的行为背后存在着的一个恶的标准和动机，有了这样的标准和动机，恶的行为在这些恶的行为准则面前就获得主体认知上的可接受性，恶就成为根本性的恶①。善的恶的本质在平庸，阿伦特说："恶一向都是激进的，但从来不是极端的，它没有深度，也没有魔力，它可能毁灭整个世界，恰恰就因为它的平庸。"② 平庸的恶的实质在于平庸性，根源在于自我的丧失，一个典型就是阿伦特所关注的艾希曼③。一个妻子眼中的好丈夫、孩子眼中的好父亲、邻居眼中的好人，总之一个好人如何在纳粹的屠杀机器中尽职尽责地工作，其中也许我们能够看到平庸性之于自我建构中的他我性根基。而回头约略盘点我们处身其间的网络文化，便不能不注意到它已经在某种程度上成为所谓网络红人的跑马场，木子美、芙蓉姐姐、上流美、中产兰、芙蓉妹妹、国学妹妹、凤姐、犀利哥等网络红人一个个走马灯般在网络文化年谱上留下印记，"审丑"的美学原则俨然大行其道。

当丑成为俗进而成为美，丑的美学就将显露出平庸的恶的本性来，失去了"善的方向感"这一问题域，自我的建构将有可能迷失在表面繁华之中，主体意识在交付于他者的支配中抛弃了能动的思考的权利和契机。网络文化之于社会身份和自我认同的型塑固然掣肘于意识形态、文化传统、文化资本等诸多因素，然而相对于一个阴郁而悲观的前景的设想④，那就不如重新回到康德关于启蒙的经典定义：自由地运用自己的理性。就此而言，

---

① ［德］康德：《单纯理性限度内的宗教》，李秋零译，中国人民大学出版社2005年版，第2—3页。

② Hannah Arendt, *Lectures on Kant's Political Philsophy*, Chicago: The University of Chicago Press, 1982, p. 167note52.

③ 相关讨论请参阅［德］汉娜·阿伦特《耶路撒冷的艾希曼：伦理的现代困境》，孙传钊编，吉林人民出版社2003年版。

④ 朱大可：《雅俗之战：从通俗到恶俗的历史流变》，《新世纪》2010年第36期。

"憧憬着美好未来的人们必须认真思考计算机和计算机化的政治特点"[①] 实为有益的提醒。

二 及物的文化研究与文化社会学

信息时代的到来是否以及在何种程度上影响了文化及其实践？有学者指出，中国当代文化某些本质规定以及文化深层结构已发生了复杂变化，并对前此以往的文化研究范式及其阐释有效性提出了严峻挑战；要有效考察我们这个时代的文化本质，就必须揭示"人心文化"对于当代中国文化深层结构的内在规定性；考察人心文化的异化和畸变形态，以推动对当下物质文化和体制文化的重新理解，对道德文化、伦理文化、价值文化等显示逻辑机制的重新发现，以及对于民主、自由、平等等现代性价值谱系的深入辨识[②]。"人心文化"命题在反思文化研究现状基础上，力图彰显当代文化的"生活"、"内心"、"个体"维度，以期重建当代文化之根基，为审视和剖析我们这个时代的文化现实与时代本质给出了富有价值和启示意义的思考，读来令人耳目一新，由此也引出笔者感兴趣的两个问题：人心文化命题理论有效性的限度何在？文化研究在何种意义上是及物的？

1. "人心文化"

"人心文化"是指哲学上人性结构的变异与特定时代、特定现实生活中形成的社会文化心理相交织而形成的一个文化范畴，因此，它与人性变化或者国民性畸变所形成的人性文化层面也具有深刻的内在关联。这一关于"人心文化"范畴的界定将人性/人心结构的历史性与开放性奠基于社会生活现实之中，同时又将社会文化心理拥于怀中，社会生活现实与社会文化心理，一外一内，相互交织，应该说范畴界定是辩证和深刻的。然而，在对于

① 王逢振：《网络幽灵》，天津社会科学院出版社2000年版，第39页。

② 张光芒：《"人心文化"与的异化与畸变——当下中国文化的深层结构批判》，《探索与争鸣》2011年第11期。

当下人心文化深层结构的具体阐释和剖析中，人心则被确立为“根本”：一方面，“比体制更复杂的是人心，比体制更糟糕的是人心，比体制更具决定性力量的也是人心”；另一方面，“当代中国之士，极大的问题在于，明于体制而陋于知人心”。那么，人心文化命题凭借人心“密码”能够在多大程度上洞穿纷纭复杂的当下文化之谜呢？对此的追问指向对社会文化心理的考察。

谈起当下文化现实，不论是“范跑跑”、“杨不管”、“打酱油”，抑或动车事故、有毒奶粉、拆迁自焚，等等，大约最挂在嘴边的感喟就是所谓“世道人心”之叹了，其这可以约略视为社会文化心理的日常生活表述。社会心理范畴的最早明确提出者要归于普列汉诺夫，他立足于马克思、恩格斯相关原则性论述基础上，将这一范畴理解为经济基础与上层建筑之间、社会存在于社会意识之间的中介性范畴，虽然其界定并不明确，但内涵清晰：社会心理属于社会结构的要素之一；决定于经济关系、政治制度等；包含社会文化心理。由此推论，人心文化命题虽专注于人心，却脚踏大地；离开了这一包括政治制度、经济基础等在内的坚实基础，其对当下文化现状的考察便失去了现实性。关于“人心向背”的畸变、整体性文化心理机制的畸变即恐惧心理的渗透和弥漫，以及人性/国民性内在结构的畸变即庸俗主义人性结构的定型化的阐述，其有效性根基正在这里，如其所言：“当我们说当下的‘人心向背’是背对正义而朝向不公平、是拜服于权欲和贪婪而放弃反抗和个性的时候，实际上也就同时提出了一个文化土壤的问题。没有这种深厚且与现实息息相关的文化土壤的坚固支撑，一个或一些个体的私欲是难以堂而皇之地横行于天下的。”① 然而事实上这一立场并非牢固，而是表现为某种游移和矛盾，择其要者有二：体制文化手段论；文化个体原罪论。

首先，从人心文化来看，扑朔迷离的文化现象原本只是表象：“这一切与体制无关，与组织无关，只是有一颗‘人心’要

① 张光芒：《“人心文化”与的异化与畸变——当下中国文化的深层结构批判》，《探索与争鸣》2011 年第 11 期。

这样做，那一颗‘人心’需要这样的结果，所以，复杂的面相都是直接利用和间接利用的手段。体制永远只是手段，而人心却是根本。”① 好的体制固然可以被坏的人心所手段化、工具化，以捞获一己之私利，然而，如果认可人心文化的现实基础对于其内在意蕴的规定，那么无视体制本身的基础性存在，也就使坏的人心失去了存在的可理解性。更为重要的是，对于改革开放走到中途的中国社会现实以及当下文化现实而言，体制难道真的永远只是手段、无足轻重？就建设性角度来说，体制的确是而且只是手段，人以及人心才是根本，马克思也谈到“一切通过人，并且为了人”，文化实践同样如此。需要注意的是，好的体制被坏的人心所利用恰表明了体制本身的有待解决的问题，并通过问题的解决堵住人心所屡屡觊觎的漏洞，而这正是现代政治制度设置的基本出发点之一。可以说，缺失现代制度与体制建设，享乐主义、犬儒主义等异化和畸变了的人心文化的土壤和根源将无法彻底清除，人性与人心的痊愈就失去了现实可能。

其次，“人心文化”命题对于个体人心文化异化与畸变的审视和剖析，预设了一个不言自明的前提，那就是对于当代文化现实的拯救和重建来说，任何文化个体是应该受到谴责的，在此前提下，“基于个体自我的个体人心文化”也就被相对视为考察当代文化现实的更为有效的研究范畴之一，而作为“不同的个体人心经由矛盾、调整、合流等动态过程汇聚而成的社会文化深层心理结构”就成为重点讨论的对象。正如“小悦悦”事件所带来的耻辱写在每一个社会个体的脸上，同样每一起的冷漠事件也都在你我他精神躯体的前襟上打下巨大的红 A 字。然而，面对 21 世纪以来的诸文化怪胎，应该受到谴责的仅仅是社会文化个体吗？鲁迅先生在 70 年前曾经写道：“人们在社会里，当初是并不这样彼此漠不相关的，但因豺狼当道，事实上因此出过许多牺牲，后来就自然的都走到这条道路上去了。所以，在中国，尤

① 张光芒：《“人心文化”与的异化与畸变——当下中国文化的深层结构批判》，《探索与争鸣》2011 年第 11 期。

其是在都市里，倘使路上有暴病倒地，或翻车摔伤的人，路人围观或甚至于高兴的人尽有，肯伸手来扶助一下的人却是极少的。”[①] 而70年后的今天，此番描述却依然鲜活地上演在当下社会生活中，广东佛山“小悦悦事件”当为我们做出了经典阐释。小悦悦事件中的18位冷漠路人原本并非冷漠，按照鲁迅的说法，后者只能是“经验”与“牺牲”培育的结果，是社会生活实践本身的产物，因而人性/人心的堕落并非原罪，而是可以在生活实践中找到深刻根基。

事实上，上述思路并不鲜见，有代表性的当推德国当代政治哲学家汉娜·阿伦特关于对于纳粹屠杀与“平庸的恶”的思考。面对“二战”后德国以至欧洲的普遍反思和广泛忏悔，阿伦特强调每一个个体的伦理责任，而不是将纳粹独裁统治下的个体责任一股脑推卸于“体制”。在她看来，如果承认每一个个体都有罪，那就等于说没有任何人有罪[②]，就等于说艾希曼不仅是生活中的好人，也是法庭上无可审判的市民。如此一来，个体就可以因为自己是体制“机器”上的一个“螺丝钉”而将对自己的指控转嫁于“机器”，从而将个体的理性主体性给掩盖起来了。阿伦特并非只见“螺丝钉”而不见“机器”，但她的确更愿意强调“螺丝钉”而非“机器”，强调螺丝钉之不可免除、必须承担的主体性责任。作为参照，鲍曼的《现代性与大屠杀》则更强调“机器”而非“螺丝钉”：在现代性制度和体制的支配下，“机器”精确运转，并且不会因任何“螺丝钉”的动作而改变，由此个体获得了可以免责的理由。而阿伦特在此的观点仓促，与事实不符[③]。阿伦特与鲍曼无疑各有其片面的深刻性，同是艾希曼的耶路撒冷的审判，如果说阿伦特在此更多倾向道德理想主义，那么鲍曼则倾向个体虚无主义。对于思考人心文化与体制文化的

---

① 《鲁迅全集》（第四卷），人民文学出版社1981年版，第540页。

② ［德］汉娜·阿伦特：《责任与判断》，陈联营译，上海人民出版社2011年版，第55页。

③ ［英］鲍曼：《现代性与大屠杀》，杨渝东等译，译林出版社2002年版，第155—157页。

关系而言，将体制文化视为文化深层结构的唯一入口具有走向虚无主义的嫌疑，而超越了命题有效性限度的“人心文化”命题则面临着分享道德理想主义倾向的危险，因而问题的实质依然在于如何考察这个时代的文化本质，或者更为具体地说，文化研究在何种意义上是及物的。

2. 文化研究的“及物性”

一般认为，文化研究从其诞生开始，就与权力、表征和身份认同有关的社会问题纷繁缠绕在一起，比如葛兰西将文化视为充满争斗的领域，其间纠缠着利益和权力的角力，而借助于权力、意识形态等范畴在社会形态层面上展开，则是斯图亚特·霍尔的文化理论追求，其间闪动着福柯的权力和知识生产理论、阿尔都塞意识形态国家机器理论以及葛兰西文化领导权论述的影子。如果说社会学的文化理论通过话语分析而着力于受众主体在话语实践中的建构性和生产性，那么，心理学的文化理论则通过精神分析而长于剖析主体建构中的社会逻辑性，社会学、心理学与文化研究之间的天然亲和性，内在地揭示出文化研究宏观与微观、理论与实践、个体与体制之间相反相成的研究视域。可以说，无论是“人心文化”命题还是时下宏观文化研究理路，无论是以人心为本考察当下文化深层结构的内在规定性，还是都从生活方式出发揭示文化意义的社会生产性，二者在直面并介入文化实践上共享相同的地基。就此而言，与其说不及物的文化研究“难以对新世纪以来的文化本质进行有效的定义和命名”，毋宁说它丧失了直面文化实践并且介入现实本并发言的理论能力和阐释效力，而及物的文化研究则相反。

择其要者，及物的文化研究首先直面当下文化实践。哲学意义上的实践范畴可追溯至古希腊，在马克思实践哲学中获得革命性改造，在当代又获得新的哲学内涵。一般而言，实践意指一种受主体价值论支配的具有开放性和动态性的目的性活动，落实在文化领域则为文化实践。文化实践并非停滞的文化事实，也非一成不变的文化符号堆积，或者一已静止的文化经验，而是立足于鲜活的当下性之中，又指向无限的未来。因此，及物的文化研究本身既是文化实践的不可分割的组成部分，又敞开自己对于文化实践的反思和批判视域，正是在此意义上，文化研究被视为学术交流最有活力的场所之一。其次，及物的文化研究正视文化理论本身的阐释性有效性的限度，对此现代阐释学已给出清晰的阐发，因而对于文化研究实践而言，即便通过权力透视权力、通过体制反思体制、通过政治批判政治，不仅不是浅薄无当，而是其理论实践性和问题意识的具体体现之一。再次，及物的文化研究坚持反思和批判的文化立场。反思与批判意味着及物的文化研究既保持与当代文化现实的必要的距离和张力，又坚守自己直面对象的立场，既非关于对象的单纯描述，也非简单情绪性应对。最后，及物的文化研究意味着坚守研究主体的人文担当和理论勇气，承担直面文化实践时进行价值判断的文化责任，同时也以理解的态度面对对象。

然而，即便“人心文化”命题着力于对“不及物性”的奋力拯救，也许“永远都无法叫醒一个装睡的人”，困难并不在于对象已“睡”的心理学事实，而在于正“装”的社会学基础。对于一个昏然入睡的人来说，他对于自己的“睡”的事实并非了然，更遑论源自独立审视和反思意识了，而这正构成了康德思考“启蒙”问题的基本出发点之所在：启蒙就是使他们摆脱不能独立运用自己的理性进行自由思考的蒙昧/昏睡状态。因此，抉心自食的自我反省、痛心疾首的否定批判、重新张扬启蒙大旗，就成为“人心文化”命题必然的理论选择。然而，对于那形形色色的“装睡”者——那些新时代中的冷漠看客以及形形色色的犬儒主义者、实用主义者、享乐主义者而言，恐惧即便是人心文化畸变取向的整体性文化心理核心特征，首先追问的也应该是如此恐惧深植其中社会土壤。更为复杂的是，当下中国文化现实中已“睡”者与“装睡”者纠缠交织，凸显出当下文化实践问题的极端复杂性。

对于当下中国文化实践来说，及物的文化研究意味着什么？如果说“文化的溃败源于人心的畸变，人心的畸变则导于现实人性的异动”，那么，现实人性的异动又导源于何处呢？在笔者看来，真正及物的文化研究所要牢牢抓住的正是这一文化实践中的异动。何以言之？文化理论的问题意识必须萌生于具体文化实践之中，并在文化实践中生长自身的理论完满性。当下大众文化不是看着法兰克福学派文化理论的冷落而渐舞渐远，而是在狂欢中一步步走进后者的理论狙击圈，就是一个显而易见的佐证。可以说，对于当下文化实践的领会，真正急迫的并非恢复免于恐惧的自由，而是重建意识恐惧并反思恐惧的权力意识，以及通过反思重建主体意识，而这必然要求及物的文化研究重回当下中国文化实践及其处身其中的社会具体性，在此，阿多诺关于权力主义人格的研究具有启示性。

阿多诺写道，“只有当人民充分意识到他们的处境时，他们才会抱现实主义的态度。问题是，人民无法看到他们的社会作用，或者说，无法看到他们已经对社会起了哪些作用，这不仅由于不讲真话的社会控制所致，而且也由于民众心理的盲目性所致”。他十分肯定地指出，“人们对待自己方面最大的困难在于，他们对自我顿悟的抗拒和对社会事实的抗拒，而所有这些抗拒是具有共同的心理根源的”。这被归结为一种权力主义人格：“最先得到权力的人也是最后放弃权力的人。”[①]反犹主义的蔓延根植于权力主义人格，而后者的根源则并非显而易见地停留于心理学的层面，虽然后者同样十分重要，正如阿多诺的同事马尔库塞所做的那样。可以说，阿多诺的思考面对的是法西斯纳粹现象，但其触角却深潜至彼时社会政治、经济、文化等领域深处，这对于思考当下文化实践问题仍不乏启示：首先，社会既得利益阶层者将最后放弃既得权力，从而往往成为文化实践继续前行的阻碍；其次，人民作为个体而言最具有实用主义精神，而正是这种精神遮蔽了自己对于社会的推动力量的意识；最后，问题的关键不在于民众的盲目性，而在于“不讲真话的社会控制”[②]。概言之，正如反思权力主义人格不能仅仅局限于某种心理根源，而且还要

① ［德］西奥多·W. 阿道诺等：《权力主义人格》，第1263页。

② 同上书，第1264页。

在更广阔的背景中挖掘其深刻的社会根源，及物的文化研究也必须时刻不忘自己脚下的深厚的复杂的广阔土地，不忘在事实性观察的心理学之下，还有向未来和可能开放的社会学。

综上所述，走向多元的研究范式和逻辑进路体现了中国当代文化研究的新拓展和新深化，构成了当下中国文化实践的有机环节，并逻辑地成为学理性反思的对象之一，而这样的反思本身也成为及物的文化研究的表现之一。质言之，真正及物的文化研究就是要面对具体文化实践，包容社会学与心理学的双重视域，并由文化实践的具体性和历史性激发问题意识。

3. 重提文化社会学

面对当代审美文化实践以及具体文化形态的急剧转型，文化研究的社会学视野迅速铺展，文化社会学已然成为审视和讨论当代审美文化的本已领域，其间经验主义的文化体验与理论透镜的文化阐释搭建了大大小小的手术台，日常审美文化在“游击战”的激情与批判理论的悲观间左右摇摆、莫衷一是。英国学者戴维·英格利斯以其对于当代审美文化的辩证考察既凸显当下文化研究反思中的清醒与稳健，也流露出理论自身的限度，或许成为反思中国语境中“日常生活审美化”、“生活论转向”、“大众文化批判”等论题的一种参照。英格利斯是英国文化社会学者，著有《直面文化》、《艺术社会学》、《文化与日常生活》等著作①，其中《文化与日常生活》被称为“西方文化社会学研究的最新力作”，具体体现了英格利斯所主张的批判的文化社会学立场，复杂地理解文化话语与社会结构之间复杂关系的辩证要求以及理论瑕疵。

日常生活平凡、琐碎，以至于其本身都越出了反思理性的视野：“我们所处的日常生活的绝大部分都不能给出任何解释。……我们就是如此这般穿着打扮，如此这般走动……它们就在那，我

① David Inglis & John Hughson, *Confronting Culture*: *Sociological Vistas*, Polity, 2003; *The Sociology of Art*, Palgrave, 2005; *Culture and Everyday Life*, Routledge, 2005. 中译本《文化与日常生活》，张秋月等译，中央编译出版社2010年版。

们就这样做了。"[①] 然而在文化社会学家齐美尔看来，即使最为普通、最不起眼的生活形态，也都是对于更为普遍的社会和文化秩序的表达[②]。英格利斯沿承了齐美尔的思路，从作为塑造日常生活的社会结构与作为日常生活沉浸其中的社会文化这两个层面出发，讨论了日常审美文化的诸命题。

英格利斯认同英国马克思主义文化批评家雷蒙·威廉斯将文化界定为特定群体中的人们的全部生活方式的观点，但他在文化性之外还注意到生物性因素的存在："生物学意义上的身体和文化现象意义上的身体同等重要。"[③] 文化将人的自然本性驯服，弗洛伊德关于本我、自我、超我的论述已经阐明了这一点，显示日常生活当中文化对于人的社会性生成的建构性作用；通过对于厕所文化的研究，则揭示了社会文化规范将工具理性植入身体的内在机制；对于身体而言，特定的阶层文化、性别文化不仅具有控制机能，还具有塑造和建构的机能和技能，从齐美尔到霍加特一脉聚焦于前者，女性主义关注后者。英格利斯讨论了日常生活中的生物性因素，比如弗洛伊德关于本我与超我的讨论暗示了生物性与文化性之间的对立、冲突和最终的解决，关于性别的社会规范（文化）不仅影响着人的精神性存在也影响着肉体性存在（如女权主义）；甚至工人阶级的审美文化变迁，其核心也在于文化因素，甚至表面看起来由生物本能决定的日常行为（比如厕所文化）归根结底也是文化现象的产物，这是对身心二元论框架下文化本性论的一个谨慎补充。

在英格利斯看来，现代日常生活既是现代文化影响的结果，也应视为现代文化的构成部分。"现代文化首先还是一种理性的和阶层制的文化"，它不仅从社会结构上塑造了个体，而且将其型塑功能落实到情感层面："官僚化的程序在某种程度上为我们

① J. Tomlinson, *Cultural Imperialism: A Critical Introduction*, London: Pinter, 1997, p. 174.

② Georg Simmel, *The Sociology of Georg Simmel*, New York: Free Press, 1964, p. 413.

③ ［英］戴维·英格利斯：《文化与日常生活》，第27页。

的日常行为以及我们在某种明确的情境下如何控制我们的情绪设置了规范。理性化的规则和规章已经渗透到我们的内在机能中，甚至在某种程度上塑造了我们的情感生活。”① 现代性及其对于现代生活的渗透已经达到无所不在的程度，这是齐美尔的理论前提，也是批判理论和当代的后现代理论所反复阐发的问题②。与理性化相关的另一个层面是个性化，或后现代主义的无政府主义，英格利斯将其表象概括为混杂：汹涌的感官刺激、主动麻木的防御型生存以及作为后果的寂寞和孤独，作为反叛表象的个性化，一起构成了现代日常生活的混杂性特征和风格化特征。理性化与个性化互为支撑，互为张力——“理性控制与偏离理性控制的形式并存”，英格利斯正确指出：“日常生活在本质上是包含了‘现代理性’、‘现代无政府主义’、‘后现代’以及‘晚期现代’这些元素的一架万花筒。”③ 但是，无论是哪一种关于日常生活特征的抽象，就其作为抽象而言，都不能独自捕捉到日常生活的复杂性，因为日常生活内在地包含了这些特征的所有方面及其相互关系。

复杂地而不是简单地、联系地而不是单维地、立体地而不是平面地审视日常生活与文化之间关系的复杂性，正是英格利斯文化社会学辩证法的体现之一，但是这并不意味着其理论的完满性。比如，在文化对于日常生活的强势影响之外，还存在着最易被影响的阶层通过游击式反抗而形成对文化型构力量的反拨以及对文化本身的影响，如关于厕所文化中就包含了反向的对抗关系；此外，关于女性身体技能与实践与社会文化的关系的论述存在着将女性主义深刻思考简单化的倾向。

讨论现代文化与日常生活的一体性关联，而无视关于高雅文化与通俗文化维度无疑将是不完整的，英格利斯的深刻之处在

① ［英］戴维·英格利斯：《文化与日常生活》，第51、55页。

② 参见［德］霍克海默、阿道尔诺《启蒙辩证法——哲学断片》；［美］马尔库塞《单面人》，湖南人民出版社1988年版；［美］詹姆逊《晚期资本主义文化逻辑》，生活·读书·新知三联书店1997年版。

③ ［英］戴维·英格利斯：《文化与日常生活》，第93页。

于，他将考察的焦点置于高雅与通俗两种文化的运作过程上，坚持一种生成性和动态性的立场："将'高雅'文化描绘成完全优于日常事务，或者将'通俗'文化刻画为全然没有智慧的消费，或者将'低俗文化'描述为重压之下勇于反抗的、值得称颂的罗宾汉，都是毫无意义的。通过考察它们在世俗生活中里的运作，所有关于这些领域的简单化叙述都被认为是歪曲的表达。"①

英格利斯从语境生成的角度讨论高雅文化的定义，揭示其精英主义的根基。高雅文化的思想根基，一般可以追溯到康德关于审美判断无功利的功利性的著名判断，《判断力批判》将审美实践与日常生活区别开来，以此搭建实践理性与纯粹理性之间的桥梁，其后利维斯、阿诺德、阿多诺等都进行了不同阐发。文化一词可谓纷繁难理，威廉斯《关键词》一书中列举了数十种定义，英格利斯引征了阿诺德（Matthew Arnold）的著名定义："通过求知的手段，在与我们密切相关的所有事情方面追求彻底的完美，追求世上所思所言的精华，以及通过这种知识，能为我们陈腐的观念和习惯带来清新和自由的思潮。"② 这一定义明确揭示了高雅文化的两个特质：纯粹的审美性与审美的净化性，前者是所谓"彻底的完美"、"世上所思所言的精华"，后者则是所谓"能为我们陈腐的观念和习惯带来清新和自由的思潮"。显然，英格利斯的分析与阿多诺和霍克海默以及利维斯（Leavis）大体分享了相似同的思路：在阿多诺和霍克海默那里，对文化工业产品阻碍大众媒体消费者的想象力和自觉创造力的批判，利维斯对于畅销书降低读者才能的批判，以及布莱希特对于史诗剧理论的张扬。文化的雅俗之分以及文化批判同时又具有历史性与建构性。比如莎士比亚的创作原本并非单单服务于某一个阶层，而是为了几个阶层，只有到了 19 世纪才淡化并抹去了其最初的动机和事实，被一举视为文化"圣人"；美国达达主义的著名代表马塞尔·杜尚（Marcel Duchamp）的《泉》被誉为现代视觉艺术

① ［英］戴维·英格利斯：《文化与日常生活》，第 141 页。

② 同上书，第 98 页。

最伟大的作品，也表明高雅艺术/文化的生成性、开放性。甚至“艺术”这一概念本身也是历史性建构的产物，具体说来是19世纪历史的产物。在此之前存在的只是作为具有专门用途的物，只是随着宗教及其精神的颓败，艺术及其观念才取代宗教，一跃成为神圣的超越日常生活的活动，从而开辟了“被称为‘艺术世界’的独特文化领域，它被定义为独立于日常事务并优于日常事务”。

由此似乎可以逻辑地推论：属于精英主义的高雅文化是特定阶层、特定时空中建构起来的一个具有历史性的界定，因而并不具有完全的普适性。然而，英格利斯由此引征霍加特与约翰·斯坦贝克等批评高雅文化、为通俗文化辩护，结果陷入自相矛盾。霍加特反思和批判“批判理论”为通俗文化辩护，批评高雅文化，约翰·斯坦贝克（John Steinbeck）则认为通俗文化使接受者“获得了金色的梦想和幸福的希望”，以此为通俗文化辩护。英格利斯脱离文化及其主线的具体性而将雅俗对立，就将自己重新拖回刚刚被批判的位置上去了：捞回了日常生活与审美文化相对立这一理论前设，然后溜回精英主义的文化立场，即使他继而正确地提出高雅文化的接受社会学必须置于社会型塑功能的视野中才能得到可靠的说明，而低俗/通俗文化的历史性、反抗性（霍加特）、草根性（保罗·威利斯）、狂欢性（巴赫金）也只有在运作中才凸显其本真特性。

值得注意的是英格利斯的一个补充性说明：“只要无家可归仍然是社会问题，流浪汉会继续按照‘低俗文化’的方式来行动。同样的，只要我们的社会仍被分割为彼此分离的领域，如‘艺术世界’与‘大众媒体’一般，那么不同‘层次’的文化在日后仍将存在，尽管不一定按照我们曾经习惯的方式。”① 将文化与日常生活的讨论最终追溯到社会物质基础层面上去，这是文化社会学批判性特性的体现，也可视为马克思的遥远回声，即便在西方马克思主义那里（也有学者认为是20世纪70年代之

① ［英］戴维·英格利斯：《文化与日常生活》，第142页。

前)，对于文化与审美的考察都可以在物质生产中找到出自身存在的深刻根基。而不能流于某些意淫性的一厢情愿的独语，同时也不能放弃对于低俗文化的游击式的抵抗和反叛给予历史性批判。

当然，抛弃了关于低俗文化和高雅文化的过于“简单化叙述”以避免将日常生活的文化分析拖进哈哈镜式的扭曲表达，而是代之以“考察它们在世俗生活中里的运作”，同样并不意味着将流于一种纯粹外在的客观化直观。至于现实的价值立场安置于何处，显然取决于对于特定时代精神的判断，只有首先廓清了这样的阐释学的视野，安置日常生活内的文化批判与剖析的价值立场才是稳固的、清晰的，才能支撑起张扬批判精神的旗帜。

大规模的社会变迁横扫世界每个角落，全球化深刻改变了现代人的生存方式和实践方式，并对于本土文化存在及其形式产生巨大影响，而文化理论则需在日常体验的经验主义混杂与理论阐释的立场澄清之间布局社会学视野，或进行方法论的反思。

英格利斯将全球化理解为一系列多样化、互相补充又互相对立的趋势与动力系统，其核心是“广泛的文化移植”①，并构成特定阶层“文化杂食性”的宏观背景。“广泛的文化移植”这一判断包含相互关联的两部分：一是广泛；二是移植。按照作者的理解，广泛并非空间的概念，而是一个去空间化的概念——去地域化（deterriorialization）：“全球化的力量得以削弱社会的以及地理的场所的意义”②，高档的商店就是“非场所”的典型代表，体现了特定场所的全球化空间，它不仅否定而且隐藏了它周围环境的特征。因此，“全球文化”通过去语境化和去地域化来非空间地呈现自己。在这样的背景下，日常生活被重构了，这就提出一个问题：作为发展并不平衡的文化全球化语境中的诸本土文化，如何在现实的所谓文化帝国主义的世界中生存和呈现？英格利斯斥其为一个伪问题，因为“即使在最为极权的语境里，也

① ［英］戴维·英格利斯：《文化与日常生活》，第152页。
② 同上书，第151页。

会出现反对主流权力秩序的另一种声音和观念”，对此人们应该采取的态度是“更明智地将各种语境看作是不同文化形式的混合物”，“无论统治精英们怎么努力，或通过宗教或通过政治，文化的混杂化仍会发生，偶尔还会通过隐蔽的或地下的方式篡夺主导文化的权威”①。

英格利斯对于本土文化的自信有着英国伯明翰学派大众文化理论的根基自不待言，其方法论上的思考更值得重视。“如果社会科学要证明它并非只是充斥着偏见、专业术语以及民间智慧的学科的话，那么他就必须既着眼于社会权力和统治阶级的宏观结构，还要关注具有变动不居、变化多端以及流动特点的微观层面上的各种语境。但是预先假设世俗语境中的一切事物不是对权势群体的权力进行机械的再生产，就是对低层阶级‘抵抗’的无休止的兴奋狂欢，这就如同放言你知道如何精准地预言未来一般愚蠢。”② 而现实却往往是，诸多关于文化之于日常生活的建构关系的分析，正是在理性主义的无法经验证实的思想和经验主义的物理论创造性的数据之间来回摇摆，对此英格利斯反复申明，对于日常审美文化分析，既需要经验主义的证实，也需要特定的理论透镜下的阐释。在现代性体验中，每个人的存在或多或少的有些像是生活在他们自己的文化水体或空气中的鱼，对于始终存在于日常思考和行动中的文化力量，普遍地无意识地被视为自然而然的事情，然而貌似“自然”的生活世界并非是完全自然的，英格利斯力图揭示出其本质上的建构性。被视为理所当然的世界始终是预设性的世界，是特定文化建构的产物，在英格利斯看来，对于日常生活的考察首先意味着去熟悉化（defamiliarizing），其实质就在于打破日常生活的预反射性，穿透日常生活的理所当然性，而这原本就是文化社会学所指向的目标。

文化社会学致力于解决作为结构的社会生活方式与日趋独立和膨胀的文化之间的张力，正如曼海姆所指出的，科学的、美学

① ［英］戴维·英格利斯：《文化与日常生活》，第162、166页。

② 同上书，第183—184页。

的和伦理的文化，作为不同的解释尝试、作为各种不同的生活方案和世界方案而并立，虽它们重组世界构成因素的努力处于无法解决的张力之中，却“似乎获得了一种始料未及的和乍看起来自相矛盾的、作为这一过程结果的解决办法”[①]。按照威廉斯的看法，文化社会学家致力于研究的社会实践和社会关系不仅生产“一种文化”或“一种意识形态”，而且生产那些动态的实际状况和作品[②]，这样就意味着，文化社会将不得不“在文化的历史范畴的具体化和社会还原之间；在参照文化文本的形式性质的内部解读与参照社会和历史的外部解读之间被拉扯着”[③]，而一直作为英格利斯理论支撑的文化社会学大师齐美尔早就在文化社会学是“唯美家的社会学、文化沙龙的社会学”[④] 的判断中表明了自己的精英主义立场，一种“导致对美学距离的需求”[⑤] 的立场。由此可以理解英格利斯在文化与日常社会的辩证中立场的游移理论上失误，但这并非是文化社会学本身的必然逻辑，拒绝一成不变的理论守旧不意味着必然滑向感性表象的层面，“美学社会学”也不是“日常生活审美化的”理论框架，批判之维就在“生活论转向”的另一面，也许这就是英格利斯带给我们的启示。

三　经典化问题

从法兰克福学派社会研究所看来，法兰克福学派批判诗学诸多论著早已成为经典文本，甚至其二代理论家哈贝马斯、第三代

---

① ［德］曼海姆：《文化社会学论要》，刘继同等译，中国城市出版社 2002 年版，第 7 页。

② R. Williams, *Culture*, London: Fontana, 1981, p. 29.

③ ［美］戴安娜·克兰：《文化社会学：浮现中的理论视野》，王小章等译，南京大学出版社 2006 年版，第 28 页。

④ ［德］齐美尔：《金钱、性别、现代生活风格》，顾仁明译，学林出版社 2000 年版，第 232 页。

⑤ D. Frisly, *Sociological Impressionism*, London: Heinimann Educational Books Ltd, 1981, p. 87.

理论家霍耐特的论著，都已经被作为批判诗学思想行程中的经典，或者已经开始经典化，至于它们在中国的接受是否也已经打开了经典化的大门，则显然是另外一回事情。如果将经典的理解集中于话语权力的博弈与斗争这一维度，那么经典化问题显然绝非仅仅局限于理论文本本身，而是现实地与本土语境紧密联系在一起。

1. 经典与文艺学边界问题

21 世纪之初在对文艺学的学科反思中，文艺学的边界问题曾一度成为人们关注的热点。有学者提出，由于日常生活审美化和文化研究时代的来临，一些新兴的泛审美泛艺术门类已经取代经典艺术门类而成为文学研究中心，文学的边界已经模糊[①]；更有学者指出，文学的边界是不断扩展的，比如通俗文学就应该纳入文学的版图，但文学的边界依然清晰[②]。论争的焦点在于文艺学边界如何扩展：是以文化现象取代文学经典文本作为文学研究的中心、以文化研究取代文学研究，还是以经典文学文本为中心适当扩容、文化研究与文学研究形成互补关系？考察文学研究边界争论背后潜伏的深层原因，笔者以为文艺学转型期中的文学经典问题也许是不容忽视的，如何面对当下语境中的文学经典已经表征为一种“经典的焦虑”，并与所谓文艺学的危机存在本质的关联。

说文艺学边界论争的实质与经典问题内在相关，首先是因为，文艺学以文学事实、文学现象和文学体验为研究对象，并以一系列不断经典化的文学艺术经典文本为基础来建构自己的美学原则和理论体系，从而以谱系化的知识支撑起合法化的阐释空间，这恐怕是不争的事实，因此是否摧毁这个基础就成为文艺学边界是否存在的重要前提。其次，不管认为文艺学边界已经模糊

① 资料来源：陶东风《日常生活的审美化与文艺社会学的重建》，《文艺研究》2004 年第 1 期；金元浦《当代文学艺术的边界的移动》，《河北学刊》2004 年第 4 期。

② 资料来源：童庆炳《移动的边界和文学理论的开放性》，《文学评论》2004 年第 6 期；朱立元：《文学的边界就是文艺学的边界》，《学术月刊》2005 年第 2 期。

还是认为依然清晰，两者的推论都预设了一个不言自明的前提，那就是文学艺术经典在文艺学中的基础地位是否仍然合法有效。对于文艺学来说，如果经典文学艺术文本已经在“日常生活审美化”语境中僵化没落、价值全失，那么，文学研究的中心将被置换，文艺学在文化研究的全面统治下寿终正寝。反之，文艺学的未来则不会因为边界的扩展而蔓延为文化研究的地平线。最后，是立足于文学艺术经典还是以社会文化为中心重构新的经典，实际涉及文艺学话语主导权问题。任何经典及其确立都渗透着权力的运作，诚如以色列学者易文－左哈尔（Even-Zohar）所言，经典的建构“意味着那些文学形式和作品被一种文化的主流圈子接受而合法化，并且引人瞩目的作品，被此共同体保存为历史传统的一部分”①。从这个意义上说，经典问题就是话语权问题，文艺学边界的论争就是围绕经典展开的话语主导权的博弈。

当下社会文化语境的巨大变化使经典问题得以凸显。改革开放20年来，我国社会精神文化生活已经发生很大改变，社会经济急剧转型，商业化步伐加快，大众传媒话语霸权逐渐形成并初露狰狞，大众文化勃然兴起，“但是现代读者面接的是一个庞大的符号群，它们的变体和数量如此多到叫人不知所措，以至于他除非才具过人，或者有格外的爱好，委实是难于来做甄别，这就是我们面临的文化困境”②。这是利维斯的困境，从某种程度上说，也是我们今天的困境。精英与大众、严肃与通俗、经典与非经典从来没有像今天这样尖锐对立而又似乎正在融合统一，泛审美、泛艺术现象对文艺学的阐释视野和阐释能力乃至学科生存提出了新的挑战。文艺学如何对此做出理论上的阐释？我们所关注的焦点不是利维斯式的精英主义立场，而是一味顺从甚至迎合“大众”、颠覆文学经典以至终结文学研究的立场，因为正是在

① 转引自［加拿大］斯蒂文·托托西：《文学研究的合法化》，马瑞琦译，北京大学出版社1997年版，第43页。

② 陆扬：《利维斯主义和文化批判》，《外国文学研究》2002年第1期。

这里流露出对于经典的强烈焦虑。

这种立场首先表现为文化策略上的极端化。它正确地反对单纯以道德主义、情绪化的评判代替学理的探讨，却又以后现代话语遮蔽思想、文化、精神等层面的现代、前现代复杂交织的现实语境，主张用去经典化、去精英化作为文化上的应对策略。去经典化要求文学研究关注新兴社会文化现象而冷落语言艺术研究，无限扩展文本视野，全面解构经典文本，认为“一大批新型的文学样式如电影文学、电视文学、网络文学甚至广告文学，一大批边缘文体如大众流行文学、通俗歌曲（歌词）艺术、各种休闲文化艺术方式，都已经进入文学研究的视野”，“今天占据大众文化生活中心的，已经不是小说、诗歌、散文、戏剧”等艺术门类，而是如“广告、流行歌曲、MTV、KTV、电视连续剧、网上游戏乃至时装、健美等”①。而去精英化则要求以大众文化研究视角取代立足于经典的文学研究视角，“全面抹平精英与大众、严肃与通俗的界限，一场声势浩大的文化下降运动正在加速进行”②，文艺学从“面向文本转向现实”。这种文化策略上的极端化既有社会文化现象对于文学挤压的现实背景，也有西方学术研究强势话语的影响。其实早在“日常生活审美化”提出以前，对于经典的反讽和颠覆就已出现，比如20世纪80年代崔健的摇滚，90年代周星驰的《大话西游》以及21世纪初期的“红色摇滚”。经典被颠覆了吗？显然没有。所有这些都只是现代人对于经典的一种阐释，只是经典生命历程中许多阐释中的一种，在这些阐释里跳动着我们社会和时代思潮的脉搏，经典不但没有被颠覆，相反却得到了丰富。可见，在文化策略上直接取消经典并进而终结文学研究无疑是一种极端化的做法，缺乏现实基础，结果只能是一厢情愿。

---

① 资料来源：陶东风《日常生活的审美化与文艺社会学的重建》，《文艺研究》2004年第1期；金元浦《当代文学艺术的边界的移动》，《河北学刊》2004年第4期。

② 陈晓明：《填平鸿沟，划清界限》，载王岳川《中国后现代话语》，中山大学出版社2004年版，第262页。

其次是价值立场上的非理性化。它准确地指出精英主义立场满足于理论话语的自洽的缺点，却又把自己视为大众日常生活中文化精神与审美需求的代言者，从而沉溺于商业和资本操纵下的感性浪潮中，自得于对理性"疯人院"的逃离。正如童庆炳先生所指出的："中国当代文化研究的进一步发展，使那些提倡者对那些'主义'的理性和'本质主义'感到厌烦，于是开始迎合这个正在兴起的'消费主义'的浪潮，转而提倡所谓的'我们时代日常生活审美现实'，即研究与专门作用于人的感官刺激和欲望享乐相关的城市规划、购物中心……"① 我们认为这个概括是抓住要害的。在感性与理性对立的前提下夸大理性的霸权，片面强调感性欲望的满足，实质上是淡化或否定人类精神的超越性追求，是人文知识分子的价值立场上的退却。文学作品是感性与理性的统一，是感性的愉悦和精神和审美的满足的统一，久经时间考验的文学经典文本尤其如此，一代代人从中汲取了无尽的精神营养。用感性的解放片面排斥理性无疑不是理性的态度，"一个人文知识分者如完全被无节制的感性欲求迷住了眼睛的话，他将终止其人文知识分子的存在和生命"②。

经典的焦虑体现了学界对于社会文化现象的现实关注和思考，体现了对于转型期的文艺学学科建设的反思和担忧，但不容否认，其中也存在着对于文学研究中文学经典认识上的误区，并导致价值立场和文化策略上的偏差。就文艺学科的反思和建设来说，目前文艺学的确存在某些"经典主义"、精英主义的不足，某种程度上也有脱离现实的一面，但承认这一点并不等于承认否定经典在文学研究中地位的现实可能性。英国学者费瑟斯通针对雅俗界限消失的判断谨慎地提醒人们，现实要比高度假设的判断远为复杂③。这种提醒无疑是谨慎和清醒的。

一般来说，经典是指传统的具有权威性和典范性的文学艺术

---

① 童庆炳：《文艺学边界三题》，《文学评论》2004 年第 6 期。

② 朱立元：《理解与对话》，华中师范大学出版社 2000 年版，第 242 页。

③ ［英］迈克·费瑟斯通：《消费文化与后现代主义》，刘精明译，译林出版社 2000 年版，第 78 页。

作品，它们是一个时代文学艺术成就的代表和审美理想的标尺，也是文学传统根本精神的集中体现，“长期以来，经典在宗教、伦理、审美和社会生活的众多方面都发挥了重要作用，它们是提供指导的思想宝库”①。经典的这种指导意义并非仅仅是知识谱系上的，更是历史性和现实性的。从根本上说，经典本身并不是客观的现成的文本集合，而是一个不断经典化的历史过程。经典是建构的，因而也是流动的。流动的经典既是时代和社会流转的鲜活记忆，是个体阅读长河中涌动的波涛，也是人类精神追求的超越性丰碑，每个时代都会对经典作出自己的阐释，每一个阐释都会成为经典意义的新发源地，接受美学早已为此奠基。《红楼梦》成为经典只是近百年的事情，《诗经》也早已不是儒家经典意义上的文本。新的经典在确立，确立的经典也仍然继续着经典化的进程，加拿大学者斯蒂文·托托西把这界定为经典的“累积性”，“经典化产生在一个累积形成的模式里”②，这不是对于经典的颠覆，而是指向经典的生生不息之路。经典的流动保证了经典本身的开放品格，这就使我们有可能把时代的优秀语言艺术纳入经典视野。同时，流动的经典本然地要求经典秩序的相对稳定，从而延续一个民族和时代的文学传统，今天我们面对西方强势话语所进行的古代文论的现代转换无疑就是对于民族传统的重新审视和传承。经典作为一个经典化的过程而存在和延展，对此，布鲁姆指出：“在一个世俗的时代，或者更通俗地说，在一个文学文化的时代……正如其他人要依据学术规范一样，允许正典化（经典化）作为一个固有过程存在……这样做不是更好吗?”③ 这种质疑对于以文化研究来颠覆文学研究中的经典并进而终结文学研究本身这样一个命题来说是有现实针对性的。

经典化的过程受到包括社会意识形态、文本可得性、经典认

---

① ［荷］D. 佛克马、E. 蚁布思：《文学研究与文化参与》，俞国强译，北京大学出版社 1996 年版，第 39 页。

② ［加］斯蒂文·托托西：《文学研究的合法化》，第 44 页。

③ ［美］哈德罗·布鲁姆：《批评、正典结构和预言》，吴琼译，中国社会科学出版社 2000 年版，第 116 页。

证机构的权威、认知动机等诸多因素的推动和制约，但其中最重要因素的则是认知动机：“如果在经典流传下来的知识和所需知识及非经典文本中可得知识之间存在着巨大的差异，那么，对经典的调整必然就会发生。不能满足社会需要和个人需要的一方和迎合这些需要的非经典性文本一方之间的鸿沟从长远来看将不可避免地导致对经典的变革和调整，以达到把那些讨论相关主题的文本包容到新的经典中去的目的。从这一观点来看，经典的功能之一就是提供解决问题的模式。”① 在佛克马看来，经典是开放的，开放性保证了经典的历史性和社会性，并达到历史性与社会性的统一。在具体的语境中，时代性、社会性的问题总会出现在文学文本中，通过经典秩序的重建和经典化过程，这样的文本就可能进入经典的行列；反过来，新的经典和经典的新的意义又对社会精神和文化思潮发生影响。经典化本身就已经是社会和时代的印记，是文学对于社会和时代的应答，是一种“解决问题的模式”。因此，要求文艺学从“面向文本转向现实”，无疑是忽略了经典的社会性和开放性本质。

经典化是一个现实的和历史的过程，其中渗透着权力的交锋与纠缠。经典确立本身就是权力的，中西皆然。《诗经》从先秦的《诗》到汉武帝时始称《诗经》，经的地位获得植根于统治集团的意志；欧洲直到文艺复兴，经典仍奠基于教育权、帝权、神权三种世界性的权力之上，即使在文艺复兴以后，“一散而尽的只是对经典合法化的外部证明，对经典的教育教学的需要还没有消失”②，正是这种需要促使20世纪60年代的英国在新生的英语文学学科中开辟了经典化的道路；在中国现当代文学史上，既有“文革”中权力对于经典化的公开蹂躏，也有20世纪百年经典文本的评选所蕴含的现代人的经典意识和价值尺度。因此，如果说，经典化的是一个开放的“累积”过程，那么这个过程中必定充满了包括文本、读者、政治、出版手段、批评、文学史等

① ［荷］D. 佛克马、E. 蚁布思：《文学研究与文化参与》，第49页。
② 同上书，第48页。

在内的权力之手的博弈。而在既定的社会语境中，起决定作用的因素则集中在两方面：一是学术研究机构的权力话语，二是大众的接受。前者决定经典的学术价值，后者决定了经典的传播。没有前者，经典必然行之不远；没有后者，经典曲高和寡，最终也会失去其价值。历史地看，二者是统一的，经典文学作品必定既具有很高的学术水准又深受大众欢迎，比如李白、杜甫的诗歌，鲁迅的小说等。而就某一具体语境来说，二者常常对立：大众喜欢的未必能进入学术视野价值，反之亦然。比如艺术价值很高的陶渊明诗歌在当时就不流行，而俗艳、格调不高的宫体诗却风靡一时。

学术研究机构的权力话语与大众接受之间暂时的对立，凸显了作为文学研究话语主体的知识分子的立场和责任。在“日常生活审美化”和文艺学边界问题讨论中，这个问题尤显突出。“大众文化”浪潮汹涌而来，鱼龙混杂，泥沙俱下，“大众”的接受似乎已成事实。历史地看，大众文化更易受时尚、商业等外部权力的支配，以一种向下的趋势本能地对抗经典，对此，我们是采取一味迎合的文化投机主义立场，还是采取理性的清醒的批判立场？是无原则的倒向一方还是保持二者之间的一种适度的张力？谁来主导文学研究的方向，谁来引导对当代文化现象的现实阐释？如何对此做出对社会发展有意义的理论倡导？可见，文艺学的边界问题不仅仅是价值立场的问题，还是知识分子的社会良知的问题。正如童庆炳一针见血地指出，“问题的背后，隐含了许多重大问题”①。在我们看来，拒绝大众的精英主义的立场固然是偏执的，但是一味顺从、迎合“大众”需求、无限扩大文学边界的观点同样不是理性的态度。我们认为，立足于经典文本的文艺学应该站在对当代消费文化的现实保持清醒批判的立场，以经典文学文本为中心适当扩容并与文化研究形成互补关系，保持高雅与通俗、精英与大众之间适度的张力，也许这才是理性的选择。

① 童庆炳：《文艺学的边界如何移动》，《河北学刊》2004 年第 4 期。

文艺学的边界问题背后潜伏着文学经典化问题，并在关于日常生活审美化讨论语境中表征为“经典的焦虑”，突出表明了当前对于文学经典问题的诸多误解。经典的价值和特性从一个侧面提供了文学、文艺学存在合法性根据，并凸显出当前知识分子话语所应担负的社会职责。在一个消费文化蔓延、信仰崩解的时代，经典的焦虑凸显文学对于心灵和精神的指引。

2. 批判诗学的经典化

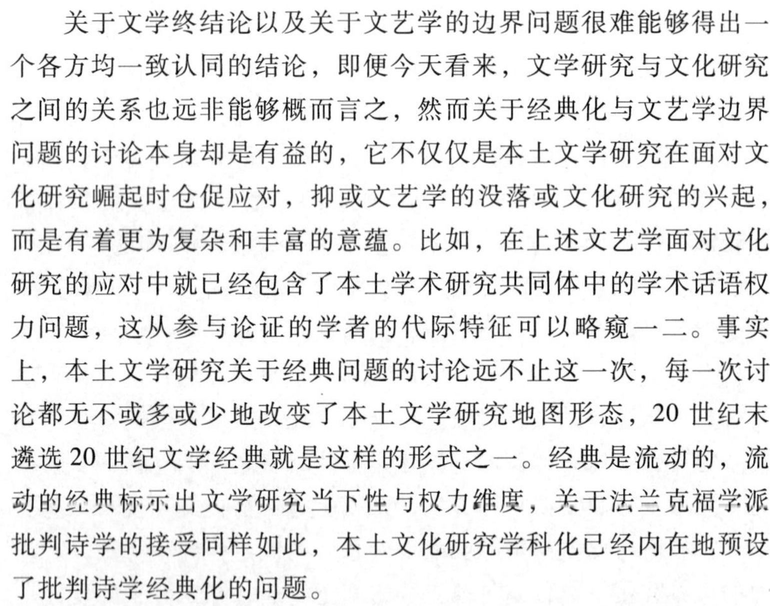

关于文学终结论以及关于文艺学的边界问题很难能够得出一个各方均一致认同的结论，即便今天看来，文学研究与文化研究之间的关系也远非能够概而言之，然而关于经典化与文艺学边界问题的讨论本身却是有益的，它不仅仅是本土文学研究在面对文化研究崛起时仓促应对，抑或文艺学的没落或文化研究的兴起，而是有着更为复杂和丰富的意蕴。比如，在上述文艺学面对文化研究的应对中就已经包含了本土学术研究共同体中的学术话语权力问题，这从参与论证的学者的代际特征可以略窥一二。事实上，本土文学研究关于经典问题的讨论远不止这一次，每一次讨论都无不或多或少地改变了本土文学研究地图形态，20 世纪末遴选 20 世纪文学经典就是这样的形式之一。经典是流动的，流动的经典标示出文学研究当下性与权力维度，关于法兰克福学派批判诗学的接受同样如此，本土文化研究学科化已经内在地预设了批判诗学经典化的问题。

文化研究虽然在作为其发起地的英国伯明翰大学当代文化研究中心（CCCS）那里偃旗息鼓，但在我们这里却显然风头正健。有学者指出，“文化研究作为一门学科建树，它的西方理论资源不是贫乏而是大为充盈，我们自可从容选择，引为借鉴。要之，即便文化研究的热情有一天同样会退潮，它应该能像美学一样，在我们的学科体制中牢固地确定自己的地位”①。就中国文化研究现实而言，作为学科化的文化研究显然早已经不是应然之物，而俨然已经以学科的身份的出现并存在了。但是，文化研究

① 陆扬、王毅：《文化研究导论》，复旦大学出版社 2007 年版，第 16 页。

能否以及何以在现有学科体制之内确立并巩固自己的地位，却并非一个一蹴而就的问题，有学者对文化研究学科化持怀疑态度。这一观点认为，文化研究学科化的努力与期待也许有其道理，“但却是违背文化研究的基本精神的。而学科制度化后，它无疑也会成为主流意识形态征用的学术资源，从而陷入与文艺学学科相似的困境之中”[①]。担忧或乐观自是见仁见智，然而无法否认的事实是，“对许多年轻人来说，文化研究成了一个独立的、自成体系的学科”[②]。或许，问题的关键并不在于能否学科化，而在于：文化研究是作为“做”学问的研究，还是作为一种“介入”生活的方式？

依美国学者纳尔逊之见，文化研究进入美国之后不久，便已沦为象牙塔里的高头讲章、学院知识分子的话语游戏，为此，他发表文化研究宣言：首先，文化研究并非价值中立的，它关注文化场域中围绕意义而发生的斗争，属于表意政治学研究，因而并非局限于考察文本内在特征，而是更关注文本生产、消费、效果及其多样化。其次，就方法论而言，文化研究并非放诸四海而皆准、以不变应万变的灵丹妙药，而是时刻保持对处身其中的社会现实及其政治清醒的反思意识。最后，在学院之内，文化研究学科化的知识政治，不可能在传统学术学科内部体制化。从文化研究的视角来看，人们从不幻想可能对一切时代与空间做普世化理论阐发，无论是我们的阐释还是我们的理论，都为我们生活于其间的世界而生产[③]。值得注意的是，当纳尔逊忧虑文化研究在美国逐步显现出某些学科化、批判意识钝化倾向时，本土文化研究尚在起步阶段。然时过境迁，在20年后重温纳尔逊的文化研究宣言，却是言犹在耳、振聋发聩：“作为

① 赵勇：《在文学研究与文化研究之间》，《湛江师范学院学报》2011年第5期。

② 李陀、陈燕谷：《视界》（第5辑），河北教育出版社2002年版，第164页。

③ Cary Nelson，“Always Already Cultural Studies：Two Conferences and a Manifesto”，*The Journal of the Midwest Modern Language Association*，1991，No. 1，pp. 24－38.

新时期中国的社会文化现实与经过美国过滤的文化理论合力的产物，文化研究在中国的发展始终未曾远离围绕文学研究与文化研究关系问题的论争；这一事实告诉我们，在当下中国的人文学界，围绕何为文化研究、如何‘做’文化研究等问题的讨论依然是必须的。”①

纳尔逊的文化研究宣言未必能为理解文学研究与文化研究之间关系问题提供什么的新视角，却毫无疑问有助于我们对文化研究关注文化与权力之间关系问题保持足够注意。依霍耐特之见，福柯以历史研究的形式创立的权力理论与哈贝马斯所创立的交往行动理论被视为阿多诺与霍克海默所开创的社会批判理论的“竞争性的继续”，“如果我们以这样的观察角度来重构批判社会理论的历史，那么，福柯的权力理论就被证明是对阿多诺与霍克海默因其对文明过程的历史哲学分析而陷入的疑难的一种系统论的解决，哈贝马斯的社会理论被证明是对此的一种交往理论的解决”。而在霍耐特看来，“在这种背景下，事实首先表明，阿多诺定然完全没有完成社会分析的使命，因为终其一生，他都执着于一种对自然的支配的总体化的模型，相应的未能把握到社会的社会性”②。事实上，忽视社会学维度的批判理论家远不止霍克海默，阿多诺也是如此。

从苏联的斯大林主义、德国的法西斯主义以及美国的垄断资本主义，阿多诺都从中发现了相同的东西：它们以不同的形式共同走在通向集权主义的历史道路上。“这种对于世界历史的同一可能性的历史哲学的提问，构成了阿多诺社会理论的基本动机。”③ 具言之，一是马克思政治经济学批判，一是工具理性批判，二者作为阿多诺历史哲学的追问是20世纪40年代批判理论的核心，解释那个同一性的集权主义时代展开的理论基础，而其出发点则是人对于自然的工具性支配。在《启蒙辩证法》中，

① 徐德林：《重温“文化研究宣言”》，《外国文学评论》2012年第2期。

② ［德］阿克塞尔·霍耐特：《权力的批判——社会批判理论反思的几个阶段》，童建挺译，上海人民出版社2012年版，第1—2页。

③ 同上书，第36页。

人对于自然的支配、人对于本能的支配、统治阶层对于被统治阶层支配，构成了阿多诺的社会理论视野中的文明退化史。在霍耐特看来，这一理论完全忽视了社会行为这一广阔的中间领域，对于社会的批判简单化了，让审美体验承担主导历史的功能，看中的正是这一体验的非抽象的切入真理性认识的特性，即审美体验具有非概念却能够把握事实的特性，这一点，在霍克海默、阿多诺、洛文塔尔、马尔库塞、本雅明等人那里都可以找到一致的观念，但直到《启蒙辩证法》这一观念才得到历史哲学的解释：艺术具有相对于其他直觉形式的优先地位。

在霍克海默与阿多诺这里，人对于外在自然的支配模式，以及人对于内在自然的支配模式，被运用到社会统治领域。在这两个领域中，自然支配模式的主体是人的集合，而在社会统治领域中则是作为特权阶层的集体；二者又分享相同的巩固支配地位的模式，前者是建构和组织自然与现实，后者是利用组织与技术；两个领域都有相同的内在的发展动力机制，对于自然的与人的本能的支配权力的扩大，与社会组织和技术的支配权力的扩大是同步而且统一的。按照上述逻辑，霍克海默与阿多诺就将启蒙辩证的三个维度建构起来，即人对于自然的支配、人对于本能的支配、社会内部的支配，实质是从历史哲学贯穿社会学，尤其是社会统治理论。

霍耐特关于霍克海默和阿多诺的社会批判理论缺乏社会学维度的批判并非空穴来风，但他对于乃师哈贝马斯“交往行动理论”的偏爱却是显而易见。霍耐特明确指出，阿多诺的社会整合理论忽视了“社会行动”，沉溺于强行普世化的“支配自然”模式中，结果导致了对社会的排斥，这里社会行动的实质就是社会交往行动。但是无法否认的是，霍耐特将对法兰克福学派社会批判理论的反思与批判，阐释为一个从霍克海默和阿多诺、到福柯、再到哈贝马斯与霍耐特的逻辑行程，却是极为清楚地揭示了批判理论对于文化与权力问题的关注。英国文化研究曾被认定为意识形态研究，它以各种复杂的方式将文化与意识形态画上了等号，将意识形态当成了整个文化的提喻，而随着 20 世纪 90 年代之后马克思主义逐渐远去，意识形态的概念已经让位于权力的概念[①]。事实上，批判诗学本土文化的过程同样是一个话语权力建构的过程，其间马克思主义作为在场的主导性话语在学术地图演变中发挥关键作用，对此，本书关于80年代本雅明、阿多诺以马尔库塞等不同出场式的讨论已经做过个案研究，这里将就新时期以来30年的历史性本土接受做简要描述。

在本土接受语境中，所谓法兰克福学派，或者说批判理论，在具体所指上一般就是今天所说的经典批判理论，或者成为法兰克福学派第一代，具体说来就是霍克海默、本雅明、阿多诺和马尔库塞。这一基本认识以部分批判理论家取代了理论家整体，以部分理论家的文化批判统一所有批判理论家在大众文化问题上的基本观点，以特定时代的法兰克福学派等取代了学派的绵延发展，结果不仅将批判理论本身简单化了，也将法兰克福学派历史性的演进静止化了，法兰克福学派批判理论的核心问题甚至因此隐而不显（比如以大众文化批判遮蔽了现代性批判主题），从而法兰克福学派本身以貌似经典化的形式被简单化了。

此外，本土语境中法兰克福学派批判理论的接受经历了一个非历史化的过程。我国学者陶东风教授曾经强调要历史地来看待批判理论接受的复杂性，这一提示有其深刻性。历史地看，80年代在对本土“大众文化”的批判中动用了包括马尔库塞和阿多诺的大众文化批判资源，随后的反思指出了理论与现实之间的错位，凸显被批判的大众文化自身的“革命性”，至90年代随着大众文化改头换面为文化产业，并上升为国家意志，大众文化批判理论本身失去了批判的对象而陷入了尴尬与困境之中，而在21世纪，随着本土大众文化日益显现出阿多诺所谓“文化工业”的某些特点，批判理论自身的阐释有效性问题又被重新提出，但尚未引起足够重视。一方面是批判理论自身的静止化，一方面是本土文化现实的复杂化，在现实的历史性与理论的去历史性之间

① ［澳大利亚］马克·吉布森：《文化与权力：文化研究史》，王加为译，北京大学出版社2012年版，第25、18页。

存在着巨大的反差。还需指出，相对而言，在以阿多诺、马尔库塞为代表的法兰克福学派批判理论第一代、以哈贝马斯为代表的第二代、以霍耐特为代表的第三代之间，本土接受重视的是第一代与第二代，第三代理论家及其思考虽已进入学界视野，但远没有前者的重视程度。而就第一代与第二代的接受而言，哈贝马斯的本土接受并没有被纳入法兰克福学派批判理论传统与逻辑之中，它与阿多诺及其理论的关系更没有受到重视，这一方面是由于哈贝马斯对于第一代批判理论的着力批判与交往行动理论的扭转，另一方面不能不说与将第一代批判理论家定型化为批判理论整体有关。

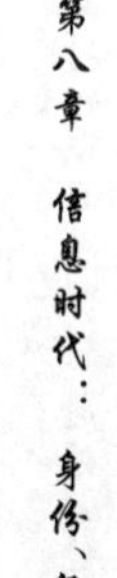

无论是非历史化、简单化还是片段化，在批判理论本土接受中，理论文本似乎在尚未得到完全深入阐释之前，理论本身就已经被定型化、经典化了，如今看起来一似“跑马圈地”之后的杂乱。究其原因，应该既有本土文化语境主导研究范式的规范性要求有关，与本土大众文化发展的特定历史行程有关，也与批判理论自身的理论特质有关。问题在于，批判理论本土接受之后，重建批判诗学是否可能？依国内学者曹卫东之见，回答是肯定且必须的：“法兰克福学派对他们所置身其中的资本社会所面临的合法性问题的讨论，提醒我们必须正视当前社会主义在世界范围内所遭遇的深刻的合法性危机。同时，法兰克福学派的现实关怀也提醒我们不能忽视我们所处的现实语境，这就是社会主义的意识形态国家机器正常运转，世界范围内社会主义思想异常活跃，然而国际共产主义运动却又处于低潮。法兰克福学派一直关注的是：资本主义为何既没有‘僵’，更没有‘死’，亦即资本主义是如何克服掉合法性危机的。依此，我们不妨反躬自省：社会主义要想证明其具有普遍的内在现代化逻辑，应当如何解决其面临的合法性问题，而其中的关键在于社会主义文化领导权问题，或者说是如何实现文化现代性问题。这里要强调一点，看重文化领导权，并捍卫文化现代性的优先地位，和文化决定论是两码事，不能混为一谈。”①

① 曹卫东：《权力的他者》，第28页。

除了文化理论，就法兰克福学派现代性批判而言，哲学、社会学、美学与文学批评也构成了批判理论的重要维度。事实上，早在1984年，在德国Ludwigsburg举行的“法兰克福学派及其后果”研讨会上，哲学、社会理论和美学就被列举为会议的三大研讨主题。法兰克福学派美学理论在国内研究中一直受到重视，包括阿多诺、马尔库塞、本雅明等美学著作的研究成果纷繁①。然而，批判理论的诗学意义尚有待厘清，有学者在讨论法兰克福学派效果历史时指出，法兰克福学派的诗学意义不容忽视，阿多诺《美学理论》奠定了批判理论的诗学意义的基础，随后斯丛迪、伯格夫妇对审美现代性作了深入批判，伯格在他那本著名的小册子《先锋派理论》中还尝试将批判理论应用于当代诗学重建，此外，关注批判理论诗学意义的还有魏尔默和接受美学代表人物姚斯等②。

重建批判诗学的实质在于重审文学的审美效果与社会效果之间的关系问题。依比格尔对批判诗学的重构所见，资产阶级社会艺术史包含了三个阶段：18世纪，资产阶级文化取代了以宫廷文化为代表的贵族文化，艺术家由依赖艺术庇护人转向依赖市场及其利润最大化，艺术独立于社会之外；18世纪后期到19世纪，艺术一方面宣称艺术自律性，同时又坚持对社会批判性思考，艺术保留通过意义而影响社会的可能性；从20世纪早期开始，随着唯美主义向先锋派的彻底扭转，艺术与资产阶级社会的日益严重的分离得到具体表现。在比格尔看来，阿多诺的文化政

---

① 代表性研究成果有：王才勇《现代审美哲学新探索：法兰克福学派美学述评》，中国人民大学出版社1990年版；朱立元《法兰克福学派美学思想论稿》，复旦大学出版社1997年版；杨小滨《否定的美学：法兰克福学派的文艺理论和文化批评》，生活·读书·新知三联书店1999年版；程巍《否定性思维：马尔库塞思想研究》，北京大学出版社2001年版；孙斌《守护夜空的星座：美学问题史中的W. 阿多诺》，复旦大学出版社2004年版；孙利军《作为真理性内容的艺术作品：阿多诺审美及文化理论研究》，湖南大学出版社2005年版；李弢《非总体的星丛：对阿多诺〈美学理论〉的一种文本解读》，上海人民出版社2008年版；李健《审美乌托邦的想象：从韦伯到法兰克福学派的审美救赎之路》，社会科学文献出版社2009年版；丁国旗《马尔库塞美学思想研究》，社会科学文献出版社2011年版。

② 曹卫东：《权力的他者》，第22页。

治悲观主义源自将资产阶级社会看成封闭的铁板一块，而无视其中遍布的存在于艺术关于革命可能性的空隙、中断；而其为所有当代美学理论所树立的标准，就在于理论自身的“强烈的历史性”①。将艺术概念与艺术体制紧密联系在一起，“通过显示艺术体制是怎样将艺术与资产阶级社会关联，比格尔揭示，只有体制本身，而非关于艺术作品的先验概念，才能以精确的、历史性的、可重复出现的方式说明艺术的本质。不管我们具有怎样的艺术概念，也不管我们在什么意义上讲艺术的自律的地位，这些概念和意义都来自于艺术在现代社会的功能。”② 换言之，正是艺术概念本身成为艺术体制化、成为艺术意识形态再生产的必要手段。在阿多诺那里，始于波德莱尔的现代艺术“是我们时代仅有的合理的艺术”，而在比格尔这里，先锋派运动应该被理解为“一种在历史上确定的现象”③。阿多诺的现代艺术的合理性建基于艺术的社会批判功能之中，比格尔的先锋艺术的历史性同样延续了阿多诺关于艺术社会批判功能的思考，而他更进一步强调，即便他与阿多诺这样的思考本身也是历史性的，因而当艺术的发展超出了历史上的先锋派运动，“以此为基础的美学理论（例如阿多诺的理论）也就成了历史”④，正是如此，重建批判的阐释学是必须的，也是可能的。或如比格尔所言，对于艺术体制的批判与生活的革命紧密结合在一起，二者互为前提，而只有当审美解放的潜能被成功地从阻碍实现它们的社会效果的体制化束缚中解放出来之日，它们的结合才是可能的，“换言之，对于艺术体制化的批判，构成实现艺术和生活相统一这一乌托邦的前提条件”⑤。

---

① ［德］彼得·比格尔：《先锋派理论》，高建平译，商务印书馆 2012 年版，第 175 页。

② 约亨·舒尔特－扎塞：《英译本序言：现代主义理论还是先锋派理论》，载比格尔《先锋派理论》，第 41 页。

③ ［德］彼得·比格尔：《先锋派理论》，第 204—205 页注 9。

④ 同上书，第 175 页。

⑤ Peter Burger, “Avant-Garde and Neo-Avant-Garde: An Attempt to Answer Certain Critics of Theory of the Avant-Garde”, *New Literary History*, No. 41, 2010, p. 696.

由此回到前此提出的文化研究的学科化问题，可以发现，这一问题实际上是与批判诗学的重建联系在一起的，其节点正在于社会批判。如果说担忧文化研究学科化指向知识生产中的主导性范式的强制性，那么，重建批判诗学的实践本身则是立足于现代性批判地基之中。关于前者，本书在本雅明、阿多诺、马尔库塞80年代的出场式中已经讨论，这里还可以补充霍尔关于文化研究在知识生产体制中所处处境的一段话，他说，文化研究兴起之初，即便在英文系那里，也得不到真心欢迎，否则就挡了他们的路，而在社会学眼中，则是十足的异类，因为社会学根本就与自以为在做社会学的文化研究是两码事①。而今，文化研究不仅早已经被社会学所接纳，而且在现代知识生产体系中确立了自己的位置，围绕它的争论与其说在于知识生产与学科体制本身，倒不如更具体地说在于文化研究自身的批判性特质，抛弃了这一点也就抛弃了其本身。因此，当比格尔宣称阿多诺美学理论自身的历史性和局限性时，他所关注的正是在阿多诺美学理论关于形式—内容辩证法中所张扬的艺术的社会批判精神，用纳尔逊的话来说，则是艺术对于生活的“介入”精神，这或许就是由此来观察本土接受关于批判理论的经典化问题所得到的一个启发。

① Stuart Hall, *The Emergence of Cultural Studies and the Crisis of the Humanities*, October, No. 53, 1990, p. 13.

第九章　批判诗学的理论遗产

不论批判理论最初如何在与传统理论的鲜明对立中确证自身，也不论文化研究曾经与社会学研究发生怎样的复杂纠葛，毋庸置疑的是，批判诗学以现代性批判为指归，在20世纪的文学、美学以及文化研究领域都产生了巨大影响，其创造性思考虽未直接指涉本土文化与诗学实践，但这不妨碍它在与本土诗学理论的对话中获致新的意义。批判理论至今尚在历史性延展过程之中，由此来看，讨论批判诗学的理论遗产似嫌过早。然而，不论以阿多诺、本雅明、马尔库塞为代表的第一代批判理论家在哈贝马斯那里、在霍耐特那里受到怎样的批判性反思，都无法遮蔽他们与本土理论话语之间的意义关系，这本身就构成了我们的理论遗产的组成部分。

历史地看，批判诗学历史性的延展与本土文化与诗学实践形成错位，就其文化批判理论而言，当法兰克福学派理论家将批判锋芒指向批判对象时，本土大众文化尚处于萌生与上升阶段，而至其发展到需要理论的反思与批判介入之时，作为理论资源的文化批判理论自身却早已处于被批判的位置上了。对此，有学者将其概括为一个从诗意接受到顺应性接受和自反性接受的过程，认为仍有必要反思并追问法兰克福学派大众文化理论在中国接受的意味问题，这是因为，只要中国还存在着大众文化，法兰克福学派剖析大众文化的思路和方法就依然可以成为我们思考大众文化的重要参照，因此文化工业理论并没有过时，这并非理论本身得到全新的阐释，而是因为即便文化工业生产以更为诡异、更具中国特色的方式进行，却并没有改变其基本属性，况且法兰克福学派对大众文化所持立场一直坚持直面现实、批判现实、关注人的生存的基本立场，这就使其现代性批判葆有了令人肃然起敬的理论追求[①]。这一认识无疑是深刻的，它将批判理论本土接受置于理论与接受的历史性视域之中，这对于讨论批判诗学的理论遗产问题具有启示意义。本章将从霍耐特关于批判理论的非社会化批判切入，重新反思文化工业理论。

一　批判理论的非社会化？

早在霍耐特之前，哈贝马斯就早已给予霍克海默和阿多诺的批判理论以严厉批判，他曾经描述过自己关于《启蒙辩证法》的三个印象：

> 读者如果不想被《启蒙辩证法》的修辞所迷惑，而想退而认真对待文本的哲学意义，他们就会有这样的印象：
>
> ——这本书中所讨论的主题和尼采用同样的方法对虚无主义所做的诊断一样，具有冒险色彩。
>
> ——两位作者都意识到了这一冒险。但一反表面现象，他们始终努力为他们的文化批判提供论证。
>
> ——不过，这样所要付出的代价就是抽象和简化，从而使他们所讨论的内容的可信性成了问题。[②]

哈贝马斯的印象实质上可以概括为关于批判理论的两个批判：一是虚无主义，二是化约论。具体来说，一方面，“阿道尔诺和霍克海默坚持认为，现代科学在逻辑实证主义当中形成了自我意

---

① 资料来源：赵勇《整合与颠覆：大众文化的辩证法——法兰克福学派大众文化理论研究》，第321页；《大众媒介与文化变迁：中国当代媒介文化的散点透视》，北京大学出版社2010年版；《法兰克福学派的中国之旅——从一篇被人遗忘的“序言”说起》，《书屋》2004年第3期。

② ［德］哈贝马斯：《现代性的哲学话语》，曹卫东等译，译林出版社2004年版，第127页。

识，它为了技术上的有效性而放弃了理论知识的要求”。“早先对实证主义科学观的批判，发展成为对整个科学的不满，他们认为科学已经完全被工具理性所同化。沿着《朱莉埃特》和《道德的谱系》这条线索，霍克海默和阿道尔诺试图进一步指出，理性已经被逐出了道德和法律领域，因为随着宗教—形而上世界观的崩溃，一切规范标准在唯一保留下来的科学权威而前都信誉扫地。”另一方面，“霍克海默和阿道尔诺早期对资产阶级文化肯定特征的批判，上升为对所谓不可修正的反讽式公正判断的愤怒。因为这种判断使得早就意识形态化的艺术彻底成为大众文化”①。

哈贝马斯的批判自是为其交往行动理论厘清地基，但对于他关于启蒙辩证法的判断，学界尚存不同认识。有学者认为哈贝马斯的批判是不够成熟的，其交往理性工程带给启蒙辩证法化约性贫困②。也有学者指出，二者关于理性理解上存在错位，问题的关键在于视角的不同：在霍克海默与阿多诺那里，工具理性与价值理性作为启蒙理性的两个维度是对立且不相容的，理性的工具化发展及其对日常生活的渗透是不可避免的历史趋势；而在哈贝马斯那里，作为理性内在对立面的是工具理性与交往理性，然而二者矛盾却非对立，因而可以相容互补③。上述评价在霍耐特看来，都是不公正的，因为它们都没有进入哈贝马斯的问题域。霍耐特从社会学的角度对哈贝马斯的批判给予支持，其基本结论是：阿多诺与霍克海默的批判理论忽视了社会学视角，这一忽视在哈贝马斯交往行动理论中得到修正。那么，在霍耐特的批判理论的批判视域中，阿多诺文化工业理论呈现出怎样的面目？下文的讨论将围绕此问题展开。

霍耐特认为，“霍克海默明确把‘社会的生活过程’与‘与自然的斗争过程’相提并论。这在范畴上缩小了的历史模

---

① ［德］哈贝马斯：《现代性的哲学话语》，第127—129页。

② Anthony J. Cascardi, *Consequences of Enlightenment*, Cambridge: Cambridge University Press, 1999, p. 31.

③ 傅永军：《理性缺位的总体性批判》，《山东大学学报》2006年第6期。

式是霍克海默早期批判理论的一个关键性的组成部分，构成了他建造跨学科的社会科学大厦的理论基柱。于是，政治经济学必然获得社会科学毫无争议的基础学科地位”[①]。在经济学这一维度之外，心理学构成了霍克海默早期批判理论的第二维度，而第三维度则由文化研究来承担：正是上述三个维度构成了社会批判理论的基础。关于批判理论的心理学维度，马丁·杰伊指出，“批判理论的兴起部分是马克思主义无法解释无产阶级没有实现其作用的反应，霍克海默早期对心理分析的兴趣，主要原因就在于它可以帮助解释社会的心理‘凝聚力’。1930 年开始执掌研究所时，他就提出研究所的主要任务之一是对于魏玛共和国工人阶级的精神状态做经验研究。虽然霍克海默从未满意，但这却是把批判理论运用到具体的、经验的、可证实的问题上的第一次尝试”[②]。只是随着研究所流亡美国，反犹主义经验研究在罗斯福总统时期的美国失去了现实土壤，并成为研究所在 20 世纪 40 年代中期进行的“偏见的研究”中一个不可忽视的阴影。

然而，就经济学、心理学、文化理论而言，“霍克海默在 30 年代尝试拟定的跨学科的社会科学的总体框架，仅仅建立在经济学和精神分析学这两门学科的基础上。文化理论在这个总体框架中的位置，仅仅标志着对社会行动进行系统关注的那种徒劳无功的尝试。然而，在社会研究所的工作中实际上运用的那种文化理论，既不是以行动理论，也不是以制度理论的文化概念为基础，而是建立在第三种文化概念的基础上”。这一文化概念在阿多诺与洛文塔尔的文化理论中得到凸显，即文学艺术作为经济学与心理学的中介取代了霍克海默的那种文化理论指向，“文化概念最初具有行动理论的意向，而后又受到制度主义的制约，最后成为从艺术理论的角度使用的范畴。在这种悄然转变中，30 年代末

---

① ［德］阿克塞尔·霍耐特：《权力的批判——社会批判理论反思的几个阶段》，第 17 页。

② ［美］马丁·杰伊：《法兰克福学派史》，第 137 页。

阿多诺著作中的批判理论即将进行的这种历史哲学的转向已经宣告到来"①。

按照霍克海默与阿多诺关于历史哲学分析的基本思路，人类能够把模仿自然的实践转化为改造自然的实践，从而超越动物性的生活方式的界限。在巫术活动中规定了有组织地对自然的模仿，然后在历史理性实践中规定了劳动，其中，巫术作为集体导演的模仿，通过虚构或者想象来淡化或减轻无法操控的自然过程的现实危险。随着生产力的提高，人类文明就表现为一个退化的自然历史过程，这就是阿多诺所谓"一个倒退的人类起源"的历史哲学的内在原则。这一原则的核心范畴是"工具合理性"，它既是文化退化的起因，也是其动力源泉。但依霍耐特之见，这一范畴仍然局限于客体化思维之中。阿多诺所谓人类史前史的核心即是模仿行为与人类的自我确认。这是一个通过巫术从象征性的模仿到实质性操控自然的过程，其中起到关键作用的是理性的工具化——后来阿多诺将其概括为"同一性"。人类通过思考与自然保持距离，以使它仿佛能够被实际支配似的站在自己面前。纷乱的世界被统一化与同一化，先是语言，然后是概念。这一抽象的建构世界的过程就是所谓的物化的最初的阶段：从不同事物中归纳出共性的抽象取代了对自然的生理适应。对于被抽象所改造的自然而言，一切不能被把握之物都成为多余的，一切多余之物都被从自然中清除出去，现代科学技术的基本逻辑无疑就是这一思路的延伸。

概言之，从想象与虚拟地（典型的是巫术）支配自然，到通过劳动实践将自然建构为理性可以把握的现实，理性所支配的人与自然的之间的统治关系得以确立，并投射到人与人之间的社会统治中。在人与自然关系上的人对于自然的统治，被复制为人与人的关系中的人对于人的统治，二者都从差异性归结出共通性，从具体性中归结出抽象性。发轫于人对于自然工具性统治的

① ［德］阿克塞尔·霍耐特：《权力的批判——社会批判理论反思的几个阶段》，第27—28页。

这一统治模式构成《启蒙辩证法》历史哲学的理论基础。除了人对于自然的压抑，以及社会关系中人对于他人的压抑，阿多诺与霍克海默在《启蒙辩证法》中将这一逻辑延伸到人对于自身的压抑，即支配自然的压抑逻辑也在个体压抑自身内在本能的过程中发挥作用。因为在支配和改造自然的过程中，那些有碍于这一支配过程的其他因素无不受到清理，这既包括外在的物质因素，也包括精神的因素。所以，即便在支配自然的过程中也存在着主体对于自身内在本能或动机的压抑，而这种压抑遂逐渐成为人对于自身内在本能的压抑，这就是阿多诺所云：即便自我在创造出来之前，关于自我的压抑就已经出现了，同时压抑自我的努力又伴随着自我的持存。

由以上可以约略概括启蒙辩证法历史哲学命题的基本内涵：一是，通过想象与虚拟等形式来实践人对于自然的反应与应对，并将这种应对自然的模仿行为逐渐转化为人控制自然的工具性行为，从而实现人对于自然的控制。二是，在自然被客体化的同时，随着实践过程中一切有碍于实施模仿性行为以及控制性行为的因素——无论是外在还是内在的，都排斥在被压抑状态之中，人对于内在自然或者人的本能的压抑，就构成支配自然模式的另一种表现形式，从而在支配自然的最初活动中，开启了人的自我否定的实践进程，即人的内在自然的客体化与自然的客体化同时展开，人的片面化与自然的片面化同步进行。上述两个过程可以更为简明地概括为：人类在何种程度上工具性地支配自然，就在何种程度上支配主体自身，并在何种程度上丧失自己。因而，正像霍克海默和阿多诺所概括的，人类支配自然的过程只不过是同时就是发生在人类自身之中、人自我毁灭的过程。三是，上述历史哲学的统治理论同样在社会内部统治关系中得以延伸，这主要通过劳动分工体现的。总之，在人类支配自然的过程之中，劳动实践逐渐分化为工具性的活动与控制性的活动，此即体力劳动与脑力劳动的分化以及人与人之间的统治与被统治的分化，由此艺术与劳动、自我持存与身体之间就产生了分野：社会分裂为等级，统一的主体解体。

质言之，在霍克海默与阿多诺那里，人对于外在自然的支配模式不仅适用于人对于内在自然的支配，也适用于社会统治内部人对于人的支配，历史哲学问题框架适用于社会统治领域。然而，正是在这里，霍耐特给予了批判性反思：

> 由于在他们的历史哲学中把文明史解释为人类对自然的支配、社会的阶级统治以及对个体本能的控制的那种必然的螺旋上升的过程，阿多诺和霍克海默不得不得出这样一种在社会理论上无视社会行为的中间领域的存在的结论。集体的社会自我持存的压力被如此完美无缺地解释为阶级群体自身在其间进行创造性活动的那个社会中间领域不复存在。不难看出，在这个结论中表现出来的那种社会理论的简化论，是与范畴上的单一性相对的一种悲观主义的历史哲学的对应物，而唯物主义历史哲学的那种乐观主义的变体把早期的霍克海默引向了这种单一性。在历史上相继出现的这两个批判社会理论的版本中，行动理论的版本在范畴上所勾画的轮廓局限于劳动这个概念之中；因此在这两个版本中，人类社会的历史都被一以贯之的纯粹从人类支配自然的动力来理解。然而，同样的人类支配自然的过程在这两个版本中得到大相径庭的解释：30年代的霍克海默仍相信以及技术为指导的对自然的改造在文明上具有不息的解放潜力；而不到十年之后，《启蒙辩证法》认为在技术上大步向前的同样的支配自然的过程开启了文明的毁灭过程。①

需要注意的是，霍耐特这里用来指责阿多诺与霍克海默所忽视的"社会行为的中间领域"，事实上就是社会交往领域，当然，这是指乃师哈贝马斯的社会交往理论。为了给社会交往这一社会行

① ［德］阿克塞尔·霍耐特：《权力的批判——社会批判理论反思的几个阶段》，第52页。

为的中间领域廓定地盘，霍耐特还需要对延续上述思路、并最终形成否定辩证法的阿多诺给予批判：阿多诺奠基于否定辩证法的社会理论本质上是排斥社会的。霍耐特用了一章的篇幅来讨论，该章标题就是“阿多诺的社会理论：对社会的最终排斥”。他认为，阿多诺在奥斯维辛之后的资本主义新的语境中，依然坚守着建立在《启蒙辩证法》历史哲学框架下的社会批判的基本信念，把那种从人类系谱学来解释纳粹极权主义的历史哲学框架，直接作为批判性阐释发达资本主义的理论框架，将阐释纳粹主义的历史哲学用以解释奥斯维辛之后的发达资本主义，因而这一分析框架与理论范畴先天存在着简单化的嫌疑。

与此相关，将艺术视为一种“认知中介”，以帮助人们获致关于事实真相的非抽象性认识，这一思路在整批判理论中具有普遍性。在阿多诺的早期研究中，审美体验已经被视为一种优先性认知中介；而在洛文塔尔的认识中，艺术也具有地震仪一样感知社会冲突的能力；就审美体验能够在社会历史变化中承担一种主导历史功能而言，马尔库塞与本雅明分享同样的逻辑。霍耐特指出，艺术作品成为批判理论的关键主题，《启蒙辩证法》真正确立艺术直觉的优先地位，并在历史哲学的理论框架内得到阐释。具体来说，就像在历史哲学的框架中一样，模仿也在审美模型中享有关键地位。在人类面对自然的过程中，从逃避自然到以想象和虚拟的形式面对自然，诸如巫术之类的模仿确立了自然客体化、自我主体化的历史起点，同样，从审美模型的角度来说，正是在模仿中，自然并不总是被视为被操纵、被干预之物，而是一种与感官所对应的对象，这不仅是自然从客体化中被解放出来的前提，也是人被控制的本能以及人的解放的可能性的逻辑起点。艺术就是“体现了这样一种人为的以模仿的方式接近物质世界的形式”①：一方面，艺术作品象征了一种能够摆脱支配性工具思维而能够把握真实的独特体验，在这种体验中，对象不再受到

① [德] 阿克塞尔·霍耐特：《权力的批判——社会批判理论反思的几个阶段》，第54页。

工具性观念模式的支配而获得了平等性，不再是停留于作为主体自我确认的参照物地位；另一方面，只要支配的自然工具性强制性力量延伸到社会内部的统治关系之中，那么，艺术活动就具有展示摆脱这一逻辑的独特地位。

上述审美认知模型使阿多诺面临陷入自相矛盾的危险。如果审美经验被视为以非抽象的形式感知社会冲突的有效而独特的中介，以至于阿多诺在一定程度上将审美经验置于与社会批判理论等同的地位，那么这就意味着艺术品享有优先于理论反思的认知能力；而如果对于抽象思维的批判一旦被置换为对于艺术作品的中介性认知能力的优先性的强调，那么，艺术作品仅仅是作为经验模式而远不是经验创造模式，就不能不与作为中介性认知模式发生矛盾，哲学反思与审美经验之间就成为阿多诺的摇摆的主要空间：既不能倒向哲学反思，因为这一反思本身也面临着抽象性的指控；也不能导向审美认知，因为审美本身无法与理论反思相提并论。结果，“哲学是批判理论的反思形式，而批判理论则把抽象反思的每一步都视为得以延续的统治史的一个组成部分”①。阿多诺的社会理论显然将批判的矛头指向了批判本身。

二　非社会化批判与文化工业逻辑

霍耐特的历史哲学批判并非空穴来风，在启蒙理性批判中，历史层面与理论层面构成了理解阿多诺与霍克海默的核心，“既重视作为一种历史现象的现代启蒙运动的具体性，同时又促进对那一段历史的批判性理解”。在历史层面上，霍克海默与阿多诺提出，启蒙运动将自我意识与客体世界对立，这是从等价物的角度为主体性界定；而理论层面则是对于启蒙自身结构或启蒙理性

① ［德］阿克塞尔·霍耐特：《权力的批判——社会批判理论反思的几个阶段》，第60页。

的分析和批判①。若跳出霍耐特批判的目的性规范，不是从启蒙理性批判而通达交往理性，而是将这一批判与文化工业理论联系起来，则霍耐特批判中将凸显出阿多诺在理论与实践之间的分裂，具体表现为现实判断逻辑化、文化工业总体化、市场中介理想化方面。

阿多诺对于晚期资本主义的批判是在其社会理论框架下展开的，批判的主要矛头所指是社会的整合功能，对于当代晚期资本主义社会的经济结构的分析构成了阿多诺社会分析的核心部分。在阿多诺的社会理论看来，统治的概念在这里分为相互关联的三个层面：政治经济再生产的统治、行政管理操纵的统治、心理整合的统治。但在霍耐特看来，阿多诺对于晚期资本主义社会经济结构分析，实质是以整合机制完全遮蔽甚至取代了社会内部的冲突，而其根源在于阿多诺社会分析中所使用的判断晚期资本主义的概念，即国家资本主义。国家资本主义这一概念原本是一个用以分析民族社会主义/法西斯主义的经济制度的一个范畴，后来被社会学研究所抛弃，然而阿多诺却始终坚持使用这一概念，其基本逻辑如下：自自由资本主义被垄断资本主义所取代之日起，国家资本主义就事实上宣告存在了，因为垄断资本主义本身并非独存的，而是与资本主义的统治整体联系在一起，由自由资本家所构成的组织整体已经被行政集权的国家资本主义组织形式所取代。然而，霍耐特认为，这实质上忽视了资本主义内部的诸多层面，复杂的对象被简单化，误以为自由资本主义只要不受到资本主义行政机构的干预，自由的市场经济就能够自己解决问题。因此，阿多诺关于晚期资本主义社会的已经“全盘宰制”判断，并非来自实证分析，而仅仅来自阿多诺批判理论的纯粹逻辑推论。

按照这一推论，文化工业理论的存在就是必需的了，阿多诺的基本设定如下：行政权力借助于集中控制的大众媒介，获得了不受制约的有效的意识操纵工具。这具体体现为阿多诺将战后的

① Anthony J. Cascardi, *Consequences of Enlightenment*, Cambridge: Cambridge University Press, 1999, pp. 23 - 24.

电子传媒在行政方面的应用视为束缚意识的工具。在垄断资本主义的经济背景下，电影、电视等新兴技术与娱乐文化产业融合为文化工业复合体，最终实现对于个体的意识的操纵，阿多诺对于文化工业理论深信不疑，其根据在于文化感知方式的变化上：一方面，借助于现代媒介技术的发展与扩张，个体的感知系统逐渐被整合到一种由文化工业所合成的建构的表象真实之中；另一方面，基于上述同样的原因，阿多诺又认为，文化产品与文化接受之间的距离被迅速缩小。文化工业机制不仅造成了文化工业产品的审美光芒的消失，而且由它所塑造的感知模式已经被扭转为一种被动的、受控的、无反思的“物化”模式：在个体与文化产品的关系上，传统艺术“光晕”所代表的距离荡然无存，人与艺术亲密无间；在人与现实的关系上，由于现代媒介技术所建构起来的现实表象已经完全取代了现实，因而个体的感知停留于真相之外；在人与信息的关系上，由于感知模式的受控而导致的感知能力的退化，使人们填鸭般被动接受无限丰富的信息。

总之，在阿多诺看来，文化工业运作机制造成相反相成的两极：一极是现代媒介的日常化与感知世界的极大丰富，一极是个体的感知模式的物化与感知能力的实质退化。一个指向现实世界，一个指向主体，两极实为二位一体，统一于文化工业之中。对此，霍耐特给予了严厉批判。在他看来，阿多诺的上述社会经济学的病理诊断，构成了文化工业理论的社会理论根基，而这一诊断的根本性缺失在于：阿多诺的社会经济学的诊断是一种简约化的“视线收缩”的做法，也就是说，这一诊断仅仅看到了晚期资本主义社会的文化工业在垄断资本主义经济结构、行政结构以及被动的“白痴”化的接受的顺畅运作，却对其他同样重要的社会要素视而不见，比如“亚文化的种种接受境域”、“团体特有的诠释活动和解释模式”、“大众媒介组织模式中的民族的特殊性”等等①。

① ［德］阿克塞尔·霍耐特：《权力的批判——社会批判理论反思的几个阶段》，第76页。

那么，阿多诺何以可能对上述因素视而不见，并且对于自己的社会经济学的社会病理诊断数十年如一日深信不疑呢？这里需要讨论阿多诺的另外一个非常重要的概念：中介。在阿多诺看来，自由资本主义时代，人与社会之间的联系，是通过市场这一中介而制度化地实现的，由于市场机制的存在，行政机制无法实施它所期望的社会整合的功能，然而到了垄断资本主义时期，社会结构层面的中介——市场，已经让位于利益集团的集权统治。换言之，垄断集团不仅侵入了市场的领地，而且掌控了这一领地，自由市场及其机制本身反而被驱逐出去。正是基于坚信市场及其中介下的社会行为方式的彻底崩溃，阿多诺才有可能在大众媒介及其产品分析上，无视亚文化及其阐释本身所具有的文化革命性；在大众文化的接受上，看不到由文化工业所建构的伪现实的批判力量的可能性存在，接受的个体宿命般地陷入整体的被操纵的陷阱之中而不能自拔；与之对应的是，由于忽视了上述因素，文化工业及其机制本身也就被视为铁板一块了。

阿多诺的文化工业理论立足于其社会学视野之中，因此仅仅停留在“受众白痴论”诸如此类的批评中，难免误解阿多诺。产生误解的根源在于阿多诺关于文化工业理论的理解与其说来自现实关切，倒不如说主要来自理论自身的逻辑冲动。正如霍耐特所指出的：“对这个推论中所存在的那种操纵理论的错误结论进行挑剔，而不在阿多诺具有决定意义的社会理论中探究这一错误结论的真正原因，这样的批评尽管正确，却失之肤浅。它没有看到，阿多诺在他对晚期资本主义社会组织形式的分析中如此专注于‘中介的终结’这样的看法，以致他无法看到社会群体日常交往实践的中间领域。阿多诺文化理论分析的这种单一性只不过是其社会理论在范畴上的简化论导致的理论结果。由于他借助于这些仅仅能在市场领域中察觉一种对个体行动进行社会调节的中介的简陋工具，做出后自由主义资本主义高度发达的工业社会市场将不可避免的毁灭的诊断，所以能够前后一致地推断出社会内部关系的根本瓦解，推断出社会的去社会化。这最终令他写下这样的尖锐措辞，即‘个体本能经济体的徒劳无益的工作’如今似乎‘被文化工业机构纳入自己的经管之中’。”①

依霍耐特之见，阿多诺基于社会学的病理诊断而赋予文化工业理论以过于繁重的阐释任务，这超出了后者的能力范围。文化工业意识形态在宏观上不仅像人控制自然一样控制个体，而且还必须切入心理学的层面，阐释何以在接受的维度上文化工业意识形态能够在个体意识中实现自己的目的。对于后者而言，阿多诺将其概括为“个性消失”的病理学诊断，正好与社会层面上的“全面管理的社会”的诊断相对应，同时，社会学的诊断与心理学的诊断又与阿多诺与霍克海默关于启蒙与神话之间的哲学辩证诊断相一致。批判理论的心理学诊断，在法兰克福学派社会研究所有其传统。早在《传统理论与批判理论》一文中，霍克海默就已经涉及人格的问题，而到了“家庭研究”尤其是“权威主义人格”研究，心理学方法尤其是弗洛伊德的影响就更加凸显出来。在《权威主义人格》中，父亲被认为随着自由资本主义阶段中小型企业主的消失而逐渐丧失了自己在家庭中的权威，因而在激发孩子的个性方面曾经发挥的功能已不复存在，这深刻影响了孩子个性的形成。马尔库塞也讨论过“没有父亲的社会”对于个性与人格的形成的影响，阿多诺自然也不能置身事外。

在阿多诺看来，在自由资本主义阶段，市场中那些自我负责、自由行动的个体以及自由开放的空间，都为人格的社会化形成提供了条件，个体在其中既要发展出理性的计算能力、决策能力，也需要与他人交往，并遵从一定的制度规则，“对于阿多诺来说，它是这样一种社会过程的文化前提，在这种社会化过程的行进中，成长中的主体学会从其他父辈那里觉察市场所要求的种种职业美德，在他们的权威影响下尊重这些美德，并因此把它们作为良心的要求内化。因此，他（阿多诺——引者注）可以得出结论：当经济实践的这种集权式的控制使为市场领域量身定制

---

① ［德］阿克塞尔·霍耐特：《权力的批判——社会批判理论反思的几个阶段》，第77—78页。

的父亲的人格特征变得多余时——资产阶级行为自主的巅峰因此随资本主义的后自由主义结构变迁被超越，这种培养个体良知的社会化框架条件就消失了。这样一种与市场的界限值相一致的人类个性的历史模式构成了阿多诺社会心理讨论的一般背景”①。从自由资本主义的市场及其所建构和培养的社会组织结构、以至个性和人格的形成，到垄断资本主义的集权集团及其所剥夺的权威的父亲、以至个性的消失，在从市场—父亲—人格这一逻辑链条中，阿多诺实在遗忘了太多的东西。具言之，随着资本主义经济结构的发展与变化，也就是随着从自由资本主义到垄断资本主义的发展，市场作为社会结构的中介，以及随着父亲在家庭中的地位的变化，这些不仅对于个体而且对于个体的人格的形成产生了深远的影响，从而出现了资本主义经济结构的变化与个性的消失之间的对应关系。

至此可以对阿多诺在心理学层面的论证做一简要概括：1. 文化工业产品及其机制通过自我陶醉而将个体隔绝于真实之外，这是社会学的维度，而在心理学上则与父亲的权威性的消散与个性的消失有关；2. 父亲权威的消散使个性形成中的规范性基础轰然倒塌；3. 作为文化产品的大众偶像替代性地补偿并满足了父亲偶像倒塌之后留下的空缺——显然，这是弗洛伊德的语言。总之，“在内部心理中同时进行的超我的去结构化过程和认知性的自我活动的削弱过程，两者都是市场领域的消解在社会化方面的间接影响，使单个的主体成为一种为了自身目的而充分利用生物的本能潜力的统治机器的牺牲品”②。父亲的权威的消失，以及被文化工业产品中的偶像崇拜所取代，补偿性地成为个性形成中的规范性基础，从而为人格的建构埋下第一枚炸弹。当然，最终的根源还是要追溯到市场的消失，或者说市场空间的消解：小型企业消失—父亲经济地位的

① ［德］阿克塞尔·霍耐特：《权力的批判——社会批判理论反思的几个阶段》，第79页。

② 同上书，第81页。

衰落，母亲以及孩子外出工作—父亲权威的衰落—个性与人格规范性基础的倒塌。

这里的问题是：市场是否可以被如此地理想化，并被赋予如此重要的地位？霍耐特认为，阿多诺在心理学层面的阐释存在着两种维度，这两种维度的阐释具有内在矛盾性。一种是遵循霍克海默的思路，以超我所要求的那种去结构化为先决条件，一种则论证超我的这一要求本身的无法实现性。这其实可以在《启蒙辩证法》中找到最早的萌芽，霍耐特将其称为从人对于社会的征服在个体内在本能领域的延伸。在《启蒙辩证法》中，主体积极支配自然，同样在内在自然中，主体也积极地支配本能，父亲在儿童人格形成中的权威的社会学意义也正在于他的支配性地位。按此逻辑则不难理解，阿多诺何以将良知的形成过程视为环境对于人的控制的内化。由此来看，无论是社会经济学的诊断，还是社会心理学的诊断，乃至历史哲学关于启蒙的理性的思考，在人与自然、人与人、人与内在自然的关系上，阿多诺都采取了完全一致的立场，那就是支配理论或者称为统治理论。也正是从这一维度，霍耐特指责阿多诺将人与人之间的交往（比如儿童与父亲的交往）简单化甚或径直忽视了。具言之：在社会经济学方面，阿多诺认为，自由资本主义市场所要求的行为模式与实际的人格结构之间，存在非常紧密的关联，或者更为具体地说，自由主义市场的行为规范将在人格形成过程中具有规范性基础作用，但霍耐特认为，恰恰相反，在市场行为规范与人格结构之间并非直接的联系，它们是通过社会公共空间的交往实践联系在一起的；在家庭结构方面，阿多诺认为，后自由主义时代的资本主经济结构——尤其是私营小企业的消失而导致的父亲经济地位的改变与家庭内部结构的变迁存在紧密关联，而霍耐特却认为，如果忽视了家庭内部的交往实践，父亲权威角色的变迁与儿童的人格结构的形成之间无法找到可以沟通的桥梁。事实上，恰恰是父亲与儿童之间的大量的丰富的交往实践，才使父亲权威角色的影响力得以实现的。霍耐特将上述问题归结为阿多诺的范畴框架，“这种范畴框架只允许他撇开一切社会中间环节，直线式的从市场领域破坏的那些经济趋势中通过家庭的结构重组推断出个体自我能力破坏的后果”①。

至此，我们可以看到阿多诺批判理论的三个支柱——历史哲学、社会经济学、社会心理学，三者集中并融汇在社会文化批评之中。首先，在历史哲学的层面，人通过模仿而逐步消散了人对于自然的恐惧，然后获得支配自然的意识与能力。其次，在后自由主义时代，晚期资本主义用以控制社会生活的中介已经从被垄断取代的自由市场转移到行政管理机关，行政组织所控制的社会整合与政治经济领域的集权管理是一致的。最后，现代媒介技术在文化工业管理组织中享有支配性权力，这一支配是以个体的独立的自我意识丧失为前提的。总之，从控制外在自然，到控制社会结构，再到控制内在自然，客体成为主体的证明物——马克思将其称为对象化；对于个体而言，原子化个体成为现实的存在形式；而在内在世界中，由于个性与人格建构的可能性的丧失，伴随“社会的统一化”，或者“全面宰制的社会”，“个体的终结”就成为必然之物，这就是阿多诺念兹在兹的同一性逻辑的宰制——也是《否定辩证法》所一再论证的。

霍耐特明确指出，“《启蒙辩证法》借助‘支配自然’的范式建立起来的这种社会模式纹丝不动地在阿多诺晚期资本主义理论中反映出来，并给这种理论生硬地穿上了集权主义理论的僵硬的紧身衣”②。其僵硬在就在于，支配自然的范畴并不能完全使用于社会结构的讨论之中，人对于自然的支配与社会内部支配并不是同一个过程：总体范畴仍在起作用；阿多诺忽视了社会交往，也将个体原子化了。职是之故，阿多诺终其一生都将其社会文化批判与支配自然的概念紧密联系在一起，以致他在晚期资本主义整合方式的分析中在社会理论方面耽于一种简单化思维，这使其跳过社会群体自身的文化活动的层面（也就是社会行动的

① ［德］阿克塞尔·霍耐特：《权力的批判——社会批判理论反思的几个阶段》，第87页。

② 同上书，第89页。

领域），而仅仅关注个体与组织两极，实质上忽视了文化批判"社会的维度"，结果就是，社会学的文化批判却最终导致了阿多诺的社会理论对于社会的排斥。

三 文化工业理论再反思

霍耐特将批判理论的非社会化批判延伸至文化工业理论，指斥后者：在晚期资本主义社会"全盘宰制"判断上，以纯粹逻辑推论取代了实证分析；在关于文化工业内在机制的判断上，基于坚信市场及其中介下的社会行为方式的彻底崩溃，而无视亚文化及其阐释本身所具有的文化革命性，无视由文化工业所建构的伪现实的批判力量的可能性存在，无视文化工业及其机制本身遍布的裂隙；在个体心理学的维度，由于将市场中介理想化而僵硬地套用了启蒙辩证法的支配自然的同一化统治理论。这些对于我们反思文化工业理论在大众文化日益繁荣的本土语境中无疑具有启示意义。事实上，虽然阿多诺的学术研究以美学开端，以美学收尾，并在此领域灌注主要精力和才华，但就中国的接受而言，备受关注和争议者则是其文化工业理论。它在法兰克福学派新一代理论家那里已被视为"过去的思想形式"[1]，在中国也从20世纪90年代始逐步沦为明日黄花，然而，如若因此断言文化工业理论之于当下本土文化情势已然残弱无力，却也难免言之过早。这不仅是因为跨文化旅行的理论当受本土持续反思，更是因为当下接受语境的巨大变迁打开了再阐释的新视野。曾经的反思与批判曾将阿多诺问题本身予以问题化，而随着本土文化产业迅速繁荣与复杂展开，在21世纪语境中重返阿多诺获得现实土壤。讨论本土文化产业语境中的文化工业理论遗产，不仅指向对于反思本身的当代反思，更指向文化工业理论的阐释与重建，正如马丁·杰伊所言，"与其徒唤奈何于那些原创的思想即将产生的腐坏，

① Axel Honneth, "Critical Thoery", in *Routledge Compnion to Twentieth Century Philosophy*, edt. Dermot Moran, New York: Taylor & Fancis Group, 2010, p. 784.

热切地期待于那种将其重建的创造性的方法是一种好得多的态度”①。

阿多诺文化工业理论既源于德国纳粹背景下的切身经验，也有植根于美国好莱坞大众文化的现实土壤，同时也难免阿多诺自身的精英主义立场。它们揭示出理论本身的合法性根基，也留下了被批判与反思的基本视域。对于文化工业理论的反思与批判可约略概括为三种：伯明翰学派侧重于其精英主义立场；全球文化工业理论关注其时代局限性；本土文化研究则聚焦于跨文化的理论普适性。英国伯明翰学派作为法兰克福学派尤其是文化工业理论的批判者而出现，但就作为文化马克思主义思潮而言，二者又分享了相同的地基。它们一方面坚持经典马克思主义批判路向，另一方面又将马克思政治经济学扭转为马克思主义之后的文化政治学，而英国文化马克思主义则从第一代新左派开始就受到法兰克福学派的影响。然而，具体到文化政治学，二者却因思想背景与社会背景的差异而在对待大众文化立场上存在区别，伯明翰学派批判文化工业理论，要点有四：第一，“后福特时代”的大众文化不同于法西斯主义背景下大众文化，其多元化、矛盾性、日常生活性等特质已远非作为“社会水泥”的大众文化及其“单维性”所能概括；第二，就如同有待批判的英国利维斯主义样，文化工业理论的精英主义遮蔽了大众文化反叛与革命的维度，高雅与低俗等二元对立流于虚假；第三，大众文化产品的接受并非被动消极的，白痴化的主体在“阿尔都塞时刻”的结构以及“葛兰西主义”的主体已被重新思考；第四，文化工业理论扬弃“经济主义”的简单化之后，却又陷入“文化主义”的极端，其远离政治的审美主义当值批判，背离日常生活的文化政治战略必须扭转。质言之，与文化工业理论的精英主义与战略悲观不同，伯明翰学派文化理论强调大众文化的颠覆性、日常性与政治性维度。

---

① ［美］马丁·杰伊：《〈辩证法的想象〉中文版序言》，《哲学译丛》1991年第5期。

有别于伯明翰学派，全球文化工业理论的批判则集中于“古典性”。随着信息技术与新媒介的发展，文化工业蔓延全球，并迅速过渡为全球文化工业，其当代形态呈现出不同以往的文化逻辑与运作形式。如果说20世纪40年代中期文化尚属上层建筑，其产品则处身经济基础，统治—反抗以符号表征的形式出现，那么至70年代中期，文化产品始横行天下，“文化无处不在，它仿佛从上层建筑中渗透出来，又渗入并掌控了经济基础，开始对经济和日常生活体验两者进行统治”①。全球化时代文化工业的深刻变化凸显文化工业理论的“古典性”。首先，作为表征的文化同时兼有物质性。在文化工业理论那里，自洽的文化领域即便沦为工具理性主义殖民地，其表征性却依然与物质性相对立；而在全球文化工业时代，文化从上层建筑崩塌而落入经济基础领域，并进一步嵌入商品链条之中，而物质跻身表征与符号领域。其次，作为表征的文化被物质化，而作为商品的物被媒介化，表征性与物质性不再泾渭分明，文化与经济之间的复杂关系已溢出文化工业理论想象力的界限。最后，与文化工业理论从政治经济学扭转向文化与艺术领域不同，全球文化工业理论揭示出经济基础上升为上层建筑、上层建筑下沉为经济基础的复杂双向运动，宣告了审美主义的文化批判传统过时。总之，文化工业理论曾以印刷时代的思考路径来面对电子时代的文化现实，而随着阿多诺所担心的文化物质化成为普遍现实，文化工业理论面对信息时代的全球文化工业时已力不从心。

中国语境中对于文化工业理论的批判发轫于20世纪90年代中期，21世纪之初重新反思，批判焦点集中于理论普适性问题。文化工业理论的本土接受以马克思主义阐释为中介，指向80年代至90年代中期的本土大众文化及其平庸化和去精神化，依徐贲之见，此实为有待走出的“阿多诺模式”②。这一模式将艺术

① ［英］斯科特·拉什、西莉亚·卢瑞：《全球文化工业：物的媒介化》，要新乐译，社会科学文献出版社2010年版，第10—11页。

② 徐贲：《评当前大众文化批评的审美主义倾向》，《文艺理论研究》1995年第5期。

与非艺术的区别转译为文化的雅和俗、精英和大众、高级和低俗的对立，审美经验与审美活动被强行塞入等级差别、二元对立的阐释框架和思维模式中，最终使文化批评走向狭隘审美主义。此后，文化工业理论之本土有效性问题被进一步讨论，其代表者包括陶东风的“错位说”、朱学勤的“瘙痒说”、曹卫东的“简化说”、赵勇的“理性说”等。上述论说立足于中国经验和现实诉求来剖析文化工业理论在中国的效果历史，旅行中的理论被批判性反思：一是文化工业理论将大众文化阐释为资本主义的“社会水泥”自有其合法性，但简单套用则遮蔽本土语境中大众文化历史演进中的价值蜕变；二是文化工业理论被作为理论武器来挥舞时，本土大众文化尚未发展到类似于阿多诺批判时程度，而至文化产业被确定为国家支柱产业而迅速繁荣时，文化工业理论却又被普遍视为早已过时的理论思潮；三是对于文化工业理论的最初反思，强调以学理性反思置换情绪化批判，而在世纪之交，被反思的理论却转译为文化产业的理论资源之一，同时钝化以至消弭的还有其批判的锋芒。

毋庸讳言，批判文化工业理论的伯明翰当代文化研究中心（CCCS）在20世纪80年代经历了与社会学系合并之后，最终还是在21世纪之初的伯明翰大学院系调整中寿终正寝，然而，它所确立的具有社会学倾向的文化研究却在本土发扬光大，关于大众文化的乐观认识业已壮大为大众文化的赞歌；全球文化工业理论也大胆预言，上海将出现未来全球文化工业的典型①；而继徐贲呼吁“走出阿多诺模式”之后，本土语境中批判文化工业理论者不乏其人，但也有学者对此坚守清醒理性的问题意识。上述立足于文化价值立场、历史性与空间性等不同层面的反思深化了人们关于文化工业理论阐释有效性的认识，而文化工业理论也在迥异的异域语境中被不同程度地重构。如果说伯明翰学派在将文化工业理论的英国本土化中逐渐建构起独具特

① ［英］斯科特·拉什、西莉亚·卢瑞：《全球文化工业：物的媒介化》，第55页。

色的文化马克思主义理论，那么拉什与卢瑞则在全球化语境中延伸了阿多诺的思考。尽管他们批判的是属于过去的思想形式，探索的却是当下的现实问题。对于现实的反观与判断构成理论效果历史的坚实地基，而只有保持对基于现实的意向性指引的明确主体意识，关于文化工业理论的再反思方能摆脱自发性纠缠而上升到自觉性层面，本土语境中的文化工业理论反思与批判同样如此。

大众文化批判之矛似已锈迹斑斑，而它曾经的批判之物也华丽转身，并获得国家层面的身份认证，看起来，文化工业理论业已穷途末路。的确，眼下关于文化的精英/大众、官方/民间、核心/边缘、主流/草根等诸范畴与框架，恐怕都难以完全厘清纷繁复杂的本土文化现实，但这并不意味着关于文化工业理论的再思考必属无根游谈，这既可从作家阿来关于当下“文化产品应该对公众有引领作用，而不是完全被市场需要牵着走”的焦虑与呼吁中窥见一斑，也可从十七届六中全会公报关于发展文化产业“必须坚持把社会效益放在首位”的强调中找到合法性根基。本土文化产业的繁荣以及对于曾经的文化工业理论反思的反思构成了文化工业理论再思考的现实土壤。

20世纪“走出阿多诺模式”以及相关反思的重要成果之一，即在本土大众文化实践的历史性中厘清文化工业理论有效性限度。既不无批判地将后者视为大众文化发展的理论绊脚石，也非简单化地将其扭转为对文化产业理论资源的论证，而是强调多元化、本土化地直面当下文化现象及其问题，作为对于阿多诺式的精英主义话语以及意识形态一元化话语的一个反拨，影响至今。当下围绕《人在囧途之泰囧》之类大众文化产品的多元评价就是一个典型的例子。不论是对于突如其来超高票房的质疑，还是事件化中的诸话语分野，其间都很难找到一元化观点占据要津、一家独鸣。文化多元主义的众声喧哗不仅部分地化解诸话语权力暴力，也在文化现象的事件化过程中将文化批评拖回到普通的日常生活之中，契合了基于文化资本差异的趣味多元化的基本现实，也以其对于孝心、梦想、温情等日常生活的关注而传达出某种社会正能量。显然，《泰囧》之于阿多诺当是批判的文化工业产品，而在本土文化却完全是另外一回事。

然而需要指出的是，在上述文化多元主义的接受中也存在着某些值得警惕的倾向，撮其要者有三。一是犬儒主义倾向，与古希腊犬儒主义愤世嫉俗的清高不同，当下犬儒主义表现为一种中立化的颓废无为与明哲保身，其实质是无批判的清醒与拒绝性的认同的混合。与犬儒主义不同的另一倾向是怀旧式自恋，它表现为在清醒与拒绝中念念不忘“立法者”身份以及一呼百应的过往辉煌，脱离对象历史性和谱系性的抽象“人文关怀”诉求与“人文批判”为其典型形态。三是道德虚无主义倾向，文化多元主义固然解构了作为现代性核心的理性独断主义，但同时也面临着滑向具有后现代主义色彩的道德虚无主义的危险。无论是清醒坦然之中的玩世不恭，还是理性与无奈之余的喟然怀旧，抑或道德价值论的虚无主义与相对主义，对于文化工业理论而言，批判维度的阉割、价值维度的抽象化、公共理性的缺失等成为“走出阿多诺模式”之后必须首先正视与反思的问题，而21世纪文化产业的发展与繁荣为再反思提供了现实基础。

以电影文化产业为例。经过几代人电影人的努力，中国电影产业已经取得有目共睹的进步和票房实绩，然而也存在一些值得关注的问题，当下占据荧屏的所谓“抗日神剧”就是典型之一。它们具体呈现形式不一，而其共性可概为编剧阿Q化、叙事电游化、人物平面化、价值虚无化。在此类电视剧中，艰苦卓绝的八年抗战所面对的敌人可以弱智不堪，抗战军民则单薄化为武侠符号，惨烈的战争叙述宛若刺激、奇幻的网络游戏，枪战、武侠、情爱、性感、娱乐等诸好莱坞大片元素集于一身，其自我推销为“战争年代的《非诚勿扰》”可谓恰如其分。表面看来，“抗日神剧”由资本追求收视率和票房以及意识形态审查的双重机制所炼就，这自可追溯至后“文革”时代政治/经济转型的深刻社会根基。然而，电影艺术原本就承担着为体社会成员在主导意识形态的框架内定义现实的社会功能，或如考克尔所言，“以故事、明星、观众的意愿为媒介，影像变成了‘真实’”[1]；而另一方面，电影艺术作为社会个体对于处身其中的现实世界的一种想象形式，又与资本和商品密切关系，科技、资本与艺术三者相融合之于电影艺术形式来说具有必然性。就此而言，与其说“抗日神剧”源于资本与意识形态的双重狙击，毋宁说源于它对于电影艺术本性的认识上的模糊，结果既没有承担起意识形态功能，也没有实现资本对于大众化的要求，历史理性与道德理性遁入含混朦胧之中。

事实上，好莱坞“梦工厂”一直就是阿多诺大众文化批判的主要对象之一，其批判的理论起点牢牢扎根于个体的自由，并逻辑地指向艺术乌托邦。然而，回顾关于本土大众文化实践与大众文化批判理论资源的讨论与反思可以看到，这一点在急剧的话语范式转换中被遮蔽了，其结果一方面是文化工业理论过时论，一方面则是大众文化批判的抽象化与空心化。这或可从围绕《低俗喜剧》及其相关评论中略窥一二。影评《从〈低俗喜剧〉透视港产片的焦虑》被香港艺发局认为“既具强烈的批判精神，亦不乏创意及独特见解，让读者反思香港的主流价值”，却不料激发热议。平心而论，指认《低俗喜剧》将本土性置换为低俗性，推脱掉反思现实的社会担当，又在身份定位等问题上表现出褊狭倾向，扭曲艺术的人性诠释与现实关怀，这一批评自非空穴来风，而其之所以激起热议，盖在于批评逻辑与理论框架的精英主义立场，以及脱离本土香港市民文化语境的抽象价值论说教，批判遮蔽了历史，公共理性空心化。当下一些围绕文化产业的“去文化化”的批评也在不同程度上分享同样的症候。

如果说全球文化工业所带来的新变为文化工业理论提出挑战与机遇，那么在本土文化产业语境中重返阿多诺则建基于对当下文化现实的直面与反思。对于法兰克福学派文化理论而言，将大

① ［美］罗伯特·考克尔：《电影的形式与文化》，郭青春译，北京大学出版社2004年版，第33页。

众文化批判厘清为整合与颠覆的大众文化的辩证法，无疑是本土化进程中的一个重要推进；而对于阿多诺而言，对大众文化批判理论本身进行辩证和重建，却有待在21世纪语境中展开。“如果说文化工业的表面逻辑如今迥异于阿多诺写作的年代，那么其理论的有效性却匪夷所思地完全相同。阿多诺清楚看到文化工业以及它所带来的威胁，他的悲观预言渐行渐远，那些关于文化工业的论述，却又恰逢其时地令人不快。”① 然而，如若文化工业理论确令我们不快，那恰是因为阿多诺所提出的大众文化问题依然存在，而如此不快之所以恰逢其时，则是因为我们今天依然没有走出阿多诺所批判的文化语境。

“走出阿多诺模式”并不意味着走出了阿多诺模式的文化现实，重返阿多诺却是源于阿多诺之间在本土接受中的某种遮蔽。有学者指出，“中国学者对阿多诺大众文化理论的内在逻辑还缺乏高度的重视，只是聚焦于阿多诺的大众文化观是否适应中国文化实践的问题上，弱化了其理论的巨大潜力”②，这一判断自非空穴来风。回顾阿多诺的本土接受可以看到，虽然早在1978年阿多诺就出现于中国学界，80年代首尾出现了关于否定辩证法以及文艺批评方法的研究论文，然而阿多诺在80年代基本是沉默的，直至90年代其美学理论、文化理论方受关注。与从80年代末期到90年代末期之间中国大众文化演进相契合，先是“大众文化、商品文化的平庸性，精神和价值的失落”刺激大众文化批判应运而生③，后是“学术家凸显、思想家淡出”，包括阿多诺在内的西方马克思主义遂不再令人“心仪”。“资本主义的大众文化不过是巩固资本主义的文化工具。这就是我当时对于法

① J. M. Bernstein, “Introduction”, *The Cultural Industry: Selected essays on mass culture*, London: Routledge, 1991, pp. 26 - 27.

② 朱国华：《阿多诺的大众文化观与中国语境》，《文艺研究》2012年第11期；Peter Sloterdijk, *Critique of Cynical Reason*, Minneapolis: University of Minnesota Press, 1987, p. 3。

③ 徐友渔：《西方马克思主义在中国》，《读书》1998年第1期。

兰克福学派大众文化工业的基本理解。我相信这也是许多人的理解"[①]，此可视为文化工业理论在本土学界的真实写照。而至世纪之交文化产业已进入国家支柱产业视野，徐贲们的反思尚未完全展开，文化工业理论所批判的大众文化却已阔步迎面走来，由此引发学术研究资本的新流动。概言之，在直面本土大众文化实践的过于迅速与频繁的话语转换中，阿多诺的大众文化之问的理论起点却被忽视了，文化工业理论与哲学思考脱离，留下的只是大众文化批判的恰适性问题。重新回到法兰克福学派自有其必然性，然而，将文化工业理论问题域与中国语境相结合进行更为多元的思考，当务之急是重回阿多诺之问的起点。

阿多诺的大众文化之问有两条线索，一是对于大众音乐尤其是对爵士乐的反思与批判，一是贯穿始终学术研究始终的哲学思考，其中又以后者作为前者的思想基础。阿多诺关于文化工业的直接讨论集中于《启蒙辩证法》、《文化工业》著作中，这指明文化工业理论服从于启蒙理性批判设计；而《启蒙辩证法》之后的《否定辩证法》在延续前者理性批判逻辑的同时，又启蒙辩证法置换为"现象学的辩证法"，这在阿多诺的胡塞尔批判可归结为自由与真理之间的对话，而在阿多诺的海德格尔批判则是追问"强大的社会体系"与追问"某种本原真理"之间的对立。否定辩证法作为自觉的非同一性意识，始终揪住的是西方哲学中源远流长的"唯心主义的狂怒"，并将其现实基础追查为世界同一化的商品交换原则，这就将社会批判必须与认识批判联系在一起：批判文化工业，必须追溯到唯心主义的认识论根源；而批判唯心主义，也必须抓住其隐秘不宣的社会基础，而这一切又无不是指向现实个体的真实自由。从将写于 1934 年批判现象学的《认识论的元批判》一文在 1966 年的《否定辩证法》中重新发表，到文化工业批判与张扬现代主义艺术乌托邦，人的自由被视为一以贯之的尺度与指归。需要指出的是，这里的人已远不是古

① 童庆炳：《〈整合与颠覆：大众文化的辩证法〉序》，载赵勇《整合与颠覆：大众文化的辩证法》，第 2 页。

典主义人学中的人，而毋宁说是具有了新质的人，其表现为：从人与自然的统一转向批判人类中心论，从人的社会与类的规定转向反抗的个人本体，从抽象人性论转向具体生存的个体伦理学，从理性与感性相统一的理性主体转向突出感性与理性分裂的感性主体。显然，忽视了文化工业理论中阿多诺关于个体自由的坚守以及关于人的理解，即便重回阿多诺的文化批判，也势必流于抽象的价值说教与空洞的人文张扬，并不会被当下个体的具体生存实践所体认。

或许文化工业理论在中国台湾地区的创造性重释具有某种启示性。包括文化工业理论在内的批判理论在台湾地区的接受与其“软权威主义”历史情势密切相关，而随着文化产业的高度繁荣，重新思考文化工业理论获得了现实契机。文化工业语境凸显大众文化的“非真挚性”：“文化工业理论真正的核心是真挚性问题。文化生产的体制与实际的实践活动如果缺乏关联到个体生命真实呈现的真挚性，它才是阿多诺理论中严格意义上的文化工业。”而关于文化工业产品标准化问题也被重新阐释为“准标准化”：“文化工业的生产机制朝向一个固定的模式，但它却不能将自己僵固在这个模式之中，它必须不断地进行变异。”[①]“非真挚性”与“准标准化”揭示出台湾地区语境中的文化工业新特质，文化工业理论再阐释突出了台湾地区当代文化产业与个体生存实践的现实关联，服从于反思人的现实生存的意向性指引，这对于重新思考大陆文化产业语境中的阿多诺遗产无疑富有启示性。事实上，不仅台湾地区，而且整个东亚地区，都不同程度地见证了文化工业逻辑在全球化浪潮下的迅速蔓延与全面渗透，而且“在东亚，文化工业的逻辑结合亚洲社会独特的无个体性，并服从其固有的集体主义原则，表现为一种快乐工业与法西斯主义宣传机器结合的独特类型”[②]，进一步印证了阿多诺文化工业

① 黄圣哲：《文化工业理论的重建》，载《法兰克福学派在中国》，第228—234页。

② 同上书，第239页。

理论批判的深刻性及其当代性，当然，这也仅是重返阿多诺的一个方面。

综上所述，重返阿多诺并非为大众文化批判模式怀旧式招魂，而是试图回到阿多诺大众文化之间的理论起点，为当下文化产业语境中的文化批评探寻某种路径。阿多诺固然不能预见从印刷时代到电视时代再到信息时代的文化变化，但作为批判的知识分子的典型，他还是留给我们这个知道知识分子泛滥的时代以警示。文化工业理论所面对并思考的问题，在全球文化工业时代更加复杂、更为隐秘，甚至问题域本身都已然消弭，而这却恰恰凸显 21 世纪重返阿多诺、反思文化工业理论遗产的现实急迫性。反思与批判文化工业理论曾经由于过于迅速的话语转换而遮蔽了阿多诺大众文化之间的理论起点，其理论后果表现为当下大众文化批评的抽象价值说教与空洞人文张扬的倾向。“走出阿多诺模式”之后重返阿多诺，在 21 世纪语境中再认识文化工业逻辑下的个体自由与现实生存，在阿多诺之间的起点思考重建文化工业理论，探寻扎根于真实生命体验的文化批评之路。

后　记

本书包含了发表于2009年到2013年间的二十多篇论文，它们分别发表在《文艺研究》、《文艺理论研究》、《社会科学》、《湖南社会科学》、《上海师范大学学报》（哲学社会科学版）、《天津师范大学学报》（哲学社会科学版）、《探索与争鸣》、《艺术评论》、《东岳论丛》、《汉语言文学研究》、《中国中外文艺理论研究》、《中国美学》、《中国文学研究》、《百越论丛》、《文学与文化》、《高教研究》、《燕京文化创意学刊》、《美学60年学术论文集》、《首都师范大学文学院课程教学改革论文集》等书刊。对上述刊物编辑的辛勤劳动与大量付出表示真诚的感谢和由衷的敬意，正是凭借他们的努力，那些寂寞的夜晚与思考的快乐才不可分割地联系在一起。

上述论文原本长短不一、风格各异，但都围绕法兰克福学派与中国现代诗学这一主题而展开，具有内在逻辑性、有机性与体系性。需要说明的是，这些论文都根据本书结构需要全部进行了删改和修订，其中包括恢复了论文发表时因篇幅限制而删去的文字。

本书名所谓批判，仅仅表达努力独立思考之意，于我而言，阿多诺、本雅明、马尔库塞等那一长串理论家的名字，一直令我敬畏，同时又倍感亲切和温暖；而所谓问题与视界，则标示出关于批判理论的思考植根于当下性之中。依具体论述对象之间的相关性与逻辑性，上述部分文章被重新整理为九个部分，以理论阐释—本土接受—意义反思的基本逻辑贯穿其中。

感谢诸师友多年来给予的关怀、鼓励和帮助，感谢首都师范大学以及文学院对于本书的出版所给予的支持。感谢中国社会科学出版社史慕红女士，没有她的细致、耐心与宽容，本书的出版是无法想象的。

2013 年 12 月 8 日